# Inspektor Jury kommt auf den Hund

Für Vicky
und im Gedenken an Dodger

They don't dispose me, either one of them,
To spare them any trouble. Double trouble's
Always the witch's motto anyway.
I'll double theirs for both of them – you watch me.
They'll find they've got the whole thing to do over.

*Robert Frost, »The Pauper Witch of Grafton«*

# Kommt ein Mann in ein Pub …

# Prolog

*(Aus: »Karneval der Toten«)*

*Sie saßen eine Weile schweigend da. Dann sagte Harry Johnson: »Wenn Sie eine Geschichte hören wollen, ich erzähle Ihnen eine – obwohl ich sie nicht erklären und Ihnen auch nicht den Schluss verraten kann. Weil es nämlich keinen gibt.«*

*»Hört sich interessant an.«*

*»O, interessant ist sie, das kann man sagen.«*

*»Erzählen Sie.«*

*»Sie passierte einem Freund von mir. Er war der glücklichste Mensch, der mir je begegnet ist – man könnte fast sagen, er war vom Glück verfolgt –, und hat über Nacht alles verloren.«*

*»O, verdammt. Sie meinen, bei einem Börsencrash oder so etwas in der Art?«*

*»Nein, nein. Es ging nicht um Geld. Er hat tatsächlich alles verloren. Eines Morgens wachte er auf und fand sich ohne Frau, ohne Sohn wieder – selbst sein Hund war weg. Er wusste nicht, was passiert war, und natürlich glaubte ihm keiner. Er wusste überhaupt nicht, was er tun sollte, und spielte mit dem Gedanken, zur Polizei zu gehen. Doch was um alles in der Welt hätte er denen sagen sollen? Sie würden ihm nicht glauben, sie würden nicht glauben, dass die Frau, der Sohn und der Hund einfach verschwunden waren. Sie wissen ja, wie stur Polizisten manchmal sein können …«*

*»Und ob ich das weiß.« Jury lächelte etwas irre vor sich hin.*

*»Genau. Und Familien verschwinden ja nicht einfach so – ich meine, außer es kommt ein Psychopath daher und bringt alle um.*

*Zu mir sagte er, er hätte das Gefühl, in einer Parallelwelt zu leben, als seien seine Frau und der Sohn in der einen und er selbst in der anderen.«*

*»Was hat er dann gemacht?«*

*»Er engagierte die besten Privatdetektive. Sie fanden nichts, keinen Hinweis. Es gab einfach keine Spur.« Harry hielt inne, nahm noch eine Zigarette aus dem Etui, bot es Jury wieder an, und Jury lehnte wieder ab. »Das war vor einem Jahr.«*

*»Und …?« Plötzlich fiel sie Jury ein, die Antwort auf die Frage, die er sich vorhin in seiner niedergeschlagenen Stimmung gestellt hatte: Was bewog ihn dazu weiterzumachen? Hier war die Antwort: Neugier. Er wartete darauf, dass Harry Johnson die Leerstelle hinter dem »Und –« ausfüllte.*

*Harry zündete sich die Zigarette an, blies einen Rauchstrahl und sagte: »Der Hund kam zurück.«*

*Jury musterte ihn ungläubig. »Das ist doch ein Witz, oder?«*

*»Nein, keineswegs«, erwiderte Harry Johnson, ohne zu lächeln. »Der Hund kam einfach wieder zurück.« Eine Zeitlang schwiegen sie beide, während Harry Johnson seine Gedanken zu sammeln schien. »Also, wollen Sie den Rest hören?«*

*Jury nickte wie benommen.*

*Kommt ein Mann in ein Pub …*

# 1

Harry Johnson zündete sich eine neue Zigarette an, klappte das Feuerzeug zu und sagte: »Ich sehe schon, Sie kaufen mir die Geschichte nicht ab. Ich mache aber keine Witze.«

Richard Jury musterte ihn schweigend, und als er merkte, dass der andere auf seiner Lügengeschichte beharren würde (denn darum handelte es sich ja wohl, um eine »Lügengeschichte«), lachte Jury bloß, wandte sich wieder zum Tresen und griff nach seinem Bier. »Na, hören Sie. ›Der Hund kam wieder zurück.‹« Er nahm einen Schluck. »Frau, Sohn und Hund verschwinden, und der Hund kommt zurück. Nach wie langer Zeit, sagten Sie? Einem Jahr?«

»Fast. Nach neun, zehn Monaten vielleicht.« Harry Johnson blies einen großen Rauchkringel und noch einen kleinen direkt mittendurch.

Jury war wirklich irritiert. Der Andere war offensichtlich wohl betucht, dem Kaschmirmantel und dem Goldring nach zu urteilen, sah noch dazu gut aus – so dass andere Männer sich daneben regelrecht schmuddlig und billig vorkamen –, war intelligent und eloquent. Und konnte auch noch richtige Rauchkringel blasen!

Und faszinierend war er, nicht zu vergessen. Obwohl Jury ihm nicht glaubte. »Soso, der Hund kam also wieder zurück.« Wieder lachte Jury, ein wenig zu abrupt vielleicht, was vielleicht ein wenig zu deutlich darauf hinwies, dass er selbst keinen Witz verstand. Das war aber gerade der springende Punkt! Laut Harry Johnson war es überhaupt kein Witz.

Harry Johnson lächelte, stellte seinen Whiskey ab und erhob

sich. »Können Sie hier kurz warten? Ich gehe nur schnell zu meinem Wagen.«

»Ich? Ja, klar, ich habe alle Zeit der –« Er hatte noch nicht zu Ende gesprochen, da war Harry Johnson schon fort. Jury sah ans andere Ende der Bar hinüber und wünschte, der Barmann wäre in seiner Nähe, damit er ihn über diesen Kerl ein paar Sachen fragen konnte. Der Barmann hatte Johnson mit Namen angesprochen und so getan, als handelte es sich um einen Stammgast. Doch der Barmann unterhielt sich gerade mit einem unangenehm lauten Pärchen mit breitem Grinsen und trockenem Husten. Manchmal hatte Jury den Eindruck, alle Welt würde rauchen – nur er nicht. Jury, der Spielverderber.

Er blickte auf sein leeres Glas hinunter. War das schon das zweite gewesen? Oder gar das dritte? War er dabei, sich zu betrinken?

Die Tür des Pubs ging auf, und Harry Johnson war wieder da, mit einem Hund an der Leine.

Er setzte sich hin und lächelte, und der Hund tat es ihm nach. Oder besser gesagt, der setzte sich, lächelte aber nicht. Es war ein mittelgroßer, ziemlich unauffälliger Hund, einer, wie man ihn im Tierheim bekam, mit Schlappohren, hellbraun-weißem Fell, die Art von Hund, die man unwillkürlich ins Herz schloss und zwischen den Ohren kraulen mochte. Er saß irgendwie schief da, wie Hunde eben dasitzen, und Jury streckte die Hand aus, um ihm den Kopf zu kraulen.

»Soll das heißen, das ist der Hund?«

»Das ist er.«

Jurys Blick wanderte von Harry Johnson zu dem Hund hinüber. »Wie heißt er?«

»Mungo.« Als Harry sein leeres Glas in die Höhe hielt, kam Trevor, der Barmann, herüber und füllte es ihm lächelnd nach. Jury lehnte dankend ab, denn er fand, er hatte in der kurzen Zeit schon ziemlich viel getrunken. »Wir haben einen ausgezeichneten 85er Batard. Vollmundig und rund«, sagte der Barmann. »Sie trinken heute Abend Whiskey?« In seiner Stimme lag ein leichter Vorwurf.

»Wie man sieht, Trev«, lächelte Harry. Die Bemerkung war nicht abschätzig gemeint. An Jury gewandt sagte er: »Trevor ist hier der Weinkenner. Der Weinkenner par excellence. Der Experte. Ich bin mir nicht sicher, ob die anderen den Unterschied zwischen einem Pouilly-Fussé und einem Pellegrino kennen.«

»Dann sollte ich bei denen bestellen, ich kenne ihn nämlich auch nicht«, sagte Jury.

Trevor meinte: »Ach was, Mr. Johnson, so schlimm sind wir doch gar nicht.«

»Nein, *Sie* nicht. Vielleicht steigen wir gleich um.«

Trevor schüttelte den Kopf. »Aber nicht nach dem Single Malt, den Sie da trinken.« Sein Blick schweifte zu Jurys Glas hinüber. Das war es nicht einmal wert, dass man darüber auch nur ein Wort verlor. Trevor wandte sich ab.

Harry lachte. »Über Wein macht man keine Scherze, jedenfalls nicht im Beisein von Trevor.«

»Also, Mungo –«

Sogleich richtete der Hund sich wachsam auf.

»Tauchte plötzlich wieder bei Ihrem Freund zu Hause auf – Moment mal – der ›Freund‹ sind am Ende doch nicht etwa Sie selbst, oder?«

»Lieber Gott, nein.«

»Na gut, aber immerhin haben Sie ja jetzt den Hund.«

»Ich fand Mungo vor Hughs Haustür sitzend. So heißt mein Freund, Hugh Gault. Er wohnt nicht weit von mir, in Belgravia. Ich war dort gewesen, um ein paar Bücher und andere Sachen zu holen. Hugh trägt sich mit dem Gedanken, das Haus zu verkaufen, doch bezweifle ich, dass er es tatsächlich tut. Er rechnet insgeheim immer noch damit, dass seine Frau und sein Sohn wieder auftauchen.«

»Er wohnt gar nicht mehr dort?«

»Nein. Die ganze Sache hat ihn fast um den Verstand gebracht. Er ist in einer Privatklinik in Fulham.«

»In der Psychiatrie, meinen Sie?«

Harry nickte. »Das alles hat ihn schwer mitgenommen. Inzwischen geht es ihm aber schon viel besser.«

Jury spürte, wie sich der Hund unter seinen Barhocker schob.

»Na, jedenfalls wartete Mungo dort schon wer weiß wie lange an der Tür. Er sah erschöpft und hungrig aus, und nachdem ich ihn hineingelassen hatte, holte ich ihm Futter. Doch anstatt zu fressen, ging er von Zimmer zu Zimmer und schnüffelte herum und untersuchte alles ausgiebig. Dann machte er sich über seinen Fressnapf her, als wollte er sich bis zum Fußboden durchfressen. Ich gab ihm noch etwas, das fraß er ebenfalls und soff noch einen ganzen Eimer Wasser. Dann nahm ich ihn mit zu mir nach Hause. Ich wohne in Belgravia, habe ich das schon erwähnt?«

Keine schlechte Adresse, dachte Jury, aber schließlich war da ja der schwarze Kaschmirmantel, den Jury ununterbrochen begehrlich beäugte. »Könnte es vielleicht sein, dass Ihr Freund Hugh sich das alles zusammenfantasiert hat?«

Harry Johnson musterte ihn wortlos mit enttäuschtem Blick. »Und ich womöglich auch? Ich habe mir Hugh und seine Familie zusammenfantasiert? Das ist doch lächerlich. Was Besseres fällt Ihnen nicht ein?«

Jury lachte. Zum Glück hatte er Johnson nicht verraten, dass er bei der Metropolitan Police war. Noch dazu als Superintendent. Und jetzt würde er es ihm jedenfalls nicht auf die Nase binden. Jurys Frage vorhin war unglaublich lahm gewesen. »Ich nehme an, das heißt nein?«

»Außer Sie denken, ich fantasiere es mir auch zusammen.«

»Schon möglich.«

»Ich bitte Sie.«

»Vielleicht binden Sie mir ja einen Bären auf.«

»Wieso? Wieso sollte ich in ein Pub gehen und anfangen, einem wildfremden Menschen eine Geschichte zu erzählen, die nicht wahr ist?«

»Keine Ahnung. Irgendwann werde ich es wahrscheinlich schon noch herauskriegen. Aber erzählen Sie weiter.« Jury sah zu Mungo hinunter, der wieder unter dem Hocker hervorgekrochen war und aufsah, als er Jurys Blick auf sich ruhen fühlte. »Wie erklären Sie sich das mit Mungo?«

»Dass er zurückgekommen ist? Nun, es gibt doch seit jeher Geschichten von Tieren, die von weit her den Weg zurückfanden, die diese wundersamen Reisen machten, um ihr Zuhause wiederzufinden. Wie hieß dieses Buch, das in meiner Jugend so beliebt war? *Die Unglaubliche Reise*?«

»Und Mungo brauchte dafür ganze neun Monate?« Er sah hinunter. Den Blick, mit dem der Hund zu ihm aufsah, konnte Jury nur als flehend beschreiben.

»Ich höre da irgendwie immer noch eine Spur Sarkasmus heraus. Ich bezweifle natürlich auch, dass Mungo neun oder zehn Monate unterwegs war, aber da ich nicht weiß, was sich in dieser Zeit zugetragen hat, kann ich nicht einmal raten. Vielleicht sind diese Geschöpfe nicht ganz so vergesslich wie wir. Es gibt manchmal Zeiten, da weiß ich nicht einmal mehr, in welcher Straße ich wohne.«

Jury lächelte. »Tut mir leid. War nicht so gemeint. Hat der Ehemann es der Polizei gemeldet?«

»Selbstverständlich. Sie können sich ja vorstellen, wie die Polizei in Surrey reagierte: Frau und Kind wurden vermisst, also war Hugh der Hauptverdächtige. Aber so sind sie nun mal, die Bullen: Englands Stolz und Zierde. Absolut einfallslos.«

»Darauf trinke ich einen.« Jury hielt sein Glas in die Höhe, und Trevor kam herüber. »Hugh fuhr also nach Surrey?« Seine Neugier wuchs, je mehr Harry ihm erzählte. Er sah zu, wie Trevor sein Glas frisch füllte.

»Hugh? Nein, nicht gleich. Ich ging an seiner Stelle. Er hatte die fixe Idee, wenn Glynnis und Robbie zurückkämen, müsste er unbedingt da sein, um sie zu empfangen.« Dann fuhr Harry fort: »Vielleicht waren sie ja ermordet worden, vielleicht waren sie entführt worden, oder – das war anfangs die Lieblingstheorie: unglückliche Ehefrau verlässt Gatten und nimmt Kind mit. Das war so lächerlich, dass ich nicht verstand, wieso die Polizei sich darauf versteifte.«

»Es war aber immerhin möglich. Schließlich kannte die Polizei die Frau nicht so gut, wie Sie sie kennen.« *So hätte ich auch getippt,* hatte Jury gerade sagen wollen, verkniff es sich aber und meinte stattdessen mit einem Blick auf den Hund: »Also weiß es nur Mungo.«

»Was es da zu wissen gibt, ja.«

»Ganz zu Anfang sagten Sie, Sie würden mir den Rest noch erzählen.«

Harry Johnson nickte. »Letztes Jahr im Sommer war es, im Juli, glaube ich. Glynn – also, Glynnis – machte sich an jenem Morgen mit Robbie und Mungo im Schlepptau auf, um in Surrey auf dem Land ein paar Häuser zu besichtigen. Sie hielten nämlich nach einem Haus außerhalb von London Ausschau.«

»Als zweites Heim? Als eine Art Wochenendhäuschen?«

»Nicht direkt – aber darauf komme ich später noch. Jedenfalls war Glynnis mit einer Immobilienmaklerin verabredet, die ein paar Objekte hatte, von denen sie glaubte, dass Glynn sich die ansehen sollte. Sie lagen etwa eine halbe Meile voneinander entfernt in der Nähe eines Dorfes namens Lark Rise. Glynn hatte Besichtigungstermine für beide Häuser. Das eine war noch bewohnt, das andere stand leer. Das eine kam absolut nicht in Frage, sie fand es zu niedlich, zu verspielt. Sie rief die Maklerin an, um ihr dies mitzuteilen und wollte zum zweiten Haus weiterfahren. Bei der Maklerin handelt es sich um eine gewisse Marjorie Bathous, von einer Firma namens Forester & Flynn. Die sitzen in Lark Rise.«

»Dann meldete Glynn sich aber nicht wieder. Die Fahrt zu dem zweiten Haus dauerte bloß ein paar Minuten, doch die Maklerin räumte Glynn Zeit ein, sich in aller Ruhe umzusehen. Das sei im Grunde nicht nötig gewesen, sagte sie, denn Glynnis sei jemand, die sofort wusste, was sie wollte, gleich auf den ersten Blick. Als die Maklerin nach einer Stunde nichts von ihr gehört hatte, begann sie, sich Sorgen zu machen, und dachte, Glynn hätte sich vielleicht verfahren, oder es wäre etwas mit dem Wagen. Als sie nach anderthalb Stunden aber immer noch nichts von ihr gehört hatte, wurde sie richtig unruhig.«

»Hat sie es denn nicht auf Glynnis' Mobiltelefon versucht?«

»Sie hatte die Nummer nicht. Sie meinte, wenn etwas gewesen wäre, hätte Mrs. Gault sich bei ihr gemeldet. Diese Marjorie Bathous setzte sich also in ihren Wagen und fuhr zum ersten Haus. Von Forester & Flynn aus brauchte sie etwa zwanzig Minuten. Beim ersten Haus schaute sie kurz bei dem Ehepaar dort vorbei, das der Maklerin bestätigte, ja, die beiden seien da gewesen, hätten sogar eine Tasse Tee getrunken, seien aber schon vor einiger Zeit abgefahren. Also fuhr sie zum zweiten Haus. Als sie dort ankam, war keine Menschenseele zu sehen.

»Das Haus war zur langfristigen Vermietung angeboten, nicht zum Verkauf. Jedenfalls hatte es keinen Sinn, an der Tür zu klingeln, denn es stand ja leer. Trotzdem schaute sie sich im Haus und auf dem Grundstück nach irgendeinem Hinweis um, fand aber nichts.

»Nun konnte diese Mrs. Bathous eigentlich nur noch annehmen, dass es zu Hause in London irgendeinen Notfall gegeben hatte. Vielleicht stand das Haus in Flammen. Oder aber Mrs. Gault hatte sich ganz plötzlich unwohl gefühlt und war kurzerhand nach Hause gefahren. Dann entschuldigte sie sich, das sei ja reichlich übertrieben und melodramatisch, aber nichts dergleichen reichte in puncto Melodrama an das Verschwinden dieser Familie heran. Auf diesen Gedanken war sie gar nicht gekommen, denn es war schlicht unmöglich. Leute verschwinden ja nicht einfach so –«

»Leute verschwinden andauernd«, erwiderte Jury, »wenn auch nicht gleichzeitig Frau, Kind und Hund, da stimme ich Ihnen zu. Und weiter?«

»Die Maklerin hatte noch damit gewartet, Hugh Gault anzurufen, tat es nun aber, weil sie dachte, es hätte in London einen Notfall gegeben. Hugh reagierte völlig verblüfft und verständigte umgehend die Polizei von Surrey. Können Sie sich vorstellen, da teilt einer der Polizei mit, seine Familie sei verschwunden? Hätte sich einfach in Luft aufgelöst? Die nahmen natürlich sofort an, die gute Frau sei ihrem lieben Gatten davongelaufen, nicht, dass ihr und dem Jungen etwas zugestoßen war.«

»Und Mungo.«

Der Hund kam unter Jurys Barhocker hervor und hob den Blick, um die beiden nacheinander anzusehen.

Harry lächelte. »Richtig. Immer vergesse ich Mungo.«

Der Hund wandte sich zu Harry Johnson hinüber.

»Ist ja gut«, sagte Harry und zauste ihm den Kopf.

Diesen letzten Drink hatte er doch hoffentlich nicht schon ausgetrunken, dachte Jury. Allerdings verzieh er sich diesen Durst auf Alkohol, denn immerhin hatte er gerade einen ziemlich schweren Fall hinter sich gebracht, der ihn – abgesehen von allem anderen – auch noch total geschlaucht hatte. Er wusste ehrlich gestanden nicht, ob er die Energie aufbringen konnte, zu Fuß nach Hause zu gehen. Er würde ein Taxi nehmen müssen. »Und weiter«, forderte er Harry auf.

»Die Polizei von Surrey kam einfach nicht weiter, was, unter uns gesagt, kaum überraschend ist. In Anbetracht der Tatsache, dass ein neunjähriges Kind vermisst wurde, bemühten sie sich aber redlich. Beim ersten Haus fand die Spurensicherung zwar Reifenabdrücke, die zu Glynnis' Wagen passten, aber das war ja nichts Neues.«

»Was hat man in der Nähe des zweiten Hauses gefunden?«

»Nichts. Dort war die Erde so hart, dass sie überhaupt keine Reifenspuren ausmachen konnten. Nicht die von Glynn und auch keine anderen. Hugh war natürlich außer sich. Er war fest überzeugt, dass es sich nur um eine Entführung handeln konnte. Das dachte ich auch, allerdings gab es keine Lösegeldforderung.«

Jury musste an den erst kürzlich gelösten Fall Flora Scott denken. »Gäbe es dafür denn einen Anlass? Ich meine, sind die Gaults wohlhabend?«

»Wohlhabend nicht, es geht ihnen aber recht gut. Als ihre Mutter starb, hat Glynn etwas geerbt, und Hugh ist ja Professor an der Londoner Universität. Physik.«

»Hätte Ihr Freund Hugh nicht vielleicht ein Tatmotiv?«

»Natürlich nicht.« Harry klang irritiert. »Außerdem war er in London, was zahlreiche Leute bestätigen konnten.«

»Schon, aber das schließt nicht aus, dass er jemanden hätte beauftragen können. Und in dem Fall können Sie wetten, dass es Zeugen gibt, eine ganze Latte von Zeugen sogar.«

»Genau das hat die Polizei auch gesagt.« Harry sah Jury nachdenklich an.

Jury lachte. »Sie müssen wissen, ich bin ein großer Fan von dieser Polizeiserie – wie heißt sie gleich noch mal? Na, jedenfalls gucke ich sie mir immer im Fernsehen an.«

»Sie kennen Hugh aber nicht.«

»Da haben Sie ganz Recht. Und was geschah dann?«

»Dann kam der Privatdetektiv.«

»Der aber nichts herausfand?«

Harry nickte. »In der Zwischenzeit fuhren wir nach Lark Rise zu Forester & Flynn und holten uns die Schlüssel für das leer stehende Haus. Das machen die Makler auf dem Land so, weil die Objekte manchmal ziemlich weit auseinander liegen. Ich meine, da braucht nur etwas schiefzugehen, und schon hat man den Ärger.«

Wie bei Glynnis Gault, verkniff Jury sich zu sagen: »Demnach ging Mrs. Gault also doch ins Haus?«

»Das wusste die Maklerin nicht. Wenn es Glynnis von außen nicht gefiel, schaute sie wahrscheinlich gar nicht hinein.«

»Dann ist Ihre Glynnis aber ein ganz seltenes Exemplar von Frau.«

»Wieso sagen Sie das?«

»Welche Frau mit dem Schlüssel zu einem fremden Haus in der Hand würde diesen nicht benutzen? Tut mir leid, wenn es herablassend klingt. Vielleicht sollte ich sagen ›welcher Mensch‹. Ich habe jedenfalls festgestellt, dass Häuser und deren Inhalt für Frauen viel interessanter sind als für Männer.«

»Sie glauben, sie ist hineingegangen?«

Jury nickte. »Und weiter?«

»Die Zimmer waren geräumig, mit sehr hohen Decken, der Salon –, beziehungsweise das Wohnzimmer – mit offenbar recht wertvollen Antiquitäten ausgestattet. Es gab einen russischen Schreibtisch mit Silberintarsien und einen in Rot- und Blautönen gehaltenen, riesigen türkischen Teppich. Der Tisch war zum Tee gedeckt, mit silbernem Teegeschirr, Tassen, Untertassen und so weiter.«

»Sie meinen, wie bei Miss Havisham in dem Roman von Dickens? Hatte die nicht alles, was ihre bevorstehende Hochzeit betraf, jahrelang genauso stehen lassen?«

Harry hatte sich eine Zigarette angezündet und stieß den Rauch aus. »Nein, das meine ich nicht.« Es schien ihn irgendwie zu ärgern, dass Jury literarische Vergleiche anstellte.

»Das Haus«, fuhr er fort, »liegt etwa sechzig Meter von der Straße entfernt. Vorne wucherte alles wild – Gras, Baumhecken, Büsche. Seitlich und hinter dem Haus, am Ende des Gartens, standen hohe Bäume, ein richtiger Wald eigentlich, alles recht dicht und ursprünglich. Sicherlich nicht der Inbegriff von einem niedlichen Cottage auf dem Lande. Hugh verstand nicht, wieso die

Maklerin es Glynnis überhaupt angeboten hatte, oder dass Glynnis sich die Mühe gemacht hatte hineinzugehen. Es war ein recht imposantes Haus, aber viel zu groß.«

»Nun, vermutlich ist sie nicht die erste Maklerin, die einer Kundin eine ungeeignete Immobilie zeigt. Könnte es vielleicht sein, dass jemand Mrs. Gault erwartete? Und was ist mit dem Jungen? Und mit unserem Mungo –«

Beide sahen hinunter. Mungo beäugte wieder erst den einen, dann den anderen. Dieser Blick, dachte Jury, wirkte nicht sehnsüchtig, eher verwirrt oder zumindest verblüfft.

»Ob die Entführer wirklich vorgehabt hatten, alle drei mitzunehmen?«

»Mussten sie vielleicht, den Jungen konnten sie ja schlecht laufen lassen«, sagte Harry.

»Mungo ließen sie aber laufen.«

Harry verdrehte die Augen. »Ich nehme an, sie dachten sich, Mungo würde ja nicht gleich einen Bericht schreiben über das, was geschehen war.«

»Eine Entführung passt irgendwie gar nicht zu dem, was es sonst mit dem Haus auf sich hatte. Sie wissen also nicht, ob zwischen dem Haus und dem Verschwinden von Glynnis und Robbie Gault eine Verbindung besteht. Es könnte einfach Zufall sein.«

Harry betrachtete seinen Drink.

»Wer ist der Besitzer des Hauses?«

»Ein gewisser Ben Torre. Genauer, Benjamin della Torre.«

»Klingt aristokratisch.«

Kopfschüttelnd hob Harry sein Glas hoch.

»Klingt auch spanisch.«

»Italienisch. Er lebt in der Nähe von Florenz.«

»Sie wissen ja gut Bescheid.«

Harry nickte. »Musste ich ja, nach allem, was passiert ist.«

»Nach allem?«

»Was ich Ihnen erzähle.« Harry schaute lächelnd auf seine

Armbanduhr. »Ach, es ist ja fast neun. Würden Sie gern irgendwo essen gehen? Ich kenne da ein sagenhaftes Restaurant.«

Jury sah ebenfalls auf die Uhr und staunte, dass er sich fast zwei Stunden mit Harry Johnson unterhalten hatte. »Warum nicht? Eine gute Idee. Was ist mit Mungo?«

Beide standen auf, um ihre Mäntel anzuziehen (Harry den aus Kaschmir, Jury sonst was). Als Mungo dies sah, rappelte er sich ebenfalls auf und wedelte mit dem Schwanz.

»Oh, Mungo darf uns gern Gesellschaft leisten. Ich rufe eben kurz dort an und sage, dass wir kommen.« Er zog ein Handy aus der Manteltasche und wandte sich etwas beiseite, um den Anruf zu tätigen.

Jury kniete sich hin und kraulte Mungo die Ohren. Dabei fragte er sich, was der arme Hund wohl durchgemacht hatte und wie es kam, dass ein Tier so einen guten Orientierungssinn haben konnte, dass es von weiß Gott woher den Weg zurück nach Hause fand. Er überlegte, ob der Begriff »zu Hause« Tieren wohl mehr bedeutete als Menschen.

Harry klappte sein Handy zu. »Erledigt. Das Lokal wird Ihnen gefallen.« Dann sah er lächelnd zu Mungo hinunter. »Ein erstaunlicher Hund. Ich werde einfach nicht schlau aus ihm.« Er machte eine Pause. »Eigentlich werde ich aus dem allem nicht so recht schlau.«

# 2

»Das Haus selbst – es heißt übrigens *Winterhaus* – wieso, weiß ich auch nicht, nun, über das Haus selbst wollte ich mehr erfahren. Ein Ort, fand ich, der etwas Besonderes an sich hatte.«

Sie saßen inzwischen in einem dieser angenehmen Restaurants, wo Speisen und Service offensichtlich wichtiger waren als die Einrichtung, denn es gab weder diese schrecklichen Raumteiler aus Kunstharz oder Milchglas noch Wandleuchter mit eingraviertem Muster, auch keine ausladenden Ledermöbel und grellweiße Tischwäsche. Der Abstand zwischen den Tischen war so groß, dass man nicht das Gefühl bekam, die Leute am Nebentisch belauschten die Unterhaltung. Harry Johnson war hier offenbar Stammgast, denn der Oberkellner kannte ihn mit Namen und behandelte ihn sehr zuvorkommend.

Sie hatten bestellt, oder vielmehr hatte Harry vorgeschlagen, dass der Ober die Bestellung für sie ausführte, ebenso wie er den Sommelier gebeten hatte, den Wein auszusuchen.

»Das Haus hatte etwas Besonderes an sich?«

Harry zuckte die Achseln. »Genau weiß ich auch nicht, was ich damit sagen will. Etwas Unheimliches. Als wir wieder wegfuhren, kam uns am Ende der Auffahrt ein alter Mann entgegen, vermutlich jemand aus dem Dorf. Wir hielten an und fragten nach dem Swan, einem Pub ganz in der Nähe. Er sagte, es sei noch ein kleines Stück weiter, und raunte uns dann zu, dass er Jessup heiße, hier in der Gegend wohne und uns vor ›dem Haus da drüben‹ warnen wolle. Er meinte, wir sollten uns vor dem Wald hüten. Stellen Sie sich das mal vor.« Harry lachte.

»Kam Ihnen der Wald denn irgendwie schaurig vor?«

»Nein.«

»Was ist mit dem Besitzer? Was hatte der zu sagen?«

»Der lebt in San Gimignano, einem von diesen Bergstädtchen in der Toskana, in einer *casa torre*. Dort wimmelt es von solchen Türmen.«

»Sie waren dort?«

»Ja. Wir haben schließlich nach allen möglichen Spuren gesucht. Hugh war dazu nicht in der Lage, also bin ich hingefahren. Der Besitzer wollte nicht nach England kommen – wieso sollte er auch? Er hatte das Haus einer Maklerin anvertraut, sollte die sich verdammt noch mal darum kümmern.«

»Aber hätte es nicht auch telefonisch geklärt werden können? Dafür extra nach Italien zu fahren, erscheint mir ein bisschen übertrieben.«

»Ist eine Reise nach Italien denn nicht immer die Mühe wert? Außerdem war ich noch nie dort gewesen.«

Jury lachte. »Verstehe. Und weiter?«

»Interessant, was Ihren Einwand wegen des Telefons betrifft: Er wollte es nicht am Telefon besprechen. Falls ich zu ihm kommen wollte, könnte ich das gerne tun.«

Der Ober hatte ihre Salate gebracht, vorwiegend neue, trendige Sorten mit Stilton und Walnüssen in einem Zitronendressing.

Harry fuhr fort: »Zwei Tage später stand ich bei ihm vor der Tür. Wir tranken etwas, aßen in einer kleinen Trattoria zu Abend. Solche *capesante* wie dort hatte ich noch nie gegessen.«

»Ich habe überhaupt noch nie welche gegessen. Und weiter?«

Harry lächelte. »Er hatte keine Ahnung, weshalb ich seine Geschichte hören wollte. Er wusste lediglich, dass ich mich für das Haus interessierte und mehr darüber erfahren wollte, denn die Grundstücksmaklerin hatte ja keinen blassen Dunst davon. Das lag daran, klärte Ben Torre mich auf, dass er ihr nicht viel gesagt hatte. Er hatte es nicht für notwendig erachtet. Wenn ich aber etwas über die Geschichte des Hauses wissen wollte, bevor ich die Immobilie mietete, würde er es mir gern erzählen. Ich präsentierte mich natürlich als zukünftiger Mieter oder jedenfalls als nichts anderes. Es gefiel ihm, glaube ich, dass ich die weite Reise nach Italien gemacht hatte, nur um etwas über dieses Haus zu erfahren. Torres Vater war Italiener, seine Mutter Britin. Er war in England aufgewachsen, hatte bis etwa Mitte zwanzig dort gelebt. Fand es dort scheußlich – so trist, nass und kalt, und die Leute nicht besonders warmherzig.

Seine Eltern waren geschieden, sein Vater lebte in Siena. Dieses Winterhaus, also das Haus, das Glynnis Gault besichtigte, gehörte der Familie seiner Mutter.

Das letzte Mal sei er auf seinem Besitz in Surrey gewesen, als er das Objekt damals vor zwei Jahren einer Maklerfirma übergeben hatte. Mir gegenüber sagte Ben Torre: ›Ich will Ihnen eine Geschichte erzählen. Das Anwesen gehörte der Familie meiner Mutter. Meine Mutter starb vollkommen unerwartet mit kaum vierzig Jahren in London. Sie war überhaupt nicht krank gewesen. Ich war damals sechzehn. Mein Vater lebte zu jener Zeit schon hier. Sie waren bereits seit Jahren geschieden. Ich wunderte mich, dass sie sich überhaupt zusammengetan hatten – sie waren so verschieden. Manchmal glaube ich, eine Ehe ist nichts anderes als die Aussöhnung von Unterschieden, die manchmal nur gelingt. Kein erhebender Gedanke, oder?

Jedenfalls hatte meine Mutter – sie hieß Nina – dieses Haus in Surrey immer gern gehabt. Sie hatte ihre Kindheit dort verbracht, es geheimnisvoll gefunden. Aber die meisten Kinder finden ja Dinge geheimnisvoll, die Erwachsenen völlig gleichgültig sind. Mehr als einmal hatte meine Mutter Kaufangebote für das Haus bekommen – und wenn Sie es sehen könnten, wüssten Sie, dass es ein recht hübsches Anwesen ist, wenn auch nicht ordentlich instand gehalten. Meine Mutter wollte aber nicht verkaufen, nicht, weil sie dort als Kind gelebt hatte, sondern weil sich dort etwas zugetragen hatte, für das sie sich gewissermaßen verantwortlich fühlte. Nicht, dass sie etwas getan hätte, meine ich, sie wollte einem Fremden diese unselige Geschichte nur nicht zumuten.‹«

Jury ließ die Gabel sinken. »›Unselige Geschichte?‹«

Harry Johnson hob aber bloß abwehrend die Hand.

»Torre fuhr fort: ›Ich selbst war acht Jahre alt, als sie mir davon erzählte. Immer wieder hatte ich sie bekniet, mir doch zu erklären, was sie damit meinte. Eines Abends schließlich, als sie mich zu Bett brachte und mir eine Geschichte vorlesen wollte … Sie hatte eine wunderschöne Stimme. Ich wollte aber keine Geschichte vorgelesen bekommen. Ich wollte, dass sie mir eine erzählte.‹

›Na gut, Benji, ich werde dir eine Geschichte erzählen.‹ Sie klappte das Buch zu und legte es beiseite. Und dann erzählte sie mir diese Geschichte und seither weiß Gott wie oft, weil ich immer wieder danach verlangte.

›*Ein Fremder stand dort draußen am unteren Ende des Gartens. Erst dachte ich, es sei ein Lieferant oder ein Bekannter deines Vaters. Doch er rührte sich nicht von der Stelle. Ein Vagabund war es nicht, das sah man an seinem Mantel und dem Spazierstock.*‹

›*Und an seinem Bowlerhut*‹, sagte ich, ›*den hast du ausgelassen.*‹ Ich unterbrach sie oft auf diese Weise, um sicherzugehen, dass alle Einzelheiten drin waren, auch Allgemeinplätze wie Wetter und Licht, der Einfallswinkel der Sonne, das bunte Herbstlaub – all diese Details mussten absolut stimmen, also immer gleich sein, bevor ich ihr erlaubte weiterzureden.‹«

Harry Johnson hielt inne, um einen Schluck Wein zu trinken. Wie durch Zauberhand erschien ihr Abendessen. Das Gericht hatte einen atemberaubend komplizierten Namen. Was immer es war, es war gut.

Bei diesem »Fremden« (dachte Jury) handelte es sich bestimmt um den Überbringer schlechter Nachrichten oder gar die schlechte

Nachricht selbst. Er würde sterben, war Jury sich sicher. »Er wurde ermordet, stimmt's?«

Erstaunt riss Harry die Augen auf. »Sie ziehen übereilte Schlüsse. Dafür würde Ben Torre Ihnen den Kopf abreißen.« Harry lachte.

»Erzählen Sie weiter. Der Fremde.« (Der, fügte er bei sich hinzu, später ermordet wird.)

»Ben Torre sagte: ›Meine Mutter korrigierte also die Sache mit dem Hut, dann fuhr sie fort:

›*Er blieb ziemlich lange dort unten am Fußweg stehen, und ich weiß nicht, warum ich nicht hinausging und ihn fragte, wer er war und was er wollte. Ich hatte ein bisschen Angst. Ich hatte an meinem Fensterplatz gesessen und versucht, mein Buch zu lesen – doch ich konnte nicht, und als ein Sonnenstrahl über die Seite fiel, blickte ich wieder hoch. Er war verschwunden. Ich war erleichtert. Er war fort, Gott sei Dank. Aber drei Tage später tauchte er wieder auf. Am unteren Ende des Gartens, an der gleichen Stelle. Ich …*‹ Dann hielt sie inne, und ich sagte: ›Du sagtest dir, du musst was unternehmen.‹

›*Ja. Es war so, wir waren ganz allein dort. Du warst damals erst acht.*‹

An dieser Stelle klang Ben Torres Stimme ganz aufgeregt, als spürte er die Unsicherheit und Angst seiner Mutter immer noch. ›Meine Mutter rief also auf der Polizeiwache an.‹

›*Aber was soll* ich *denen denn sagen? Dass ein Mann zwei Mal unten am Gartenweg gestanden hatte? Wieso sollte die Polizei da mühselige Ermittlungen anstellen? Ich rief aber trotzdem an, Benji, und war überrascht, dass sie so höflich waren.*‹«

»Englands Stolz und Zierde«, ließ Jury sich vernehmen und erntete einen vernichtenden Blick von Harry Johnson.

»Ben Torre fuhr fort: ›Der rätselhafte Fremde faszinierte mich eher, als dass er mir Angst machte, allerdings war es auch nicht so einfach, mir Angst einzujagen. Das wusste meine Mutter. Trotzdem – den Rest erzählte sie mir nicht.‹« Wieder hielt Harry inne, um einen Schluck Wein zu trinken.

Jury sagte: »Machen Sie wenigstens eine Pause zum Essen. Dieses Gericht ist es definitiv wert.«

»Ach, das habe ich schon oft gegessen. Es ist köstlich.«

Jury genoss dieses Schwelgen in Erinnerungen. Seine Gedanken wanderten zu dem Gemälde, *Die Schmetterlingsesser*, das er damals im Baltic Center in Newcastle gesehen hatte. Wo es um das Verspeisen von Illusionen ging.

Harry fuhr fort. »Er sagte: ›Jahre später erzählte mir mein Vater dann den Rest. Das Haus, sagte er, hätte eine traurige Geschichte, eine trostlose Geschichte.‹

›*Das hat die Polizei deiner Mutter auch gesagt: Einst wohnte dort eine Familie namens Overdean. Die hatten es gemietet und lebten dort zusammen mit ihrem Sohn, dem siebenjährigen Basil. Eines Nachts wurden der Junge und seine Mutter in ihren Betten ermordet. Dem Vater selbst wurde kein Haar gekrümmt.*‹

In solchen Fällen«, fuhr Harry fort, »deutet alles darauf hin, dass jemand aus der Familie die Tat begangen hat – in diesem Fall der Vater, der als Einziger verschont worden war. Von einem Motiv war allerdings nicht die Rede, seine Fingerabdrücke waren auch nicht auf dem Messer, mit dem mehrmals auf die beiden eingestochen worden war. Das Messer stammte anscheinend nicht aus dem Haus. Das ließ die Anklage aber alles nicht gelten. Nun, Sie wissen ja, wie Polizei und Anwälte sind –«

»In der Tat.«

»– in Ermangelung von Gegenbeweisen konnten sie einfach behaupten, der Vater hätte seine Fingerabdrücke vom Messer abgewischt oder ganz einfach ein fremdes Messer ins Haus bringen können –«

Wieder unterbrach ihn Jury. »Und dann seelenruhig im Bett liegen, während seine Frau umgebracht wurde. Ich bitte Sie!«

Inzwischen war der Ober gekommen, um ihre Teller abzuräumen. Der von Jury war leer geputzt.

»Genau das dachte ich auch.«

»Er wurde verurteilt?«

Harry nickte. »Der Richter schien Zweifel an seiner Schuld zu haben und verurteilte ihn nicht zu lebenslänglich, sondern nur zu zwanzig Jahren. Wegen untadeligen Verhaltens musste er nur zehn absitzen. Die Beweislage war wohl äußerst dürftig.«

»Es waren mit Sicherheit nur Indizien. Was mich überrascht, ist, dass die Verteidigung da keine Zweifel aufkommen lassen konnte.«

Der Ober kam mit dem Nachtisch, einer mit Lavendel aromatisierten, glasierten Crème brûlée. »Und was hat es mit dem Fremden auf sich? Die Erklärung ist Mr. Torre noch schuldig geblieben.«

»Hören Sie zuerst, was seine Mutter über das Haus erzählte: Einmal sagte sie mir: ›*Benji, Häuser sind mehr als nur Holz, Stein und Gips. Häuser atmen. Ich glaube, sie tragen die Spuren all der Menschen in sich, die in ihnen gewohnt haben.*‹«

»Auch die von Mrs. Overdean und ihrem Sohn? Keine besonders passende Geschichte, jedenfalls nicht für ein kleines Kind.«

»Ich wiederhole nur, was Ben Torre mir gesagt hat. ›Und der schweigsame Fremde im Bowlerhut?‹, fragte ich meinen Vater.

›Das wusste deine Mutter nicht. Vielleicht war es der Vater, der zurückgekehrt war.‹«

»Tot oder lebendig?«, fragte Jury.

Harry lachte. »Lebendig, sagte er, glaube ich. Es wäre doch kaum verwunderlich, wenn er in das Haus zurückkehrte, in dem sich so Schlimmes zugetragen hatte, wo er den Verlust –« Harry unterbrach sich plötzlich.

»Wo er alles verloren hatte, wollten Sie doch gerade sagen. Wie Ihr Freund Hugh Gault. Bloß dass es in seinem Fall keine rationale Erklärung zu geben scheint für das Verschwinden seiner Frau und seines Sohnes.« Jury sah hinunter zu Mungo, der den Kopf unter der herunterhängenden Tischdecke hervorstreckte. »Und seines Hundes.«

Harry machte dem Kellner ein Zeichen, um Kaffee zu bestellen. »Ich fragte Ben Torre: ›Was war mit dem Fremden? Dachte Ihre Mutter, es sei dieser Mr. Overdean?‹ Ben lachte. ›Das glaube ich kaum. Dafür wäre er ein bisschen zu alt, meinen Sie nicht? Overdean wäre inzwischen längst tot. Nein, das ist ziemlich unmöglich, außer natürlich, man glaubt an Gespenster.‹«

»Tun Sie das? Oder Nina Torre?«, fragte Jury.

Ihr Kellner schenkte ihnen Kaffee ein und stellte die Silberkanne auf den Tisch. Harry schüttelte den Kopf. »Ich kann nur für mich selbst sprechen. Nein, sicher nicht. Bei Mrs. Torre wäre ich mir allerdings nicht so sicher. Und Hugh? Bevor das alles passierte, hätte ich behauptet, er tue es definitiv nicht. Aber jetzt sucht er einfach nach einer Erklärung, egal welcher. Das ist alles so deprimierend!« Er überlegte. »Eines war Ben Torre aber wichtig: Ich sollte mich vor dem Wäldchen hinterm Haus in Acht nehmen.«

»Wie denn?«

»Er meinte es ganz ernst. Interessant, nicht wahr? Er wiederholte die Warnung, die uns dieser Mr. Jessup gegeben hatte: Wir sollten uns vor dem Wäldchen hüten.«

»Warum?«

»Das sagte Torre nicht. Er tat die Frage einfach ab, als wäre ich verrückt, sie überhaupt zu stellen.«

»Und haben Sie sich davor gehütet?«

»Es war der erste Ort, den ich aufsuchte, kaum dass ich aus Florenz zurück war. Wissen Sie, wenn jemand auf eine Stelle deutet und Ihnen sagt, Sie sollen von dort wegbleiben, würde es Sie dann nicht besonders reizen, dorthin zu gehen? Es fordert die Neugier doch geradezu heraus.«

»Und was haben Sie gefunden? Welche Gefahr lauerte dort auf Sie?«

»Gar keine. Die Polizei von Surrey hatte das Wäldchen durchgekämmt, auf der Suche nach, nun, wahrscheinlich nach… menschlichen Überresten.« Harry griff nach seiner Kaffeetasse und nahm einen Schluck, als wollte er das Wort damit hinunterspülen.

*Menschliche Überreste.* Das Wort hatte Jury schon immer gehasst – es hörte sich so distanziert an, so steril. »Was ist mit dem ersten Haus? Läge es denn nicht nahe, dort zu suchen? Niemand weiß doch, ob Glynnis und ihr Sohn überhaupt beim zweiten Haus angekommen sind.«

»Nein, Sie haben ganz Recht.« Harry lehnte sich, Tasse und Untertasse in den Händen, in seinem Stuhl zurück.

»Ein verteufelt merkwürdiges Muster scheint mir das.«

Harrys Stirn umwölkte sich. »Was für ein Muster?«

»Das ist Ihnen doch sicher aufgefallen. Die Overdeans, Nina Torre, Glynnis Gault. Alle waren allein mit ihren acht- oder neunjährigen Söhnen.«

Harry lehnte sich vor. »Nein, das habe ich nicht bemerkt. Ich muss wohl blind sein.«

Mungo streckte die Schnauze unter dem Tisch hervor, um sie auf Jurys Schuh zu legen. Er blinzelte träge, als Jury zu ihm hinunterschaute. Als würde ihn das alles überhaupt nicht jucken. Als fände er die Unterhaltung absolut lächerlich. Als wäre Jury ein vollkommener Idiot.

Mungo gähnte.

*Um das Wäldchen geht's doch gar nicht.*

# 3

Und so würde es kommen – der stellvertretende Polizeichef oder gar der Polizeichef höchstpersönlich würde ihm die Hölle heiß machen, und zwar dafür, dass er ohne Durchsuchungsbefehl in das Haus in der Hester Street gegangen war. Jury wunderte sich, dass er immer noch nicht vom Dienst suspendiert worden war.

*»Ich werde versuchen, das abzuwenden, Freundchen. Dass Sie Ihren Job nicht verlieren, haben Sie allein mir zu verdanken.«*

Machte Racer da einen Witz? Jury wusste doch, wie weit sich dieser Kerl für ihn aus dem Fenster lehnen würde.

»Danke.« Er hatte Chief Superintendent Racer (seinem Boss, Chef, Oberaufseher) gegenüber gesessen und überlegt, ob er außer »Danke« vielleicht etwas Nettes sagen könnte, doch ihm war nichts eingefallen. Er interessierte sich mehr für den Kater Cyril, der erst pfannkuchenartig flach auf dem Fußboden gelegen hatte und nun auf Racers großen Schreibtisch zurobbte, während Racer weiter schwafelte, ohne etwas zu merken. Es war gerade so viel Platz, dass Cyril durch den etwa neun Zentimeter breiten Spalt schlüpfen und die Zähne um Racers Fußgelenk legen und feste daran ziehen konnte. Wenn Racer dann aufschrie, schlüpfte Cyril durch den Zwischenraum zurück und steuerte auf die Tür zu, Racers wütende Beschimpfungen wie eine am Schwanz festgebundene Kette Konservendosen hinter sich herziehend.

Das war so sein Zeitvertreib. Jury lächelte.

Genauso wie Racer die gegenwärtige Situation ausnutzte, um Jury eine Standpauke zu halten. In der Pause, in der Racer sich überlegte, was er noch alles sagen wollte, stand Jury auf. »Wär's das dann?« Er trat auf die Tür zu. Hinter ihm kreischte Chief Superintendent Racer plötzlich auf, woraufhin Cyril schlagartig unter dem Schreibtisch hervorgeschossen kam und in Richtung Tür raste, die Jury ihm aufhielt. Der massive Briefbeschwerer verfehlte beide und prallte auf dem Teppich hinter ihnen auf.

Spätabends, als Jury mit Harry Johnson das Restaurant verließ, versprach er, am nächsten Abend wieder ins Old Wine Shades zu kommen und den Faden da wieder aufzunehmen, wo Harry aufgehört hatte.

Die Geschichte, hatte Harry Johnson gesagt, ginge nämlich noch weiter.

Jury musste zugeben, dass er neugierig war auf die Gaults und Ben Torre und deren höchst merkwürdige Geschichten.

Obwohl es schon ziemlich spät war, beschloss er spontan, zur Lower Thames Street hinunterzugehen und am Embankment entlang bis zur Waterloo Bridge zu spazieren. Er wollte nachsehen, wie es Benny Keegan ging. Es war zwar längst zehn Uhr vorbei, doch hielt Benny sich auch nicht an normale Geschäftszeiten. Sein Hund Sparky hatte Jury vermutlich damals das Leben gerettet, indem er die anderen zu ihm geführt hatte.

Sparky. Ach, wenn *Sparky* in dem Haus in Surrey herumgeschnüffelt hätte – *er* hätte bestimmt etwas aufgespürt. Jury sollte aber nicht zu streng mit Mungo umspringen, denn dumm war der ganz bestimmt auch nicht.

Er betrachtete die Themse und das Glitzern der Lichter vom Nationaltheater und der South Bank, die sich auf ihrer Oberfläche widerspiegelten.

Jury ging die Steinstufen hinunter, unter die Brücke, wo sich ein paar Londoner Obdachlose häuslich eingerichtet hatten. Morgens mussten sie natürlich wieder alles zusammenpacken und sich verziehen, sonst machte ihnen die Polizei die Hölle heiß. Nacht für Nacht kamen sie jedoch wieder zurück. Bestimmt hielten sie sich für Glückspilze, dachte Jury, dass sie diese Stelle unter der Brücke für sich hatten.

»O Jesses«, sagte Mags, auf die er als Erste stieß, »wenn das nich wieder der Bulle is. Das is ja direkt polizeiliche Schikane, is das.«

Jury meinte: »Das letzte Mal war ich im Januar hier, Mags. Und das nennen Sie Schikane? Inzwischen haben wir März.«

»Die Iden des März.« Sie klang mürrisch. »Cäsar, der alte Scheißkerl, der hat auch gewusst, wo Bartel den Most holt, he?«

»Na, ich behaupte ja nicht, ich wäre Cäsar.«

»Umso besser.« Mags Lachen speiste sich aus einer stetig sprudelnden Quelle tief im Inneren ihres Körpers. Dieser Körper war, in Anbetracht diverser Schichten von Röcken und Schals, allerdings schwer auszumachen. Sie hatte in einem großen Blechkanister Feuer gemacht und rührte in einem Topf irgendetwas um.

»Na denn, so alle paar Monate kommense also mal hier vorbei, was? Nächstes Mal lass ich mir aber vorher die Haare machen.«

»Sie sind schön wie eh und je, Mags. Wo stecken denn Benny und Sparky?«

»Hecken schon wieder irgendwas aus, im Gegensatz zu gesetzestreuen Bürgern wie wir.«

»Wann haben Sie sie denn zum letzten Mal gesehen?«

»Vor etwa 'ner Viertelstunde. Er meinte, er geht kurz zu McDonald's rüber bei Charing Cross. Hat heute gut eingenommen auf seiner Route.«

Jury blickte sich um. »Wo sind sie denn alle?«

»Was weiß ich.«

Normalerweise waren hier mindestens ein halbes Dutzend Leute mit gerolltem Bettzeug und Decken, und bis zu einem Dutzend kamen immer mal wieder vorbei. Eine »Unterkunftsadresse« hatte es Jury einmal genannt, wobei die Polizei die Unterkunft stellte und ein Auge zudrückte, solange man sich am nächsten Morgen mit Decken, Bettzeug, Töpfen und Pfannen wieder verdrückte.

»Hat Benny eigentlich immer noch seinen Lieferantenjob in Southwark drüben?« Er deutete mit dem Kopf in Richtung South Bank.

»Klar. Der Bursche weiß gar nich, was er fürn Glück hat mit seinem festen Job.«

»O doch, ich glaube, das weiß er.« Jury drehte sich um, als Gebell ertönte, das aber gleich wieder erstarb, als hätte der Hund es in die Kehle zurückgesogen. Ein leuchtend weißer Streifen tauchte an den Stufen auf. Sparky. Gefolgt wurde er von Benny, der anderen Hälfte von Jurys Lebensretterteam.

»Hey, Mr. *Jury*!«

»Hallo, Benny. Wie läuft's denn?«

»Alles im grünen Bereich«, gab Benny zurück, die Daumen lässig in die Jeanstaschen eingehakt.

Jury lächelte. Bernard Keegan, ein Junge von Welt. Das konnte man schon so sagen, denn Benny lebte seit Jahren ganz auf sich gestellt auf der Straße. Dabei war er gerade mal elf oder zwölf. »Lieferst du immer noch für dieselben Leute aus, für Gyp und Konsorten?«

»Ehrlich gesagt, der alte Gyp, also, mit Sparky und mir redet der nich mehr so wie früher. Irgendwie geht der auf Abstand. Aber fies glotzen tut er immer noch.«

»Für den musst du ja nicht unbedingt arbeiten, weißt du.«

»Na ja, ich seh das so, wenn man aufgibt, bloß weil einer gemein zu einem is, also, da kommt man doch nich weit, da bleibt man immer unterwerfig.«

Jury wusste, dass Benny besonders stolz auf den Ausdruck »unterwerfig« war. Er mochte neue Wörter (auch wenn er sie nicht immer richtig hinkriegte), lange Wörter, die man sich »echt im Mund zergehen lassen« konnte, wie er sich ausdrückte. Dadurch wirkte man viel »gebüldeter«.

Sie saßen nebeneinander auf den kalten Steinstufen. Sparky lief im Kreis.

»Wieso macht er das?«

»Ach, das macht er bloß, wenn er aufgeregt is. Weil *Sie* da sind. Sparky hat Sie schon immer gern gehabt.«

Jury betrachtete Sparky, der plötzlich stehen blieb und die beiden beobachtete. »Sag mal, Benny, wenn Sparky alleine loszieht, glaubst du denn, dass er das absorbiert, was er erlebt?«

»›Absorbiert‹?«

»Dass er es begreift, die Bedeutung versteht?«

Benny schaute Jury an, als hielte er ihn für leicht bekloppt. »Na klar.«

»Kann er es dir sagen?«

»Kommt drauf an, was Sie mit ›sagen‹ meinen. Er kann bellen, er kann die Augen, den Schwanz, den ganzen Körper bewegen. Oder im Kreis rumrennen wie gerade eben. Und vergessen Sie nich – es war immerhin Sparky, der mich damals auf die Pier geholt hat. Gut, dass ich ihn gesucht hab, was? Dann is er auf der Pier hin und her gerannt und hat gebellt. Sparky kann nämlich ganz unterschiedlich bellen. Wütend, glücklich, gefährlich – immer anders.«

»Glaubst du, alle Hunde sind gleich?«

»Nein. Das können bloß die schlauen.«

»Wenn Sparky ein Jahr verschwunden wäre, was würde er machen?«

»Dann bekäm ich aber was zu hören.«

Jury lachte. »Na, das kann man wohl sagen.« Er stand auf. »Ich gehe dann jetzt. Was macht Gemma?«

»Die überlegt, ob sie ihre Puppe Richard umtaufen soll. Sie wissen schon, die ganz schwarz angezogen is.«

»Warum?«

»Weil Sie mich besuchen kommen und sie nich, nehm ich mal an.«

»Sag ihr, ich besuche sie bald.«

»Okay, kann ich machen, sie wird mir aber nich glauben.« Letzteres klang so wie *Das verzapfst du ihr am besten selber, Kumpel.*

»Also dann auf bald, Benny.«

Als er die Treppe hochging, hörte er Mags Stimme hinter sich. »Und in zwei Monaten tanzen Se dann wieder an.«

# 4

»Du bist mir ein absolutes Rätsel«, sagte Lady Ardry und verdrückte dabei, Melrose Plant gegenüber sitzend, ein weiteres Feenküchlein. Obwohl diese Gebäckartikel (bei Kindergeburtstagen gang und gäbe) zugegebenermaßen ziemlich klein waren, handelte es sich immerhin schon um ihr fünftes, ob nun klein oder nicht, mit Butterkrem Überzogenes.

Sie fuhr fort: »Du hast hier doch viel zu erledigen.«

»Und da ich es sowieso nie erledige, ist es unerheblich, ob ich nach London fahre oder nicht, oder?«

»Du hast noch gar nicht gesagt, warum du fährst.«

Melrose blätterte wieder eine Hochglanzseite in seiner *Country Life* um. »Um ein Schweinchen, ein Schweinchen, ein Schweinchen zu kaufen, aber keine Sorge: Schwuppdiwupp bin ich schon wieder zu Hause.«

Agatha schloss gequält die Augen. »Ehrlich gesagt, Melrose, manchmal glaube ich, du bist nie erwachsen geworden.«

Statt einer Antwort hob Melrose bloß seine Teetasse in die Höhe – wobei er sich wieder einmal wunderte, weshalb Martha, seine Köchin, dieses hochwertvolle Porzellan aufdeckte. Der geblümte Henkel bot gerade genug Platz, um eine Rauchschwade durchzublasen. Er blätterte wieder eine Seite seiner Zeitschrift um und stellte beim Anblick der zahlreichen überteuerten Immobilienofferten fest, dass er sich nur eine Bruchbude leisten konnte, und zwar in Little Widehips, das irgendwo in England lag – an der Küste von Devon? Oder vielleicht in Cornwall? Oder auf den Scilly-Inseln? Wieso meinten Immobilienmakler eigentlich immer, man wüsste, wo diese Orte sich befanden, als hätte man dieses Beekeeper's Cottage in Little Widehips etwa auf einer mentalen Landkarte eingezeichnet? Es könnte doch genauso gut in Bermondsey oder gar in Slough liegen, der wohl deprimierendsten Ecke Englands. War eigentlich je vom »guten alten Slough« die Rede? Melrose hätte nichts dagegen, dieses Beekeeper's Cottage anzumieten – oder es gar käuflich zu erwerben, wenn er es anders nicht kriegen konnte –, um sich dann achtundvierzig Stunden später wieder zu verziehen, bloß um vom »guten alten Slough« reden und spüren zu können, wie sich sein Blick gerührt umflorte. Oder waren es die Ohren? Inzwischen hatte Agatha die ganze Zeit dagesessen, sich den Bauch vollgeschlagen und dabei herumgequasselt, ohne dass er einen blassen Dunst hatte, wovon sie redete.

»Was sagtest du da gerade über Boring's?«, fragte er.

»Ich finde es geradezu absurd, dass jemand in der heutigen Zeit noch Mitglied in einem Herrenklub ist.«

»Dafür ist so ein Klub aber doch da – für Herren.« Melrose kratzte sich am Ohr.

»Du weißt genau, was ich meine.« Sie griff nach einem Kremröschen, von denen Melrose wusste, dass ihre Herstellung eine Heidenarbeit war – lauter kleine, spitz zulaufende Blütenblättchen, dazu Meringue und Erdbeersahne. Wieso hatte Martha so eines überhaupt aufs Tablett getan? Vermutlich für ihn – dabei hatte sie allerdings vergessen, dass Agatha alles auf dem Tablett Befindliche verputzen würde.

»Was ist das?« Argwöhnisch beäugte sie das Kremröschen. »Es ist hart wie Meringue.«

»Das ist die Totenstarre.«

Hastig legte sie es wieder hin, worauf Melrose es sich schnappte. Er nahm einen Bissen. »Hmm, hmm. Zergeht einem im Munde.« So war es in der Tat. Er biss noch einmal ab und deponierte den Rest auf seinem Tellerchen. »Martha macht sich deinetwegen ziemlich viel Mühe, Agatha, und du weißt es nicht zu schätzen.«

»O doch, ich bin oft in der Küche und sage ihr, wie köstlich alles ist.«

»Oft in der Küche bist du, das weiß ich.« Er blätterte wieder eine Seite weiter, um sich mit der etwas glubschäugigen Hochehrenwerten Judith Pudelthwaite-Duchamps konfrontiert zu sehen. Judi war Mädchen-der-Woche (worin bestand da die Ehre?), ausgewählt wegen ihres Titels, ihrer Schönheit und ihrer hobbymäßigen Beschäftigung mit Renaissancemalerei, was sie an der Universität weiter betreiben wollte. In ihrem Überbrückungsjahr hatte sie vor, zu reisen und die großen Museen dieser Welt zu besichtigen. Wieso machte Judi nicht Zwischenstation in Agathas Cottage in der Plague Alley? Dort gab es Dinge, die sich mindestens seit der Renaissance angesammelt hatten. Die ausgestopfte Eule auf dem Kaminsims beispielsweise.

Oh, Judi, Judi, in Wirklichkeit wirst du den Jungs hinterherlaufen und einen von diesen »Ehrenwerten« heiraten und von Mummys und Daddys Geld leben und auf die Fuchsjagd gehen und in Newmarket und Wembley Picknicks veranstalten und dem Women's Institute beitreten.

»Melrose, was machst du?«

»Ich denke nach.«

»Ach, das tust du schon viel zu viel. Du hast gerade ziellos in die Gegend geguckt. Also, was ist, triffst du dich mit Inspector Jury, wenn du in London bist?«

Melrose seufzte genervt. »Ständig degradierst du ihn, Agatha. Er ist Superintendent. Das ist in der Rangordnung ganz weit oben.«

»Pah, *er* korrigiert mich aber nie.«

»Das hat er auch nicht nötig.« Es stimmte, außer gelegentlich bei gewissen Schurken, wo Widerworte angebracht waren. Er kannte niemanden, dachte sich Melrose, der so friedfertig war wie Jury.

»Eins kann ich dir sagen: Ruthven und Martha werden mich

nicht oft zu sehen bekommen, solange du weg bist, schon wegen des abscheulichen Eremiten, den du dort drüben einquartiert hast.« Sie deutete mit dem Kopf in die Richtung seitlich des Hauses, wo sich jenseits des weitläufigen Rasens in einiger Entfernung die Eremitage befand, damals im achtzehnten Jahrhundert eine sehr aktuelle Einrichtung.

»Da werden sie aber untröstlich sein. Da die Eremitage leer stand, gab es eigentlich keinen Grund, fand ich, ihn nicht dort wohnen zu lassen. Als hoffnungsvollen Lichtblick in unserer schwächelnden Wirtschaft.«

»Der kraucht aber nur so herum.«

»Er ist Eremit. Die krauchen nun mal.«

»Wenn ich es mir recht überlege«, sagte Agatha, »eine Kurzreise nach London käme mir auch gut zupass. Ich brauche ein paar Sachen von Harrods.«

Unbeeindruckt von ihrem Vorhaben, denn er hatte keinerlei Absicht, dabei mit von der Partie zu sein, versetzte er: »Niemand *braucht* tatsächlich etwas von Harrods. Ich gehe zu Harrods wegen des Nervenkitzels, nichts zu brauchen, was dort angeboten wird. Wegen des Nervenkitzels, in einer ganzen Busladung von Leuten zerquetscht zu werden, die ebenfalls nichts brauchen. Versteh doch: zu Harrods geht man nur deswegen, um dort zu sein. Es ist ein absolutes Muss für Touristen, wie Las Vegas oder die Teergruben von La Brea. Wir hatten alle schon mal unsere Harrods-Momente. Das hat was mit Zen zu tun.« Er blätterte die Seite um.

»Was du da sagst, ist doch dummes Zeug, Melrose.« Von der Kuchenplatte wählte sie diesmal ein kleines, mit Nuss gefülltes Konfekt.

Ihr siebtes? Er freute sich schon auf seine Woche in London. In dem Moment fiel sein Blick links von Agatha aus dem Fenster auf Mr. Blodgett, seinen Eremiten, der (genau wie man ihn angewiesen hatte) anzüglich grinste und schielte. »Ach, schau doch nur, Agatha!«

Sie wandte sich in Richtung Fenster und ließ ihr Gebäckstückchen fallen. »Das ist absolut unerträglich.« Sie machte eine Geste, als wollte sie ihn vertreiben. Mr. Blodgett hielt aber tapfer die Stellung. Außerdem hielt er sich nun an Aghast (Melroses Ziegenbock) fest. Und jetzt vollführte er auch noch ein Hüpftänzchen. Melrose lächelte. Es war ein bisschen wie im Varieté. Er winkte ihm freundlich zu.

Mr. Blodgett bewohnte den kleinen Steinbau auf dem weitläufigen Grundstück von Ardry End. Er war viel besser als der erste Eremit, den Melrose angeheuert hatte, denn der hatte bloß die ganze Zeit im Pub gehockt. Mr. Blodgett rief bei Agatha zwar Abscheu hervor, konnte sie aber leider nicht fernhalten.

Obwohl Agatha den Ziegenbock ebenfalls verabscheute, schafften es die beiden mit vereinten Kräften nicht, sie dermaßen anzuekeln, dass sie ihre Feenküchlein im Stich ließ. Melrose spielte auch noch andere Möglichkeiten für Ardry End durch. Wie wäre es mit einem Themenpark? Oder einem Naturreservat wie beim Herzog von Bedford in Woburn Abbey? Mit Tigern, Löwen und Schimpansen?

Er grübelte. Vielleicht hatte er ja beim Herumsitzen bei Boring's eine zündende Idee, diesem Londoner Klub aus einem früheren Jahrhundert. Ja, Boring's gehörte definitiv auf die Liste der nostalgischsten Orte im Lande.

Ach, gutes altes Little Widehips!

Gutes altes Slough!

Gutes altes Boring's!

# 5

»Also, ich finde es schändlich, dass Sie bestraft werden sollen, dabei war es die einzige Möglichkeit, die Kinderchen da aus dem Haus rauszubekommen.« Carol-Anne saß bei Jury auf dem Sofa und trug Fingernagelkunst auf, lauter kleine Paillettenpünktchen und Kristalltupfer.

»Pete Apted versucht, Dringlichkeit ins Feld zu führen.«

»Wer ist der?«

»Anwalt bei Gericht. Ziemlich brillant.«

»Was heißt ›Dringlichkeit‹?« Sie drückte wieder ein Kristallstückchen auf einen Nagel.

Von Jurys Platz aus glitzerte es im Lampenlicht. »So nennt man eine Situation, in der der Polizei ein Notfall vorliegt, sagen wir etwa ein Haus, wo einer Frau und Kinder verprügelt, also eine Situation, in der keine Zeit bleibt, einen Durchsuchungsbefehl zu beschaffen.«

Verblüfft schaute Carol-Anne zu ihm hinüber. »Meine Güte, das ist doch genau das, was Sie vorgefunden haben.«

»Nicht ganz. Sehen Sie, bei der Sitte waren die Umstände ja bekannt. Ein Kollege von mir hatte seit Monaten versucht, sich dort Zutritt zu verschaffen.«

»Das wussten Sie aber nicht.«

Jury musterte sie erstaunt. »Das hat Pete Apted auch gesagt.« Hatte er hier etwa eine vielversprechende angehende Anwältin vor sich? Gütiger Himmel. Carol-Anne beim Durchfechten eines Falls vor Gericht …! Schon bei dem Gedanken wurde ihm schwindlig.

Sie tat das Gericht kurzerhand als unerheblich ab. Dabei erhaschte Jury einen flüchtigen Blick auf ein paar silbrige Stückchen, und es war, als zöge ihre Hand eine Sternenspur. Carol-Anne brauchte keine Körperkunst. Ihr Körper war bereits Kunst.

»Wenn das Gericht da so pingelig ist, kann unsereins ja nie tun, was man für richtig hält.«

Aus Carol-Annes Munde war dies ein geradezu philosophischer Standpunkt. »Ja, das Gericht neigt gelegentlich zur Pingeligkeit.« Er überlegte einen Augenblick. »Ich wollte eigentlich noch Charly Moss anrufen.«

»Und wer ist *der* schon wieder?«

»Es ist kein –« Doch er unterbrach sich, bevor er sagen konnte: »*Kein Er, sondern eine Sie.*« Er lächelte. »Charly arbeitet am Gericht, arbeitet dem wohlbestallten Mr. Apted zu.« Es hatte keinen Zweck, die Wahrheit zu sagen. Es würde bloß dazu führen, dass sie ihn gnadenlos löcherte.

Inzwischen war sie offenbar fertig. Sie streckte die Hände aus, knallrosa Nägel mit lauter silbrigem Zeug besetzt. »Wie finden Sie's?«

»Frankensteins Finger?«

Sie warf ein Kissen nach ihm.

# 6

Während Wiggins unablässig seinen Tee umrührte, erzählte ihm Jury die Geschichte vom Verschwinden der Gaults. Wie bei einem religiösen Ritual tippte Wiggins sodann dreimal mit dem Löffel an den Rand seines Henkelbechers.

»Die merkwürdigste Geschichte, die ich je gehört habe. Aber wieso hat sie Ihnen dieser Harry Johnson überhaupt erzählt?«

»Wir saßen im Old Wine Shades, das ist so ein Weinlokal in der City, und unterhielten uns über die Erzählstruktur in Träumen. Ich behauptete, wir träumen immer eine ganze Geschichte.«

Wiggins schüttelte den Kopf. »Nein, ich träume keine Geschichte. Ich träume in Symbolen. Und kann normalerweise nicht sagen, was sie bedeuten.« Dieses solchermaßen klargestellt habend, lehnte sich Wiggins zurück und nippte an seinem Tee.

»Sie träumen in Symbolen, gut, aber die Symbole spielen sich in Erzählform ab. Etwa so: Sagen wir mal, Ihr Symbol ist ein Schurke. Da ist Ihr Schurke. Als Nächstes kommt: ein Opfer. Da ist Ihr Opfer. Dann eine Blutlache. Sie wechseln nicht vom einen zum anderen über, ohne eine Verbindung herzustellen: Der Schurke geht auf das Opfer zu und ersticht oder erschießt es, und es gibt eine Blutlache. Alles ist also miteinander verbunden.«

Wiggins ließ sich das durch den Kopf gehen, ohne allerdings seine Zustimmung kundzutun.

Jury fuhr fort: »Wir erwarten immer eine ganze Geschichte, ja, dass wir Teil dieser Geschichte sind.«

Wiggins sah verwirrt drein. »Was soll das heißen?«

»Dass ich vier Bier getrunken hatte.«

Wiggins lächelte. »Na gut. Und was ist mit diesem Harry Johnson? Wie viele hatte der intus?«

»Whiskey, aber bloß zwei.«

»Sind Sie sicher, dass der sich nicht absichtlich neben Sie gesetzt hat?«

»Wieso sollte er das tun?«

»Vielleicht, weil er wusste, wer Sie waren.«

Jury runzelte die Stirn. »Er ist mir aber nicht ins Lokal hinein gefolgt. Ich hatte schon drei Gläser getrunken, bevor er sich hinsetzte.«

»Vielleicht sah er Sie durch die Fensterscheibe.«

»Also bitte! Schaut jemand durchs Fenster in ein Pub? Nein, man geht einfach hinein.«

»Dann ging er eben hinein und erkannte Sie.«

»Wiggins, das ist fast genauso unwahrscheinlich wie das Verschwinden von Glynnis Gault und ihrem Sohn. Und überhaupt, was hätte er sich davon versprochen, es mir zu erzählen?«

»Dass Sie die Ermittlungen übernehmen. Dass Sie sie vielleicht finden.«

»Wenn das der Fall ist, wozu dann das ganze Getue?«

»Johnson fand es vielleicht keine so gute Idee, sich einem Detective Superintendent aufzudrängen, der gerade in Ruhe sein Bierchen trinkt.«

Jury schüttelte den Kopf.

»Sir, Sie haben ihm nicht verraten, wer Sie sind. Denken Sie mal nach.«

Jury kippelte mit dem Stuhl nach hinten und verschränkte die Arme über der Brust. »Okay. Ich habe nachgedacht. Und?«

Wiggins' Seufzer klang leicht übertrieben. »Genau deswegen. Wenn er nämlich wüsste, wer Sie sind, hätte das wahrscheinlich den ganzen Charakter der Begegnung verändert.«

Jury mahlte mit dem Kiefer und ärgerte sich – nicht so sehr

über Wiggins als über sich selbst. Er wurde wohl allmählich alt und tatterig, richtete sich auf seine Entlassung ein, so war's.

»Mr. Plant hat angerufen, Sir.«

Jury ließ die Gedanken ans Stempelngehen fahren und wandte sich wieder der Arbeit zu. »Ach ja? Gut. Was wollte er?«

»Bloß Ihnen mitteilen, er käme heute Nachmittag nach London. Und würde in seinem Klub wohnen« – Wiggins sah in seinen Notizen nach – »bei Boring's. Er sagte, er würde heute mit jemandem zu Abend essen, und fragte, ob Sie sich morgen mit ihm treffen könnten?«

»Ausgezeichnet. Umso besser, ich gehe nämlich ebenfalls essen mit« – er unterbrach sich gerade noch rechtzeitig, bevor er »Harry Johnson« sagte – »mit jemandem.«

»Ist Boring's nicht einer von diesen Herrenklubs, in denen immer noch keine Frauen zugelassen sind?«

»An einem bestimmten Tag dürfen sie bei Boring's schon rein, aber dann starrt man sie dort so lange unverschämt an, bis es ihnen zu viel wird.«

Wiggins stippte wieder einen Kamillenteebeutel in seinen Henkelbecher. »Finden Sie es nicht ein wenig reaktionär, keine Frauen aufzunehmen?«

»Nein, es ist schließlich ein Herrenklub. Sollen die Frauen doch ihren eigenen Klub gründen.«

»Tun sie ja, es gibt das Women's Institute.«

Jury schüttelte den Kopf. »Das ist doch was ganz Anderes. Es ist kein konkreter Ort, wo man herumpusselt und sich mit einem Glas Portwein und einer Zeitung am Kaminfeuer in einen Ledersessel plumpsen lässt.« Boring's war so angenehm, dass Jury mit dem Gedanken spielte, Mitglied zu werden, wenn man ihn hier vor die Tür setzte.

# 7

Melrose Plant stand in einem spätnachmittäglichen Sonnenstrahl, in dem schlaftrunken eine weiße Motte schwebte. Er hatte den kleinen Mann an der Rezeption nicht erkannt, wollte aber nicht nach Buddings fragen, aus Furcht, es hätte sich vielleicht irgendetwas Schlimmes zugetragen. Doch dann sagte er sich, dass die Portiers bei Boring's ja anscheinend nie das Zeitliche segneten.

Der Klubraum war noch genauso, wie er ihn in Erinnerung hatte. Und wieso sollte es auch anders sein? Er war schließlich erst letztes Jahr hier gewesen. Er setzte sich in denselben Klubsessel, den er damals okkupiert hatte, und starrte in das, wie es ihm vorkam, selbe Kaminfeuer. Nichts änderte sich, die Zeit blieb stehen. So weit, so gut. Ende der Geschichte.

»Nein«, sagte Polly Praed, während sie im Speisezimmer bei Boring's vornehm an ihren Weingläsern nippten und Suppe löffelten. »Man stirbt. *Das* ist das Ende vom Lied.«

Melrose schüttelte den Kopf. »Falsch. ›Veränderung‹ ist eine Erfahrung im Leben. Tod nicht.«

»Sie immer mit Ihrer Wortklauberei.« Sie aß ihre Pilzsuppe.

Polly war jedenfalls der lebende Beweis dafür, dass sich nichts veränderte. Dieselben amethystfarbenen Augen, dieselben widerspenstigen dunklen Korkenzieherlocken, dasselbe scheußliche senfgelbe Kostüm. Diese Farbe, hatte er ihr einmal gesagt, habe auf ihren rosa Porzellanteint einen geradezu verheerenden Effekt. Sie zeigte sich jedoch seit jeher unbeeindruckt von Melroses Meinung zu ihrer Garderobe und zu allem anderen im Übrigen auch.

Freilich, wenn Richard *Jury* es ihr gesagt hätte, sähe man sie nie wieder in senffarbenen Kleidern.

»Was schreiben Sie denn gerade?« Gleich darauf verwünschte er sich, das Thema zur Sprache gebracht zu haben, denn er hatte ihre beiden letzten Bücher nicht gelesen. Die produzierte sie am laufenden Band – fast genauso schnell wie Joanna Lewes, Long Piddletons Schriftstellergewächs. Polly schrieb Kriminalromane – gute alte traditionelle Herrenhaus-Krimis vom Typus Tatverdächtige sitzen im Schneesturm um den Esstisch herum. Melrose konnte das Zeug nicht leiden.

»*Die Montagsleichen*. Das ist mein Neuestes.«

Sie sollte sich wirklich etwas einfallen lassen mit ihren Titeln. »Geht es da um eine Serie von Montagsmorden? Oder gibt es auch Dienstagsleichen? Oder gar welche am Mittwoch?«

Polly runzelte verständnislos die Stirn, während der junge Higgins ihre Suppenteller abräumte.

In enttäuschtem Ton sagte sie dann: »Dann konnten Sie also erraten, dass es um Wochentage gehen soll?«

Bloß ein Schwachsinniger könnte das nicht. »Nachdem Montag ein Wochentag ist, ja. Es geht doch um Leichen, die Sie mit einem Wochentag assoziieren: dem Montag. Da dachte ich, es würde ein ganzer Haufen auftauchen – Leichen, meine ich –, und zwar an aufeinander folgenden Tagen. Entweder das oder an aufeinander folgenden Montagen. Auf die Art und Weise findet Ihr Detektiv sie ja auch, nicht?« Teufel noch mal! Wieso hatte er gefragt?

Ihr Blick richtete sich nun auf den Teller mit dem Lammgericht, den der junge Higgins ihr hingestellt hatte, Higgins, der sich kurz haltsuchend auf den Tisch stützen musste und diese Bewegung überspielte, indem er so tat, als müsse er Pollys Teller mit dem Brotkörbchen, dem ein warmer Rosmarinduft entströmte, in eine Linie rücken.

»Alles in Ordnung, Higgins?«, erkundigte sich Melrose. »Sie kommen mir ein klein wenig blass vor.«

Der Portier hielt sich etwas aufrechter. »Alles in Ordnung, Lord Ardry. Danke der Nachfrage.« Und er schlurfte davon.

»Der arme Kerl sah aus, als würde er gleich einen Schlaganfall kriegen.«

Polly sah dem sich entfernenden jungen Higgins nach. Die Augen besorgt aufgerissen, beugte sie sich über den Tisch und flüsterte: »Angenommen, jemand will ihn vergiften?«

Melrose sah genervt an die Decke. »Meine liebe Polly, das ist die hirnverbrannteste Idee, die ich je gehört habe.«

Unbeirrt fuhr sie fort: »Nein, hören Sie mich doch an.«

»Bleibt mir was anderes übrig?«

»Nein. Schauen Sie sich doch mal die anderen Speisegäste an.«

Melrose tat es. Was er sah, war eine geballte Ladung an gealterten und alternden Herren, die mit ihren großen weißen, im Hemdkragen festgesteckten Servietten aussahen wie Babys in dunklen Gewändern. »Gut, ich habe sie mir angesehen.«

»Wäre es nicht famos, wenn …«

»Polly, heute sagt doch niemand mehr ›famos‹, solch ein Wort findet man doch nur, wenn überhaupt, in den Romanen von P.G. Wodehouse.«

»Aber wäre es das nicht, wenn einer von denen der Vergifter wäre? Wer sollte den schon verdächtigen?«

»Ich, nachdem Sie soeben auf diese Möglichkeit hingewiesen haben.« Melrose butterte sich ein Brötchen.

Auch das ignorierte Polly. Polly war einfach famos, wenn es darum ging, sich die Dinge so zurechtzubiegen, dass sie ihr in den Kram passten. Die landläufige Bezeichnung dafür lautete wohl »Verdrängung«. Er nahm das Wort jedoch nie in den Mund. Er hasste diesen Jargon.

Sie sagte: »Passen Sie auf, so könnte es doch …«

»So könnte *was*?«

»Einer von diesen alten Männern könnte der Bruder von Higgins sein, der versucht, ihn zu vergiften, weil, na, sagen wir, weil Higgins geerbt hat, was weiß ich.«

»Sie wissen es *nicht.*«

»Hat Ihnen mein letztes Buch gefallen?«

Melrose tat so, als würde er sich mächtig konzentrieren. Da er es nicht gelesen hatte, würde ihm auch bei noch so großer Konzentration nichts einfallen. »Das ist doch das, wo der Protagonist – übrigens ein gut gezeichneter Charakter. Ihr Protagonist ist eigentlich, äh, recht fein nuanciert.«

Polly freute sich. »Ja, und dass er sich am Ende als der Killer entpuppt, fand ich einen ziemlich guten Einfall.«

»Also, ich war völlig von den Socken!«

»Danke. Und wie fanden Sie den schwarzen Labrador?« Sie lachte.

Den was? »Ach, den Hund! Ein absolut brillanter Hund!«

Polly lachte über ihren eigenen Einfallsreichtum. »Die Szene, wo er dem Tennisball nachjagt?«

»Zum Piepen, wunderbar. Wie viele Schriftsteller kämen auf so eine Idee?«

»*Neidhammel.* Der Titel hat mir gefallen, Ihnen nicht?«

»Ja. In dem Titel liegt eine herrliche Zwiespältigkeit.«

»Was?«

»Hmm?«

»Was für eine Zwiespältigkeit?«

Ertappt! Wieso musste er es auch ausschmücken? »Diese Unsicherheit, die Unfähigkeit zu unterscheiden, was tatsächlich gesagt wird, die ganze …« Melrose zuckte die Achseln. »Sie wissen schon.«

Sie musterte ihn skeptisch. »Er ist aber doch bloß ein Hund.«

Sie speisten unter gesegnetem (zumindest für Melrose) Schweigen.

Dann fragte Polly: »Hat Ihnen der davor denn gefallen?«

Ach, du *liebe* Güte! Nun runzelte Melrose die Stirn, als müsste er sich einen Grund ausdenken, weshalb ihm ihr letztes Machwerk gefallen hatte.

»Hat es Sie überrascht, wer am Ende der Mörder war? Ich meine, dass es nicht Blake war?«

»Blake hat mich eine Zeit lang durchaus an der Nase herumgeführt. Polly, ich muss gestehen, dass ich den nicht ganz ausgelesen habe. Was passierte, war Folgendes – Ruthven sollte ein paar Bücher zur Bibliothek zurückbringen und hatte Ihres zu den anderen gepackt. Es war ein ziemlich dickes Paket. Ich habe erst davon erfahren, als ich wieder aus Schottland zurückkam …« Das würde sie ablenken.

»Was haben Sie denn in Schottland gemacht?«

»Ich war ein bisschen fischen am – *Flussname, Name, Name, Name!* – am Ayr.«

»Wo ist denn der Ayr? Nie davon gehört.«

»Nun, wieso sollten Sie auch? Er ist im County Ayr.« Das leuchtete doch ein.

»Ich wusste gar nicht, dass Sie fischen. Das haben Sie gar nicht erwähnt.«

»Wieso auch? Ich meine, Fischen ist ja nichts Spektakuläres, und so oft sehen wir uns auch wieder nicht. Der Ayr ist besonders gut für Forellen.«

»Ah.« Erneut kurzes Schweigen.

»Meine Bücher –« Sie verspeiste seufzend ihr Brötchen. »Na, mit denen kann ich die Leute manchmal ganz schön langweilen.«

Die Bemerkung klang so unermesslich traurig, fand Melrose, wie bei einem Kind, dessen Buntstiftzeichnung keiner versteht. Er griff über den Tisch nach ihrer Hand. »Polly, Sie sind doch nie langweilig.«

»Danke. Manchmal denke ich, ich würde gern einen Sachbuchkrimi schreiben. Über einen echten Fall. Erinnern Sie sich an die Leiche in der Telefonzelle?«

»Wie könnte ich die vergessen?«

»Und erinnern Sie sich an die kleine Stenotypistin, die nach Littlebourne kam und ermordet wurde und der man die Finger abhackte?«

»O, ja.«

»Und erinnern Sie sich noch an den Kunstkritiker, der hier bei Boring's im Klubraum ermordet wurde?«

»In der Tat.«

Polly seufzte. »Das waren noch Zeiten.«

# 8

Als Jury am selben Abend um Punkt sieben das Old Wine Shades betrat, saß Harry Johnson bereits bei einem Drink an der Bar, Mungo unter dem Barhocker.

»Nehmen Sie Mungo eigentlich überallhin mit?« Jury zog sich einen Barhocker herüber.

»Nein, nicht immer. In diesem Fall hoffe ich allerdings, dass der Hund vielleicht irgendeinen Hinweis aufstöbert.« Harry erhob das Glas. »Ein sehr guter Tropfen. Puligny Montrachet. Was trinken Sie?«

Jury deutete mit dem Kopf auf das Glas. »Von dem da ganz gern.«

Harry Johnson machte dem Barmann ein Handzeichen, das dieser mit einem Nicken erwiderte. Es war wieder Trev, der an diesem Abend Verstärkung hinter dem Tresen hatte. Es waren bedeutend mehr Leute da.

Jury meinte: »Ein ordinäres Weinlokal ist das ja beileibe nicht.«

Harry lächelte. »Der Besitzer zieht die Bezeichnung Wein*taverne* vor. Um all das zu vermeiden, was normalerweise mit einem Weinlokal verbunden wird, die lauten, ungehobelten Typen, die Jungdynamiker in ihren Macheranzügen und Nadelstreifen mit dem Handy am Ohr, die billigen Fusel trinken.«

Trevor stellte Jury ein Glas hin, als dieser gerade zu Harry sagte: »Sie kennen sich mit Wein ja bestens aus.«

Harry erwiderte: »Nein – Trevor, der kennt sich mit Wein aus.«

Trevor schenkte ein. »Ich würde sagen, die restlichen 66er kann man vergessen. Aber der hier ist superb.«

Jury probierte. Mit weinseligem Grinsen, so kam es Jury jedenfalls vor, wartete Trevor ab.

»Köstlich«, sagte er.

Trevor nickte und ging weiter, um andere Kunden am Tresen zu bedienen.

»Sie sprachen von Hugh Gault. Wie haben Sie ihn eigentlich kennen gelernt?«

»Durch gemeinsame Interessen. Hugh ist Physiker an der Londoner Uni. Ich bin ebenfalls Physiker, habe Physik und Mathematik studiert, bin aber nicht in dem Bereich tätig. Damit meine ich, ich unterrichte diese Fächer nicht. Wir interessieren uns für Quantenmechanik und Stringtheorie.«

»Ach, das erklärt natürlich eine Menge.«

Harry nickte.

Die unterschwellige Ironie entging ihm. »*Super*stringtheorie, sollte ich vielleicht sagen.«

Jury erwartete, dass er nun etwas hinzufügte, worauf Jury Bezug nehmen, worüber er zumindest stolpern könnte. Als nichts kam, meinte Jury: »Damit sind ja nun alle verbleibenden Zweifel beiseitegeräumt.«

Harry musterte ihn lachend. »Tut mir leid. Hugh und ich führen gern Streitgespräche. Einstein traute der Quantenmechanik nicht. Niels Bohr – haben Sie von dem schon mal gehört?«

»Sie werden überrascht sein, wie wenig.« Jury lächelte.

»Quantenmechanik. Der Unterschied – falls ein Unterschied überhaupt leicht zu erklären ist, aber ich wage es einfach mal – besteht zwischen Determinismus und Indeterminismus. Glauben Sie an Schicksal?«

»Schicksal.« Einen Augenblick lang dachte Jury ernsthaft darüber nach. »Ich denke, eher nicht, aber –«

»An Newtons Mechanik?«

»Komisch, aber es ist schon lange her, dass ich mir darüber Gedanken gemacht habe.«

»Ich will damit nur sagen, dass Newton glaubte, wenn man über alles in der Gegenwart Bescheid wüsste – über jede Partikel, egal, wie viele das hieße –, dann könnte man die Zukunft voraussagen. Dem widerspricht die Quantenmechanik. Spielen Sie Snooker?«

»Mein Gott, Sie springen aber ganz schön zwischen den Themen hin und her, was?«

»Es geht um die Analogie. Wenn man den Computer mit etwas füttert, zum Beispiel, wie kräftig man die Kugel stößt oder in welchem Winkel man das Queue hält, dann ließe sich trotzdem unmöglich voraussagen, wie jede Kugel beim Aufprall reagieren würde. Schon die kleinste Abweichung, ein bisschen Staub auf einer der Kugeln etwa, würde alles aus dem Lot werfen.«

»Wissen Sie, irgendwie erinnere ich mich vage an Chaostheorie. Sagt Ihnen der Schmetterlingseffekt etwas?«

Harry schien überrascht. »Sie sind ein Naturtalent!«

Jury fühlte sich merkwürdig selbstzufrieden, was ihn überraschte, denn normalerweise legte er es nicht darauf an, bei anderen Eindruck zu schinden. Wieso sollte er Harry Johnson beeindrucken wollen? Aber vielleicht tat er das gar nicht. Vielleicht wollte er bloß seinen Teil zur Unterhaltung beitragen, bevor diese sich in einen Monolog verwandelte.

»Newtons Universum war ein Uhrwerkuniversum. Determinismus. In gewissem Sinn Schicksal. Allerdings nicht in dem Sinn, dass man etwa morgen Mittag um zwölf seine Traumfrau kennen lernen wird.«

»Wozu soll es dann gut sein?«, fragte Jury achselzuckend.

Harry lächelte. »Die Quantenwelt ist *nicht* deterministisch. Ein Ergebnis lässt sich nicht vorhersagen, weil man nicht gleichzeitig Position und Schwungkraft einer Sache kennen kann. Das Problem ist die Messfunktion. Die Dinge ändern sich, während man sie ansieht. Etwas genauer ausgedrückt: Wann wird die Welle zum Teilchen?«

Jury hielt zum Zeichen für Trev sein Glas in die Höhe und quittierte Harrys Worte mit einem Kopfschütteln. »Hokuspokus?«

»Okay, ich höre auf.« Tat er aber nicht. »Schwerkraft und elektromagnetische Kraft waren ein Stachel im Fleische Einsteins« – dabei musterte er Jury –, »aber nicht in Ihrem, möchte ich wetten.«

Jury lachte, bis ihm der Wein in die Nase stieg. »Das können Sie laut sagen.«

»Ziemlich faszinierend, dass man zum Beispiel ein subatomisches Teilchen an seiner Schwungkraft messen kann oder aber an seiner Position, nicht aber beides gleichzeitig. Niels Bohr beschrieb Welle und Teilchen als zwei Aspekte einer einzigen Realität. Eine unverkennbare Realität.«

»Unverkennbar? Wie beeinflusst sie dann das, was ich tue oder wer ich bin?«

Harry lächelte. »Sie scheinen eine rasche Auffassungsgabe fürs Abstrakte zu haben. Sie haben mir noch gar nicht erzählt, was Sie beruflich machen.«

Jury überlegte, dann beschloss er, es ihm zu sagen. »Eigentlich bin ich Polizist. Genauer gesagt, Detective Superintendent. Abteilung für Verbrechensbekämpfung bei New Scotland Yard.«

Harry fiel buchstäblich die Kinnlade herunter. »Das gibt's doch nicht!«

Jury lächelte, recht erfreut, dass er der Grund für diesen erstaunten Blick war.

»Mich laust der Affe. Na, dann sind Sie ja genau der richtige Zuhörer für diese Geschichte. Vielleicht haben Sie ja eine Erklärung dafür.«

»Das bezweifle ich, aber erzählen Sie weiter. Sie sprachen über Hugh Gault.«

»Ja, und das Haus. Ich bin also hingefahren.«

»Und Hugh Gault ist nicht mitgekommen?«

»Nein. Hugh war nicht wohl dabei. Glynn und der Junge hätten ja in der Zwischenzeit anrufen oder gar wieder auftauchen können, und er wollte sie auf keinen Fall verpassen.«

»Wann war das?«

»Tags darauf. Am Nachmittag. Es war so, sie hatten keine feste Zeit ausgemacht, bis zu der die beiden zurück sein wollten. Der Köchin hatte Glynn gesagt, falls sie am Vorabend nicht bis zum Essen zurück waren, sollte Mr. Gault einfach ohne sie anfangen. Es bestand demnach kein Grund zur Sorge, erst später an dem Abend. Allerdings hatte Glynnis auch nicht angerufen, und das beunruhigte Hugh. Sie sagte ihm sonst immer sehr zuverlässig Bescheid.«

»Sie hatte aber doch ein Handy dabei. Sie sagten, sie hätte die Maklerin vom Auto aus angerufen.«

Harry schüttelte den Kopf. »Ich wette, die Batterie war leer. Glynn vergaß immer, ihr Telefon aufzuladen. Dauernd war die Batterie leer. Sie hasst Handys. Vermutlich ist das der Grund dafür, dass ihres ständig keinen Saft hat.«

»Kann ich gut nachempfinden.«

Wie aufs Stichwort zogen in dem Moment drei Männer an der Bar ihre Mobiltelefone heraus und begannen, drei verschiedene, aber gleichermaßen lautstarke Gespräche zu führen.

»Meine Güte«, brummte Harry. »Kommen Sie, wir nehmen uns einen Tisch.«

Mungo, der es sich unter Harrys Stuhl bequem gemacht hatte, rappelte sich auf und bedachte Jury mit einem bekümmerten Blick.

Während sie ihre Plätze in einer der Nischen beim Kaminfeuer einnahmen, meinte Jury: »Mungo hat so einen schmachtenden Blick.«

»Das ist alles Schau«, versetzte Harry.

»Ich frage mich trotzdem, ob er Robbie und seine Mutter nicht doch sehr vermisst.«

»Anzunehmen.«

Jury blickte zu Mungo hinunter, dessen Kopf wieder auf Jurys Fuß ruhte. »Er kommt mir nicht einsam vor, dieser Hund. Hatten Sie ihn dabei, als Sie zu dem Haus rausfuhren?«

»Nein, ich konnte mir nicht denken, dass Mungo mit einer Geruchsspur, die ein Jahr alt war, viel anfangen konnte.«

»Das können die aber, wissen Sie. Es ist manchmal erstaunlich.«

Harry nickte, dann erzählte er weiter: »Das Haus kam mir bitterkalt vor, die Art von Kälte, die sich richtig einfrisst. Ich weiß, es war schon lange unbewohnt, trotzdem war es ein seltsames Gefühl. Den Strom hatte man eingeschaltet gelassen, da man es ja vermieten wollte, nicht aber die Heizung. Das Haus ist zu groß für eine dreiköpfige Familie …«

»Und einen Hund.« Jury verspürte einen kleinen Stups.

Harry lächelte. »Ja, und einen Hund. Der Baustil ist neoklassizistisch, mit großzügigen Räumen und hohen Decken, kunstvollen Stuckaturen und Kaminsimsen. Ich sagte ja schon, bis auf das Speisezimmer war es unmöbliert. Dort standen lauter antike Stücke, die sehr kostspielig aussahen: russischer Schreibtisch, Regency-Kommode und dann dieser prächtige Teppich. Alles sehr elegant. Ich war überrascht, dass nichts mutwillig zerstört war. Die Maklerin – Mrs. Bathous – hatte den Besitzer gebeten, die Möbel im Speisezimmer stehen zu lassen, wenn er nichts dagegen hätte, um dem Ganzen eine wohnliche Atmosphäre zu verleihen. Überraschenderweise tat er es. Ich würde solche Stücke ja nicht einfach so herumstehen lassen.« Da fiel ihm noch etwas ein. »Aus den Teeablagerungen in einer der Teetassen wurde Marjorie Bathous nicht recht schlau, denn sie hatte gar keine Teetassen herausgestellt. Die waren aus feinstem Minton-Porzellan.«

»Das ist ja interessant. Aus einer hatte also jemand getrunken.

Seltsam. Ob Mrs. Gault vielleicht den Teekessel gefüllt und Tee abgemessen hatte?«

Harry schüttelte den Kopf. »Ich kann mir nicht vorstellen, dass Glynnis dort Tee gemacht hätte.«

»Hört sich fast nach einer Inszenierung an. Das ganze Arrangement, meine ich.«

»Inszenierung? Von wem? Aus welchem Grund?«

»Keine Ahnung. Und wenn es Glynnis Gault selbst war?«

In der darauf folgenden Stille starrte ihn Harry völlig verblüfft an. »Soll das ein Witz sein?«

Jury lachte. »Das ist eigentlich sonst mein Kommentar, nicht? Überlegen Sie mal: Wirkt dieses Arrangement nicht recht inszeniert?«

Harry leerte sein Weinglas. »Dabei fällt mir diese Analogie ein, über die ich einmal gelesen habe. Da wird Gödels Theorem mit Schauspielern in einem Stück im Stück verglichen, wobei das, was ein ›Schauspieler‹ im inneren Stück sagt, ein Kommentar über sein ›reales‹ Leben sein könnte. Das reale Leben ist in diesem Fall das äußere Stück, das fiktive Rahmenwerk.«

»Wer ist Gödel?«

»Ein Mathematiker, der eine Theorie zum Begriff der ›Unvollständigkeit‹ formuliert hat. Die Unvollständigkeitstheorie. Es gibt keinen Beweis, dass wir alles wissen, was wir zu wissen glauben, da sich alles, was wir zu wissen glauben, nicht in eine Form bringen lässt, was wiederum der Beweis der Unvollständigkeit ist.«

Jury ließ sich das durch den Kopf gehen. »Wenn er Mathematiker ist, würde das der Logik denn nicht mehr oder weniger zuwiderlaufen? Ich meine, Mathematik basiert doch auf dem Prinzip der Logik, nicht wahr?«

»Absolut. Gödel war nicht sehr beliebt unter Mathematikern, als die endlich heraushatten, was er meinte. Wir sind keine Maschinen, wir verfügen über Intuition. Seinen Kritikern passte diese Vorstellung gar nicht. Intuition hatte in der Mathematik nichts zu suchen. Mathematik sollte als reine Logik betrachtet werden.«

Jury nahm einen Schluck und verspürte eine teuflische Sehnsucht nach einer Zigarette. »Wie auch immer, wir sprachen gerade darüber, wie Glynnis Gault ihr eigenes Verschwinden inszeniert hat.« Jury hob abwehrend die Hand. »Was ich übrigens nicht glaube. Es ist nur so eine Idee von mir.«

»Verstehe ich nicht. Wieso sollte Glynn das inszenieren?«

»Oder aber jemand anderes hat es inszeniert?«

»Entsetzlich. Wieso sollte sie auf diese Weise verschwinden wollen? Und Robbie mitnehmen?«

Jury spürte einen leichten Stoß an seinem Schuh. Er lächelte. »Und Mungo. Es wäre nicht das erste Mal, dass eine unglückliche Ehefrau aus irgendeinem Grund ihr Kind entführt. Normalerweise geht es um Sorgerechtstreitigkeiten.«

»Hugh und Glynn waren glücklich, sie dachten überhaupt nicht an Scheidung.«

»Jedenfalls soviel Sie wissen.«

»Ich kenne die beiden sehr gut, man konnte gar nicht enger befreundet sein, als wir es waren.«

»Dann stellen wir doch einfach mal die Frage: Wer außer ihrem Mann und der Immobilienmaklerin wusste, dass Mrs. Gault auf Häusersuche war?«

Harry Johnson verschränkte die Arme und überlegte. »Ihr Dienstpersonal, nehme ich an. Mit Sicherheit die Köchin, denn die machte das Abendessen. Das Hausmädchen? Nun, die Köchin hat es ihr gegenüber wahrscheinlich erwähnt. Der Ausdruck ›Dienstpersonal‹ ist im Fall der Gaults vielleicht etwas übertrieben, da sie bloß diese beiden hatten.«

Jury schmunzelte. Für ihn stellten sie schon »Dienstpersonal« dar.

Harry fuhr fort: »Jemand wusste vielleicht, dass sie nach Surrey gefahren war, um sich Häuser anzusehen, aber wahrscheinlich nicht, wo genau in Surrey. Sie scheinen ja nach einem Mörder zu suchen.«

»Jedenfalls nach einem Entführer. Erzählen Sie weiter von dem Haus.«

»Es liegt etwas zurückgesetzt von der Straße und hat einen breiten Vorgarten. Auf beiden Seiten und hinten ist es von Wald umgeben. Auf mich wirkte es schrecklich einsam, aber das wollten sie natürlich bei einem Zweitwohnsitz – Ruhe und Frieden.«

»Die Leute glauben immer, das wollen sie, bis sie es bekommen. Was ist mit Robbie? Er würde dort doch nur schwer Freunde finden, nicht wahr?«

»Leider hat Robbie es sowieso schon recht schwer. Man könnte sagen, Robbie war bereits gekidnappt.«

»Wie meinen Sie das?«

»Das wollte ich Ihnen gerade sagen. Robbie war autistisch.«

»Das ist schlimm.«

»Er hatte keine Freunde, fand nicht so leicht welche. Wie auch, wenn man nicht reden kann oder sich weigert? Er ist aber eine echte Leseratte. Vielleicht hat sie Robbie mitgenommen, damit er sieht, wie es ihm gefällt. In Lark Rise ist eine Schule für Kinder mit Autismus und anderen Sprach- und wahrscheinlich auch kognitiven Problemen. Deshalb suchte Glynnis dort nach einem Haus, kein Feriencottage, sondern etwas, wo sie das ganze Jahr über wohnen konnten. Das sagte sie Hugh aber nicht.«

»Warum nicht?«

»Hugh hatte etwas dagegen, dass Robbie die Schule wechseln sollte. Er fand, es wäre zu anstrengend für ihn, weil er ja ohnehin schon mit allem überfordert war. Darüber stritten sie ziemlich oft. Ich glaube, es war das *Einzige,* worüber sie sich stritten.«

»Verstehe.« Jury dachte nach. »Das erste, dieses Cottage –«

»Lark Cottage, ein schmuckes Häuschen mit einem recht hübschen Garten. Mit dem Besitzer habe ich nicht gesprochen.«

»Was hat Mrs. Gault denn daran so abgeschreckt?«

»Es war einfach ein wenig zu niedlich, zu malerisch. Die Art von Haus, die Touristen so typisch englisch finden.«

»In der Art gibt es ganze Dörfer. Fand sie Chipping Campden zu malerisch? Oder Lower Slaughter?«

Harry lachte. »Keine Ahnung.«

»Könnte es sein, dass Glynnis Gault ein bisschen snobistisch war?«

»Überhaupt nicht. Ganz im Gegenteil, würde ich sagen. Sie war ganz unvoreingenommen, fast ein wenig naiv. Als sie aus dem Haus ging, trug sie ein schwarzes Kostüm, das sie bei Marks & Spencer gekauft hatte.« Bei dem Gedanken musste Harry lächeln.

»Finden Sie diese Beschreibung von Lark Cottage, oder wenigstens Glynns Reaktion darauf, denn typisch für sie?«

»Wenn Sie es so sagen, nein, es hört sich nicht nach Glynn an.« Er nahm die Weinflasche in die Hand, wandte sich an Jury. »Wollen Sie damit sagen, dass vielleicht eine andere Frau den Anruf getätigt hat?« Harry sah, dass die Flasche leer war.

»Den Telefonanruf? Nein, das glaube ich nicht, obwohl es durchaus möglich ist.« Jury machte eine Pause. »Können Sie sich jemanden denken, der ihr vielleicht schaden wollte?«

»Absolut nicht. Glynn war keine Frau, die sich Feinde machte.« Harry stellte die Weinflasche hin. »Hören Sie, ich sterbe vor Hunger. Wie wär's mit Abendessen?«

Mungo kam unter den beiden Stühlen hervor, als hätte die Einladung ihm gegolten.

»Ja. Wo?«

»Ich weiß ein Lokal.« Harry stand auf und nahm seinen Mantel. »Dann erzähle ich Ihnen von meiner Katze.«

»Katze?«

»Sie heißt Schrödinger.«

»Guter Name für eine Katze.«

»Ich glaube, Sie werden sie mögen.«

# Schrödingers Katze

# 9

»Die Schrödinger-Gleichung –«, begann Harry.

»Ich dachte, das wäre der Name Ihrer Katze.«

»Stimmt. Meine Katze ist nach dem Physiker Schrödinger benannt.«

»Wenn ich Ihre Katze wäre, würde ich Einspruch erheben.« Jury spürte, wie Mungo sich zu seinen Füßen drehte und wendete, als wollte er ebenfalls Einspruch erheben.

»Schrödingers Gleichung ist berühmt, neben Niels Bohr vielleicht der größte Beitrag zur Quantenmechanik.«

Jury nippte an einem ausgezeichneten Single Malt. Auf die Weinkarte hatten sie diesmal zugunsten von Whiskey verzichtet. Das Restaurant in den Docklands war voll besetzt mit aufstrebenden Jungdynamikern, dazu der üblichen Bussigesellschaft. »Ob ich das wohl hören will?«

»Sie werden es toll finden. Es gibt in der Quantenphysik ein Gedankenexperiment – nein, eine Hypothese –, sehr interessant: Man steckt eine Katze zusammen mit einem Röhrchen Zyanid in einen Kasten, dazu einen radioaktiven Atomkern und einen Geigerzähler, der den Zerfall des Atomkerns detektiert. *Wann* dieser Zellkern oder Nukleus allerdings zerfallen wird, wissen wir nicht. Aber wenn er zerfällt, bringt er den Mechanismus in Gang: Das Gift wird freigesetzt und tötet die Katze.«

»Ich verständige sofort den Tierschutzverein.«

Harry kniff die Augen zusammen. »Man *tut* es aber gar nicht, um Himmels willen. Man tötet die Katze überhaupt nicht. Es geht darum: Man kann nur von der Wahrscheinlichkeit ausgehen, dass der Zellkern innerhalb einer bestimmten Zeit zerfallen wird. Nuklearer Zerfall lässt sich nicht vorhersagen. Wie ich schon sagte, zerfallen *wird* er, man weiß eben bloß nicht, wann. Und vielleicht öffnet man ja den Kasten, bevor der Zellkern zerfällt. Man weiß jedenfalls nicht, ob oder wann die Katze sterben wird. Also, dass der Nukleus nicht zerfallen ist und die Katze lebt, wissen wir nur, wenn wir den Kastendeckel zumachen. Man könnte sagen, das ist unsere endgültige Messgröße, bis wir wieder aufmachen. Wir können nur von der Wellenfunktion ausgehen – der Wellenfunktion des Nukleus –«

»Was zum Teufel ist das?« Jury fühlte sich gleichermaßen relativ betrunken und relativ dämlich.

»Exakt beschreiben lässt es sich nur schwer. Sagen wir so: in der klassischen Physik –«

»Einstein«, versetzte Jury und fühlte sich schon besser.

Harry lächelte. »Gut. In der klassischen Physik kann ein Elektron auf eine ganz bestimmte Position festgelegt werden. Nicht so in der Quantenmechanik. Die Wellenfunktion definiert einen Bereich, sagen wir, von *Wahrscheinlichkeit.* Analog ließe sich vielleicht sagen, wenn in einem Teilsegment der Bevölkerung eine hoch ansteckende Krankheit auftaucht, schaltet sich sofort das Seuchenkontrollzentrum ein und versucht abzuschätzen, mit welcher Wahrscheinlichkeit sich diese Krankheit weiter ausbreitet. Die Wellenfunktion ist keine Größe an sich, ist für sich genommen gar nichts, sondern beschreibt nur die Wahrscheinlichkeit.« Harry rückte näher, als wollte er ein schlüpfriges Geheimnis preisgeben, und fuhr fort: »Was wir also haben, ist die Wahrscheinlichkeit, dass ein Elektron sich zu einem bestimmten Zeitpunkt an einem bestimmten Ort befindet. Nur wenn wir es *messen,* können wir wissen, wo es existiert und *ob* es existiert. Die Katze ist also –«

Jury schwenkte die Hände vor dem Gesicht, als wollte er sich Luft zuwedeln. »Wollen Sie mir jetzt weismachen, die Katze ist gleichzeitig lebendig und tot?«

Harry lächelte. »Genau das.«

Jury prustete los. »Das ist doch lächerlich.«

»Nein, ist es nicht. Sie verstehen es eben nicht. Der Zellkern befindet sich in einem Zustand der Überlagerung – zerfallen und noch nicht zerfallen – ebenso wie die Katze, die lebendig und tot sein kann –«

Mungo streckte den Kopf hervor und blickte – Jury hätte schwören können – boshaft zu ihm auf. Dann zog der Hund den Kopf wieder unter die Tischdecke zurück.

Jury lachte.

»Was?«

»Mungo ist scheinbar von Ihrer Zombiekatze überlagert! Einer Untoten.«

»Er kann die Katze nicht ausstehen, konnte er noch nie.«

»Kann ich ihm nachempfinden.« Als er es sagte, hob Jury die Decke an und ließ sie gleich wieder fallen.

»Um fortzufahren: Niels Bohr stellte klar, dass die Katze natürlich nicht im *buchstäblichen* Sinn gleichzeitig tot und lebendig war, doch *in Abwesenheit von Messung gibt es keine Realität,* was entscheidend ist. Es gibt keine Realität ohne Messung, und um zu messen, muss man nachsehen. Wir können also von der Realität der Katze erst reden, wenn wir den Kasten öffnen und nachsehen.«

»Versetzen Sie dem verdammten Kasten einen Fußtritt, dann wissen Sie es.«

Harry zuckte die Achseln. »Wieso beschleicht mich das Gefühl, dass meine Lektion auf taube Ohren stößt?«

Jury lächelte. »Na, auf betrunkene Ohren jedenfalls.«

Inzwischen war der Kellner aufgetaucht und leierte seine Liste von Spezialgerichten herunter, von der Jury lediglich zwei bis drei Wörter ausmachen konnte, die ihm bekannt vorkamen. »Lachs« war das eine. Den bestellte er, ungeachtet der dazugehörigen Soße, Gewürze und anderer komplizierter Dinge. Das andere war »Filet«. Das bestellte Harry sich. Beide nahmen den Salat des Hauses.

Sodann kamen sie (alle miteinander, falls Jury Mungos Stimmung richtig einschätzte) auf die untote Katze im Kasten zurück. Jury meinte: »Übrigens sagten Sie vorhin etwas darüber, wie ein Gegenstand sich je nach Beobachtungssituation verändert. Diese Theorie von Niels Bohr, die hört sich so an: Ob etwas existiert, wissen wir erst, wenn wir es sehen. Das klingt sehr nach der Geschichte mit dem umstürzenden Baum im Wald.«

»So ähnlich ist es, ja. Wir können die separate Realität der Katze erst kommentieren, wenn wir den Kasten öffnen. Nein, es ist eher so, dass die Katze keine separate Realität hat, bis wir sie sehen, das heißt, bis wir eine Messung vornehmen können.«

Harry machte eine Pause und trank wieder einen Schluck Whiskey. »Zurück zu Gödel: In Princeton war er zusammen mit Einstein, der ihn sehr bewunderte. Und Einstein hat bestimmt nicht viele in seinem Fachgebiet bewundert. Und er traute der Quantentheorie nicht. Na, jedenfalls bewies Gödel die Existenz unbeweisbarer arithmetischer Wahrheiten. Von Propositionen, die sowohl wahr wie unbeweisbar waren. Als die Physikergemeinde schließlich kapierte, was er meinte – er sagte es in einem einzigen, elegant formulierten Satz, wie ich mich erinnern kann –, konnte man es nicht glauben. Als er es sagte, hörte man gar nicht richtig hin. Gödel war ein junger Mathematiker. Doch als es ihnen klar wurde, worauf er hinauswollte, konnten sie es nicht nachvollziehen. Wie konnte etwas sowohl *wahr* wie auch *unbeweisbar* sein? Wahrheit postuliert doch ›Beweisbarkeit‹, nicht?«

Jury musterte ihn wortlos und fühlte sich dumm wie Bohnenstroh.

»Aber natürlich. Es ist eine der revolutionärsten mathematischen Theorien. Er nannte sie die Theorie der Unvollständigkeit.

Der Unvollständigkeitsbeweis. Ein Beweis, der innerhalb eines formalen Systems etwas Unbeweisbares beweist.«

Jury hob den Blick von seinem Salat. »Das ist paradox, nicht wahr?«

»Sie haben vollkommen Recht. Erinnern Sie sich an das sogenannte Lügnerparadoxon?«

»Vage.«

»Nehmen Sie den Satz ›Ich bin ein Lügner.‹ Dieser Satz ist nur wahr, wenn er falsch ist. Wenn Sie behaupten, Sie lügen, dann tun Sie's nicht, woraus folgt, dass Sie es doch tun, und so weiter und so fort. Gödel meint natürlich arithmetische Beweise. Dass ein arithmetischer Beweis allerdings *automatisch* wahr sein sollte – nein. Gödel meinte den Beweis des Unbeweisbaren. Er wollte beweisen, dass es arithmetische Wahrheiten gab, die unbeweisbar waren.«

Jury fragte sich, wie das möglich war.

Eine Weile aßen sie schweigend.

»Hugh glaubt anscheinend, sie – Glynnis – könnte überall sein. Ähnlich wie bei der Position eines Elektrons. Bis man es misst, ist es nirgends. Es besitzt keine bestimmte Position.«

»In der Welt von Schrödingers Katze vielleicht. Aber Hughs Frau ist doch kein Teilchen.«

»Fast könnte man es aber annehmen, nicht?«

Jury überlegte. »Ihr Verschwinden erscheint irgendwie nicht real, stimmt's?«

»Schon möglich, trotzdem ist es passiert«, versetzte Harry trocken.

Jury sagte nichts.

»Ich weiß noch, dass Hugh sich deswegen viele Gedanken gemacht hat. Ich weiß noch, wie er den Kopf schüttelte und sagte: ›Es ist nicht passiert.‹«

»Was meinte er damit?«

»Das weiß ich nicht genau.«

»Vielleicht hat Hugh es einfach verdrängt.«

»Vielleicht.« Harry schien in Betrachtung von etwas versunken, was sich nicht auf seinem Teller, sondern in seinem Kopf befand. »Oben waren vier Schlafzimmer, leer wie der Rest des Hauses. Es gab keinen Schuppen, keine Weide oder Pferdekoppel, bloß das Wäldchen und die Rasenfläche dazwischen. Mr. Jessups Warnung schlugen wir natürlich in den Wind.« Harry lachte. »Das war einfach zu starker Tobak, nicht wahr? Na, der Wald war jedenfalls recht hübsch mit dem Licht, das durch die Zweige fiel.« Harry blickte auf seinen Teller hinunter. »Ich weiß auch nicht, weshalb mir das auffiel.«

Jury lächelte. »Weil die Welt sich weiterdreht. Darum fällt uns das auf, Harry.«

»Es hatte nichts Unheimliches, nichts Bedrohliches.«

»Wieso sagte er es dann?«

Harry schüttelte leicht den Kopf, wie um die Gedanken zu vertreiben. »Wer?«

»Der Mann, der ihnen über den Weg lief, dieser Mr. Jessup.«

»Keine Ahnung, ich will nicht mal eine Vermutung wagen. Ich dachte, er war einfach ein Spinner, ein etwas wunderlicher Eigenbrötler. Statt Smalltalk hatte er solche Sprüche drauf. Wenn ich allerdings recht überlege, dachten wir, wir würden ihn nie mehr sehen. Wir wussten ja nicht mal, wo er wohnte. Was er sagte, war Folgendes: ›Da ist schon so viel passiert, zuletzt sind eine Frau und ein Junge verschwunden.‹ Er legte die Handflächen aneinander, ließ eine Hand nach oben fahren und sagte: ›Wusch, in Rauch aufgelöst haben sie sich.‹«

»Und sonst sagte er gar nichts, außer der Warnung, nicht im Wald herumzustapfen?«

Harry schüttelte den Kopf und trank seinen Whiskey vollends aus, der noch neben seinem Weinglas gestanden hatte.

Jury dachte einen Augenblick nach. »Wo war eigentlich Robbie, während Glynnis das Haus besichtigte?«

Achselzuckend schob Harry seinen Teller weg. »Das habe ich auch überlegt. Er trottete vermutlich hinter seiner Mutter her.«

»Vielleicht aber auch nicht. Sie wissen doch, wie gern Kinder ein neues Haus erkunden. Ich frage mich –« Jury lehnte sich zurück und stieß den Atem aus.

»Ja?«

»– ob er vielleicht etwas gesehen hat.«

»Oder Glynnis.«

»Wenn sie es sich überhaupt angesehen hat.« Jury machte eine Pause. »Die Maklerin hatte das Haus bestimmt einer ganzen Reihe von Leuten gezeigt, wenn es so lange leer gestanden hatte.«

»Ja, aber Sie wissen ja, wie Immobilienmakler auf dem Lande es machen: Sie händigen einem den Schlüssel aus, und dann ist man auf sich selbst gestellt. Eine recht merkwürdige Praxis, finde ich.«

»Was tat Hugh dann? Ich meine, in den Wochen und Monaten danach.«

»Wie gesagt, als die Polizei nichts herausfand, engagierte er einen Privatdetektiv. Und allmählich brach er zusammen, nervlich. Er war von diesem unentwirrbaren Rätsel – wie besessen.«

»Das ginge aber doch jedem so, meinen Sie nicht?«

»Schon, aber Hugh fraß es völlig auf. Es war, als stünde er in einem brennenden Gebäude und könnte sich nicht rühren, als wartete er auf die Flammen. Es ging so weit, dass er nicht mehr aus dem Haus ging, aus lauter Angst, den Telefonanruf oder das Klopfen an der Tür zu verpassen. Er sagte mir, er könne schwören, er hätte Mungo bellen hören.«

Unter dem Tisch verlagerte Mungo sein Gewicht.

»Es wurde immer schlimmer mit ihm, er aß nicht und schlief nicht, bis sein Körper schließlich nicht mehr mitmachte. Einmal fand ich ihn neben dem Kamin liegen und dachte, er wäre tot.«

»Keine Selbstmordversuche?«

»Nein, Hugh doch nicht. Die Köchin und das Hausmädchen blieben bei ihm, obwohl er vergaß, ihnen den Lohn auszuzahlen. Ich übernahm das, als ich davon erfuhr. Sie waren der Familie treu ergeben. Inzwischen sind sie natürlich gegangen.«

Jury nickte zustimmend und drehte sein Weinglas zwischen den Fingern hin und her. Nein, er wollte nichts mehr. Er war mit Whiskey und Wein förmlich vollgesogen.

Harry beugte sich vor und wieder zurück. Er seufzte. »Und dann kam er nicht mehr allein zurecht. Als ich ihm das sagte, schaute er mich bloß ausdruckslos an und sagte: ›Aber was soll ich denn machen? Was ist, wenn Glynn und Robbie zurückkommen, wenn sie nach Hause kommen und ich nicht da bin?‹ Nicht auf sie zu warten hieß für ihn, dass alles endgültig war, dass er sie nie mehr wiedersehen würde.«

»Und er sagte, ›wenn‹ sie nach Hause kommen, nicht ›falls‹?«

»Ja, Hugh war immer überzeugt davon, dass sie wiederkämen.«

»Vollkommen überzeugt war er aber nicht, sonst wäre er nicht zusammengebrochen, oder?«

»Wissen Sie, es ist seltsam, nein, nicht direkt seltsam, eher im biblischen oder griechischen Sinn ein Akt Gottes oder der Götter, ganz und gar unwiderleglich und deshalb unbeantwortbar. Wie bei Hiob oder König Ödipus. Oder Shakespeare. Ich kann es nicht erklären, aber vielleicht sollte man das auch gar nicht.«

»Hiobs Problem, wie Sie sagten.«

»Seltsam. Ich kannte keinen, der so gelassen war wie Hugh. Er war selbstbewusst, beherrscht und liebenswürdig – aber nicht auf so eine oberflächliche Art, sondern wirklich durch und durch liebenswürdig. Selbst seine Wut war vollkommen beherrscht, er wusste genau, wie weit er gehen konnte, bevor eine Beziehung unrettbar zerrüttet war. Immer hatte er die Zügel fest in der Hand, hatte sich unter Kontrolle.«

»Wo ist er jetzt?«

»In der Stoddard-Klinik in Fulham. Eigentlich eine recht angenehme Anstalt, sehr ansprechend, gut geführt, selbstverständlich teuer. Sie haben nur einige wenige Patienten, sind ganz auf exklusive Behandlungen eingerichtet. Dort ist er jetzt seit etwa acht Monaten.«

»Geht es ihm besser?«

Harry schüttelte den Kopf. »Wie auch! Hugh hat keine Psychose, er ist nicht geisteskrank. Es handelt sich bei ihm eher um eine Obsession. Ähnlich wie bei Othello. Oder Jago.«

Jury lächelte. »Jago wohl eher nicht. Wäre Jago tatsächlich von Rachsucht besessen gewesen, dann hätte er nie so gerissen agieren können, wie er es getan hat. Er hätte einen direkteren Weg gewählt, um Othello zu vernichten. Er arbeitete nicht mit Feuereifer daran, war nicht in seinen Leidenschaften gefangen. Im Gegenteil, ich glaube, Jago war leidenschaftslos. Es findet sich bestimmt kein Grund, der ihn plausibel machen würde, genauso wenig wie wir erklären können, weshalb Hamlet so handelte, wie er es tat. Ich glaube, Jago zerstörte Othello, weil er die Fähigkeit dazu hatte. Das ist alles. Weil er die Fähigkeit dazu hatte.«

# 10

»Es gibt da ein Haus in Surrey, das Sie sich mal genauer ansehen sollten«, sagte Jury mit einem Seitenblick zu Wiggins hinüber, der sich gerade um seinen Henkelbecher mit Tee kümmerte. »Die Immobilienfirma heißt Forester & Flynn, und die Maklerin, die das Mietobjekt betreut, ist eine gewisse Marjorie Bathous. Sehen Sie, was Sie darüber herauskriegen können. Angeblich gehört das Haus einem Mann namens Benjamin della Torre.« Wenn das Winterhaus in diesem Ben Torre bloß lauter schlechte Erinnerungen wachrief, dachte Jury, wieso verkaufte er es dann nicht, statt es zu vermieten? Allerdings war es ja möglich, dass man an schlechten Erinnerungen ebenso hing wie an guten.

»Momentchen«, versetzte Wiggins, indem er den Teebeutel aus seinem Henkelbecher nahm. Sodann machte er sich an die Verabreichung eines seiner Mittelchen aus der ganzheitlichen Heilkunde. Dazu gab er ein paar Löffel von einer bizarr blauen Flüssigkeit in den Tee, anschließend drei Löffel Zucker, was den vermeintlich positiven Effekt des blauen Zeugs aber sicher wieder zunichte machte. Wozu also das Ganze?

Er würde nicht danach fragen, gebot sich Jury. »Was ist das für ein Zeug?«

»Ach, das ist Jojobasaft. Sehr gut für die Verdauung.« Wiggins rührte lächelnd um.

Jury verschränkte die Arme und steckte sich die Hände wärmend in die Achselhöhlen. Oder vielleicht war es auch nur eine Schutzhaltung gegen den Jojobasaft. »Der ist so blau wie diese schrecklichen Blaubeerlutscher mit Zuckerguss, die wir früher als

Kinder immer gegessen haben.« Wiggins tat es womöglich heute noch.

Die Lippen geschürzt, schüttelte Wiggins bedächtig den Kopf. »Diese Tinktur ist wohltuend, ein Zuckergusslutscher dagegen nicht. Der ist doch furchtbar süß.«

Tönte einer, der soeben drei Teelöffel Zucker in seinen Tee gegeben hatte. Jury bohrte jedoch nicht weiter. »Ich bestreite nicht den Nährwert von Lutschern mit Zuckerguss, sondern den Wert von diesem Zeug hier.« Jury deutete mit einer knappen Kopfbewegung auf das Fläschchen mit der blauen Flüssigkeit.

»Das tun Sie doch immer, Sir. Mir ist noch keiner begegnet, der so skeptisch ist, wenn es um gesundheitliche Zuträglichkeit geht. Und wie oft bin ich verglichen mit Ihnen krank?«

»Ungefähr eins zu fünf. Sie sind fünfmal so oft krank.«

Die Abschätzigkeit in Wiggins' Blick verschärfte sich, und seine Stimmlage rutschte um einige Takte höher. »Ach, Sie wissen *genau*, dass das überhaupt nicht der Fall ist.«

»Also dann zehn zu eins. Zehn für Sie, eins für mich.«

Wiggins schüttelte seufzend den Kopf. Es war hoffnungslos!

Jury musterte Wiggins nachdenklich. »Was denken Sie über das Paradoxon des Lügners?«

»Ich glaube, das kenne ich gar nicht, Sir.«

»Also, dann hören Sie mal zu: ›Ich lüge nicht.‹«

»Habe ich auch nie behauptet, oder?«

»Nein, nein. Ich meine nicht *ich* persönlich. Ich werde es anders sagen: ›Ich *lüge*.‹ Verstehen Sie? Die Behauptung stellt an sich schon ein Problem dar, nicht? Denken Sie mal darüber nach. Die Behauptung an sich.«

Wiggins tippte mit den Fingern auf sein Taschenbuch von Ed McBain, als wollte er sich davon Unterstützung zukommen lassen.

Jury richtete sich seufzend auf. »Ach was, der 87. Polizeidistrikt wird Ihnen da auch nicht weiterhelfen. ›Ich lüge.‹ ›Ich. Lüge.‹«

Wiggins wollte seinem Chef in diesem merkwürdigen Schlagabtausch den Sieg gönnen und lächelte unmerklich. »Nun, bei allem Respekt, Sir, ich kann darin keinen Sinn erkennen. Ich meine, wenn Sie einem *von vornherein* verraten, dass Sie lügen …?«

Um seine Frustration über die Begriffsstutzigkeit seines Sergeanten dramatisch zu untermalen, ließ Jury geräuschvoll die Faust auf den Tisch niedersausen. »Begreifen Sie doch, dass es *paradox* ist! Wenn einer *sagt,* ›ich lüge‹, bedeutet schon die Behauptung *an sich, dass er es nicht tut.* Und deshalb die Wahrheit sagt!«

Wiggins grübelte. Jury seufzte. »Kennen Sie sich ein bisschen mit Physik aus, Wiggins?«

»Ziemlich gut sogar. Ich sage Ihnen doch andauernd, dass Ihnen diese hier zum Beispiel guttäten.« Er hielt eine Packung schwarze Kekse in die Höhe.

»Ich meine nicht *diese* Art von physischem Wohl. Keine Medizin oder Arznei. Ich spreche von Energie, von Materie und von der Untersuchung ihres Verhältnisses zueinander.«

Nunmehr restlos aufgeklärt, lehnte Wiggins sich zurück. »Ich muss zugeben, dass ich in der Schule in Mathematik oder Naturwissenschaften nie gut war. Und Physik ist noch schwerer.«

»Dann haben Sie also noch nie von Schrödingers Katze gehört?« Im Moment kam sich Jury vor wie der sprichwörtliche Kanarienvogel, so selbstsicher saß Wiggins, die Katze, ihm gegenüber.

»Nein.« Wiggins trank sein blaues Zeug. »Schrö-?«

»Schrödinger. Sehen Sie, wir reden hier von einer hypothetischen Katze. Tun Sie mal so, als würden Sie die Katze in einen Kasten stecken …« Jury erzählte ihm den Rest der Sache nach besten Kräften und fand, dass er sich eigentlich recht gut erinnern konnte.

Wiggins hörte vergnügt glucksend zu. Bloß Wiggins konnte so glucksen, mit diesem kehligen Laut, so wie vielleicht Paviane lachten. »Der verarscht einen ganz schön, was?«

»Was? Meinen Sie Harry Johnson?«

»Nein, dieser andere Bursche.«

»Schrödinger?«

»Ja. Ziemlich gelungen, das Ganze. Die Katze ist gleichzeitig tot und lebendig.« Wiggins machte eine ungläubige Handbewegung. »Sollte beim Zirkus anheuern, das Katzenvieh.«

Jury war inzwischen aufgestanden und zog sein Jackett an.

»Sir, nicht vergessen, der Chef«, rief Wiggins ihm nach.

»Na, *der* hat ja eine Laune. Da können Sie sich auf was gefasst machen.« Fiona Clingmore zog schwungvoll eine grobe Nagelfeile über ihre Fingernägel.

»Wann hat er die nicht?«

Fiona schürzte die Lippen. »Na, kurz vorm Mittagessen in seinem Klub ist ihm eigentlich immer recht wohl.«

»Die Frage war rein rhetorisch.« Jury sah sich im Vorzimmer um. Keine Spur von Kater Cyril. »Wo ist Cyril?«

Fiona schüttelte den Kopf. »Hier und da und überall. Keine Ahnung.« *Ritsch, ratsch, ritsch*! »Gehen Sie ruhig rein.« Sie gähnte.

Den Kopf zwischen den Händen, hob Racer den Blick, forderte Jury auf, sich zu setzen, und versenkte sich wieder in die Betrachtung eines Stapels von Papieren auf seinem Schreibtisch.

Jury setzte sich und ließ den Blick über die Deckenleiste schweifen auf der Suche nach Cyril, der sich vorzugsweise an dem behaglichen Plätzchen zwischen Leiste und Wand aufhielt, wo die indirekte Beleuchtung eingelassen war. An der Stelle machte er immer gern sein Schläfchen. Jury konnte ihn zwar nicht sehen, was aber nichts heißen wollte, da Cyril sich überall versteckt haben konnte, genau wie die fragwürdige Katze in dem Experiment. Auch Cyril konnte überall gleichzeitig sein. Die Katze ist tot, die Katze lebt.

»Schon mal von Schrödingers Katze gehört?«, fragte Jury.

Racers kahle Platte schnellte hoch. Den Kopf hielt er immer noch zwischen den Händen, als hätte ihn Jury gerade bei der Morgenandacht gestört. Er schmiss seinen Montblanc-Füllfederhalter hin, lehnte sich zurück und nahm, nachdem er gerade an den Kater erinnert worden war, dessen Lieblingsverstecke im Raum genau ins Visier.

Jury sagte: »Schrödingers Katze, das ist ein berühmtes Gedankenexperiment in der Quantenphysik.«

Racer funkelte ihn wütend an. »Tatsächlich? Die Abteilung für Verbrechensbekämpfung könnte ein Gedankenexperiment zum Mord von Soho gut gebrauchen – vorausgesetzt, Sie sind dann so weit.«

»In Bezug auf Schrödingers Katze heißt das dann ja wohl Nein. Aber lassen Sie mich erklären.« Jury tat es.

»Tot *und* lebendig? Ein Röhrchen Zyanid? Sind Sie jetzt komplett übergeschnappt, Jury?« Sich zusammennehmend (jedenfalls so gut er konnte), lehnte Racer sich mit verschränkten Armen zurück und sagte: »Was unternehmen Sie im Falle Danny Wu?« Seine verschränkten Arme glichen dem Schild an einem Eisenbahnübergang.

»Abwarten, bis ich meinen Dienst wieder antrete. Ich befinde mich im Status der teilweisen Suspendierung, bin weder suspendiert noch unsuspendiert. Ein bisschen wie Schrödingers Katze. Folglich unternehme ich nichts.« Jury verschränkte seinerseits die Arme.

»Jetzt tun Sie doch nicht so theatralisch. Glauben Sie, das nützt Ihnen was bei Ihrer Überprüfung? Herumzusitzen und Physiklehrbücher zu lesen? Der Fall Danny Wu muss aufgeklärt werden.«

Jury überlegte. »Ach so, ich wusste gar nicht, dass der sich zu einem ›Fall‹ ausgewachsen hat.«

»Selbstverständlich ist es ein *Fall*. Was reden Sie da überhaupt? Sie sind ihm doch seit Jahren hinterher!«

»Ich besuche seit Jahren sein Restaurant, stimmt.«

Racer ließ seinen Füller auf den Schreibtisch fallen. »Mann, Jury, Sie wissen doch, dass die Hälfte aller Morde in den Docklands auf ihn zurückzuführen ist. Er steckt mit dieser Bande unter einer Decke, die haben Messer zwischen den Zähnen.«

»Er nicht.«

»Was? Aber *selbstverständlich!*«

Jury schüttelte feierlich den Kopf. »Danny Wu ist kein Vereinsmeier.«

»*Vereinsmeier?* Himmel noch mal, wir reden hier nicht von Pfadfindern oder Jungscharmädels! Hier geht es um die Triaden. Die sind schlimmer als die Mafia.«

»Was Danny Wu auch tut, er agiert im Alleingang. Das können Sie mir glauben.«

»Und der Tote auf seiner Türschwelle?«

Jury zuckte die Achseln. »Vielleicht kommt die Gerichtsmedizin ja mit brauchbarer DNS daher. Vielleicht auch nicht.« Jury warf Racer ein Lächeln zu.

»Ich will, dass Sie an der Sache dranbleiben. Los, los.« Mit diesen Worten winkte Racer ihn ungehalten weg.

Jury ging, wobei er sich fragte, weshalb er eigentlich hergekommen war.

# 11

»Der junge Higgins, Sir«, sagte der Portier an der Rezeption, »bestimmt war der es, der den Anruf entgegengenommen hat.«

Melrose las die Nachricht erneut durch, aus der er absolut nicht schlau wurde und die offenbar von Agatha stammte. Daher auch die Verwirrung, für die er, falls jemand anderes der Anrufer gewesen wäre, den jungen Higgins (und dessen Krakelschrift) verantwortlich gemacht hätte.

Er war auch vor einer Stunde nicht »außer Haus« gewesen, sondern hatte im Klubraum dösend in einem Ohrensessel gesessen, vor sich ein munter prasselndes Feuerchen, in der Hand den obligatorischen Whiskey vor dem Mittagessen und in die Lektüre von Pollys Buch versunken, das er bei Hatchards erstanden hatte. Er hatte das Gefühl, als wären seine Augenlider künstlich aufgestemmt. Er hatte beschlossen, das Buch tatsächlich zu lesen, damit ihm nicht noch einmal, wie am Vorabend beim Essen, irgendwelche peinlichen Bemerkungen unterliefen. Schließlich hätten sich seine Kommentare auf alles Mögliche beziehen können – auf *Beano*-Comics ebenso wie auf die Romanverfilmung *Die goldene Schale*.

Pollys neuestes Werk trug den Titel *Die Welt der Gourmandise*, was ihn wohl kaum geärgert hätte, wenn es sich tatsächlich um eine Satire oder eine Parodie auf Prousts Werk gehandelt hätte. Das war es aber nicht. Er würde ihr sagen, dass sie nicht einfach dauernd mit Marcels Titeln herumspielen konnte und dass es nicht besonders schlau war, einen Vergleich heraufzubeschwören oder den Leser aufs Glatteis – oder in die *Welt der*

*Guermantes* – zu führen. Denn schließlich ging dieser arglos davon aus, es mit einer Parodie zu tun zu haben. Ja, und die meisten Leute wären entzückt, eine Verulkung von Proust zu lesen, denn sie kamen sich immer schuldig, dumm und ungebildet vor, weil sie es nie über jene Madeleine-Passage hinaus geschafft hatten, die etwa auf Seite dreißig vorkam. Wonach einem dann nur noch ein paar tausend Seiten blieben.

Ungefähr dort war er in ihrem neuen Buch gerade angekommen, auf Seite sechsunddreißig, hatte also leider noch dreihundert Seiten zu lesen.

Melrose mochte keine Kriminalromane. Bis auf zwei oder drei Ausnahmen waren Krimis heutzutage einfach zu dämlich, als dass sie einen recht zu fesseln vermochten. In dem vorliegenden betrieben die im Titel genannten »Gourmands« ein ziemlich weit außerhalb von London gelegenes Restaurant, das – mochte Melrose wetten – den Quatre Saisons nachempfunden war, wo Polly seines Wissens einmal gespeist hatte. Der Küchenchef in ihrem Buch hatte sich für zehn seiner hoch geschätzten Gäste – durch die Bank lauter Gourmands – ein unbeschreibliches Festmahl ausgedacht.

Oje, oje, dachte Melrose, ich frage mich, was da wohl passieren wird?

Als wüsste es nicht jeder, außer den Figuren im Buch, die alle miteinander dumm wie Bohnenstroh waren, abgesehen vom Küchenchef selbst, den Melrose recht sympathisch fand, weil ihm die Sachen gefielen, die dieser kochte und für deren Zubereitung er nebenher auch noch komplizierte Anweisungen erteilte. Darum ging es über ein Gutteil der dreißig Seiten am Anfang, und Melrose nahm sich vor, zwei Gerichte anzustreichen, die er sich von seiner Köchin Martha zubereiten lassen wollte.

Er döste vorm Feuer ein wenig vor sich hin, die Flammen schossen empor, als suchten sie sich ihr nächstes Opfer, und das Buch sah verdammt lecker aus …

Heftig augenklimpernd wachte Melrose auf, als ein Gentleman ihm einen herzhaften Gruß entbot, den sein Gefährte alsgleich wiederholte.

»Ei, wen seh ich«, sagte Melrose und setzte sich ordentlich hin, »Colonel Neame und Major Champs! Das ist ja eine angenehme Überraschung!« Aber wieso Überraschung? Die beiden alten Herren residierten ja quasi in dem Etablissement, jedenfalls hatte es diesen Anschein.

»Wie geht's, wie steht's?«, kam es ein paar Mal zackig von Major Champs, und die beiden schüttelten Melrose die Hand. Sie schienen hocherfreut, ihn zu sehen. O ja, auch sie waren in ihren Lieblingssesseln bei Boring's so manches Mal vom Schlaf übermannt worden.

»Wir haben Sie gestern Abend mit dieser attraktiven Dame beim Dinner gesehen. Sie haben uns nicht bemerkt, das Speisezimmer ist ja so schlecht beleuchtet, dass der junge Higgins sich ständig das Schienbein anstößt und die Suppe verschüttet.«

Das würde der junge Higgins sogar in der hellen Mittagssonne auf den griechischen Inseln tun, dachte Melrose, sagte aber nichts, da Higgins vermutlich im gleichen Alter war wie diese beiden.

Die hatten mittlerweile ihre Sessel eingenommen und hielten nach einem Kellner Ausschau, der ihnen den Whiskey bringen sollte. Major Champs schwenkte ein Streichholz aus, mit dem er sich den Tabak in seiner Pfeife angezündet hatte, und sagte: »Also, Ihre Freundin kam mir irgendwie bekannt vor, ich war mir sicher, sie schon mal gesehen zu haben, und – siehe da!« Er hielt das Buch in die Höhe, das er bei sich hatte.

Pollys Gesicht blickte dem Leser etwas ängstlich oder beunruhigt entgegen, die typische Krimiautorin, immer mit dem Schlimmsten rechnend.

»Abenteuerliche Geschichte!«, sagte Major Champs. »Neame hat es schon gelesen und droht immer wieder damit, mir zu verraten, wer's war.« Er kicherte. »Habe all ihre Bücher gelesen, jedes

Einzelne. Ich kann wohl nicht damit rechnen« – er beugte sich im Schein des Feuers, dessen Schatten die tiefen Höhlen in seinen Wangen noch tiefer kerbten, näher zu Melrose herüber –, »dass Sie uns einander vorstellen würden?«

»Aber sicher können Sie das. In ein, zwei Wochen sehe ich sie wieder.« Ob zwei Wochen reichten, ihr Buch zu lesen? Melrose sah das Lesezeichen im Exemplar des Majors stecken. Mindestens drei Viertel durch. Aha!, dachte Melrose. »Was halten Sie von dem Pudel?«, erkundigte er sich und klopfte auf sein Exemplar. Der Pudel war etwa auf Seite zwanzig hereinspaziert gekommen.

»Ach, der Pudel! Die konnte ich eigentlich noch nie leiden, diese zimperlichen, fiesen, selbstzufriedenen Geschöpfe. Sie bringt eine Menge Hunde und anderes Getier in ihren Geschichten unter. Letztens war es … ein Labrador? Na, jedenfalls findet der Hund die Leiche. Verdammt clever. Das kommt natürlich erst später. Ich will Ihnen ja nicht die Handlung verraten.«

O bitte, tun Sie's!

»Und Hubert …«, ließ Colonel Neame sich vernehmen.

Wer zum Teufel war Hubert?

»… der junge Bursche, eine der wenigen literarischen Kindergestalten, die ich überzeugend fand.«

Major Champs sagte: »Darüber sind wir uns jedenfalls einig.«

Dass sie sich über andere Dinge uneinig waren, war einfach herrlich! Melrose stellte sich ein Streitgespräch vor, bei dem alle möglichen Informationsschnipsel geboten würden, die er bis zu seinem nächsten Wiedersehen mit Polly speichern konnte. »Inwiefern genau finden Sie Hubert überzeugend?«

»Weil … na, sehen Sie doch nur, wie er auf den Tod seiner Mutter und den Selbstmord seines Vaters reagiert. Und als dann die Schwester von der Klippe fällt –«

Melrose schmunzelte. Er hatte keine Ahnung, wovon sie redeten. »Ja, aber ist sie wirklich gefallen?« War sie natürlich nicht.

War in einem Kriminalroman ein Opfer denn jemals »zufällig« von einer Klippe – oder seinetwegen auch vom Stuhl – gefallen?

Colonel Neame patschte fröhlich auf die Sessellehne. »Genau, genau! Und hatte die Mutter es wirklich *mit dem Herzen*?« Vielsagendes Augenzwinkern und Kopfnicken!

Melrose sammelte Informationen, wusste aber immer noch nicht genau, was es mit dem Küchenchef und dieser Dinnerparty am Anfang auf sich hatte. Was hatten alle diese Todesfälle in einer einzigen Familie und der Pudel damit zu tun? Lasen sie alle drei überhaupt dasselbe Buch? Ja, der Titel desjenigen, das Major Champs in die Höhe hielt, lautete definitiv *Die Welt der Gourmandise*. »Die Sache ist doch die«, sagte er und furchte verdattert die Stirn, »ich bin erst bis auf …« Wenn er sich nicht vorsah, würde er noch in seine eigene Falle tappen. (Immerhin hatte er so getan, als hätte er das mit Hubert schon gelesen.) »Na ja, allzu weit bin ich noch nicht gekommen, und ich frage mich einfach, was diese ›Gourmand‹-Idee eigentlich soll.«

»Das ist doch der Vater, nicht? Er ist der Küchenchef.« Unter seinen dichten Augenbrauen hervor warf Major Champs Melrose einen finsteren Blick zu.

»Ach, der Küchenchef! Ja natürlich, er ist der *Küchenchef*.« Melrose nahm einen kräftigen Schluck Whiskey und bemerkte dazu, wie samtig der sei.

Und wo passte der verdammte Pudel hinein? Sie hatte ihn gefragt, wie ihm der Labrador gefiele, würde also bestimmt nach dem Pudel fragen.

»Abend, meine Herrn«, ließ sich eine Stimme hinter Melrose vernehmen.

»Superintendent!«, sagten Major Champs und Colonel Neame gleichzeitig.

Jury deutete eine knappe Verbeugung an und begrüßte dann Melrose. »Wieder in Borings liebevollem Schoß.«

»Sehr erfreut, Sie zu sehen, Mr. Jury, oder« – fuhr Colonel

Neame *sotto voce* fort – »ist etwa Ärger im Verzug?« Sein Gesichtsausdruck ließ erkennen, dass er dies hoffte.

»Nein, bisher jedenfalls noch nicht.«

Major Champs sagte: »Ich hoffe, es taucht nicht jedes Mal, wenn Sie auftauchen, eine Leiche auf, Superintendent!«

»Ich auch.«

Darüber mussten sie lachen und patschten auf die Armlehnen.

Als Jury erschienen war, hatte Melrose sogleich einen Kellner herübergewinkt. »Setzen Sie sich«, sagte er zu Jury und machte ihm auf dem Ledersofa Platz, das die unglückselige Farbe von getrocknetem Blut hatte.

Jury legte seinen Mantel ab und setzte sich, als auch schon der Kellner (leicht gebeugt, aber nicht so alt wie der junge Higgins) zu ihrem Grüppchen kam. Melrose bestellte eine Runde Whiskey.

Colonel Neame schwelgte in Erinnerungen. »Dieser Todesfall hier war so ziemlich das Aufregendste und Nervenaufreibendste, was ich seit dem Krieg erlebt habe. Ein echter Schocker war das. Man denke nur, der Mörder marschierte einfach herein, erstach den armen Pitt und marschierte wieder ab, ohne dass einer was merkte.«

Major Champs meinte: »Aber daran zeigt sich doch mal wieder, wie tot wir bei Boring's anscheinend alle aussehen.«

Jury lachte. »Nein, das glaube ich eigentlich nicht. Es zeigt eher, wie leicht es ist, an einem öffentlichen Ort einen Mord zu begehen. Wie etwa hier.«

Der Kellner tauchte wieder auf und stellte ihnen die Drinks hin.

»Cheers«, sagte Melrose. Alle erhoben ihr Glas.

»Sie sind also nicht in polizeilichen Angelegenheiten hier?«

»Nein, nur zum Mittagessen.«

Major Champs räusperte sich vernehmlich. »Nun, ich bin überrascht, dass noch niemand den Koch umgebracht hat.«

Melrose lachte. »Ist es so schlimm?«

»Das Lamm war zäh. Gut, normalerweise ist das Essen recht anständig. Da kann der Koch auch mal ab und zu einen schlechten Tag haben.«

»Aber nicht so schlecht, wollen wir hoffen«, Melrose hielt das Buch in die Höhe, »wie Miss Praeds Küchenchef.«

# 12

Der junge Higgins teilte ihnen mit, da es zu Mittag diesmal einen regelrechten Ansturm auf das Lamm gegeben habe, hoffe er, die kalte Rinderzunge würde ihnen zusagen. Oder vielleicht der gefüllte Portobello-Champignon?

Melrose hob fragend den Blick. »Einen *Ansturm*? Es ist aber doch sonst gar niemand hier, Higgins.« Zum Beweis auf den leeren Raum deutend, breitete er die Arme aus.

»Tun Sie doch nicht so dramatisch«, versetzte Jury. »Für mich gern die Champignons, Higgins.«

»*Den* Champignon«, sagte Melrose. »Es ist nur einer.«

»Womit sind die denn gefüllt, Higgins?«

»Womit ist *er* gefüllt? Meine Güte«, sagte Melrose. »Da wüsste ja Wiggins besser Bescheid über Portobello-Champignons als Sie.«

»Wenn der mit einem gemahlenen Heilkraut gefüllt wäre, vielleicht«, sagte Jury.

»Mit was?«

»Mit Lammhack, Mylord«, sagte der junge Higgins, an Melrose gewandt.

Melrose meinte: »*Mir* brauchen Sie es nicht zu sagen, ich nehme sie nicht.«

»Ihn«, korrigierte Jury.

Melrose musterte ihn zähneknirschend.

»Jetzt wissen wir ja, was mit dem Lamm passiert ist!«, sagte Jury mit übertrieben munterem Lächeln.

Der junge Higgins beteiligte sich seinerseits mit einem Runzellächeln an der allgemeinen Heiterkeit. »Jawohl, Sir, und dann haben wir auch noch den Tomaten-Mozzarella-Salat.«

Jury breitete sich seine riesige weiße Serviette über den Schoß. »Hört sich gut an.«

»In der Tat, Sir«, Higgins verbeugte sich. »Und Sie nehmen die kalte Zunge, Mylord?«

Melrose erschauderte. »Nein, ich werde wohl auch den Portobello-Champignon nehmen. Wir nehmen ihn beide.«

»Sie«, sagte Jury.

Melrose funkelte ihn bloß an.

»Und den Salat, nehmen wir den auch?«, erkundigte sich der junge Higgins.

Melrose war versucht zu sagen, sie schon, und ob der junge Higgins denn mit von der Partie wäre? Offenbar hatte sich Higgins diese irische Redeweise angewöhnt, bei der man eine Frage stellte, die aber gar keine war, und sich selbst dabei mit einbezog. Stattdessen wandte er sich an Jury: »Nehmen wir, nicht?«

Jury nickte. »Ja, nehmen wir.«

Der betagte Kellner schlurfte davon.

»Der junge Higgins wird auch nicht jünger.« Jury seufzte, als machte er sich bewusst, dass ihm das gleiche Schicksal beschieden war.

»Älter aber auch nicht. Der war wahrscheinlich als Teenager schon achtzig.« Melrose schlug die *carte des vins* auf. »Der Wein, der Wein, der Wein … Na, was passt denn zu Portobello-Champignons?« Er ließ den Blick über die Liste schweifen. »Wie wär's mit einem netten kleinen Merlot?«

»Wie wär's mit einem netten großen Merlot? Oder vielleicht einem 66er Montrachet. Sämtliche 66er sind allerdings jenseits von Gut und Böse. Ungenießbar. Wirklich gern hätte ich allerdings einen Bordeaux, sagen wir, einen Château Petrus? Kostet eine hübsche Stange Geld, aber Sie können es sich ja leisten.«

Melrose kniff die Augen zu. »Oho, sind wir jetzt unter die Weinkenner gegangen?«

»Ich weiß nicht, was mit Ihnen ist, aber ich schon. Die Flasche dürfte kaum mehr als ein paar hundert Pfund kosten.«

»Ach, wirklich? Na, wenn das alles ist, nehmen wir doch gleich eine ganze Kiste!«

»Okay.«

Melrose sah sich suchend nach einem Kellner um, bis sein Blick den eines (wirklich) jungen, rotblonden Burschen kreuzte, der flugs herüberkam. Melrose gab die Weinbestellung auf – den netten kleinen Merlot –, und der Kellner entschwebte.

Nachdem das erledigt war, lehnte Melrose die Weinkarte an die Marmorsäule, neben der der Tisch stand. Die Säulen waren an strategisch günstigen Punkten im Raum platziert, der mit dem dunklen Holz, der gewölbten Decke und der schneeweißen Tischwäsche eine Augenweide war. »Okay«, wiederholte er. »Sie wollten mir eine Geschichte erzählen, sagten Sie.«

Jury dachte einen Augenblick nach, aber nicht über Harry Johnson. »Vielleicht leben wir dafür, vielleicht machen wir deshalb weiter.«

Melrose musterte ihn. »Den Henry-James-Wettbewerb haben Sie wohl nie verwunden, was? ›Vielleicht machen wir deshalb weiter‹, in der Tat! Wollen Sie damit sagen, wir leben für Geschichten?«

»Kinder schon, nicht wahr? Ist das nicht ihre Lieblingsbeschäftigung?«

»Nachdem sie sich gegenseitig vertrimmt und ihren Hunden Knallfrösche an den Schwanz gebunden haben, vielleicht schon. Ich nehme an, Sie wollen auf etwas ganz Bestimmtes hinaus, bloß weiß ich nicht, auf was.«

»Ich weiß es wohl selbst nicht so recht. Erinnern Sie sich, beim Henry-James-Wettbewerb hieß es: ›Kommt ein Mann in ein Pub‹ et cetera«, sagte Jury.

»Ah, der Meister selbst würde es vielleicht so ausdrücken: ›Nach einem ernsten Wortgefecht mit seinem Gegenüber machte Lord Joyner sich auf den Weg in sein geliebtes altes Pot and Pickle‹ blablabla.«

»So ganz spontan ist das ja verdammt guter Henry James.«

»Henry James zu sein ist nicht leicht.«

»Nein. Und eben darum geht es bei dieser Geschichte. Genauso fängt sie an. Kommt ein Mann in ein Pub und erzählt mir diese Geschichte.«

»Das soll wohl ein Witz sein.«

»Genau das habe ich zu ihm auch gesagt. Ich sagte, er wolle mich wohl auf den Arm nehmen. Na, jedenfalls liegt das Pub im Finanzdistrikt. The Old Wine Shades, heißt es. Dort saß ich also an der Bar, brütete so vor mich hin, nichts Besonderes –«

»Was denn Besonderes?«

»Zum Dahinbrüten.«

»Ah, und weiter?«

»Ein Mann trat ein, offensichtlich wohlhabend, gekleidet wie Sie –«

»In so einem lumpigen Jackett?« Melrose zog am Kragen, um es besser betrachten zu können.

»– und setzte sich neben mich. Das hört sich irgendwie ominös an.«

»Schon, wie Little Miss Muffet. Weiter.«

»Und er erzählte mir diese Geschichte.« Jury gab Melrose daraufhin die Geschichte in allen Details zum Besten. Gödel. Niels Bohr. Wellenfunktion. Die Geschichte dauerte über den Salat, den Portobello-Champignon, den Nachtisch und schließlich noch Weinbrand und Kaffee. »Er heißt Harry Johnson, habe ich das schon erwähnt?«

»Ja. So eine merkwürdige Geschichte habe ich ja noch nie gehört«, sagte Melrose und machte sich ans Anzünden einer Zigarre. »Nicht bloß, wie sie Ihnen zugetragen wurde, sondern weil es sich um eine Geschichte in der Geschichte in der Geschichte handelt.«

Jury musterte ihn fragend. »Wovon reden Sie?«

»Es sind doch vier Geschichten. Ist Ihnen das nicht aufgefallen?« Melrose schob Tasse und Glas beiseite und beugte sich zu Jury hinüber. »Eins« – er bog seinen Zeigefinger hinunter – »ist Johnson selbst, er ist der Rahmen der Geschichte. Zwei« – der zweite Finger bog sich nach innen – »ist die Geschichte vom Verschwinden der Madame Gault, drei« – hakte der dritte Finger ab – »ist Ben Torres Geschichte, und vier« – der vierte Finger ging herunter – »ist die Geschichte, die ihm seine Mutter erzählte.«

Jury überlegte. »Sie haben wahrscheinlich Recht.«

»Und irgendwie entfernt sich das Ganze immer mehr von der ersten Geschichte. Wie bei diesen ineinander gesteckten russischen Puppen, den Matroschkas.«

»Und wenn es so ist, worauf wollen Sie hinaus?«

»Na, dann würde ich mich doch fragen, ob er die Wahrheit sagt.«

Jury lächelte. »Das wäre doch unfasslich! Meinen Sie im Ernst, er lügt? Als ich ihn am ersten Abend darauf ansprach, fragte er mich, wieso er denn lügen sollte. Wozu? Sergeant Wiggins meint, er folgte mir in das Pub, wüsste, wer ich bin und erzählte mir deshalb die Geschichte.«

»Dann bleibt immer noch die Frage nach dem Warum? Glauben Sie ihm?«

»Nicht ganz. Es fällt zusehends schwerer, je mehr er erzählt, und doch immer leichter, während er es erzählt.«

»Sie meinen, wir sind noch nicht am Ende angelangt?«

»Nein, offensichtlich nicht. An jenem ersten Abend sagte er, die Geschichte hätte kein Ende. Damit meint er wohl, sie klärt sich nicht auf.«

»Glaubt er vielleicht, Sie wären imstande, den Fall zu lösen?«

Jury schüttelte den Kopf. »Das glaube ich nicht.«

»Sagen wir, er weiß, wer Sie sind. Vielleicht hat Sergeant Wiggins doch Recht.«

»Das bezweifle ich.«

»*Sagen* wir doch einfach, er kennt Sie tatsächlich. Was ist, wenn es sich nicht um etwas handelt, was passiert ist, sondern etwas, das noch passieren wird?«

Jury musterte ihn erst ungläubig und dann amüsiert. »Wie könnte es sein –«

»Richard! Sie hören sich Abend für Abend diesen Blödsinn an, können aber diese Theorie nicht in Betracht ziehen? Zugegebenermaßen etwas merkwürdig, aber das ist doch die ganze Geschichte.« Melrose rollte die Zigarre im Mund herum. »Ein zukünftiges Ereignis.«

»Seit wann rauchen Sie denn Zigarren?«

»Seit heute Nachmittag. Ich wusste, dass Sie sich zu Tode ärgern würden.«

»Danke. Also, Ihre Theorie, könnten Sie die mal ausbreiten? Mir erläutern?«

»Nein. Lassen Sie mich überlegen ... Wenn es sich in der Zukunft ereignen soll, muss es doch so sein, dass Mr. Johnson sich oder jemand anderen schützt. Aber wie soll das gehen?« Melrose rieb sich den Nacken. »Was ist, wenn dieser Hugh –«

»Gault.«

»– wenn Hugh Gault aus irgendeinem Grund versucht, diese Immobilie zu erwerben – nein, nein, nein. Das meine ich gar nicht ... Eine Hypothese: Sie ermitteln, Sie lösen das Rätsel –«

»Nicht offiziell. Vergessen Sie nicht, ich bin freigestellt! Chief Superintendent Racer findet, ich brauche eine Ruhepause. Eigentlich findet er, ich brauche einen anderen Job.«

Melrose verzog das Gesicht und schwieg.

Jury brach das Schweigen. »Sie theoretisieren herum, Wiggins hätte Recht, Harry wüsste, wer ich bin, und hätte mich absichtlich ausgesucht?«

»Wie wahr. Ich glaube nicht, dass es ihm nützen würde, diese Geschichte einfach irgendwem zu erzählen. War Ihr Foto nicht in der Zeitung, als Beispiel für das brutale Vorgehen der Polizei?«, grinste Melrose.

»Jetzt übertreiben Sie mal nicht.« Jury lehnte sich zurück. »Diesen Aspekt hatte ich noch gar nicht berücksichtigt. Stimmt, er hätte mich erkennen können.« Jury runzelte die Stirn.

»Und da ist auch noch dieser Schatten über Ihrer Personalakte. Immerhin haben Sie ›die Polizeiarbeit in ihren Grundfesten erschüttert‹. Das ist ein Zitat aus der Regenbogenpresse.«

»Damit wäre ich also besonders angreifbar.«

»Könnte man so sagen.«

»Ich muss zugeben, daran hatte ich gar nicht gedacht.«

»Etwas undurchsichtig ist es natürlich immer noch. Er sagt, er will Sie einbeziehen, will Sie als Zeuge haben. Was mir nicht in den Kopf will: Dieser Harry Johnson spaziert also ins – wie heißt das Pub gleich?«

»The Old Wine Shades.«

»Spaziert also mit diesem Hund Bingo –«

»Mungo.«

Melrose nickte. »Kommt mit Mungo also herein und legt, ohne Sie zu kennen, mit dieser komplizierten Geschichte los. Wie kam er eigentlich darauf? Worüber haben Sie sich unterhalten?«

»Über Träume. Darüber, dass viele Forscher auf diesem Gebiet glauben, Träume hätten keine wirkliche Bedeutung. Ich fragte, wie diese Traumexperten eigentlich die Vorstellung außer Acht lassen können, dass es immer eine Erzählstruktur gibt. Ein Traum ist eine Geschichte. Der wissenschaftliche Ansatz geht davon aus, dass *der Träumer* die Erzählstruktur *bereitstellt*. Letztlich mögen wir eben alle eine Geschichte erzählt bekommen.«

»Das wollten Sie vorhin ja sagen.«

»Ja. Jedenfalls meinte Harry, er könne mir eine erzählen. Und dann kam es. Frau und Sohn verschwanden, zusammen mit dem Hund. Und der Hund kam wieder zurück.« Jury lächelte.

»›Der Hund kam wieder zurück.‹ Verrückt. Meinen Sie nicht, der Hund wurde zurück*gebracht*?«

»Ja, wahrscheinlich. Allerdings gefällt mir die Vorstellung, dass Mungo allein nach London zurückgefunden hat.«

»Sie sind ein Gefühlsmensch! Aber wenn die Geschichte wirklich lauter Blödsinn ist, wieso dann den Hund mit hineinziehen? Dass der Hund mit von der Partie war und von wer weiß wo wieder zurückfinden konnte, ist doch ziemlich aus der Luft gegriffen.«

»Die ganze verdammte Sache ist aus der Luft gegriffen.«

»Vielleicht war Ihr erster instinktiver Eindruck richtig, und der nimmt Sie bloß auf den Arm. Aber wieso?«

Jury zuckte die Achseln. »Weil er die Fähigkeit dazu hatte?«

Melrose brach in kurzes Lachen aus. »Ja, das ist immer möglich. Weil er die Fähigkeit dazu hatte.«

# 13

Als besonders belebt konnte man es zwar kaum bezeichnen, doch war das Old Wine Shades am folgenden Abend etwas besser besucht. Sein Hauptgeschäft machte das Lokal zur Mittagszeit, vermutete Jury. Der Finanzdistrikt war keine Wohngegend, sondern ein Viertel mit lauter Bürogebäuden, Finanzinstituten – dazwischen die Getreidebörse, der Markt von Leadenhall, das Monument und die St. Paulskathedrale. Obwohl es ein paar Privatresidenzen gab, schlug das Herz der City hier im Takt mit dem Geldverdienen.

Jury ließ sich wieder auf demselben Barhocker nieder wie beim letzten Mal und bestellte sich ein Glas Beaujolais (ohne auf Jahrgang oder Herkunft zu achten, was ihm allerdings keine Pluspunkte bei Trevor einbrachte). Er hoffte nur, er wäre trotz des langen Gesprächs mit Plant in der Lage, sich den Rest der Geschichte – die dritte Folge – vorurteilsfrei anzuhören.

Wusste Harry Johnson womöglich, wer Jury war? Hatte er über die Pfuschaktion bei der Kriminalpolizei in der Zeitung gelesen? Eine interessante Spekulation. Und während Jury auf diese Weise seinen Gedanken nachhing, kam Harry mit Mungo an der Leine herein. Mungo war ein Hund, der anscheinend etwas für Routine übrig hatte, denn er setzte sich hin und schaute erwartungsvoll zu Jury auf, bis dieser die Hand ausstreckte und ihm den Kopf kraulte. Dann ließ der Hund sich unter Jurys Stuhl nieder.

»Allmählich«, begann Harry Johnson und tippte mit einer Zigarette auf sein silbernes Etui, »überkommt mich ein Gefühl von Déjà-vu – wie eine Art Trancezustand. Und Sie?«

Jury lächelte. »Wie vielen Leuten haben Sie diese Geschichte eigentlich schon erzählt?«

»Gar keinem.« Harrys Feuerzeug sprang klickend auf, eine Flamme schoss heraus, es klappte wieder zu. Er musterte Jury aufmerksam …

(Jedenfalls kam es Jury so vor.)

… durch den leichten Rauchschleier, der von seiner Zigarette hochstieg. »Sie fragen sich sicher, wieso ich Ihnen das alles erzähle, stimmt's?«

»Schon, wenn man überlegt, dass ich ja ein wildfremder Mensch bin.«

»Vielleicht wollte ich es eben jemandem erzählen, der die Beteiligten nicht kennt. So entsteht vielleicht ein deutlicheres Bild.«

»Ich weiß nicht, wie Sie darauf kommen.«

Harry Johnson lächelte. »Denken Sie immer noch, ich führe Sie an der Nase herum?« Er bestellte sich ein Glas Pinot Gris Grand Cru (»einen 89er, wenn Sie haben, Trev«). Trevor ging lächelnd davon.

»Nicht unbedingt. Aber vielleicht haben Sie irgendeinen Hintergedanken dabei.« Es klang wie der abgedroschene Dialog in einem schlechten Film.

»Was ich Ihnen gesagt habe, lässt sich ganz einfach überprüfen. Rufen Sie einfach die Maklerin an. Oder noch besser, fahren Sie nach Lark Rise und schauen Sie sich in diesem Winterhaus gründlich um.«

»Gaults Maklerin weiß doch überhaupt nichts über die Geschichte des Hauses.«

»Sie kennt aber Ben Torre.«

»Sie wusste nur, dass er es vermieten wollte, oder? Das schließe ich zumindest aus dem, was Sie mir erzählt haben.«

Trevor stellte Harry das Glas hin und schenkte ihm eine kleine Menge von dem Pinot Gris ein. Harry dankte ihm und hob das

Glas, schnupperte daran und schwenkte es hin und her, so dass kleine Wellen entstanden. Dann nippte er daran. »Gut. Ausgezeichnet.«

Trevor schenkte voll, fragte Jury, ob er noch etwas trinken wolle und nahm auf Jurys Nicken hin die Flasche mit dem Beaujolais, den er ganz offensichtlich als minderwertiges Gesöff betrachtete, schenkte nach und entfernte sich.

Harry blieb die Antwort auf Jurys Frage nach dem, was die Maklerin wusste, schuldig und fragte stattdessen: »Soll ich Ihnen den Rest erzählen? Ich meine, wollen Sie es hören?«

Jury lächelte. »Aber sicher.«

Harry nahm einen Schluck von seinem Wein. »Dann fuhr Hugh zu dem Haus.«

»Zu diesem Winterhaus?«

»Ja. Und zu dem Wäldchen. Die Polizei hatte sich dort bereits umgesehen, allerdings keinerlei Spuren eines Verbrechens entdeckt. Überhaupt war ja nicht einmal sicher, ob Glynnis Gault wirklich dort gewesen war.«

Jury nickte. »Ich bin einigermaßen überrascht, dass die Polizei sich überhaupt die Mühe machte, dort nachzusehen.«

»Nun, vielleicht war in Lark Rise gerade nicht besonders viel los, und sie wollten etwas Nützliches tun. Vermutlich merkten sie, wie verstört Hugh war. Die ganze Sache war verrückt, und es ist gut möglich, dass sie sie auch faszinierend fanden.« Harry hielt inne und nahm einen Schluck. »Hmm, hmm. Ist der gut.«

Jury wartete ab.

Harry sagte: »Ist Ihnen schon mal der Gedanke gekommen, dass das Unsichtbare und Unhörbare uns vielleicht mehr Angst machen als das, was wir sehen?«

»O ja. Die Fantasie kann viel schlimmere Dinge in Gang setzen als jeder Gruselfilm. Es geht um das, was wir *nicht* wissen.«

»Was auch immer es ist, es lässt sich nur *erahnen*. Hugh sagte, er hätte definitiv etwas sehr Beängstigendes gespürt.«

»In dem Haus?«

»In dem Wald.«

Mungo kam unter Jurys Stuhl hervor und blickte zu ihm auf.

»Na, was ist, mein Junge?« Jury kraulte ihm den Kopf, und Mungo verzog sich wieder unter den Stuhl.

»Ihr Freund Hugh«, fuhr Jury fort, »war aber doch in einem Zustand, wo es ihm gar nicht anders hätte gehen können. Bedenken Sie nur, welchen Verdacht er hatte!«

»Sie glauben, er dachte sich irgendwelche Dinge aus?«

»Natürlich. Davon haben wir doch gerade gesprochen.«

»Nein, in dem Fall, behaupten Sie, bestand überhaupt kein Grund, sich irgendetwas auszudenken.«

»Wieso sind Sie eigentlich nicht mitgegangen? Mit Hugh, meine ich?«

»Hugh wollte es nicht. Er wollte ganz allein sein. Ich habe ihn dann auch nicht bedrängt. Jedenfalls sei es in dem Wald sehr kalt gewesen, meinte er. Am Waldrand entdeckte er eine Art Spielhaus, Sie wissen schon, eins von diesen Wendy-Häuschen. Es war in einem erbarmungswürdigen Zustand, vermutlich seit Jahren unbenutzt. Dass es dort stand, erschien ihm ziemlich merkwürdig. Welches Kind würde so weit vom Haus entfernt spielen wollen? Außerdem fürchten sich Kinder vor solchen Orten, nicht wahr?«

»Kommt wahrscheinlich auf das Kind an.« Jury hatte plötzlich einen Riesenhunger. »Kommen Sie, wir gehen essen.«

Mungo regte sich unter dem Stuhl, während Harry unter Zustimmung sein Weinglas leerte.

Sie einigten sich auf ein indisches Restaurant namens Raj. Die Wände waren in einem warmen Rosaton gestrichen, und Jury gefiel die Stille in dem Lokal. Sie bestellten diverse Currygerichte und Papadam. Beim Gedanken an den guten Trevor Sly vom Blue Parrot in Long Piddleton musste Jury lächeln. Trevor servierte zwar keine indische Küche, dafür aber arabische oder so ähnliche Spezialitäten.

Der Kellner hatte ihnen indisches Bier in hohen Gläsern gebracht und kam nun mit ihrem Essen wieder.

Jury drehte sein Glas hin und her. »Sagen Sie: Ist Hugh als Quelle denn verlässlich?«

Harry sah überrascht von seinem Teller auf. »Ob er vielleicht gelogen hat, meinen Sie?«

»Nein. Er ist aber doch in dieser Stoddard-Klinik, sagten Sie. Es hätte ja sein können, dass seine Fantasie wilde Blüten getrieben hat.«

»Vergessen Sie nicht, Hugh ist Wissenschaftler. Er ist schon verlässlich.«

Jury überlegte kurz, dann fragte er: »Als Sie drinnen im Haus waren, wie war Ihnen da zumute?«

»Wie mir zumute war? Sie meinen, ob ich dort so etwas wie Geister gesehen habe?« Harry lächelte.

»Nun?«

»Nein, eigentlich nicht.« Wieder deutete er ein Lächeln an. »Hugh allerdings schon.«

»Was?«

»Er spürte, dass Glynn dort gewesen war, glaubte sogar, ihren Duft ausmachen zu können, ihr Parfum.«

»Nun, das ist aber doch naheliegend, nicht? Allein schon durch die Kraft der Suggestion.«

Harry nickte.

»Dieser alte Mann«, fuhr Jury fort, »der an dem Tag damals diese Warnung ausgesprochen hatte, haben Sie den ausfindig machen können? Ist dort in der Nähe nicht ein Dorf? Oder zumindest ein Pub? Ein Pub muss es doch geben.«

»Doch, gibt es, etwa eine Meile weiter. The Swan, wenn ich mich recht erinnere. Ansehnliches Gebäude, Fachwerk, gut in Schuss. Hugh erkundigte sich beim Geschäftsführer nach Torres

Haus und ob er irgendetwas Merkwürdiges darüber gehört habe. Der Barmann – er ist auch der Betreiber, glaube ich – verneinte, er wisse nur, dass es vermietet werden sollte. Dann fragte ihn Hugh, ob er in seinem Lokal eine Frau gesehen habe, allein oder mit ihrem Sohn. Hugh holte sein Foto von Glynnis und dem Jungen hervor – hier habe ich eins.« Harry zog ein Foto aus der Innentasche seines Jacketts und reichte es Jury.

»Glynnis Gault?« Es zeigte eine hübsche Frau mit kurzem, hellbraunem Haar und liebenswertem Lächeln. »Sie ist sehr attraktiv.« Jury gab ihm das Foto zurück.

»Jedenfalls«, Harry steckte das Foto wieder in die Tasche, »meinte der Bursche im Swan, schon möglich, es sei eine Frau da gewesen, eine Fremde, die zwei Limonaden gekauft habe, eine für ihren Sohn. Ja, daran erinnerte er sich noch.«

»Sonst noch jemand, andere Gäste, die sich vielleicht dafür interessierten?«

»Nein. Ja, *interessierten* schon. Stellen Sie sich doch vor, was für ein tolles Klatschthema. Verschwundene Ehefrau und Mutter. Davon zehren die doch ein ganzes Jahr noch. Sie vermuteten wahrscheinlich das Naheliegendste – dass sie diesen Kerl, also Hugh, in die Wüste hatte schicken wollen.« Harry machte dem Kellner kurz ein Zeichen und bestellte Tee und Weinbrand.

Der Kellner nickte und schwebte so leise davon wie der junge Higgins, nur um einiges aufrechter.

Jury sagte: »Für Hugh müssen solche Unterstellungen sehr schlimm gewesen sein.«

»Für Hugh war nur eines schlimm: dass er nicht wusste, wo seine Frau und sein Sohn waren. Alles andere war nebensächlich: Die peinliche Situation, dass er sich zum Narren machte – nein, das alles nahm er kaum zur Kenntnis.«

»Zeigte er das Foto herum?«

»Ja. Es war vielleicht ein Dutzend Gäste im Lokal, und Hugh

sagte, sie hätten die Frau auf dem Bild anscheinend erkannt. Ein paar meinten, ja, sie glaubten, sie sei im Pub gewesen. Einer sagte, er habe einen Hund gesehen, der sei ihm aufgefallen, weil er ihn an seinen eigenen erinnert habe, der gestorben sei. Und Hugh erwähnte auch noch eine Frau im Pub, die sich an Glynnis erinnerte. Glynnis habe gegenüber vom Winterhaus am Straßenrand gestanden und die Straßenkarte studiert. Hugh hätte sich ihren Namen geben lassen sollen.« Harry runzelte die Stirn.

Jury merkte, dass Mungo sich anders hinsetzte. Gleich darauf streckte der Hund den Kopf unter der Tischdecke hervor. Jury kraulte ihn. »Wissen Sie, ich komme mir vor wie unser guter Mungo. Sie werfen mir immer wieder etwas zu, um mich zu verlocken, Ihnen weiter zuzuhören, stimmt's?«

Harry lachte. »Sie denken, ich will Sie an der Nase herumführen, habe ich Recht?«

»Sie gehen anscheinend nach einem Plan vor, den Mungo und ich nicht ganz durchschauen.«

Mungo hob den Blick, als warte auch er gespannt auf Einzelheiten, doch als er vom Schicksal des Hundes erfuhr, der einem der Gäste im Swan gehört hatte, beschloss er, den Kopf wieder unter die Tischdecke zurückzuziehen, als blieben die Einzelheiten eines Hundetodes besser ungesagt und ungehört.

Lächelnd stellte Harry seinen Weinbrand ab. »Es gibt eigentlich gar keinen Plan.«

»Glynnis studierte also eine Karte?«

»Das hat diese Frau jedenfalls behauptet.«

»Warum?«

»Warum was?«

»Studierte sie eine Karte. Wo lagen denn die Häuser? Eine Meile voneinander entfernt an derselben Straße. Wozu brauchte sie da eine Karte?«

Harry ließ seinen Weinbrand ungetrunken stehen. »Ich weiß auch nicht. Ich nehme an, Hugh und ich waren so versessen darauf herauszufinden, wo Glynnis steckte, dass wir auf das, was sie gemacht hatte, nicht sonderlich achteten. Dass sie an einem Ort, an dem sie nie zuvor gewesen war, eine Straßenkarte studierte, klang doch nicht so ungewöhnlich.« Harry musterte Jury abwartend. »Sie sind ein sehr genauer Beobachter. Ihnen entgeht rein gar nichts. Hugh hätte Sie auf den Fall ansetzen sollen.«

Jury schaute sich Harrys Gesicht aufmerksam an, als dieser es sagte. War die Bemerkung hämisch gemeint? Er konnte es nicht mit Sicherheit sagen. Endlich nahm Harry einen Schluck Weinbrand. »Eher nicht«, meinte Jury. »Für mich ist es besser, dass ich die Gaults nicht kenne. Aber als ich wissen wollte, wieso sie eine Karte brauchte, meinte ich damit, ob sie vielleicht die Absicht hatte, noch woanders hinzufahren? Nicht zum Winterhaus, sondern zu einem ganz anderen Haus abseits dieser Straße oder, wenn nicht abseits, dann vielleicht ein Stück weiter – oder womöglich wieder *zurück*? Vielleicht hatte sie jemanden angerufen oder einen Anruf bekommen und holte daraufhin eine Karte hervor. Oder sie hatte unterwegs an einem Haus das Schild eines anderen Maklerbüros gesehen und wollte noch ein anderes Objekt besichtigen. Können Sie sich erinnern, entlang dieser Strecke etwas gesehen zu haben?«

»Nein, nichts. Was nicht unbedingt heißen muss, dass dort nichts *war*. An Immobilienverkaufsschilder erinnere ich mich aber nicht.«

»Es fiel mir nur gerade so ein. Vielleicht hat sich diese Frau im Swan auch geirrt und es war gar keine Straßenkarte.« Jury überlegte einen Augenblick. »Wo war Robbie?«

»Wir nahmen an, im Wagen. Da Glynn vor dem Fahrerfenster stand, war Robbie wohl nicht zu sehen. Oder vielleicht hielten sie unterwegs an, weil Robbie einmal hinaus musste. Dort gab es eine Trockensteinmauer und Bäume. Er hätte sich dahinter verziehen können.«

»Und währenddessen zieht seine Mutter eine Karte hervor.«

Harry nickte.

»Haben Sie sich die Straßen gemerkt, die Ihre dort kreuzten?«

»Also, der Wald« – Harry beschrieb ein Gewirr von Bäumen –, »der hätte auch zum Grundstück vom Winterhaus gehören können.«

»Hat die Maklerin Ihnen denn keinen Lageplan oder Grundstücksaufriss gegeben?«

»Nein. Ein Stück weiter hinter dem Haus fing das Wäldchen an. Je länger ich darüber nachdenke, desto sicherer bin ich mir, dass das alles zum Grundstück vom Winterhaus gehörte. Ist das denn wichtig?«

»Wer der Besitzer des Waldes ist? Für einen Erwachsenen, der ein fremdes Grundstück nicht betreten würde, vielleicht schon. Ein Kind würde sich nicht darum kümmern. Ich dachte gerade an das Spielhaus dort.«

Harry schüttelte den Kopf. »Ein Kind würde sich kaum auf das Grundstück wagen und in das Spielhaus da unten.«

»Bis jetzt können Sie nicht mit Sicherheit sagen, dass Mrs. Gault tatsächlich dort war. Ich frage mich, wieso sie sich nach der Besichtigung nicht bei der Maklerin gemeldet hat. Beim ersten Häuschen hatte sie es doch auch gleich getan. So war sie, nicht? Sehr entschieden und resolut?«

»Ja, das würde ich sagen. Darüber habe ich noch gar nicht so viel nachgedacht. Aber, das stimmt, Glynn hatte ihre festen Überzeugungen, obwohl ich sie nicht unbedingt dogmatisch nennen würde.«

Jury trank seinen Tee und überlegte. Was Harry Johnsons Bemerkung betraf, er habe nicht so viel darüber nachgedacht, so hatte Jury den Eindruck, dass er sich über Glynnis Gault durchaus schon recht viele Gedanken gemacht hatte. »Sie trinkt bei dem Ehepaar im Cottage also Tee, ist nicht sonderlich angetan von deren Haus, von *ihnen selbst* vermutlich auch nicht besonders und ruft Marjorie Bathous an, um ihr das zu sagen. Aber damit hätte Mrs. Gault doch auch warten können, bis sie wieder in Lark Rise war. Sie sind nicht sicher, ob sie die Maklerin wegen dieses Winterhauses anrief.«

»Wollen Sie damit sagen, es könnte sein, dass die beiden dort gar nie ankamen?«

»Die Möglichkeit stand doch immer im Raum, oder? Über das Winterhaus lässt sich eigentlich nur sagen, dass es sich nach einem verteufelt interessanten Objekt mit einer seltsamen Geschichte anhört.« Jury musste an Ben Torre denken.

»Das mysteriöse Flair hätte Glynn gefallen. Auch die unheimliche, etwas ominöse Atmosphäre dort.«

»Die Maklerin hatte das Haus eingehend beschrieben. Was sagte sie über den möblierten Salon?«

»Sie erinnern sich, sie hatte Torre gebeten, diesen Raum so zu lassen, damit das Haus besser zur Geltung kam. Wenigstens ein Zimmer sollte wohnlich aussehen.«

Jury sah sich im Restaurant um. Die anderen Essensgäste waren offenbar längst gegangen. »Sieht so aus, als wären wir die Letzten.« Er machte den Kellner auf sich aufmerksam. Der kam mit der Rechnung an ihren Tisch, und Jury legte rasch die Hand darauf, bevor Harry Johnson sie an sich nehmen konnte. »Diesmal bin ich dran.«

Harry steckte lächelnd sein Geldmäppchen weg. »Sehr nett. Danke.«

»Es ist wahrscheinlich nicht mal ein Drittel von dem in dem Lokal in den Docklands, Sie brauchen sich also nicht zu bedanken.« Jury legte ein paar Scheine hin, dazu ein üppiges Trinkgeld.

Sie standen auf und gingen zur Tür. Solange sie am Tisch gesessen hatten, fiel Jury auf, hatte die Sitarmusik die ganze Zeit noch gespielt. Nun verstummte sie. Dass man Musik laufen ließ, solange noch Gäste da waren, fand er sehr höflich. Es war das ruhigste Restaurant, in dem er je gegessen hatte. The Raj. Er würde es sich merken müssen.

Draußen blickte Jury sich auf den stillen Straßen um, spürte die für März ziemlich kalte Nachtluft. Er lächelte. »Ist das alles? Ist das der Schluss?«

Harry lachte. »Ganz und gar nicht. Sie erinnern sich doch, wie ich sagte, die Geschichte hat kein Ende.« Er streifte seine Lederhandschuhe über, in Farbe und Beschaffenheit der Crème brûlée ähnlich, die sie zum Nachtisch verspeist hatten. »Sie sollten sich das Haus wirklich anschauen.«

»Das werde ich vielleicht auch tun. Wird es noch von derselben Maklerin betreut?«

»Ich glaube schon. Na, jedenfalls bestimmt von derselben Immobilienfirma, Forester & Flynn. Die sitzen an der Hauptstraße in Lark Rise. So heißt das Dorf.«

»Ich frage mich, wie sich die ganze Sache auf die Vermietungschancen des Hauses ausgewirkt hat.«

»Nicht sehr, könnte ich mir denken«, erwiderte Harry. »Schließlich ist dort ja kein Mord passiert.«

Jury wandte den Blick ab, dann sah er Harry forschend an.

»Was denn? Glauben Sie etwa doch? Ach Gott, das mag ich mir gar nicht vorstellen.« Harry schüttelte den Kopf und sah zu Mungo hinunter, der mit dem Schwanz über den Bürgersteig wischte und zwischen den beiden hin und her schaute. »Guter alter Hund, was weißt du wohl, was wir nicht wissen?« Zu Jury sagte er: »Wie um alles in der Welt konnte Mungo bloß aus dem vertrackten Surrey nach Chelsea zurückfinden?«

»Hat er vielleicht gar nicht. Vielleicht kam er vom Piccadilly oder Sloane Square oder von West Ham her. Wieso nehmen wir eigentlich an, dass sich alles in Surrey abgespielt hat? Woher wollen Sie wissen, dass Glynnis Gault und Robbie und Mungo nicht nach London zurückgekehrt sind?«

»Aber … Mungo war doch *monatelang* verschwunden. Weshalb kam er erst jetzt nach Hause?«

»Da gibt es ein Dutzend Möglichkeiten. Es hätte ihn jemand

auf dem Heath oder in Green Park oder sonst wo aufgabeln und zu sich nehmen können. Und vielleicht hat man Zettel aufgehängt und versucht, den Besitzer zu finden. Oder Mungo kam für eine Weile ins Tierheim. Er hätte auch schlicht in Chelsea ausgesetzt werden können. Obwohl ich mir nicht sicher bin, ob sich dann nicht eine Reihe anderer Fragen auftun: als Erstes wieder die nach dem Warum. Aber wir stellen hier wildeste Spekulationen an.« Jury versuchte, eins von den Taxis herbeizuwinken, die aber alle dick und breit und leer an ihm vorbeiglitten. »Vielleicht ist die Antwort ja auch so offenkundig, dass wir uns am Ende wundern, wieso wir nicht darauf gekommen sind.«

»Ich fahre Sie auch gern nach Hause.«

Jury schüttelte den Kopf. »Nein, das wäre ein Umweg für Sie. Ich wohne nämlich in Islington. Es ist auch schon spät. Nein, es macht mir nichts aus, ein Taxi zu nehmen.«

Als schließlich eines an den Randstein heranfuhr, steckte Jury den Kopf hinein, um dem Fahrer zu sagen, er wolle nach Islington. »Es war wieder wie immer faszinierend.«

»Was ist mit morgen Abend?«

»Morgen Abend?« Jury überlegte. »Ich glaube nicht, dass das bei mir geht. Wie wäre es am Abend darauf?«

»Übermorgen Abend also? Im Old Wine Shades?«

Jury nickte, kletterte ins Taxi und nannte die Adresse. Das Taxi sauste davon. Jury schaute aus dem Rückfenster und sah Harry und Mungo in der Ferne immer kleiner werden. Merkwürdig einsam sahen sie aus.

Oder kommt mir das bloß so vor?, fragte er sich.

# 14

»Es geht mich ja nichts an –«

(Was heißen sollte, doch, tat es schon.)

»Ich verstehe bloß einfach nicht –«

(Was heißen sollte, es überstieg sogar die Auffassungsgabe des Premierministers.)

»Wieso Sie eigentlich Abend für Abend mit jemand essen gehen wollen, den Sie kaum kennen, anstatt zu Hause zu bleiben wie normal. Ich meine, wenn Sie ins Pub wollen, das Mucky Pup ist bloß eine Viertelstunde zu Fuß von hier.« Schulterzuckend blätterte Carol-Anne die Seiten irgendeiner Schönheitszeitschrift um und hielt ab und zu inne, um (wie sie Jury vorhin mitgeteilt hatte) nach einer neuen Frisur Ausschau zu halten.

Die Vorstellung, die Haartracht irgendeines Fotomodells auf diesen Hochglanzseiten könnte besser aussehen als Carol-Annes wunderschön ungekämmtes, ungebändigtes, rötlich braunes Haar, war lächerlich. Jury sagte: »Er erzählt mir eine faszinierende Geschichte und braucht dazu eben ziemlich lang.«

»Hört sich an wie diese Wie-heißt-sie-gleich? Die geköpft werden sollte, wenn sie den König nicht bei Laune hielt?«

»Scheherazade.«

Carol-Anne saß auf dem Sofa in Jurys kleiner Zweizimmerwohnung mit Blick zur Straße und dem lang gestreckten Park hin. Carol-Annes Wohnung befand sich zwei Stockwerke höher, dazwischen lag eine Wohnung von zweifelhafter Provenienz, da sie nicht so sehr Stan Keeler als vielmehr Stans Hund Stone zu gehören schien. Den glaubte Jury dort oben gerade umhertappen zu hören.

Carol-Anne befeuchtete ihren Finger und legte ihn auf eine Seite, betrachtete diese erst und drehte die Zeitschrift dann so herum, dass Jury sie sehen konnte. Auf dem Foto war eine lächerliche Frisur abgebildet, bei der das kurze Haar des Modells in lauter Stacheln in die Höhe stand.

»Hm. Klar, wenn Sie wollen, dass Ihr Kopf wie die Krone der Freiheitsstatue aussieht.«

»Sehr witzig. Ich dachte eben an etwas Kurzes und Ordentliches.«

»Finger weg von Haarschneide-Etablissements. Das, was Sie haben, lässt sich überhaupt nicht mehr verbessern.«

Skeptisch, was sie von diesem Kompliment halten sollte, musterte sie Jury mit zusammengekniffenen Augen, ließ dann aber zufrieden die Zeitschrift auf ihren Schoß sinken, um ein anderes Thema aufzugreifen, bei dem sie Jury ordentlich eins draufgeben konnte. »Was ist jetzt mit Ihrem Job?«

»Wahrscheinlich werde ich nächste Woche hereinzitiert, bekomme vom stellvertretenden Polizeichef was auf die Pfoten und muss mich ins Eckchen stellen.« Er nahm einen Schluck aus seiner Teetasse, die höchst gefährlich auf der Armlehne seines Sessels balancierte.

»Sie sind also immer noch vom Dienst suspendiert?«

»Nicht direkt suspendiert. Es nennt sich anders, es ist irgendeine etwas undurchsichtige Spielart von Suspendierung, solange die Untersuchung noch im Gange ist. Ich vermute mal, unsere PR-Leute – davon haben wir wohl ein paar – sind der Ansicht, dass eine Suspendierung schlecht für das Image der Metropolitan Police wäre. Zumal in der Öffentlichkeit gutgeheißen wird, was ich getan habe. Um ehrlich zu sein, ich genieße meine Freiheit eigentlich sehr.«

Carol-Anne richtete sich so ruckartig auf, dass ihr die Zeitschrift vom Schoß rutschte und die türkisblaue Bluse von einer Schulter glitt.

Nicht übel. Jury lächelte.

»Soll das heißen, Sie wollen Ihren Job schlicht und einfach an den Nagel hängen?«

Diese Möglichkeit war das Schlimmste überhaupt! Dann könnte Jury ja plötzlich tun und machen, was er wollte. Er könnte sich den Staub von Islington von den Schuhen schütteln und hingehen, wo immer es ihm beliebte, er könnte *leben*, wo immer es ihm beliebte.

»Aber bloß wenn meine zweitausend Anteile von IBM und Microsoft splitten. Bis zu jenem Glückstag mache ich wie üblich hier Zwischenstation.«

Erleichtert ließ sie sich wieder aufs Sofa fallen und griff ihr Hab's-Ihnen-aber-gesagt-Lieblingsthema auf. »Hab ich Ihnen aber gesagt, wissen Sie noch? Dass Sie nicht ohne Durchsuchungsbefehl in das Haus gehen sollen! Genau hier hab ich gesessen, als ich es Ihnen und Cody gesagt habe.«

»Eigentlich standen Sie dabei dort drüben« – er deutete mit dem Kopf in Richtung Küchentür – »mit einem Pfannenheber in der Hand und einem Teller Würstchen.« Er lächelte. Unter Gedächtnisverlust litt er jedenfalls noch nicht.

Sie seufzte bloß matt auf. »Da sehen Sie, wie weit es gekommen ist.«

Er wartete kurz ab, damit sie ihm sagte, womit es wie weit gekommen war, aber sie fand es wohl zu offenkundig, als dass es noch extra hätte gesagt werden müssen. Es hatte anscheinend damit zu tun, dass Jury sich jeden Abend mit einem Fremden im Old Wine Shades volllaufen ließ.

»Ich musste in das Haus hinein, ob mit Durchsuchungsbefehl oder ohne.«

»Nein, mussten Sie nicht. Sie hätten sich an die *Dienstvorschrift* halten müssen.«

Dieses Wort war in letzter Zeit zu ihrem Lieblingsausdruck geworden. »Ich *musste.*« Wieso begriff das eigentlich keiner außer Detective Inspector Johnny Blakely und Melrose Plant? »Mir blieb überhaupt keine andere Wahl.«

»Na, Sie sagen aber doch immer, dass man sich systemkonform verhalten muss –«

Das hatte Jury nie im Leben gesagt.

»– weil wir sonst womöglich wieder ins finstere Mittelalter zurückfallen.«

»Tun wir sowieso.«

»So ein Quatsch! Jetzt behaupten Sie, die Dienstvorschrift –«

Offenbar ihr absoluter Lieblingsausdruck.

»– könnte man gleich vergessen.«

Jury rutschte tiefer in den Sessel und sah an die Decke. Hin und her, auf und ab, ertönte das leise Klicken von Hundekrallen. »Wieso kümmern Sie sich nicht lieber um Stone? Wieso ist der arme Hund da oben ganz allein?«

»Ich war gerade bei ihm, als Sie nach Hause kamen. Ich muss noch raus mit ihm.« Sie sah auf ihre Uhr. »Das Mucky Pup hat noch offen. Hätten Sie Lust auf einen Drink?«

Ungeachtet der Tatsache, dass ihm zumute war, als hätten er und Harry Johnson vorhin ganz London ausgetrunken, sagte er: »Gute Idee. Stone können wir ja mitnehmen.«

Der karamellbraune Labrador begleitete sie in die Upper Street und blieb unterwegs ab und zu stehen, um einen Baum oder sonst eine Pflanze eingehend zu untersuchen, als sammelte er Indizienbeweise, fand in der Gegend am Ende aber nichts besonders Bemerkenswertes. Während sie so spazierten, erzählte Jury von Mungo.

»Na, so was!« Carol-Anne war vollkommen baff, dass dieser kühne, unerschrockene Hund so ganz allein nach Chelsea zurückgefunden hatte. Jury bezweifelte zwar, dass es so gewesen war, doch hörte es sich gut an.

Jury sagte: »Wenn jemand Stone mitnehmen und irgendwo aussetzen würde, glauben Sie, er würde den Weg zurückfinden?«

»Tun Sie doch auch, oder?«

»Na, danke.«

# 15

Sergeant Wiggins rührte seinen Morgentee um, jedoch nicht mit einem Löffel, sondern mit einem langen, dünnen Gegenstand; es hätte ein Zweig sein können, eine Wurzel oder ein Finger aus der Gerichtsmedizin.

Jury hatte sich inzwischen antrainiert, nicht danach zu fragen, allerdings ohne Erfolg; er schaffte es bloß, das direkte »Was ist das?« zu umgehen, indem er stattdessen einen Kommentar anbrachte. So wie jetzt: »Ja, ich nehme auch eine Tasse, zum Umrühren will ich aber einen Löffel, einen richtigen Löffel, nicht dieses Ding, das Sie da verwenden.«

Das war natürlich gleichbedeutend mit »Was ist das?«, denn es veranlasste Wiggins zu einer Erklärung. »Das ist eine Vanilleschote!«

»Was? Wieso zum Teufel rühren Sie damit den Tee um?«

»Es hat sich erwiesen, dass es gut für den Verdauungstrakt ist.«

Jury hatte sein Jackett, ein etwas ältliches Exemplar aus braunem Tweed, über die Rückenlehne seines Stuhls drapiert und rollte gerade die Hemdsärmel auf, als bereitete er sich darauf vor, in ein Meer von unbearbeiteten Fällen einzutauchen. »Wiggins, Ihr Verdauungstrakt ist wahrscheinlich nach Diktat verreist. Macht in Ihrem Magen denn gar nichts Station, bevor es in Ihre Gedärme schießt? Mit diesen Bergen von Verdauungshilfsmitteln – schwarzen Keksen, Kräutern, Wurzeln und Blättern – könnten Sie doch ein ganzes Pflegeheim vom Reizdarmsyndrom befreien.«

Wiggins stieß einen geduldig leidenden Seufzer aus. »Nehmen Sie es mir nicht übel, aber Sie sind heute anscheinend etwas unpässlich.«

»Wenn man bedenkt, dass ich morgen vielleicht auf der Straße stehe, ja, da nehme ich es Ihnen schon übel.« Jury machte Schubladen auf und zu, auf der Suche nach nichts Geringerem als göttlicher Intervention oder zumindest göttlicher Erklärung für seine Schwierigkeiten.

»Sie übertreiben wieder mal. Dr. Nancy hat angerufen wegen der Schießerei in Soho.«

Jury lächelte. »Wollte sie, dass ich sie zurückrufe?«

»Nein, sie wollte, dass Sie zu ihr kommen.«

So viel zum Thema göttliche Intervention!

»Geht es um die Schießerei draußen vor dem Ruiyi?«, fügte Wiggins hinzu. »Dem Lokal von Danny Wu? In Soho?«

Jury schlüpfte in sein Jackett und fragte sich, wie viele Fragen Wiggins noch stellen würde, um der Sache auf die Spur zu kommen. »In London?«

»Was?«

»Nichts. Bis später.«

Dr. Phyllis Nancy sah in dem grünen Labormantel und der blassgrünen Plastikhaube aus wie frisch aus dem Schönheitssalon. Sie blickte vom Leichnam auf dem Edelstahltisch hoch und lächelte.

»Phyllis.« Jury erwiderte ihr Lächeln.

»Ein dumpfer Schlag war es.« Sie sprach von dem Mann, der vor Danny Wus Restaurant durch einen Schuss zu Boden gegangen war. Denjenigen, von dem Racer behauptete, er sei von Danny ermordet worden. »Damit meine ich den Schlag, der ihn umbrachte, nicht die Kugel, merkwürdigerweise. Wir haben eine Herzprellung, das ist wie ein Herzinfarkt. Die Kugel ging direkt durch, traf ein paar Organe – Luftröhre, Speiseröhre – und trat im Rücken wieder aus. Glauben Sie« – sie zog den Kittel über den

Kopf und streifte die Haube ab –, »ich könnte mir den Tatort noch mal genauer ansehen?«

»Aber selbstverständlich. Das Restaurant macht gerade zum Mittagessen auf. Oder haben Sie Ihre Betty-Boop-Lunchbox mitgebracht?«

»Nicht Betty Boop, es sind Dinosaurier drauf. Moment, ich bin gleich wieder da.«

Und so war es. Phyllis war superpünktlich, ob es nun um eine Autopsie ging oder ums Mittagessen. Sie war berühmt für ihre Pünktlichkeit.

Wie gewöhnlich war Soho rappelvoll, und es gab kein Durchkommen. Mit ihrem rötlich braunen Haar, strahlenden Lächeln und ihrem Dienstausweis schaffte es Phyllis jedoch, dass sich die Schlange stehende Menge vor dem Ruiyi teilte wie das Rote Meer. Nachdem sie sich solchermaßen Platz verschafft hatte, holte sie ein strapazierfähiges Maßband hervor, um den Abstand vom Randstein bis zur Tür zu messen, wo die Warteschlange anfing. Die Abmessung notierte sie sich, steckte Stift, Notizbuch und Maßband weg, warf ein Lächeln in die Runde und sagte: »Danke.«

Jury fragte: »Phyllis, was war denn das jetzt?«

»Nichts«, murmelte sie, »dafür sind wir jetzt vorn in der Schlange.«

Nachdem sie wenig später an einem Tisch Platz genommen hatten, kam Danny Wu, der Besitzer, auch schon zu ihnen herüber. »Ich weiß gar nicht, wie die Leute darauf kommen, eine Schießerei sei schlecht fürs Geschäft. Die Warteschlangen sind sogar noch länger als sonst, und dass auch die Metropolitan Police hier speist, also, das ist fast so toll wie Bruce Springsteen. Fast.«

»Danke.«

Danny Wu war wie immer tadellos in Hugo Boss oder Armani gewandet. Das Restaurant brummte im Obergeschoss wie auch hier unten. Kleine Schälchen mit Speisen tauchten plötzlich wie aus dem Nichts auf. Hinter Dannys Rücken hervor – zumindest sah es so aus – wurde schwungvoll eine tönerne Teekanne vor ihnen platziert, und als Danny beiseite trat, bekamen sie aus Händen, die einer der zahlreichen Cousinen des Besitzers gehörten, kleine Teeschalen hingestellt. Sie bestellten Shrimps süßsauer und Fisch, dazu mehrere Beilagen, inklusive Reis.

»Geht es Sergeant Wiggins auch gut?«, fragte Danny.

»Prächtig. Verraten Sie ihm bloß nicht, dass wir ohne ihn hier waren.«

Wiggins liebte dieses Lokal abgöttisch. Hier machte er immer Bekanntschaft mit unzähligen gesundheitsfördernden Würzelchen und Sprossen.

»Sehr adrett«, bemerkte Phyllis, als Danny weitergegangen war. »Er ist wirklich ein gutaussehender Mann, finden Sie nicht?«

»Ist er. Und außerdem sehr verdächtig.«

Phyllis schenkte Tee ein. »Was wollen Sie damit sagen?«

»Danny hat seine Finger in vielen Töpfen.«

»Sie glauben doch nicht etwa, er war der Schütze?«

»Nein, natürlich nicht. Sonst hätte der Erschossene wohl kaum bei ihm auf der Schwelle gelegen. Drecksarbeit kann Danny nicht ausstehen. Nein, bei dem Opfer handelt es sich vermutlich um ein Mitglied einer dieser weiß Gott wie vielen asiatischen Banden, die hier zugange sind.«

Phyllis seufzte. »Sehen Sie, jetzt reden Sie schon wieder von der Arbeit.«

Die kleine schwarzhaarige Bedienung stellte ihnen die verschiedenen Gerichte hin, Shrimps und Duftreis.

»Es ist ja momentan gar nicht meine Arbeit.«

»Ach Gott. Machen die Ihnen damit etwa immer noch die Hölle heiß? Wenn das nächste Mal ein fünfjähriges Kind von hinten erschossen wird, sollten wir vielleicht den Polizeichef mitschleppen. Um ihm eine Kostprobe zu verpassen.« Nachdrücklich spießte sie ein Stückchen süßsauren Shrimp auf. »Hier wurde das

Opfer allerdings nicht draußen erschossen. Ich vermute, er war in diesem Raum, wankte nach draußen und fiel auf dem Gehweg um.«

Jury sah sie fragend an.

»Beim Abmessen habe ich nämlich etwas herausgefunden.«

Er tat bekümmert und meinte untröstlich: »Dann geht es also gar nicht um mich. Sie haben sich also nicht einfach eine Ausrede ausgedacht, damit Sie mit mir mittagessen gehen können.«

»Seien Sie doch nicht so kindisch.« Eingehend begutachtete sie die komplizierte Grätenstruktur ihres unfiletierten Fischs. »Wie gehe ich das jetzt bloß an?«

»Meine Güte! Und Sie sind unsere Chefpathologin und Obduktionistin! Und ...«

»Obduktionistin?«

»... und können nicht mal die Mittelgräte von diesem Fisch da zerlegen?«

Sie entfernte die Gräten so säuberlich, als zöge sie einen Reißverschluss auf.

Danny Wu glitt als wohlgeschneiderte Erscheinung geisterhaft im Raum umher. Er verfügte über jene besondere Fähigkeit, urplötzlich unbemerkt neben einem aufzutauchen.

Jury erzählte Phyllis von Dannys Mutter, die eine wahrhaft wagemutige Frau gewesen sein musste. Sie hatte des Öfteren ihr Leben riskiert, um ihn aus Peking herauszuschleusen. Später hatte Danny sein eigenes Leben aufs Spiel gesetzt, um aus Shenzen herauszukommen. Vielleicht nahm man, wenn man sich unter Zuhilfenahme seines Verstandes – oder seiner Überzeugungskraft – aus einer misslichen Lage befreien musste, so manche schlechte Gewohnheit an. Beispielsweise Leute umzubringen.

»Oder schlechten Umgang zu pflegen.«

Jury nickte.

»War er denn schon mal angeklagt?«

»Nein, ein Vorstrafenregister hat er nicht. Für meinesgleichen ist der viel zu clever und geschickt.«

»Das bezweifle ich doch sehr.«

Da fiel ihm Harry Johnson ein. »Ich will Ihnen eine Geschichte erzählen.«

Die überdauerte den kross gebratenen Fisch und das glasierte Bananendessert, dem Phyllis attestierte, es sei ein Wunderwerk an Geschmack und Konsistenz. Inzwischen delektierte sie sich bereits an ihrer zweiten Portion und bestellte die dritte Kanne Tee. Eine lange Schlange von Ruiyi-Fans beäugte sehnsüchtig ihren Tisch, auf dass Jury und Phyllis endlich das Feld räumten. Jury scherte sich nicht darum.

Während Jury die Geschichte der Gaults erzählte, sah ihn Phyllis die ganze Zeit unverwandt an. Ein paar Mal hatte sie den Kopf geschüttelt, konnte es offensichtlich kaum glauben.

»Und morgen Abend gibt es wieder eine, vielleicht die letzte, Folge. Was halten Sie davon?«

»Ich weiß nicht, was ich davon halten soll«, erwiderte Phyllis. »Ist dieser Harry Johnson denn glaubwürdig?«

»Scheint so. Am Anfang hielt ich es natürlich bloß für einen Riesenwitz, eine von diesen Kommt-ein-Mann-in-ein-Pub-Geschichten. Also wirklich! ›Der Hund kam zurück.‹«

Sie lächelte. »Der ist ziemlich gut.«

»Harry? Oder Mungo?«

»Harry. Von Mungo haben Sie ja noch nichts gehört. Klingt so, als würde der das Ganze bloß beobachten.«

Jury lachte. »Ich muss sagen, nach drei Abenden im Old Wine Shades und dann beim Abendessen glaube ich schon, dass er die Wahrheit sagt, die Wahrheit, so wie sie sich ihm darstellt natürlich.«

»Was ist mit Hugh, dem Ehemann? Könnten Sie mit dem nicht mal sprechen?«

»Der ist in einer gewissen Stoddard-Klinik.«

»Die kenne ich. Hat einen ausgezeichneten Ruf. Sehr guter Stab von Mitarbeitern. Hat dieser Hugh Gault eine Psychose? Oder ist er eher wegen mentaler Erschöpfung dort?«

»Letzteres, glaube ich. Harry sagte, er sei aus freien Stücken dort.«

»Sie könnten ihn zumindest mal besuchen. Ich meine, nur um zu sehen –«

»Ob er existiert?«

Sie nickte.

Jury betrachtete seine leere Teetasse. »Könnte ich wohl. Aber irgendwie –«

»Sie würden die Geschichte lieber für sich betrachten. Oder vielleicht wollen Sie es gar nicht wissen.« Sie lächelte. »Jedenfalls ist es eine ziemlich gelungene Geschichte.«

»Sie meinen, ich sollte sie besser nicht verderben?«

Sie nickte. »Vielleicht.«

Jury fiel wieder der Junge im Zug aus Newcastle ein. »Ich hatte mit ihm gewettet, dass es der Zug nach Swansea war. Er behauptete, es sei der nach London. Es war natürlich der Londoner Zug. Das Merkwürdige war, dass er andere Leute hätte fragen können, die ihm bestätigt hätten, dass er Recht hatte. Doch er tat nichts dergleichen. Er wich ihnen allen aus: dem Mann mit dem Teewägelchen, seiner eigenen Mutter, auch dem Schaffner, der durchkam und die Haltebahnhöfe ankündigte. Er wandte sich absichtlich ab von ihnen.«

»Haben Sie je die Geschichte von Hawthorne gelesen, ›Mein Oheim, Major Molineux‹? Da kommt ein Junge in eine Stadt und sucht Major Molineux. Es wird nie ganz klar, *weshalb* er ihn sucht. Er vermeidet es, die naheliegenden Leute zu befragen, etwa die Polizei. Stattdessen fragt er eine Prostituierte, einen Betrunkenen und einen Bettler. Er will sehen, dass man Major Molineux entehrt hat, und als er einem Mann begegnet, der geteert und gefedert aus der Stadt gejagt wird, weiß er, dass es Molineux ist. Die

Geschichte ist herrlich. Ein gefundenes Fressen für jeden Psychiater.«

Jury stützte den Kopf auf die Hand und musterte Phyllis nachdenklich. »Glauben Sie, ich bin dieser Junge?«

Sie biss in die harte Kruste der kandierten Banane. Es hörte sich an wie knackendes Eis. »Wenn Sie Glück haben«, meinte sie.

Er lachte verblüfft. »Glück? Moment mal: Sie glauben, es ist Glück, wenn man von der Geschichte eines Fremden in die Irre geführt wird?«

»Wann sind Sie darauf gekommen, dass dieser Harry Johnson Sie in die Irre führt? Nach dem, was Sie sagen, bin ich mir da nicht so sicher. Sie trafen ihn – wann, eines Abends vor vier oder fünf Tagen? Sie haben dreimal mit ihm zu Abend gegessen, die Sache aber nie nachgeprüft?«

Jury fühlte sich wie unter alles entlarvendem Licht in die Defensive gedrängt. »Wenn Sie das glauben –«

»Ich habe nicht gesagt, dass ich es glaube. Aber wer weiß denn, was in diesem Harry vor sich geht? Er ist immerhin derjenige, der die Geschichte erzählt.«

»Stimmt, die Tatsachen habe ich nicht nachgeprüft, es geht mich aber eigentlich auch nichts an, oder?«

Sie hielt die Teetasse mit beiden Händen. »Ist *das* der Grund?«

»Ich meinte nur –« Aber Jury wusste gar nicht, was er meinte. Er zuckte die Achseln. »Sergeant Wiggins glaubt, Johnson wusste gleich am ersten Abend, wer ich war. Wiggins denkt, er hätte mir ins Pub folgen können, um mich aus irgendeinem schleierhaften Grund in die Sache hineinzuziehen.«

»Warum?«

»Weiß ich nicht. Ich stimme Wiggins allerdings nicht zu. Hört sich zu verstiegen an.« Dann fiel Jury ein, dass Harry ihn gebeten hatte – oder nicht gebeten, sondern ihm den Vorschlag gemacht –, nach Surrey zu fahren und sich dieses Winterhaus anzusehen. Er sagte es Phyllis.

»Wirklich? Und werden Sie es tun?«

Jury überlegte. »Ich denke schon. Morgen.«

Sie musterte ihn nachdenklich. Sie hatte die grünsten Augen, die er je gesehen hatte, außer denen von Melrose Plant. »Nehmen Sie jemanden mit.«

Sie biss in die glasierte Banane. Das Knacken von dünnem Eis.

# 16

Melrose Plant saß mit Kaffee, der *Times* und einem Buch in seinem Lieblingssessel im Klubraum. Während er auf Richard Jury wartete, trank er seinen Kaffee und las sein Buch, hob bisweilen den Blick, um das eine oder andere Kinn auf die eine oder andere Brust sinken zu sehen, während das eine oder andere Schnarchen den Rand der einen oder anderen Zeitung in wellenartige Bewegung versetzte. Es war elf Uhr vormittags, hätte aber genauso gut *Die Morgendämmerung der Toten* sein können.

Den kleinen Ausflug nach Surrey betrachtete er offen gestanden als fruchtloses Unterfangen, obwohl er nichts gegen die gemeinsame Fahrt mit Jury einzuwenden hatte. Bald würden sämtliche Mitglieder bei Boring's von Schläfrigkeit übermannt werden, und zwar nicht bloß diejenigen, die sowieso ständig wegnickten, sondern auch Portiers und Kellner, und selbst die gelegentlich auftretenden geflügelten Wesen, ob Fliege oder Nachtfalter, würden sich im honigwabenförmig durch eines der hohen Fenster einfallenden Sonnenlicht zur Ruhe setzen. Obwohl schon die Luft wie ein Schlaftrunk wirkte, widerstand Melrose der Versuchung, ein Schläfchen zu halten – schließlich hatte er noch nicht jenes Stadium im Leben erreicht, wo ein Nickerchen zum Alltäglichen gehörte.

Wenig zuträglich war ihm in dieser Hinsicht, dass er gerade *Die Welt der Gourmandise* las, in der Hoffnung, bei Polly Praed wieder etwas gutzumachen, obgleich er eigentlich nicht wusste, wieso ihm daran etwas lag. Nachdem das achte Opfer durch Gift in der

Gänseleberpastete ausgeschaltet worden war, schob Melrose das Buch zwischen Sitzkissen und Armlehne. Er kam zu dem Schluss, dass der nächste Mord sicherlich etwas mit Pilzen zu tun hatte. Pilze waren als Vergiftungsmethode in der Kriminalliteratur ja immer recht beliebt, der Grüne Knollenblätterpilz oder sonst so etwas in der Art. Andererseits, wer in diesem Buch acht Morde mit angesehen hatte und so dumm war, Pilze auf Toast zu essen, hatte es gar nicht anders verdient.

Melrose gähnte. Er würde bloß für einen Moment die Augen zumachen …

»Halten Sie ein Nickerchen?«

Ruckartig fuhr Melrose aus dem Schlaf hoch und suchte mit wildem Blick den Raum nach dem Urheber dieser Frage ab, obgleich der direkt in seinem Blickfeld stand. »Was? Was?«, meinte er etwas dämlich.

»Sie passen perfekt hier herein«, sagte Jury, dabei angelegentlich die distinguierten Herren betrachtend, die in unterschiedlichen Stadien des Dösens, den Kopf auf den Schultern, behaglich zusammengesunken in ihren Sesseln saßen.

»Ach, ist doch lächerlich! Ich habe einfach eine ganz schlimme Nacht hinter mir. Habe kein Auge zugetan.« Bis auf die sieben oder acht Stunden mit zugetanen Augen.

»Bestimmt. Mit Kaffee, der *Times*, Kaminfeuer, gemütlichem Sessel …«

»Sie hören sich an wie Detective Plod bei Polly Praed. Der zählt auch endlos Sachen auf.«

»Mann, in Ihrem Alter würde ich jede Gelegenheit zu einem Nickerchen ergreifen. Kann ich auch Kaffee haben?«

Zum Zeichen hielt Melrose dem jungen Kellner, der gerade durchkam, seine Tasse entgegen.

Jury setzte sich in den Ohrensessel, der gewöhnlich von Colonel Neame okkupiert wurde. »Schon recht angenehm, die Freiheit.« Er streckte seine langen Beine aus. Der Kellner kehrte nicht nur mit einer Tasse, sondern auch mit frischem Kaffee zurück. Jury bedankte sich.

»Sie würden es keine Woche aushalten, wenn Sie Ihren Job los wären.«

»Ah, aber eine Woche *habe* ich es schon ausgehalten. Stimmt, das kommt ungefähr hin.« Jury zählte die Tage an den Fingern ab.

»Sie sehen doch, was Sie mit Ihrer so genannten Freiheit anstellen. Stoßen auf einen neuen Fall, der gelöst werden muss.«

»Dafür konnte ich nichts. Also, sind Sie bereit? Oder wollen Sie sich vielleicht oben noch ein wenig hinlegen, bis Sie wieder bei Kräften sind?«

»Haha. Gehen wir.«

# 17

Sie fuhren schräg in eine der Parklücken draußen vor der Immobilienfirma Forester & Flynn, gingen die flachen Stufen zu dem etwas erhöhten Gehweg hinauf und traten ein.

Melrose meinte, er würde sich draußen die Füße vertreten und sich all die Kärtchen mit den zum Verkauf stehenden Objekten ansehen, die im Schaufenster zu sehen waren. »Wenn dieses Cottage mit dem Reetdach eine Viertelmillion kostet, müsste ja Ardry End für etwa drei Milliarden weggehen.«

»Los, kommen Sie, Sie sind schließlich derjenige, der dieses Winterhaus mieten will.«

»Was? Seit wann denn das?«

»Jetzt ziehen Sie schon eins von den Visitenkärtchen mit Earl of Caverness raus, die Sie immer bei sich haben.«

»Habe ich gar nicht.«

»Doch, und ob.«

»Wieso haben Sie mir Ihren Plan eigentlich nicht vorher verraten?«

»Weil ich mir nicht auf dem ganzen Weg hierher Ihr Gejammer anhören wollte. Also, Sie interessieren sich für dieses Haus. Falls die Maklerin beschließt mitzukommen, verhindern Sie es.«

»Und wie?«

»Sie stellen doch was dar. Sie gehören zum Adel und sollten das Etwas-Darstellen zu einer hohen Kunst verfeinert haben.«

»Und *Sie* sind bei Scotland Yard, Abteilung für Verbrechensbekämpfung. *Sie* besitzen doch viel mehr Autorität als meine Wenigkeit.«

»Schon, aber ich will nicht, dass die denkt, ich bin deswegen hier. Jedenfalls hat Lord Ardry bereits angerufen, um diesen Termin zu vereinbaren.«

»Ach, tatsächlich! Komisch, daran kann ich mich gar nicht erinnern.«

»Sie haben damals geschlafen. Kommen Sie!« Jury hielt die Glastür auf. »Die Maklerin heißt Marjorie Bathous. Mrs., glaube ich.«

Melrose brummte ungehalten, während sie eintraten und ans andere Ende des Raums gingen, wo eine immer noch recht hübsche Frau mittleren Alters saß, eine der drei Mitarbeiter im Büro, die sie offenbar bereits erwartete. Oder ihn zumindest.

Melrose streckte ihr die Hand über den Schreibtisch hinweg entgegen. »Mrs. Bathous?«

Sie schüttelte ihm lächelnd die Hand. »Sie müssen Lord Ardry sein. Ich bin Marjorie Bathous. Das freut mich ja, dass Sie sich für dieses Objekt interessieren.«

Jury fand, dass Marjorie Bathous in ihrem dunklen Kostüm und der weißen Seidenbluse perfekt in die Schablone Geschäftsfrau passte. Sie war vermutlich schon in Marineblau zur Welt gekommen. Als er sie anlächelte, glitt ihr eigenes Lächeln von Melrose ab und ruhte nun auf Jury.

»Wie haben Sie denn vom Winterhaus erfahren?«

»Durch ihn.« Melrose machte eine wegwerfende Handbewegung in Richtung Jury. »Er kümmert sich um diese Dinge –« Ein Fuß landete auf Melroses Rist.

Jury streckte die Hand aus. »Richard Jury, New Scotland Yard, Abteilung für Verbrechensbekämpfung.« Er schenkte ihr ein strahlendes Lächeln. »Ich bin aber nicht in offizieller Eigenschaft hier, nur als Begleitung für Mr. Plant. Ich hatte Lust auf eine Landpartie.«

Marjorie Bathous wirkte angenehm erstaunt, als sie seine Hand ergriff. Die andere wanderte an ihr perfekt frisiertes braunes Haar.

Jurys Blick zu Melrose hinüber sollte diesem signalisieren, den Ball aufzunehmen, sonst würden sie bei New Scotland Yard stecken bleiben. Marjorie Bathous würde dann bestimmt sofort auf jenen Vorfall im Winterhaus von vor einem Jahr zu sprechen kommen.

Melrose tischte ihr also seine Geschichte auf, während Jury den Blick umherschweifen ließ. Das Büro war üppig in dunklem Holz ausgestattet – Schreibtische, Wandpaneele, Beistelltische, Sitzgruppen für die Kunden. Eine Art Zaun mit Törchen ähnlich wie in einem Gerichtssaal verlief quer durch die Mitte des Raumes. Es waren noch zwei weitere Makler zugegen, die hintereinander an zwei Mahagonischreibtischen saßen. Der Mann am ersten Schreibtisch hatte sich dem hinter ihm Sitzenden zugewandt. Sie unterhielten sich, beziehungsweise einer redete, erzählte dem anderen vielleicht eine Geschichte. Was sie sagten, konnte Jury nicht hören. Für ein erfolgreiches Büro – er konnte sehen, dass Forester & Flynn florierte – wirkte es sehr ruhig. Jury nahm auf einem der Stühle Platz, die auf der Maklerseite des Törchens aufgereiht standen.

»Ich suche ein relativ großes Haus mit Gelände.« Melrose nestelte sein Portemonnaie aus einer hinteren Hosentasche, klappte es auf und entnahm ihm eines seiner alten Visitenkärtchen. Das leise Gekicher hinter ihm ignorierte er. Er hatte die Dinger für den Notfall immer dabei, obwohl Gott allein wusste, was für ein Notfall einen Adelstitel erfordern sollte.

»Und die Frau Gräfin?«, erkundigte sich Marjorie Bathous höflich.

Damit meinte sie wohl, vermutete Melrose, er hätte womöglich die Gräfin vergessen. »Äh, nun, die gibt es nicht, falls Sie damit meine Gattin meinen. Nur eine alte Tante. Sie möchte näher bei London wohnen und besteht auf großen Zimmern und Bäumen. Ich werde voraussichtlich am Wochenende auf Besuch kommen.«

»Nun, Lord Ardry …« Sie machte sich daran, die Immobilie in knappen Worten zu beschreiben. »Sie müssen wissen, das Winterhaus ist schon seit längerem nicht bewohnt.«

Jury meinte: »Wir hörten, dort habe sich etwas Verhängnisvolles zugetragen.«

»Wo haben Sie denn das gehört?«

Sie wollte es demnach weder bestätigen noch leugnen. Vielleicht fürchtete sie, New Scotland Yard würde eine groß angelegte Ermittlungsaktion in Gang setzen. »Es ist vermutlich bloß ein Gerücht. Sie wissen schon. Ein Freund von mir hat mit dem Besitzer gesprochen – einem gewissen Mr. Torre?«

»Mr. Torre, ganz recht. Nun ja.« Mehr sagte sie nicht.

Darauf hatte Jury es abgesehen: auf die Bestätigung, dass ein gewisser Mr. Torre tatsächlich der Besitzer war. Und tatsächlich existierte.

Die erste Bestätigung war sie selbst gewesen. Dieses Bedürfnis nach einer Bestätigung, dass es die Leute in Harrys Geschichte auch wirklich *gab* – hatte das nicht etwas Zwanghaftes? Hätte Harry Johnson ihm gesagt: *Fahren Sie hin und sehen Sie sich das Haus an,* wenn es keine Marjorie Bathous gegeben hätte, keinen Ben Torre?

Melrose nickte. »Wenn Sie uns die Details zu dem Haus geben würden – könnte man den Mietvertrag auch über fünf Jahre abschließen?«

»Ja, natürlich. Sogar noch länger, wenn Sie möchten.« Sie zog den Bogen mit den Informationen über das Objekt aus einem von mehreren Stapeln auf ihrem Schreibtisch und reichte ihn Melrose. »Hier bitte.«

Die Gaults hatte sie mit keinem Wort erwähnt, was kein Wunder war. Noch schlimmer wäre gewesen, sie hätte sich über die Geschichte des Hauses ausgelassen. Einmal angenommen, Ben Torres Mutter hatte sich die Geschichte nicht ausgedacht. »Es ging wohl um eine Frau und ihren Sohn, die anscheinend während einer Besichtigung Ihrer Immobilien verschwunden sind.«

Es war offensichtlich, dass ihr die Verbindung zwischen »verschwunden« und Besichtigung »ihrer« Immobilie nicht sehr behagte. Trotzdem nahm sie es recht tapfer, ja nüchtern auf. »O ja. Sie meinen Mrs. Gault und ihren Jungen. Wissen Sie, ich habe mich schon gefragt, was aus ihnen geworden ist. Eine seltsame Geschichte. Allerdings war gar nicht *sicher*, ob sie überhaupt in dem Haus gewesen waren. Mrs. Gault hatte die Absicht gehabt, es sich anzusehen. Ob sie es tatsächlich *getan* hat, weiß keiner. Der Junge war erst acht oder neun, glaube ich. Was aus ihnen wurde –?«

»– weiß man nicht.«

Marjorie Bathous schüttelte verwundert den Kopf. »Sie wollte zwei Häuser besichtigen, die an derselben Straße lagen. Ich weiß, dass sie im Lark Cottage vorbeischaute – das gefiel ihr aber nicht. ›Zu niedlich, zu englisch‹, war ihr knapper Kommentar. Ich dachte mir eigentlich, das ist genau das Richtige, weil es viel kleiner ist als das Winterhaus und die Gaults ja nur zu dritt waren. Außerdem ging ich davon aus, dass es bloß ein Wochenendhäuschen sein sollte. Die Besitzer, ein liebenswertes älteres Ehepaar …« Sie unterbrach sich und sah Melrose an. »Ich hätte dieses Haus auch erwähnen sollen. Vielleicht möchten Sie es besichtigen?«

»Nein, ich will nur …«

»Ja.« Jury stieß Plants Fuß unsanft vom Stuhlbein weg und sagte zu ihm: »Machen Sie das doch.« An die Maklerin gewandt, meinte er: »Es liegt auf dem Weg, sagten Sie?«

»Die beiden Häuser liegen nur ungefähr eine halbe Meile voneinander entfernt. Ich kann die Besitzer telefonisch verständigen.«

Während sie sich mit ihrem Handy beiseite wandte, sagte Melrose mit gedämpfter Stimme: »Wieso sollen wir uns dieses Cottage ansehen?«

»Aus dem einfachen Grund: weil Glynnis Gault es getan hat.«

»Ach. Na, und die Tankstelle, an der wir unterwegs vorbeigekommen sind,sollen wir uns die vielleicht auch noch näher ansehen?«

Jury schüttelte den Kopf. »Erinnern Sie mich dran, dass ich Ihnen nie einen Job anbiete.«

»Okay. Lassen Sie's sein.«

Marjorie Bathous klappte ihr Handy zu und schwang sich auf ihrem Drehstuhl zu ihnen herum. »Sie würden sich freuen. Ich sagte, in etwa einer halben Stunde, das schaffen Sie bequem. Von hier aus brauchen Sie zwanzig Minuten bis zu den Shoesmiths.« Sie schrieb es ihnen auf, zusammen mit Adresse, Telefonnummer und Wegbeschreibung, inklusive einer kleinen Skizze.

Immobilienmakler waren immer so patent. Vielleicht sollte er *ihr* einen Job anbieten.

Marjorie Bathous sammelte alle Unterlagen zusammen und steckte sie in einen großen braunen Briefumschlag. Die Exposés vom Winterhaus und vom Lark Cottage fügte sie ebenfalls hinzu. Mit einem Blick auf das kleine Foto des Hauses auf dem Infoblatt meinte sie: »Ein wunderhübsches Fleckchen.«

»Ja«, sagte Melrose.

Sie öffnete eine Schublade, holte die Schlüssel mit einem kleinen Anhänger heraus, auf dem eine Nummer stand, und händigte sie Melrose aus. »Außer Sie möchten, dass ich Sie begleite –?«

Die beiden anderen Makler hatten offenbar ihre Unterhaltung beendet und wandten sich wieder ihrer Arbeit zu. Jury beobachtete sie zerstreut. Dabei fielen ihm Bruchstücke von Harry Johnsons Geschichte wieder ein, und er fand sie abwechselnd verwirrend, unheimlich und traurig. Jedenfalls verhieß sie nichts Gutes.

Sie standen auf, bedankten sich bei Marjorie Bathous und gingen zum Wagen zurück.

# 18

Es war eine dieser schmalen, von Hecken und Trockensteinmauern gesäumten Landstraßen, in der Ferne standen Schafe, der kürzlich niedergegangene Regen tropfte noch von den Bäumen, ein Spaziergänger mit Schlehdornstock kam in Begleitung von zwei herumschnüffelnden Labradors des Weges, und Licht blitzte auf im weißen Gefieder eines aufsteigenden Gänseschwarms.

Ach, England! Melrose seufzte.

»Da ist eine Schubkarre«, sagte Jury. »Und eine Kuh.«

Melrose saß am Steuer. »Ach, ich frage mich, welches welches ist.«

»Bloß für den Fall, dass Sie sie nicht gesehen haben.«

»Sie meinen, da sie ja die gesamte Straße versperren?« Melrose betätigte seine Hupe. »Schon mal eine Kuh aufgeregt in die Höhe hüpfen sehen?« Das tat sie zwar nicht, bekam jedoch einen Heidenschreck.

»Kindskopf«, meinte Jury. »Für Sie muss es immer unbedingt was Aufregendes sein, was?«

Kuh und Hirte zogen gemächlich vorbei, wobei von den beiden die Kuh noch das intelligentere Wesen zu sein schien – von allen vieren, wenn man es recht betrachtete.

»Sehr viel weiter ist es nicht.« Jury konsultierte den Plan der Maklerin. Gleich darauf deutete er hin. »Da ist es – Lark Cottage.«

Melrose drosselte das Tempo und bog in die kleine Auffahrt ein. »Schauen Sie sich das mal an: Ist doch *niedlich*, nicht? Und *soo* englisch.«

Die Shoesmiths – »ich bin Bob, und das ist meine bessere Hälfte, Maeve« – waren hocherfreut, ihre Bekanntschaft zu machen, besonders die der Kriminalpolizei von Scotland Yard. Das fand Maeve einfach aufregend, die es sich nun mit Tee und Keksen auf einem der dunkelbraunen Polstersessel bequem machte, die mit blitzblanken, gestärkten Sesselschonern versehen waren. Jury sah sich im Zimmer um und betrachtete die verschiedenen Muster, die Maeve ausgewählt hatte: das Lilienmuster der Wandtapete, die Toilegardinen mit altenglischen Figürchen und die Kräuselrosen auf dem Teppich. Selbst der kleine Papierkorb war mit Ranken und Blätterwerk verziert. Diesen Mustermix fand Jury irgendwie ergreifend, wie eine Reminiszenz an ein Zuhause, an das er sich nicht erinnern konnte.

Melrose brauchte genau zwei Sekunden, um eine abgrundtiefe Abneigung gegen die Möblierung zu entwickeln. Er hoffte, während er in einen Keks biss, die Shoesmiths würden besser abschneiden. Maeve schnatterte inzwischen schon drauflos – über Lark Cottage und dessen zahlreichen Vorzüge.

Bob meinte: »Die alten schwarzen Balken haben doch das gewisse Etwas, finden Sie nicht? Wir Männer müssen natürlich die Köpfe einziehen, um nicht an den Türstürzen anzustoßen.« Dabei lachte er, als ob es sich tatsächlich um einen Witz handelte.

»Also, wir haben drei Schlafzimmer, zwei oben, eins unten«, sagte Maeve. »Das untere mit eigenem Bad. Oben gibt es aber auch eine Toilette und ein Bad.« Ihr Blick wanderte unsicher zwischen Jury und Melrose hin und her. »Wer von Ihnen –«

»Es geht um mich, Madam«, sagte Melrose. »Ich brauche nicht viel Platz, beziehungsweise meine Tante braucht nicht viel. Ich schaue mich nämlich für sie um. Sie will mehr in der Nähe von London wohnen. Und sie will einen Garten.«

»Äh, also, unser *Garten* … aber sehen Sie selbst.« Maeve vollführte eine ausladende Geste.

»In der Tat«, sagte Melrose, der sich allmählich auch schon wie ein Spießer fühlte. Bald könnte man auch über ihn einen Sesselschoner werfen und sich draufsetzen.

»Die Küche ist klein, aber funktional«, sagte Bob. »Mit großem Eisenherd und sogar ziemlich neuer Spülmaschine. Eine von diesen kleinen, die auf der Arbeitsplatte stehen, kennen Sie bestimmt.«

Jawohl, und sie sind scheußlich, dachte Melrose, provisorischer Kram, in den kaum etwas reinpasste.

Jury sagte: »Ich muss da an einen merkwürdigen Zwischenfall vor etwa einem Jahr denken – wo eine Frau und ein Kind hier in der Gegend plötzlich verschwunden sind?« Er lächelte gewinnend. »Sie müssen mir verzeihen, ich bin zwar nicht in offizieller Eigenschaft hier, aber als ich von diesem Haus etwa eine Meile von hier hörte« – er neigte den Kopf in die besagte Richtung –, »wollte ich es mir natürlich ansehen.« Wieder ein gewinnendes Lächeln.

Maeve strich ein paar widerspenstige braune Haare in den Dutt zurück, zu dem sie sie geschlungen hatte. »Ja, das war schon ziemlich seltsam, nicht, Bob? Marjorie Bathous sagte, sie hätte nie wieder was von der Frau gehört. Die hat auch den Schlüssel nicht zurückgebracht. Wie hieß sie noch gleich, Bob, Gall, oder wie?«

»Gault«, erwiderte Bob. »Eine gewisse Mrs. Gault und ihr Junge, der war so etwa acht oder neun.«

»Die Maklerin von Forester empfahl der Frau, sich Lark Cottage anzuschauen. Mrs. Bathous klang recht enthusiastisch. Wir hielten Ausschau nach ihnen, ich hatte auch Tee vorbereitet gehabt, und als wir den Wagen draußen an der Straße geparkt sahen und sie davor, mit so einem Mobiltelefon in der Hand –«

»Da dachte ich, sie ruft vielleicht gerade bei Forester an – bei der Maklerfirma –, um zu fragen, ob es auch das richtige Haus war, also ging ich gleich raus«, sagte Bob.

»Lark Cottage – es steht auch ganz deutlich dran. Sie hätte es überhaupt nicht verfehlen können«, sagte Maeve und nahm sich einen Caedmon-Keks.

»Nette Frau«, fuhr Bob fort, »und ihr Junge, ein wirklich nettes, ruhiges Kerlchen. Wohlerzogener Bursche. Sogar ihr Hund hatte gute Manieren.« Bob kicherte.

»Wir zeigten ihr das Haus, und sie war auch recht angetan. Dann bekamen sie eine Tasse Tee. Sie wohnten in Chelsea, sagte sie.« Maeve reichte wieder den Keksteller herum.

»Wie kam sie Ihnen denn vor, Mrs. Shoesmith?«

»Na ja, angenehm, gar nicht angespannt oder launisch, nicht depressiv oder sonst wie.«

»Wie lange waren die beiden hier?«

»Ach, so eine halbe Stunde etwa.«

»Nein, Maeve. Eher eine Stunde oder fünfundvierzig Minuten, weniger nicht«, sagte Bob.

Jury beobachtete Bob Shoesmith. Der würde vermutlich einen guten Zeugen abgeben. Jury lehnte sich zurück und sah interessiert an die Zimmerdecke.

Melrose konnte sich des Eindrucks nicht erwehren, dass die beiden Shoesmiths ganz vergessen hatten, weshalb ihre Besucher hier waren. Eigentlich alle drei – auch Jury, der freiberuflich tätige Bulle hatte es vergessen. Der redete nun schon wieder über jenes Winterhaus und wollte wissen, wer der Besitzer war.

»Wie hieß er gleich, Bob? War es nicht was Spanisches oder irgendwie Italienisches? Toro? War es das?«

Bob schloss die Augen, um besser nachdenken zu können und riss sie dann plötzlich wieder auf. »Torre! Genau. Torre.«

Maeve sagte: »Wir wohnen zwar bloß eine halbe Meile von dem Haus entfernt, kennen ihn aber nicht. Es ist manchmal ganz schön einsam hier draußen. Drum ziehen wir ja auch weg. Aber bis wir verkauft haben, ist nicht viel zu machen. Hätten Sie vielleicht gern noch etwas Tee?« Sie hielt die Kanne in die Höhe.

»O, nein, danke. Dann waren Sie also noch nie drinnen?«, fragte Jury.

»Nein.« Sie schenkte sich eine Tasse ein. »Nein, ich hab's bloß von außen gesehen.« Sie lächelte leicht errötend. »Ich muss allerdings zugeben, seitdem es leer steht, habe ich ein paarmal durchs Fenster geguckt. Und bin hinten herumgegangen. Bloß um zu sehen, wieso es so lange leer stand, bloß deswegen.«

Jury richtete sich etwas auf. Er lächelte. »Und haben Sie etwas entdeckt? Wissen Sie weshalb?«

Maeve Shoesmith überlegte. »Es ist schrecklich ... abgelegen, würde ich mal sagen. Lark Cottage liegt zwar auch weitab vom Schuss, aber bei uns ist es anders, äh ...« Sie sah Jury an. »Mehr kann ich dazu nicht sagen. Bloß ... es war mal so ein hübsches Anwesen, jedenfalls früher. Der Garten ist inzwischen natürlich hinüber, sieht ziemlich wild aus. Und das Wäldchen ... furchtbar kalt kam es mir vor.« Sie rieb sich den Arm, als fröstelte sie plötzlich.

Jury hätte sie gern noch weiter ausgequetscht, doch das wäre zu auffällig gewesen. Anders als ihr Gatte, der auf Einzelheiten achtete, hatte es Maeve Shoesmith mehr mit Stimmungen.

»Ich überlege nämlich«, sagte Maeve, »aber wäre es für Ihre Tante denn nicht zu groß?«

»In dieser Hinsicht«, erwiderte Melrose, »ist meine Tante sehr eigen. Sie mag große Häuser. Sie liebt es, umherzustreifen.«

»Will sie das Objekt denn nicht selbst in Augenschein nehmen?«

»Das ist gar nicht nötig. Sie vertraut meinem Urteil. Wie ich sehe, ist diese Gegend ungewöhnlich dicht bewaldet. Sie mag Bäume eigentlich nicht besonders.«

Die Shoesmiths sahen ihn verständnislos an. Jury ebenfalls.

»Sie mag keine Bäume?«, sagte Bob.

Melrose nickte. »Na dann, es war mir ein großes Vergnügen!« Er machte plötzlich Anstalten zu gehen – patschte sich auf die

Schenkel, stand auf, zog sein Jackett zurecht. Dann sah er Jury auffordernd an, der anscheinend vergessen hatte, mit wem er hierhergekommen war. »Also, gehen wir«, sagte er entschlossen. *Denken Sie dran, Sie sind mit mir hier!*

Jury sammelte sich und stand auf. »Vielen Dank für die Auskünfte über das Winterhaus. Die werden sicher nützlich sein.«

Maeve erhob sich, doch Bob war anscheinend immer noch woanders. Stirnrunzelnd saß er da und zupfte an einer seiner dichten Augenbrauen herum. Dann kehrte er wieder zurück ins Reich der Lebenden und brachte zusammen mit Maeve die beiden Besucher zur Tür.

»Falls sich Ihre Tante Lark Cottage ansehen möchte«, sagte Maeve, »wäre es uns ein Vergnügen, sie herumzuführen, wirklich.«

»Haben Sie vielen Dank, alle beide.« Man schüttelte sich gegenseitig die Hände.

»Na dann, adieu.« Maeve sah ihnen winkend hinterher, während sie auf den alten Bentley zugingen.

»Bäume?« Jury nestelte den Sicherheitsgurt hervor.

Melrose gab Gas und fuhr rückwärts heraus. »Meine Güte, ich wollte bloß auf den Wald überleiten. Der soll doch angeblich unheimlich sein oder so was?«

»Schon, aber die Überleitung war dann im Endeffekt interessanter als der Wald. Ich meine, was sagt man über jemanden, der keine Bäume mag? Damit kommt ein Gespräch doch total zum Erliegen. Das ist, wie wenn man behauptet, sie mag keine Blumen. Oder Gras oder Blätter oder Luft. Das war dann der große Schlusspunkt.«

Melrose seufzte tief beleidigt. »Wollte mich ja nur nützlich machen. Es war das Erste, was mir in den Sinn kam.«

Ein wild überwuchertes Feld flog links an ihnen vorbei. Rechts befand sich eine niedrige Trockensteinmauer. »Tatsächlich? Jedem anderen käme es wohl als *Letztes* in den Sinn. Besser gesagt, es käme einem überhaupt nicht in den Sinn.« Jury hob die Hand, um einen kleinen Jungen mit einem Packesel zu grüßen. Der Junge erwiderte den Gruß nicht.

»Ich finde, Sie lassen sich viel zu sehr auf diese irre Geschichte ein, als wären Sie ein Teil davon. Als wären Sie eines der Dinge, die sich selbst neu erfinden.«

»Was soll denn das jetzt heißen?«

»Keine Ahnung. Klingt aber recht gut, finden Sie nicht?«

»Nein.«

Melrose gefiel trotzdem, wie es sich anhörte. »Denken Sie mal an Alice im Wunderland.«

Jury stieß einen erstickten Ton aus und rutschte tiefer in seinen Sitz.

»Wie Alice durch den Spiegel tritt und sich plötzlich in einer Welt wiederfindet, in der keine Naturgesetze gelten –«

»Was ist mit dem ersten Gesetz?«

»Wie?« Melrose ärgerte sich über diese Unterbrechung seines sich gerade erst formierenden philosophischen Standpunkts.

»Alice befindet sich in der so genannten realen Welt, bevor sie hineintritt. Also wie funktioniert das?«

Melrose seufzte. »Das *Hindurchtreten*, darauf kommt es an!«

»Aber um das zu tun, muss sie von der Wirklichkeitsseite herkommen. Und auf der Wirklichkeitsseite gilt das Naturgesetz, dass man das nicht kann – Moment mal.« Jury beugte sich vor und spähte angestrengt durch die Windschutzscheibe. »Ist da vorn nicht der Swan?«

Melrose sah das Schild. »Verdammt. Jetzt haben wir das Haus verpasst. Wir sind zu weit gefahren.«

»Meine Schuld. Ich hätte aufpassen sollen. Jedenfalls könnten wir beide jetzt erst mal ein Bier vertragen. Wir können ja später hinfahren.«

»Mir ist es überhaupt nicht aufgefallen. Dabei ist es ein großes Haus.«

»Wir haben uns unterhalten, und wenn man davon redet, durch Spiegel zu treten und keine Bäume zu mögen, dann entgeht einem schon mal etwas.«

Melrose bog auf den kleinen Parkplatz beim Swan ein, stellte den Wagen ab und zog die Handbremse an. Es gab etwa ein halbes Dutzend Autos. »Das Lokal liegt total hinterm Mond. Ich kann mir nicht vorstellen, dass diese Straße viel befahren ist. Hier ist ja gar nichts los. Woher kriegen die ihre Kunden?«

»Von hinterm Mond, nehme ich an.«

Sie stiegen aus und steuerten auf das Pub zu.

So wie zu einer bestimmten Stunde, wenn der letzte Ausschank verkündet wird, die Stammkundschaft in einem Pub eher aussieht, als sei sie Teil des Mobiliars statt der Gästeschar, war es auch hier. Die zehn bis zwölf Gäste waren wie zu einer militärischen Formation postiert, wobei sie als Späher fungierten und verdächtig wirkenden Fremden den Zutritt verweigerten. Diesen Eindruck konnte man zu den ruhigen Zeiten des Tages in allen Pubs gewinnen: geruhsame Nachmittage, an denen außer Trinken und ein bisschen Unterhaltung nichts weiter passierte.

Als Melrose und Jury eintraten, wurden sie einer Inspektion unterzogen, die einem ganzen Polizeiaufgebot zur Ehre gereicht hätte.

»Ein Foster's«, sagte Jury.

»Und ein Old Peculier«, sagte Melrose.

»Haben wir aber nicht vom Fass. Nur in der Flasche.«

»Gut«, sagte Melrose.

Jury nickte einem spindeldürren Mann zu, der ein Stück weiter an die kupferne Tischfläche des alten Tresens gelehnt stand. Der Mann erwiderte den Gruß, zwei andere, die etwas weiter unten am Tresen saßen, taten es ihm nach.

An den Barmann gewandt sagte Jury, während er seinen Dienstausweis zeigte: »Es geht hier um einen schon älteren Fall. Sie erinnern sich vielleicht, dass hier in der Gegend vor etwa einem Jahr eine Frau verschwunden ist.«

Der Barmann machte ein nachdenkliches Gesicht. »So viel passiert hier ja nich, dass wir so was vergessen, was, Robin?« Die Frage galt dem Dünnen, der Jury vorhin zugenickt hatte.

»Wohl kaum, Clive«, sagte Robin mit einem kurzen, trockenen Lacher.

»Aber ich könnt jetzt nich sagen, dass ich mich erinner.«

»Die Polizei war bestimmt da und hat nach ihr gefragt. Daran erinnern Sie sich doch bestimmt, oder?«

Der Barmann schüttelte den Kopf. »Wieso? Is was passiert? Ich mein, weil Scotland Yard jetzt dran is?«

Inzwischen hatten sich drei oder vier andere der Theke genähert, in der Hoffnung, etwas aufzuschnappen.

»Kann sich jemand von Ihnen vielleicht erinnern? Sie hatte einen Jungen und einen Hund dabei.«

Bedächtiges Kopfschütteln entlang der Theke.

»Schade, dass Myra nich hier is«, meinte Robin. »Die hat doch was erzählt, von wegen, sie hätte sie irgendwo auf der Straße gesehen.«

»Was sagte sie denn genau?«

Robin sah angestrengt in die Luft. »Äh, lassen Sie mich mal kurz nachdenken.«

Jury musterte die anderen fragend. Allgemeines Kopfschütteln.

»Na gut. Und wo ist Myra?«

Daraufhin entspann sich eine lebhafte Diskussion über Myras Aufenthaltsort, doch genau wusste es keiner. »Normalerweise kommt sie so um die Zeit hierher«, sagte Clive.

Jury sagte: »Wie heißt Myra denn mit Nachnamen?«

Der Barmann musterte ihn verdutzt. Der andere, der vorhin etwas gesagt hatte, schob seine flache Mütze in die Stirn und kratzte sich den Hals. »Äh, ich glaub, ihren Nachnamen hab ich noch gar nie gehört.«

»Wissen Sie denn, wo sie wohnt?«, erkundigte sich Melrose.

Wieder jede Menge verdutzte Gesichter. Der mit der Mütze zeigte sich erbötig: »Irgendwo hier in der Gegend. In Lark Rise vielleicht?«

Jury nahm noch einen Schluck und machte Melrose ein Zeichen, der sein Bier hastig hinunterkippte.

»Trotzdem danke. Gehen wir.«

# 19

Nach etwa einer Meile bemerkten sie, dass die Steinmauer zu ihrer Rechten höher war und mit einem Tor versehen, das allerdings nicht offen stand, sondern schräg in den Angeln hing und aussah, als würde es gleich in der Einfahrt versinken. Das in die Mauer eingelassene Messingschild war schwer zu entziffern, und hätten sie nicht angestrengt nach dem Anwesen Ausschau gehalten, wäre ihnen die in Messing eingravierte Inschrift WINTERHAUS glatt entgangen. Sie fuhren zwischen den Steinpfeilern hindurch und gelangten auf einem Schotterweg zu dem Haus, das im King-George-Stil erbaut war und eine nichtssagende, graue Fassade hatte.

Melrose zog den Mantel etwas enger um die Schultern, als sie den Eingangsraum mit dem abgetretenen (aber, worauf Melrose sogleich hinwies, sehr hochwertigen) Perserteppich betraten. Die Wandpaneele waren aus einer Holzart gefertigt, die Melrose einiges Kopfzerbrechen bereitete. »Keines von den landläufigen Harthölzern«, sagte er und fuhr mit der Hand über die Wand wie ein Blinder, der die Konturen eines ihm unbekannten Gesichts erkundet.

Möbel gab es, wie Jury bereits erfahren hatte, außer denen im Salon keine. Keine Porträts, keine Gips- oder Bronzebüsten in den zahlreichen, dafür vorgesehenen Alkoven und Nischen. Nichts.

Melrose redete, während Jury, der ihm nicht zuhörte, in ein rechts vom Eingangsraum gelegenes Zimmer hinüberging und dort die Fenster betrachtete – alte Bleiglasscheiben in metallenen

Rahmen, die für das schwere Glas eigentlich viel zu schwach aussahen. Es handelte sich um Flügelfenster, von denen eines etwa einen Fingerbreit offen stand. Das Haus war demnach überhaupt nicht gesichert. Vor Jurys geistigem Auge tauchte plötzlich ein anderes Fenster auf, das aber keine Aussicht auf ausgedehnte Rasenflächen und dichte Kiefern- und Ahornbestände bot, sondern aufs Meer – auf tiefblaues Wasser und eine kupferrote Sonne, kräftiges Sonnenlicht und heißen Sand. Er erkannte die Landschaft nicht. Wo hatte er sie schon gesehen? Bestimmt spielte ihm die Erinnerung hier einen Streich. Was hatte dies mit ihm zu tun? Bedächtig schüttelte er mehrmals nachdrücklich den Kopf.

»Was ist? Ich sage es ungern, glauben Sie mir, aber Sie sehen aus, als wären Sie dem Gottseibeiuns begegnet.«

Mit einem Anflug von Lächeln zog Jury das Fenster zu.

»Ich muss mich doch sehr wundern über Sie«, fuhr Melrose fort, »dass Sie sich hier an einem gesicherten Tatort zu schaffen machen. Und zum Beispiel Fingerabdrücke verschmieren.«

»Oh? Ich wusste gar nicht, dass da welche waren.«

»Und das soll jetzt so ein Ort sein, über den dummes Zeug geredet wird, von wegen es gäbe hier böse Mächte?«

»Ich glaube nicht, dass es etwas mit Gut und Böse zu tun hat. Kommen Sie.« Jury steuerte auf den benachbarten Raum zu.

Melrose hielt die Arme vor der Brust verschränkt. »Mir ist kalt.«

Jury blieb stehen, den Kopf zur Seite geneigt wie ein älterer Bruder, der den jüngeren zur Eile treibt. Wieder meldete sich die Erinnerung. Im Sand stand ein älterer Junge, die Arme verschränkt, ungeduldig und verärgert, verärgert und genervt über ihn, Richard. Gerade machte er den Mund auf, um zu rufen, doch es kam kein Ton heraus. Weder der Junge noch die Wellen waren zu hören, obwohl sie hoch getürmt ans Ufer schlugen.

»Sie sehen auch nicht gerade aus, als ob Ihnen warm wäre.«

Jury runzelte die Stirn. »Ich weiß nicht, aber irgendwie fallen mir immer wieder Szenen aus meiner Kindheit ein.« Er bedeutete Melrose, ihm zu folgen, während er ins letzte Zimmer ging, in das möblierte, in dem anscheinend Tee serviert worden war. Er wandte sich um. Melrose stand immer noch wie angewurzelt da, die Arme verschränkt. »Hier drin ist es wärmer.«

Seltsamerweise war es tatsächlich so. Die Holzscheite im Kamin vermittelten den Eindruck, als wären sie soeben verglommen, was natürlich nicht stimmte. Sie waren morsch und zu Asche zerfallen. Hier müsste sich doch etwas finden, dachte Jury und nahm den Schürhaken vom Ständer – ein Zettel vielleicht, ein Foto, ein Brief, ein Notizbuch …

»Was machen Sie denn?«

»Ich sehe mich um, ist doch klar. Ist Ihnen immer noch kalt?« Jury sah, wie Melrose sich die Hände zu wärmen versuchte.

»Lange nicht mehr so wie vorhin. Ich puste nur, um meine erfrorenen Finger wieder zum Leben zu erwecken.«

»Sie müssen aber auch alles übertreiben.«

»Eines meiner großen Talente. Hier drin gibt's wenigstens was zu sehen.« Melroses Blick schweifte im Raum umher – über die Bücherwand, den neoklassizistischen Kamin mit dem Marmorsims. Eine sorgfältig gearbeitete Schreibkommode mit silberfarbenen Intarsien stand da, ein elegantes, kremfarbenes Sheraton-Sofa, davor zwei Sessel, ebenfalls im Sheraton-Design. Alle drei Möbelstücke standen auf einem Teppich, den Melrose – aus seiner Zeit in Lincolnshire, wo er einmal in die Rolle eines Antiquitätengutachters geschlüpft war – als einen Kerman im Preisbereich von etwa zehntausend Pfund identifizierte. An einer anderen Wand stand eine Regency-Kommode mit Einlegearbeiten aus Holz und Elfenbein, über der ein Spiegel mit geschnitztem, vergoldetem Holzrahmen hing, das Gegenstück zu dem größeren Spiegel über dem Kamin.

Es gab mehrere Öl- und Aquarellgemälde. Schnee, Winterlicht und Windmühlen, dazu kleine, dick eingemummelte Figuren auf

Schlittschuhen. Eiseskälte. Auf einem anderen war ein einsames Pferd zu sehen, das bis zu den Fesseln im Schnee stand, und sonst nichts weiter als ein paar nackte Wurzeln. Frostklirren. Auf einem weiteren waren undeutlich in Nebel gehüllte Schiffe auszumachen, dahinter die untergehende Wintersonne. Keins der Bilder strahlte auch nur ein Fitzelchen Wärme aus.

Das Teeservice stand auf einem Silbertablett auf einem hübschen Tisch, und als Melrose eine der Tassen in die Hand nahm und sie hochhob, um die Herkunft festzustellen, sah er, dass sich in der Tasse noch ein Rest Tee befand. Seltsam! Er stellte sie wieder hin und nahm die Teekanne. Den Stempel der Silberschmiede konnte er nicht entziffern. »Da hat jemand ein Teestündchen abgehalten«, sagte er, wie er glaubte, an Jury gerichtet, der aber gar nicht mehr im Zimmer war.

»He!« Merkwürdigerweise bekam Melrose es plötzlich mit der Angst. »*Richard!*« Dann sah er Jury vom Eingangsraum herüberkommen.

»Ich war oben. Vollkommen leer, kein einziges Möbelstück, auch kein Nippes.«

»Das ganze Zeug hier« – Melrose machte eine ausladende Geste über den ganzen Raum – »ist ziemlich wertvoll. Allein der Teppich käme auf schlappe zehn Riesen. Und das schön gearbeitete Schreibkommödchen da drüben, weiß der Himmel. Das weiß ich noch von meinem Schnellkurs bei Trueblood, aus meiner Zeit als Antiquitätengutachter.« Er hielt die Tasse in die Höhe. »Minton-Porzellan, und jemand hat daraus getrunken.« Er zeigte Jury den Teesatz darin.

Jury fiel wieder ein, was Harry Johnson gesagt hatte. Er blickte in die Tasse, als wollte er daraus die Zukunft lesen, seine oder die von Melrose. »Wer wohl? Marjorie Bathous? Übrigens wäre es ziemlich leicht, sich hier Zutritt zu verschaffen. Manche von den Fenstern sind überhaupt nicht verschlossen.« Er stellte die Tasse aufs Tablett zurück.

»Ist es für jemanden gedacht, der zufällig hier vorbeikommt? Potentielle Mieter vielleicht?«, sagte Jury.

»Oder Glynnis Gault?«

»Und Robbie?«

»Nicht zu vergessen Mango.«

»*Mun*-go.«

Die Verandatür im Speisezimmer stand leicht offen, und Jury war nach draußen auf die schmale, mit Steinplatten belegte Terrasse gegangen, während Melrose sich noch einmal das Bild mit dem einsamen Pferd ansah. Dann trat er ebenfalls hinaus.

»Da unten ist ein Kind«, sagte Jury.

»Wo?«

»Dort drüben.« Jury deutete auf eine kleine Konstruktion, vermutlich das Spielhaus, von dem Harry Johnson gesprochen hatte. »Ein kleines Mädchen, da bei dem Spielhaus. Kommen Sie.« Jury trat auf einen dicht mit Unkraut überwucherten Plattenweg über einem Grasstreifen, wo vermutlich früher einmal Blumenbeete gewesen waren.

Melrose folgte ihm. »Wir werden sie erschrecken.«

»Sie hat *mich* erschreckt, oder?«, rief Jury ihm über die Schulter zu.

Melrose kam seufzend hinterher.

Das Spielhaus war vom Haupthaus ziemlich weit entfernt, so dass sie die beiden nicht kommen sah. Sie war viel zu versunken in ihr Spiel. Als Melrose ihr etwas zurief und winkte, stand sie in aller Seelenruhe auf und hielt dabei etwas gegen die Brust gepresst, eine Puppe oder ein Kuscheltier, fast als wollte sie sich schützen, ohne dass sie es sonderlich eilig hatte. Melrose war derjenige, der es eilig hatte. Er wollte nur eines: zurück zu Boring's und es sich mit einem irischen Whiskey gemütlich machen. Er konnte ihn schon auf der Zunge spüren.

Das kleine Mädchen war vielleicht acht oder neun und vermutlich schlauer, als ihr – oder Melrose – zuträglich war, wenn man von den Kindern, denen er bereits begegnet war, ausging.

»Hallo«, sagte Jury. »Ich heiße Richard. Wir haben uns das Haus angeschaut.«

Ihr braunäugiges Blinzeln galt wahrscheinlich Melrose, als gäbe es sonst noch anderes – und Besseres – zu sehen. Jury bekam den vollen Augenaufschlag. »Wollen Sie hier einziehen?«

»Ich schaue es mir eigentlich bloß für einen Freund an.«

»Aha. Ist das der Freund?« Noch ein abschätziger Blick aus Blinzelaugen.

Jury bedachte Melrose mit demselben (schwor Melrose) Ausdruck wie dem, den das Gesicht des kleinen Mädchens trug. »Nein. Der Freund ist heute nicht mitgekommen.«

Allmählich gewann Melrose tatsächlich den Eindruck, sie seien hier, um das Mietobjekt zu besichtigen.

»Wohnst du hier in der Nähe?«, wollte Jury wissen.

Sie deutete ungefähr in die Richtung einer Kreuzung: Es schien durch den Wald zu gehen.

»Wie kommst du denn hierher? Durch den Wald?«

Sie nickte. »Ja, da gibt's einen Weg.«

Inzwischen hatte sich Jury neben sie auf die Stufe vor dem Spielhaus gesetzt. »Kommst du oft hierher?«

Während sie dem Bären, den sie die ganze Zeit in der Hand gehalten hatte, einen gelben Regenmantel überzog, kaute sie verlegen auf der Lippe herum, gab aber keine Antwort.

»Ich werde es keinem verraten, versprochen.«

»Okay, aber wehe.« Sie hob den Blick zu Melrose, der immer noch unschlüssig dastand, und richtete die Warnung an ihn. »Ich komm fast jeden Tag her. Da hat aber Tante Brenda was dagegen.«

Melrose fand einen Baumstumpf als Sitzgelegenheit, der jedoch noch von einem rundgesichtigen Püppchen im Kapuzenmantel besetzt war. Er nahm es hoch.

Sie musterte ihn streng. »Das ist meine, Sie können sich aber ein Weilchen da hinsetzen.«

Jury, bemerkte Melrose bei sich, hatte keine Erlaubnis gebraucht, um auf der Stufe vor dem Häuschen Platz zu nehmen. Er musterte die Puppe stirnrunzelnd.

»Das ist Oogli. Sie ist eine Eskimo.«

Melrose schaute genauer hin. »Inuit, nicht Eskimo.« Er war drauf und dran, sie zu fragen, ob eigentlich sämtliche Baumstümpfe hier ihr gehörten, doch sie hatte sich schon wieder Jury zugewandt. »Tante Brenda sagt, es ist nicht unser Grundstück, und man darf es nicht unerlaubt betreten. Und ich müsste vorher fragen, bevor ich hierherkomme. Es ist aber keiner da, den man fragen könnte.«

»Wenn keiner da ist, den man fragen könnte, was machst du dann?«

Ihr Lächeln war etwas dünnlippig …

(Dürftig, hätte Melrose gesagt.)

… aber mehr Lächeln als das, was sie bisher geerntet hatten.

Melrose konnte sich die Frage nicht verkneifen. »Wenn du so lang und so oft weg bist, fragt diese Tante dann nicht, wo du warst?«

»Doch.«

»Und was sagst du ihr? Dass du mit dem Bär und Ugly spazieren warst?« Er hielt die Puppe in die Höhe.

»Oogli, nicht Ugly. Nein, ich sag, ich war bei meiner Freundin Alice.« Sie knüpfte dem Bären die beiden Bänder, die von der Kapuze herunterhingen, unter dem leicht fliehenden Kinn zusammen. Dann rückte sie die Kapuze zurecht.

»Aber ruft denn deine Tante nicht bei der Mutter von Alice an, ob du dort bist?«

Sie schüttelte den Kopf. »Alice hat gar keine Mutter.«

»Was? Aber bei wem lebt denn das arme Kind dann?«

»Bei niemand.«

»Sie muss aber doch *irgendwo* schlafen. Meine Güte, und irgendwo essen.«

Jury streckte die Beine aus und sagte zu Melrose: »Sind Sie bald fertig? Kriegen Sie das mit Alice vielleicht bald geregelt?«

Melrose setzte eine beleidigte Miene auf. »Ich versuche nur, das Gesamtbild zu vervollständigen.«

»Nein, tun Sie nicht, Sie wollen zeigen, was für ein Schlaumeier Sie sind«, erwiderte Jury.

»Kein besonders großer«, kam es gleichmütig von ihr. Selbstzufrieden vor sich hinsummend zog sie dem Bären den Regenmantel wieder aus und wühlte in ihrem Vorrat an Kleidchen nach einer anderen Garderobe.

Jury fragte: »Bist du oft hier, seit das Haus leer steht?«

Sie nickte und zog dem Bären einen Pullover über den Kopf.

»Hast du mal Leute hierherkommen sehen, die das Haus besichtigen wollten? So wie wir gerade? Weißt du noch, ob du letztes Jahr jemanden gesehen hast?«

Sie sah nachdenklich in die Ferne. »Wen denn?«

»Eine Frau und ihren kleinen Jungen.«

»Ah ja, an den erinner ich mich, der war nett. Gesagt hat er nichts. Und er hatte einen Hund dabei!«

Der Enthusiasmus, mit dem diese Auskunft erteilt wurde, war weitaus größer als der, den sie Melrose hatte zuteil werden lassen.

»Der ist hier herumgetollt, wie der Teufel ist der gerannt. Hier gibt's ja auch viel Platz zum Rumrennen.« Sie breitete die Arme aus. »Wir haben gespielt, und er hat mir von seinen Bonbons abgegeben. Der Junge, mein ich. Der hieß – Robert oder Bobby, glaub ich. Er hat's mir nicht gesagt, das weiß ich bloß, weil seine Mum ihn gerufen hat. Er hat mir Zitronenbonbons geschenkt.«

»Und seine Mum, hast du die auch kennen gelernt?«

»Nein, die hab ich bloß gesehen. Die stand an dem kleinen Weg und hat nach ihm gerufen. Er hat aber nicht geantwortet, und ich hab ihm gesagt, er soll antworten, damit sich seine Mum keine Sorgen macht. Dann ist er aber einfach wieder zum Haus zurückgegangen.«

»Hat er was über das Haus gesagt? Ob es seiner Mum gefallen hat oder nicht?«

Sie schüttelte den Kopf. »Nö. Ich hab ihm erzählt, dass es dort Gespenster gibt.«

Melrose schnaubte erschrocken. »Gespenster!«

Sie nickte, ohne sich von seinem spöttischen Tonfall aus der Ruhe bringen zu lassen.

Jury sah Melrose strafend an. »Gehst du denn manchmal zum Haus hinauf?«

Sie schüttelte so nachdrücklich den Kopf, dass sich allein daran erkennen ließ, dass sie schwindelte.

»Wie«, forderte Melrose sie heraus, »willst du denn dann die Gespenster sehen?«

Der Blick, mit dem sie ihn bedachte, war dem von Jury vorhin nicht unähnlich. »Na, im Wald.« Sie hatte etwas aus dem Kleiderberg gezogen, ein über und über mit roten Herzchen bedecktes Hemd. Sie zog dem Bären den Pulli aus und hielt ihm das Hemd hin.

»Hast du sonst noch jemanden hier gesehen?«

Sie überlegte. »Da ist so eine Frau, die sich um alles kümmert.«

»Die Immobilienmaklerin?«

Sie nickte. »Es ist schon lange her, letztes Jahr, da hab ich oben einen Mann gesehen ...« Sie deutete auf die Terrasse. »Aber bloß ganz kurz.«

»Wie sah er denn aus?«, wollte Jury wissen.

»Ich hab ihn nicht gut gesehen. Er war groß. Ich glaub, er sah so aus« – ein knapper Blick auf Melrose – »... wie Sie.« Sie nickte in Melroses Richtung.

Ach, du meine Güte, das denkt sie sich aus, überlegte Melrose. Dass Jury sich dieses Gewäsch anhören konnte!

»So wie unser Mr. Plant?«

»Ja.« Sie hatte sich auf Melrose eingeschossen und würde nicht lockerlassen. Mühsam zog sie dem Bären das Hemd über den Kopf.

»Wann war das? Ich meine, wann letztes Jahr?«

»Ach, weiß ich nicht mehr so genau. Es war vor meinem Geburtstag –«

*Ein Stern geht auf.* Melrose schnippte einen Zweig beiseite.

»– der ist im Juli«, fügte sie hinzu. »Ich bin jetzt neun.« Sie klang ein wenig verblüfft, als könnte sie der Neun nicht so recht trauen.

»Also vor ungefähr neun Monaten.«

»Hm, ja.«

»Hast du Angst, diese Leute denken vielleicht wie deine Tante Brenda? Dass du auf diesem Grundstück nichts zu suchen hast?«

»Ja. Aber da kann ich nichts machen.«

Melrose klang sarkastisch. »Du könntest nicht hier spielen, *das* könntest du machen.«

»Nein. Das ändert auch nichts.« In diesem Punkt schien sie sich so sicher, dass ihr bei dem Nachdruck, mit dem sie diese Mitteilung machte, gar nicht auffiel, dass sie dem Bären in die Augen boxte. Sie stieß einen verdrossenen Seufzer aus.

Melrose ließ den Kopf in die Hände sinken und spielte mit dem Gedanken, sich auch in die Augen zu boxen. *Kapierte* Jury denn gar nichts? Er war doch bei der Polizei.

»Das verstehen Sie nicht«, sagte sie. »Das ist mein Lieblingsplätzchen. Ich lass mich nicht vertreiben von Leuten, die nicht mal hier *wohnen.*« Über dem mit Herzchen übersäten Hemd knöpfte sie eine mottenzerfressene Strickjacke zu.

»Das ist aber tapfer«, sagte Jury.

»Nein, gar nicht. Aber ich kann ja sonst nirgends hin.«

Diese von Melancholie angehauchte Mitteilung stimmte sogar Melrose traurig. In einer Geisterwelt Zuflucht suchen zu müssen, weil man keinen anderen Platz hatte.

Jury blickte zum austerngrauen, nicht sehr vielversprechenden Himmel empor. »Kommst du im Winter auch hierher?«

»Ja, ich mag es, wenn es schneit.«

»Dann ist es bestimmt wunderschön.«

Sie folgte seinem Blick, und beide starrten gen Himmel.

Jetzt, wo die Aufmerksamkeit der beiden anderweitig gefesselt war, konnte er sich vielleicht die Schaufel aus dem Eimerchen schnappen und den Bär Bruno begraben.

Kurz darauf begann sich der Abendhimmel zu verdunkeln.

»Ich muss gehen«, sagte sie und sprang vom Treppenabsatz auf. »Tante Brenda sagt, wenn es dunkel wird, darf ich nicht mehr draußen sein.«

»Wir fahren dich nach Hause«, bot Jury an.

Schon der Vorschlag schien sie zu erschrecken. »Nein, ich geh wie immer.« Sie deutete in die Richtung. »Auf dem Weg durch das Wäldchen.«

Hocherfreut über den bevorstehenden Abmarsch sagte Melrose: »Ich kann mir vorstellen, was Tantchen sagen würde, wenn sie mit zwei wildfremden Männern daherkäme.«

»Also dann ...«, rief sie und eilte auf den Weg zu, damit ihr bloß niemand in ihr Ritual pfuschte.

Jury erwiderte ihren Abschiedsgruß, während sie schon von den Bäumen verschluckt wurde.

»Na, das ging ja gut!«

Auf dem Rückweg zum Auto sagte Jury: »Übrigens, wenn Sie mehr aufpassen würden, statt unsinnige Diskussionen über jedes kleine Detail anzuzetteln ...«

»Moment mal! Ich habe jedes Wort gierig aufgesogen.«

»Das war bestimmt Harry Johnson, den sie da gesehen hat.«

Sie waren außen herumgegangen statt durchs Haus. Während

er in den Bentley einstieg, meinte Jury: »Versuchen Sie, nicht so zu fahren, als wären wir das einzige Auto auf der Straße.«

»Wieso nicht? Sind wir doch.« Melrose ließ die Kupplung schnappen und fuhr im Rückwärtsgang hinaus.

»Ich vermute, sie war schon oft in dem Haus«, sagte Jury, »macht aber ein Geheimnis daraus. Ein altes, verlassenes Haus, für das sie sich eine Geschichte ausdenken kann! Eine romantische oder unglückliche oder sogar schreckliche. Sie will wahrscheinlich nicht, dass jemand daherkommt und herumschnüffelt.«

»Ich würde meinen, ein Kind in dem Alter hätte Angst vor all dem gruseligen Zeug, das in der Nacht herumgeistert – vor Gespenstern, Unholden, abgetrennten Händen und dergleichen.«

Jury lächelte. »Sie aber nicht.«

»Vor mir fürchtete sie sich jedoch. Oder besser gesagt vor dem vermeintlichen Gespenst, das aussah wie ich. Das war ja *so* leicht durchschaubar.«

»Da bin ich mir nicht sicher. Sie sind groß, hellhaarig, tragen heute auch noch diesen schwarzen Mantel. Von weitem könnte man Sie für Harry Johnson halten.«

»*Er* war also hier.«

»Natürlich. Er kam anstelle von Hugh, gleich nachdem es passiert war. Also gleich nachdem Mrs. Gault verschwunden war. Vielleicht, um seinerseits ein paar Ermittlungen anzustellen. Und dann kam er noch einmal mit Hugh her. Das habe ich Ihnen doch alles erzählt.«

Jury sah in die hereinbrechende Abenddämmerung: Bäume, Felder, Bauernhöfe, die wohlhabenderen waren an den zickzackförmig aufgestellten Zäunen für schlanke, schöne Rennpferde zu erkennen. Er dachte an Nell Ryder und sagte etwas über sie zu Melrose. Ob er mit der ganzen Geschichte denn je fertig werden würde?

»Na, na, Richard! Nell Ryder war irgendwie nicht von dieser

Welt, zumindest nicht von *meiner*. Sie agierte in einer völlig anderen Dimension.«

»Seltsamer Kommentar!«

»Sie hat sich auf uns und unsere idiotische Art eingestellt, bis sie etwas sah, das ihre Aufmerksamkeit erforderte, in ihrem Fall waren es die Pferde. Die sprachen ihre Sprache. Oder sie sprach ihre.«

Sie fuhren durch Lark Rise, machten bei dem Maklerbüro Halt und stellten fest, dass es geschlossen hatte. Melrose steckte den Schlüssel in den Briefschlitz mit der Aufschrift SCHLÜSSELRÜCKGABE, während Jury sich die anderen Geschäfte ansah. Beim Fleischer des Dorfes waren ein paar Leute, der Apotheker ließ gerade seinen Rollladen herunter.

Melrose sagte: »Was verschweigt er eigentlich?«

»Harry Johnson?«

»Ja.«

Jury überlegte. Dann sagte er: »Vielleicht war er – oder ist er – in Glynnis Gault verliebt. Dass er dorthin geht, wo er glaubt, dass sie verschwunden ist, in der Hoffnung, eine Spur zu finden, irgendeinen Hinweis ... ich halte das für möglich.«

Melrose winkte ab. »Dabei lassen Sie eine noch unheimlichere Erklärung außer Acht.«

Jury wandte den Blick vom Apothekenfenster zu Melrose. »Und die wäre?«

»Was ist, wenn er sie auf dem Grundstück verscharrt hat und zum Schauplatz des Verbrechens zurückkehrt, was, wie wir ja wissen, alle Mörder tun?«

»Warum?«

»Warum? Na, es könnte doch so sein, wie Sie sagten: Er war in sie verliebt. In einem Anfall von rasender Eifersucht brachte er sie um und begrub sie im Wald. Zusammen mit ihrem Sohn.«

»Scheint mir ein seltsamer Tatort, auf einem Grundstück, das jederzeit vermietet werden kann und das nichts mit einem zu tun hat.«

»Aber das ist es ja gerade. Wer würde ihn mit dem Verbrechen in Zusammenhang bringen? Der Kerl hat etwas ausgeheckt, das spüre ich. Ich begreife gar nicht, wieso Sie da keinen Verdacht schöpfen.«

»Tue ich doch.«

»Nein, Sie kaufen ihm das alles ab.«

Jury lachte. »Ich *kaufe* es ihm *ab*?«

»Doch.« Melrose kramte eine Zigarette aus einem Päckchen und steckte sie sich entschlossen in den Mund.

»Sie werden doch jetzt im Auto nicht rauchen, oder?«

»Ich mache das Fenster auf.« Er ließ die Scheibe heruntersausen.

»Sind Sie in Ihren Rauchgewohnheiten jetzt schon so verlottert, dass Sie nicht mal mehr Ihr Zigarettenetui auffüllen?«

»Ich war schon immer verlottert.«

»Schon mal was von Passivrauchen gehört? Das ist genauso schlimm –«

Melrose schlug heftig auf das Lenkrad ein. »Verdammt, ich will jetzt *keine* Moralpredigt hören.«

»Ist auch keine. Bloß ein Kommentar.«

Melrose schmiss die Zigarette aus dem Fenster. »Ich schaffe Ihnen das üble Kraut aus den Augen! Bis mich der Kifferwahn in den Klauen hält.«

»Sie müssen auch dauernd übertreiben.« Jury sah aus dem Fenster auf das dichte Sternenmeer.

Sie fuhren in der Stille, jedenfalls soweit Stille auf der Autobahn überhaupt möglich war, als Melrose plötzlich erneut aufs Lenkrad hieb. »Der Hund! Dieser verdammte Moonglow! –«

»Mungo«, sagte Jury.

»Jedes Mal wenn ich glaube, ich hätte des Rätsels Lösung gefunden, taucht dieser verdammte Hund auf!«

»Das ist dabei noch der simpelste Teil.« Jury gähnte und rutschte tiefer in seinen Sitz.

»Harry Johnson hält ihn für tot und lässt ihn zurück, aber der Hund erholt sich und findet den Weg zurück.«

»Nein, daran hatte ich gar nicht gedacht, ist aber eine brillante Folgerung. Wollen wir uns bei Boring's einen genehmigen?«

»Ja. Ich lasse mich lieber von Major Champs und Colonel Neame vollquatschen, statt mir über Mango den Kopf zu zerbrechen.«

»Mungo.«

# 20

»Superintendent Jury! Warten Sie, ich besorge Ihnen einen Drink!«, sagte Colonel Neame, alsgleich sekundiert von Major Champs.

Einem Neuankömmling einen Drink zu besorgen war die erste Amtshandlung bei Boring's, bevor irgendetwas anderes, Sterben inklusive, vonstatten gehen konnte.

»Danke. Ich warte auf Mr. Plant.« Oder musste es hier Lord Ardry heißen? Konnte man bei Boring's einfach so ohne Titel hereinspazieren? Ohne Rang oder eine dem Namen angehängte Zahl – der Zweite, der Dritte? »Superintendent« machte sich gut. »Polizeichef« hätte sich sogar noch besser gemacht.

Colonel Neame hatte einem der Kellner die Bestellung übermittelt und wandte sich nun mit den folgenden Worten an Jury: »Wissen Sie, wir haben die entsetzliche Geschichte immer noch nicht verwunden, die hier vor ein paar Jahren passiert ist. Habe ich Recht, Champs?«

Die »entsetzliche Geschichte« bezog sich auf den Mord an einem von Boring's distinguierten Mitgliedern. Eine verflossene Liebesaffäre, der Tod des geliebten Hundes, das Ende eines Krieges – nichts konnte es mit einem veritablen Mord aufnehmen, der direkt vor der eigenen Nase verübt wurde. Nein, Mord als Sprungbrett für Nostalgie, als Ausgangsthema für das Schwelgen in Erinnerungen war unschlagbar.

Jurys Drink wurde gebracht, und er erhob das Glas. »Auf die guten alten Zeiten, meine Herrn.«

Sie erwiderten den Toast und hoben ihrerseits die Gläser.

Da erschien Melrose, mit feuchtem Haar, frisch gewaschen und blank geschrubbt wie ein Dreijähriger, nahm er seinen Stammplatz ein und fragte sich dabei, ob er überhaupt einen Stammplatz hatte. Wurde er allmählich so verschroben wie Champs und Neame? Nun, er könnte sich eine schlimmere Art vorstellen, den Löffel abzugeben – etwa in seinem eigenen Wohnzimmer, im Angesicht von …

»Wir sollten sie ihnen erzählen«, sagte Jury, »die Geschichte.«

Melrose war perplex.

»Na los. Es ist ja kein Geheimnis.« Er sah auf seine Uhr und leerte sein Glas. »Ich muss los. Ich treffe mich mit Harry Johnson.« Er lächelte, sah Melrose an. »Kapitel vier.«

Nichts, dachte Jury, käme ihnen mehr zupass, nichts wäre ihnen willkommener als eine dieser Gutenachtgeschichten, an denen wir als Kinder so sehr hängen, die wir wieder und immer wieder hören können, ohne uns daran zu stören, dass wir schon wissen, wie es weitergeht.

Diese Gedanken gingen ihm durch den Kopf in dem Taxi, das sich auf dem Weg in den Finanzdistrikt ziemlich viel Zeit ließ.

»Ham Sie's eilig, Chef?«, hatte der Fahrer gefragt, als Jury eingestiegen war.

»Nein«, hatte Jury erwidert, »lassen Sie sich ruhig Zeit.«

Der Fahrer pfiff gut gelaunt vor sich hin. Wahrscheinlich nur so zum Spaß, dachte Jury. »Ich wette, Sie haben manchmal ganz schön die Nase voll davon, stimmt's?«, sagte Jury.

»Von was denn, Chef?« Er suchte Jurys Blick im Rückspiegel.

»Dass Sie sich beeilen müssen. Dass die Leute immer so drängen.«

Der Fahrer patschte aufs Lenkrad. Das kam heute ja ziemlich oft vor. »Na, und ob! Is doch überall in der Scheißstadt das Gleiche, oder? Am liebsten würd ich denen sagen, ob du jetzt gleich hinkommst oder erst in 'ner Stunde, is doch wurscht. Is alles noch da –Büro, Pub oder Ehefrau.«

Sie fuhren am Embankment entlang – den längeren Weg, dachte Jury, doch es machte nichts. Am anderen Themseufer strahlten die bunten Lichter des Nationaltheaters und der Tate Modern. Bei Nacht wirkte Southwark immer wie verzaubert.

»Also, meiner Minnie, der is was ganz Verrücktes passiert. War genau hier in der Gegend…«

Jury lehnte sich zurück. Wahrscheinlich deswegen die lange Strecke, dachte er.

»… und sagt, sie wär grade aus'm Auto gestiegen, da rennt dieser Typ auf sie zu, jagt ihr 'nen Heidenschreck ein, sie hält ihn natürlich für'n Handtaschenräuber, aber der wollte bloß wissen, wie er am besten zu Scotland Yard kommt. ›Also *das*‹, sagt meine Minnie, ›is ja die allerneueste Anmache.‹

Der hat ihr dann erzählt, jemand will ihn vergiften. Minnie dachte natürlich, der hat se nich alle, hört sich die Sache aber vollends an. Ich sag zu ihr: ›Minnie, mein Schatz, so was macht man doch nich, *nie*.‹ Sie draufhin: ›Aber der sah so schlimm aus, wie aufgeputscht.‹ Sie fährt ihn also zu St. James rüber, zum Gericht. Und auf dem Weg erzählt der ihr, er is aus Brighton, macht in Antiquitäten, und seit paar Monaten würde ihn jemand langsam vergiften. So dass er immer kränker und kränker wird. Nein, es is keine Einbildung, und er is ziemlich sicher, seine Cousine isses.

Bei New Scotland Yard angekommen, fährt sie am Haupttor vor und lässt ihn raus, wo daneben –«

Jury fand seine Ausdrucksweise köstlich.

»– wo daneben gleich ein Wachtmeister steht, durchs Beifahrerfenster reinschaut und sagt: ›Das ist hier kein Hotel, Miss. Fahren Sie weiter.‹«

Jurys Taxifahrer patschte wieder auf sein Lenkrad.

»Also, Minnie, die will dann natürlich wissen, was sich da drin abspielt und sucht sich 'nen Parkplatz und geht rein. Der Typ sitzt im Wartebereich …«

Jury schloss die Augen und hörte abwechselnd hin und wieder weg. Er ließ die Wörter einfach über sich hinwegrieseln und stellte sich vor, sie säßen alle in Brighton am Strand – der Fahrer und Minnie und der Bursche, der vergiftet wurde, schauten auf den Strandkies, um zu sehen, was er zutage förderte, während die Flut hereinrollte und winzige Muscheln, Seeigel, Seegras, Sandtaler, eine Zigarettenkippe, ein Bonbonpapierchen, eine Plastikflasche zurückließ – den Abfall, den wir alle gleichgültig wie eine Krumenspur hinter uns fallen lassen. Nur dass wir nicht so schlau sind oder so viel Glück haben wie Hänsel und Gretel und nicht zurückfinden. Die Flut spült alles wieder fort.

Als sie schließlich die Martin Lane in der City erreichten, war Jury fast eingeschlafen. Er stieg aus, bezahlte den Fahrer, seinen geisterhaften Begleiter über den Todesfluss, und fragte, denn er hatte das Gefühl, die Vermutung äußern zu dürfen: »Hat sie – ich meine, Minnie – jemals herausgefunden, was mit dem Mann los war?«

Der Fahrer schüttelte den Kopf. »Hat sich jede Woche die Lokalzeitung von Brighton geholt und bei den Todesanzeigen nachgeschaut, und eines Tages, fast zwei Monate, nachdem es passiert war, war ein Foto von dem Typ drin. Da war der Arme nämlich gestorben! Dreiundfünfzig war er, was ziemlich jung is, kommt drauf an, wo man selber steht. Die Todesursache stand in der Anzeige aber nich drin.« Immer noch kopfschüttelnd, nahm er Jurys Fahrgeld in Empfang. Jury rüstete sich zum Gehen.

»Hätte zur Polizei gehen sollen, der arme Kerl.«

»Ist er aber doch! Und Sie sehen ja, was er davon hatte.« Jury klopfte zum Abschied auf das Dach des Taxis, und der Fahrer fuhr los.

# 21

Trevor, der Barmann, freute sich, eine Empfehlung geben zu dürfen. »Das hier« – er hielt eine Flasche Pinot Blanc in die Höhe – »ist ein absolut fantastischer Wein aus Luxemburg. Ein *Vin de Paille*. Teuer, ist sein Geld aber wert.«

Harry bat ihn einzuschenken. »Wie teuer?«

»Der kommt Sie auf vierzig Pfund die halbe Flasche.«

»Na, Sie verstehen mein Geld ja auszugeben, Trev.«

»Und ob.« Trevor schenkte lächelnd ein.

Sie saßen wieder auf denselben Barhockern, Mungo hatte sich darunter niedergelassen.

Jury begutachtete die Weinflasche. Ein 1982er. War das ein gutes Jahr? Beim Wein vielleicht, aber nicht bei Jury. »Hugh Gault. Was meint sein Arzt?«

»Dass er überarbeitet ist. Mir sagt der Arzt natürlich nicht viel, ich gehöre ja nicht zur Familie.«

»Er verdrängt es, könnte ich mir vorstellen. Das tun wir doch vielleicht alle irgendwann im Leben – verdrängen. Oder stürzen uns in die Arbeit oder fangen an zu saufen, um zu vergessen, um einfach zu vergessen. Vielleicht ist Hugh freiwillig hingegangen, um allem zu entfliehen. Er kann auch wieder weggehen. Vielleicht sollte er das tun.«

»Mag sein, Sie haben Recht.«

»Wenn er sich bloß noch von einem Tag zum nächsten dahinschleppt, hilft es ihm vielleicht. Womöglich findet er so eher seinen Frieden. Verstehen Sie, was ich meine?«

»Doch, schon.«

Jury zupfte an dem Etikett auf der Weinflasche herum. »Er glaubt nicht, dass sie tot sind, stimmt's?«

»Stimmt. Sie könnten überall sein.«

Jury fragte sich, ob er das ganz wörtlich auffassen sollte.

»Einstein traute der Quantenmechanik nicht. Spaßeshalber stellte er einmal die Frage: ›Ist der Mond nur da, wenn ich ihn sehen kann?‹«

»Darauf trinke ich einen.« Jury erhob sein Glas.

»Nein, nein. Es geht nicht darum, dass er *nicht* da ist, sondern dass wir nicht *wissen* können, ob er da ist oder nicht.«

»Die Katze lebt, die Katze ist tot.«

»Genau. Etwas ist wirklich, sobald man es messen kann. Und der Akt des Messens ist Teil der Wirklichkeit, die er bemisst. Nehmen Sie etwa eine Blutdruckmessung. Die Krankenschwester kann erst wissen, wie hoch die Werte sind, wenn sie einem die Manschette um den Arm legt und aufpumpt. Nur im Akt des Messens ergibt sich aber dieses spezielle Erweitern und Zusammenziehen, der entstehende Druck. Messen bedeutet Interaktion. Man kann etwas nur messen, wenn man damit interagiert. Messen ist nicht unpersönlich. Es ist keine objektive Realität.«

»Die Katze könnte entweder tot sein oder lebendig.«

»Das ist anscheinend Ihr Mantra.«

»Ein gutes, finde ich. Außerdem habe ich einen Bärenhunger.«

Harry sah auf seine Uhr. »Auf zum Abendessen?«

Jury nickte und trank seinen Wein vollends aus. »Den Rest müssen wir aber noch trinken. Ich meine, bei vierzig Pfund …«

Harry lachte. »Danke, dass Sie mich dran erinnern.«

Es war nicht mehr viel in der Flasche. Er teilte es auf die beiden Gläser auf, für jeden einen großen Schluck.

Während Harry ein paar Scheine auf den Tisch legte, rappelte sich Mungo unter seinem Hocker auf – unter beiden Hockern eigentlich, denn er hatte sich unter beiden ausgestreckt –, und sie verließen das Pub.

Sie saßen in einem Restaurant in den Docklands, auch hier war man hundefreundlich, behauptete Harry jedenfalls. Jury fragte sich, ob die »Hundefreundlichkeit« durch ein schlagendes Argument bedingt war, nämlich Geld, das Harry dem Oberkellner ostentativ hingeschoben hatte. Das Lokal war übervoll mit aufstrebenden Jungdynamikern nebst Mobiltelefonen besetzt. In manchen von diesen Etablissements kam man sich vor wie im Nirwana.

»Sie hatten über Ben Torre gesprochen. Wie geht die Geschichte weiter?«

Harry trank sein Wasser, dann widmete er sich seinem Wein. Wenig abenteuerlustig, hatten sie sich für einen Burgunder entschieden. »Ben sagte, seine Mutter hätte ihm erzählt, der Mann sei noch ein paar Mal aufgetaucht und habe immer am unteren Ende des Gartens gestanden und gewartet, einfach gewartet – oder beobachtet –, genau wisse sie es nicht. Sie sagte, sie hätte sich schon ein Herz fassen und hinausgehen wollen, um ihn zu fragen, was um alles in der Welt er da tat –« An diesem Punkt unterbrach sich Harry und zog einen kleinen Packen Papiere hervor, ein paar zusammengefaltete Seiten. Er schlug sie auf. »Zu dieser Geschichte habe ich mir was aufgeschrieben. Sonst könnte ich mir die Einzelheiten nicht merken.«

Jury brach sich ein Stück Baguette ab. »Es gelingt Ihnen aber nicht schlecht.«

»Am vierten und fünften Abend schließlich, es waren keine aufeinander folgenden Abende, manchmal lag fast eine Woche dazwischen – an diesem Abend, als sie ihm gegenübertreten wollte, machte sie die Tür auf und stellte fest, dass er verschwunden war. Während sie hinausgegangen war, hatte er sich davongemacht. Es sei nicht mehr als eine halbe Minute vergangen, sagte sie.« Er unterbrach sich. »Es hört sich an, als ob seine Mutter die Geschichte erzählte. Es ist aber natürlich Bens Geschichte.« Er zögerte. »Ist das wichtig?«

Die Frage war an ihn selbst gerichtet, und Jury glaubte nicht, dass er eine Antwort erwartete.

Als Harry schwieg und sich ein Brötchen aus dem Korb nahm, glaubte Jury, das sei der Schluss, mehr wüsste er nicht über die Torres. Er blickte im Restaurant umher, in die kerzenbeschienenen Ecken und Winkel, als wäre dort vielleicht der Rest der Geschichte verborgen.

»War das das Ende?«

Kauend schüttelte Harry den Kopf. Er hielt die Seiten in die Höhe. »Nicht ganz.« Er sah auf das Blatt Papier hinunter.

Jury wusste nicht, wieso er sich erleichtert fühlte. »Sondern?«

»Die Nachtwachen dieses Mannes waren zu Ende, nicht aber die Geschichte. Kurz darauf, etwa eine Woche später machte sich der Gärtner, der« – Harry konsultierte seine Notizen – »in der Laycock Road wohnte, eines Abends auf den Nachhauseweg. Er nahm immer den Pfad, der durch den Wald führte. Auf halber Strecke etwa hörte er etwas rascheln, er hielt es für einen Fuchs oder ein Eichhörnchen. Dann hörte er eine Stimme, konnte aber keine Wörter ausmachen. Er ging ein Stück weiter und wäre beinahe über einen Mann gestolpert, der am Boden lag und sich unter schlimmen Qualen wand. Der Gärtner, ein gewisser« – er blätterte eine Seite weiter – »Cannon, William Cannon – hatte schreckliche Angst. Nicht vor dem Mann, die ganze Situation machte ihm Angst. Er wollte Hilfe holen, doch der Mann packte ihn am Arm und brachte unter größter Anstrengung die Worte hervor: ›Sagen Sie ihnen, sie sollen weggehen von hier.‹ Er sagte es so leise, dass Cannon sein Ohr ganz dicht an die Lippen des Mannes halten musste. Cannon war im Krieg Feldwebel bei der Artillerie gewesen und hatte dem Tod so oft ins Auge geblickt, dass er wusste, der Mann würde nicht durchkommen, bis er die Polizei verständigt hatte oder ärztliche Hilfe holen konnte.«

Jury hörte auf zu kauen. »Also noch eine Geschichte? Ich glaube, das ist jetzt die vierte oder gar fünfte.«

Harry musterte ihn fragend.

»Wie mir scheint, haben wir hier eine Geschichte in einer Geschichte in einer Geschichte in einer Geschichte.« Er erinnerte sich, was Melrose gesagt hatte, und zählte sie an den Fingern ab: »Da ist die Geschichte von Glynnis Gaults Verschwinden, dann Ben Torres Geschichte, die Geschichte seiner *Mutter* und jetzt auch noch die Geschichte von diesem Cannon.« Auf ein Cocktailserviettchen zeichnete Jury vier Quadrate auf und sagte: »Und irgendwo ist noch eine fünfte.« Er runzelte die Stirn.

Harry lachte. »Sie haben vermutlich Recht. Das Ganze bewegt sich immer weiter weg von den Gaults.«

»Daran dachte ich eigentlich gar nicht.« Melrose Plants Kommentare kamen ihm wieder in den Sinn.

Wie aus dem Nichts war der Kellner an ihrem Tisch aufgetaucht und zählte nacheinander die Spezialgerichte von der Abendkarte auf. Jury bestellte die Seezunge, ein Wunderwerk an Einfachheit, gegrillt, mit Butter. Harry bestellte einen kompliziert zubereiteten Fisch, der erst in Serpentinen durch ein Rezept schwimmen musste, bevor er auf dem Teller landete: chilenische Seebrasse. Der Kellner ging ihnen die Salate holen.

Jury fragte: »Sind Sie wirklich so sicher, dass Glynnis nicht aus eigenem Entschluss weggegangen war?«

»Und Hugh verlassen hat? Nein, ich sagte es ja schon, und dabei bleibe ich: Sie liebten sich.«

Das kam von Herzen, fand Jury. Und außerdem in der Vergangenheitsform. »Dann gab es möglicherweise irgendeinen anderen Grund für sie wegzugehen.«

»Und wieso um alles in der Welt sollte sie dann Robbie mitnehmen?«

»Oder Mungo.« Jury lächelte, als er spürte, wie sich der Hund gegen seinen Schuh fallen ließ. Er schaute unter den Tisch. Mungo erwiderte seinen Blick. Jury fand, er sah gelangweilt aus.

»Das sah Glynn gar nicht ähnlich – ohne Vorwarnung fortzugehen und den gemeinsamen Sohn mitzunehmen. Das hätte sie nie getan.«

Schon wieder die Vergangenheitsform. Ein speziell dafür zuständiger Kellner brachte einen großen, flachen Korb mit Brötchen und Baguettes. Jury nahm ein Brötchen und überlegte, ob es Mungo wohl schmecken würde. Er brach einen Brocken ab und ließ die Hand unter das weiße Tischtuch gleiten. Geschnüffel, dann leises Kauen.

»Wie war Robbie? Wie wurde er zu Hause behandelt?«

Harry blickte völlig konsterniert drein. »Sie wollen doch nicht etwa unterstellen – Sie glauben, Robbie wurde misshandelt?«

Schon war der Kellner wieder da und stellte ihnen die Salate hin.

»Ich will überhaupt nichts unterstellen. Es war nur eine Frage.« Jury zerteilte ein Endivienblatt. »Sie behaupten doch steif und fest, Glynnis Gaults Ehe sei glücklich gewesen. Sie hätte keinen Grund gehabt, wegzulaufen. Sie wollte ihren Mann nicht verlassen, wieso hat sie es dann trotzdem getan? Mit Robbie war doch alles in Ordnung, nicht?«

»Ja, soviel ich weiß.« Stirnrunzelnd begutachtete Harry seinen Salat. Birnen und Walnüsse. »Habe ich das bestellt?«

»Jawohl!« Jury hatte den schlichten Salat des Hauses bestellt.

»Ich habe wohl zu viel getrunken.« Harry schnitt ein Stückchen von dem Stilton ab und krönte es mit einem Bissen Birne.

Ein in Ferragamo-Blau und Armani-Grau gewandtes Paar glitt anmutig auf die von zwei Kellnern bereitgehaltenen Stühle. Die Kellner verharrten noch ein paar Augenblicke, während Jury sich fragte, *wer* die beiden wohl waren. Oder *was*. Die Frau trug an einer Hand drei Ringe, die groß genug waren, um als Schlagringe dienen zu können, was ihr bei einem Handtaschenraub bestimmt nützlich wäre.

Der Sommelier kam mit einer Flasche Weißwein, die er Harry

zur Begutachtung hinhielt. Harry nickte und wechselte mit dem Sommelier ein paar Worte auf Französisch, während der Wein entkorkt und sodann kredenzt wurde. Anschließend ging der Sommelier lässig zu dem attraktiven Paar hinüber, mit dem er, wieder auf Französisch, eine längere Unterhaltung führte. Der Mann redete mit lauter Stimme Französisch, als wollte er den Umsitzenden kundtun, dass er die Sprache tatsächlich beherrschte. Harry dagegen hatte leise und viel fließender gesprochen und es offensichtlich nicht darauf angelegt, seine Sprachkenntnisse an die große Glocke zu hängen.

»Das Einzige, worüber ich sie je hatte streiten hören«, sagte Harry, »war das Thema Schule. Aber das sagte ich Ihnen ja schon. Das ist auch der Grund, weshalb Glynnis ein Haus in der Nähe von Lark Rise suchte. Die dortige Schule soll sehr gut sein. Es gibt ja ganz verschiedene Formen von Autismus. Bei Robbie war es einfach so, dass er entweder gar nicht oder nur wenig redete. In seiner bisherigen Schule war er nur ein mittelmäßiger Schüler gewesen, aber Hugh missfiel die Idee, ihn aus seiner gewohnten Umgebung herauszureißen. Darüber haben sie sich gestritten.«

»Robbie neigte also nicht zu Wutausbrüchen, Reizbarkeit oder gewalttätigem Verhalten?«

»Nein. Glynnis wusste nicht so recht, was er von seiner Schule hielt. Sie vermutete, er war deshalb bloß mittelmäßig, weil es ihm dort nicht gefiel oder weil es ihn nicht interessierte oder sonst etwas. Das wäre aber noch kein Grund gewesen, sich eine andere Schule zu suchen.«

»Und würde bestimmt nicht erklären, was passiert ist. Ausgeschlossen. Aber war Robbie denn einverstanden mit diesem Ausflug nach Surrey?«

»Ja.«

Jury hatte Harry immer noch nicht gesagt, dass er dem Haus einen Besuch abgestattet hatte. Er wusste nicht, warum. »Waren Sie in letzter Zeit dort?«

»Nein.« Harry schüttelte den Kopf und starrte sinnierend auf seinen Salat.

»Glauben Sie, der Hund könnte eine Geruchsspur aufnehmen? Ich frage mich, ob ein Apportierhund oder ein Bluthund nach einem Jahr eine Fährte aufnehmen könnte.«

»Nun, ein Bluthund ist Mungo bestimmt nicht. Ich bin mir nicht sicher, was er ist. Die Ohren deuten allerdings auf Suchhundgene hin. Hugh hat ihn aus dem Tierheim geholt.«

»Sehr schön, dann betrachtet er Hunde also nicht als Statussymbole.«

Harry hob das Tischtuch an, um einen Blick darunter zu werfen. Dabei schnalzte er mehrmals mit der Zunge, *klick, klick, klick*.

Für ein Tier, dachte Jury, wahrscheinlich völlig bedeutungslos.

»Definitiv kein Statussymbol.« Harry lachte. »Glynn scherte sich ebenfalls nie um Statussymbole. Die richtigen Leute, das richtige Kleid, die richtige Wohnadresse.«

»Sie hört sich nett an, sehr liebenswert.«

»O, das war sie, das war sie.«

»Sie benutzen ständig die Vergangenheitsform. Haben Sie denn schon aufgegeben, Harry?«

»Nein. Es ist nur … sie ist nun schon so lange fort, sie kommt mir so weit weg vor.«

»Und Hugh? Sie sagten, er glaubte nicht, dass sie tot seien.«

»Hugh glaubt, sie haben sich verirrt.«

Jury musterte ihn verständnislos. »Verirrt? Sie meinen, die Frau leidet unter Gedächtnisverlust? Glynn ist irgendwo, wo sie sich nicht auskennt, und findet nicht zurück?«

Harry trank seinen Kaffee. »Nein, verirrt in einer anderen Dimension.«

Jury staunte. »Wovon reden Sie eigentlich? Beziehungsweise *er*? Er ist also doch verrückt?«

»Nein. Er ist Physiker. Wir hören uns nur verrückt an. Hughs

Hauptinteresse gilt der Stringtheorie. Aber das habe ich Ihnen ja erzählt.« Er unterbrach sich und nahm noch einen Bissen Salat.

Jury sah ihn unverwandt an. »Na, und weiter.«

»Ein schwer verständliches Konzept. Stringtheoretiker behaupten, es gibt mehr Dimensionen als die, die wir erfahren. Und zwar nicht vier – drei räumliche und eine zeitliche –, sondern *zehn:* neun räumliche und eine zeitliche.«

»Zehn Dimensionen?«

»Ganz recht.«

Jury blickte um sich – nach rechts, nach links, nach oben, nach unten. »Wo sind sie?«

Harry lachte. »Wo sie *sind*? Winzig zusammengeknüllt vielleicht. So klein, dass man sie nicht sehen kann.«

Jury musterte ihn ungläubig und aß weiter.

»*Mich* müssen Sie nicht anschauen, alter Junge. Ich bin bloß der Überbringer der Botschaft. Wenn man allerdings wie Einstein und Gödel glaubt, dass Zeit schlicht nicht real ist, dass Vergangenheit nicht vergangen ist, dann fällt es nicht schwer, das zu akzeptieren.«

Jury überlegte. »Es geht also nicht um diese Sache bei T.S. Eliot –«

»Welche Sache haben Sie denn speziell im Sinn?« Harry lächelte.

Jury zuckte die Schultern. »Sie wissen schon, dass sich Gegenwart und Vergangenheit« – Jury beschrieb einen Kreis in der Luft – »in der Zukunft treffen, so etwa. Es ist ein Kreis. Nein, das klingt nach Zen-Buddhismus.«

»Ich kenne mich bei Eliot nicht besonders gut aus …«

»Ich ja offensichtlich auch nicht.« Er spießte eine Kirschtomate aus seinem Salat auf.

»So ähnlich hielt auch Gödel Zeit für eine Illusion. Alles, was passiert – Vergangenheit, Gegenwart, Zukunft –, liegt vor einem ausgebreitet. Stellen Sie sich vor, Sie leeren eine Schachtel mit Puzzleteilen auf dem Boden aus und schauen sich das Ergebnis an. Alle Teile sind da, ohne jeden Bezug zu Vergangenheit, Gegenwart oder Zukunft … Das ist jetzt natürlich furchtbar vereinfacht ausgedrückt.«

»Meinetwegen brauchen Sie sich nicht zu bemühen.«

»Seine Unvollständigkeitstheorie wurde zunächst nicht groß beachtet, weil man einfach nicht verstand, was man hörte, als er sie in Form eines Thesenpapiers auf einer Konferenz vortrug.«

»Und Pause! Hier kommt der Fisch.«

Harry drehte sich um, wo der Kellner – es schien jedes Mal ein anderer zu sein – ein Tablett auf einem Gestell deponierte. Mit schwungvoller Geste ließ er ihre Salate verschwinden und stellte ihnen stattdessen Seezunge und Seebrasse hin. Harrys Fisch sah längst nicht so kompliziert aus, wie er sich angehört hatte, und die Seezunge war perfekt.

»Unvollständigkeit –«

Jury hob abwehrend die Hand. »Noch nicht. Ich bin immer noch bei dem Puzzle. Also, wenn es keine Zeiteinteilung gibt, keine Vergangenheit, Gegenwart und Zukunft, wenn das der Fall ist, dann könnte ja jemand einfach aus der Vergangenheit auftauchen.«

»Die Vergangenheit existiert nicht – ich meine, als ›Vergangenheit‹ an sich. Nehmen wir das Konzept der Zeitreise. Wenn man tatsächlich an einen Punkt in seiner Vergangenheit zurückgehen kann, heißt das doch, Vergangenheit ist eine Fiktion. Aber wenn man per Rakete im Weltraum herumrasen kann, könnte man doch das Gleiche in Bezug auf die Zeit tun. Warum nicht? Der Referenzpunkt ist Raumzeit. Also wieder Einstein.«

»Glynnis und Robbie Gault könnten also einfach irgendwann wieder auftauchen?«

»Warum nicht? Erstaunlich, wie Physik und Mathematik unser Denken befreien können, nicht? Die Vorstellung von den zehn

Dimensionen ist eine ganz spezielle geistige Richtung. Nicht nur von Hugh.«

»Aber rein theoretisch! Auf unsere Alltagsexistenz lässt sie sich nicht anwenden.«

»Hugh würde in diesem Punkt Einspruch erheben, da bin ich sicher. Sie glauben, es ist nicht möglich.«

»Wie kann ich mich so oder so festlegen? In welcher Beziehung steht das alles zu unserem eigentlichen Leben? Wir stümpern weiter vor uns hin, nutzen dabei nur die vier Dimensionen. Tut mir leid, dass ich so ein Technikfeind bin, aber wenn es keinen Einfluss auf unser vierdimensionales Wesen hat …?« Er zuckte die Schultern.

»Es hätte aber einen ganz gewaltigen Einfluss, wenn Sie ahnten, dass Ihre Frau und Ihr Sohn in eine andere Realitätsebene verschwunden sind.«

»Da liegt aber ein Fehler in dieser Argumentation«, lächelte Jury. »Glauben Sie nicht, Hugh ist vielleicht ein kleines bisschen verrückt?«

»Ein bisschen. Ich behaupte nicht, dass ich mit ihm einer Meinung bin. Ich antworte nur auf Ihre Frage bezüglich dessen, was Hugh denkt. In Anbetracht der Tatsache, dass es keine Erklärung für das gibt, was mit Glynn und Robbie passiert ist, und wenn man bedenkt, auf welchem Fachgebiet Hugh tätig ist – nämlich Physik –, dann ist es von seinem Standpunkt aus nicht verrückt.«

Eine Weile aßen sie schweigend weiter.

Jury merkte, wie Mungo sich anders hinlegte, denn entweder seine Pfote oder sein Kopf landeten auf Jurys Schuh. Er lächelte. »Was ist mit Mungo? Der hat sie nicht in eine von diesen abweichlerischen Dimensionen begleitet. Und warum? Ich würde doch denken, entweder gehen sie alle oder keiner. Was für eine Erklärung hat Hugh dafür?«

Harry lächelte. »Ein gutes Argument, das mit dem Hund. Nein, den Hund hat Hugh nicht erwähnt.«

Jury musste fast lachen. »Ein ›gutes Argument‹? Ein noch besseres Argument wäre vielleicht, dass Hugh ganz gewaltig unter Verdrängung leidet, meinen Sie nicht?«

»Verdrängung, vielleicht. Er hört sich jedenfalls sehr vernünftig an.«

»Ich behaupte nicht, dass er das nicht ist, denn wie Sie erwähnten, ist die Stringtheorie –«

»Die würde eine Menge erklären.«

»Verdammt, wenn sie sich bloß selbst erklären würde, wäre ich schon zufrieden.«

»Na, dann kommen Sie doch mit und lernen ihn kennen! Morgen fahre ich in die Stoddard-Klinik.«

Jury sah ihn erstaunt an. »Es gibt also tatsächlich einen Hugh?«

»Aber *selbstverständlich* gibt es einen Hugh.« Harry lachte. »Denken Sie immer noch, ich führe Sie an der Nase herum?«

# 22

»Also, ich verstehe überhaupt nicht, warum Sie Abend für Abend mit diesem Menschen essen gehen«, sagte Carol-Anne und begutachtete wieder eine ihrer rötlich goldenen Haarlocken.

Da es aber nicht um ein weibliches Wesen ging, hielt sich ihre Verärgerung in Grenzen.

»Weil er interessant ist.« Jury lächelte. Carol-Anne, die sich bei Jurys Eintreffen alles andere als im schlafenden Zustand befunden hatte, lagerte herrlich zerzaust im pfauenblauen Hauspyjama mit passendem Morgenmantel auf seinem Sofa. Sie wolle ihr Haar nach Spuren von Grau durchforsten, hatte sie behauptet.

»Interessant bin ich auch, aber dass wir jeden Abend zum Essen ausgehen, davon merke ich nichts.«

»Nein, ich merke aber auch nichts davon, dass wir jeden Abend *zu Hause* bleiben und nach grauen Haaren suchen.«

»Sie haben ein paar. Aber keine Sorge, Sie sind ja ein Mann. Bei Männern wirkt Grau distinguiert, eine Frau sieht damit bloß alt aus.« Ihr altes Selbst seufzte auf und wandte sich zur Schadensbegutachtung dann wieder einer Haarlocke zu.

Sie solle doch einen Spiegel benutzen, hatte er vorgeschlagen, aber sie wollte nicht. Allzu viele graue Haare auf einmal wollte sie nicht sehen.

»Ich verstehe gar nicht, wieso Sie vom Dienst suspendiert worden sind.«

»Bin ich ja eigentlich auch gar nicht richtig. Es hieß, ich soll mich eine Weile im Hintergrund halten. Und keine weiteren Fälle bearbeiten.«

»Hab ich's Ihnen nicht gesagt? Hab ich nicht gesagt, Sie sollen ohne Durchsuchungsbefehl nicht in das Haus rein?«

»Mehr als einmal. *Viel* mehr als einmal.«

»Mussten Sie auch Ihren Dienstausweis und die Dienstwaffe abgeben? So ist das doch immer im Fernsehen.«

»Im Fernsehen ist es interessanter. Ich trage gar keine Waffe.«

»Wenn Sie mich fragen, also, ich finde, Sie sollten einen Orden dafür kriegen, dass Sie die armen kleinen Mädchen gerettet haben. Darüber sind sich alle einig.«

Wobei »alle« nicht wörtlich zu nehmen war, da es sich in diesem Fall auf Carol-Anne und Mrs. Wasserman bezog. »Meine Vorgesetzten scheinen in diesem Punkt anderer Meinung zu sein als Sie.«

»Ach, die spießigen alten Wichtigtuer.«

Jury fand es köstlich: die Polizei – inklusive der Chief Constable – als spießige Wichtigtuer. »Wollen Sie die Geschichte hören?«

»Welche Geschichte?«

»Hat man an Ihnen eigentlich schon mal exemplarisch das Phänomen der Aufmerksamkeitsstörungen studiert?«

Carol-Anne bedachte ihn mit ihrem typischen Schmollmundgesicht, was bedeutete, dass sie ihn nur zu gut oder aber überhaupt nicht verstand. »Na, dann erzählen Sie doch Ihre Geschichte«, sagte sie mit einem noch tieferen Seufzer wie eine leidgeprüfte Krankenschwester in einer Pflegestation voller Babbelgreise.

»Okay. Ich begegnete Harry Johnson in einem Pub im Finanzdistrikt namens The Old Wine Shades –«

»Ist es nett? Ich komme ja so selten mal in die City.«

»Wollen Sie das jetzt hören oder nicht?«

»Hab ich doch gesagt.«

»Dann unterbrechen Sie mich nicht! Harry Johnson erzählte mir von einem Freund…« Jury gab ihr einen kurzen Abriss der Gault-Geschichte bis hin zur zehnten Dimension, während Carol-Anne ihren Kopf von einer Seite zur anderen neigte, als vollführte sie eine Denkübung.

Jury hielt inne. »Das ist eine Geschichte, was?«, sagte er, in Erwartung der unzähligen Fragen, die sie nun stellen würde.

Tat sie aber nicht. »Hm, ich möchte wetten, der lügt.«

Jury musterte sie erstaunt. »Harry, meinen Sie?«

»Nein, der andere – Hugh. Der lügt wie gedruckt.«

Er hatte damit gerechnet, dass Carol-Anne diese Erzählung unterhaltsam fand, nicht, dass sie mit einer völlig neuen Richtung aufwarten würde. Er hatte das Gefühl, seine (beziehungsweise Harrys) ziemlich gute Geschichte wurde achtlos beiseitegewischt. Erst von Wiggins und jetzt von Carol-Anne.

»Sie meinen, er lügt in Bezug auf die zehn Dimensionen?«

»Nein. Das ist doch ganz einfach auszuklamüsern.«

*Einfach?* Er war dermaßen verblüfft, dass er die Füße vom Beistelltischchen nahm und auf dem Fußboden platzierte und sich dann vorbeugte, möglicherweise in der Absicht, die Lösung aus ihr herauszuschütteln. Ganz *einfach?*

»Alles andere ist gelogen«, sagte sie.

Jury war höchst verwundert. Was reimte sie sich da zusammen? »Alles andere?«

Sie lächelte ihn durchtrieben an. »Sie haben sich bestimmt bei mir angesteckt, haha – von wegen Aufmerksamkeitsstörungen. Alles ist gelogen *außer* das mit den zehn Dimensionen.«

Jury staunte nicht schlecht und brachte das Folgende nur stammelnd heraus: »Aber … seine Frau *hat* sich das Haus angesehen, *hat* sich mit der Maklerin getroffen, *ist* zu diesem Winterhaus gefahren, und ihr Sohn *hat* dort mit einem kleinen Mädchen gespielt. Das ist alles passiert, dafür gibt es Zeugen.«

Carol-Anne warf eine Locke nach hinten, als wollte sie ihr sagen, sie solle zum Teufel gehen. (Der Teufel wäre entzückt.) »Schon, es ist aber passiert, weil Hugh es hat passieren lassen, verstehen Sie? Sie sind zwar vom Dienst suspendiert, aber ich hätte mir gedacht, Sie durchschauen das alles, so ein schlauer Detektiv, wie Sie sind. Hugh hat sie umgebracht – und den Jungen vielleicht auch – und dann später diese irre Schau abgezogen, mit dem blöden Gequatsche von den zehn Dimensionen und seiner Supersträhnentheorie da.«

»Super*string*theorie.« Jury stierte sie aus glasigen Augen an. Er hatte mit hundert atemlosen Fragen gerechnet, die er umgehend mit hundert glänzenden Antworten bedenken würde. *Nicht* gerechnet hatte er damit, dass sie mit einer Lösung aufwartete. Besonders mit einer, die er selbst nicht in Betracht gezogen hatte. Er schüttelte den Kopf, als wollte er ihn so wieder klar bekommen. »Hugh ist in einer psychiatrischen Klinik. Ich werde ihn morgen besuchen.«

»Gut. Dann können Sie ja mit ihm reden und es selbst beurteilen. So tun, wie wenn man wahnsinnig wäre, kann jeder.« Sie räkelte sich genüsslich.

»Die Sache ist jetzt neun Monate her, und die Polizei hat noch keine Leiche gefunden.«

»Na, aber Sie sagten doch, dass die gar nicht richtig suchen. Die denken, sie hat einfach die Fliege gemacht. Die Leiche wird schon noch auftauchen. Das tut eine Leiche immer.«

Jury saß da, und sein Kopf war genauso wirr wie Carol-Annes Haarschopf. Sie irrte sich natürlich, aber es ärgerte ihn, dass er nicht gleich wusste, wieso. Und das Motiv? »Wieso hat er es getan?«

»Ich kenne den Mann ja gar nicht. Vielleicht ist er auf ein junges Mädchen scharf, und seine Frau wollte sich nicht scheiden lassen. Er vergräbt die Frau also irgendwo und macht dann großes Getue von wegen, er sucht sie und ist ganz verzweifelt und schnappt gleich über. Und dann kommt er mit dieser Stringtangatheorie daher. Und überhaupt, wer wusste eigentlich, dass sie sich diese Immobilie anschauen wollte? Er natürlich. Er wusste, dass sie dort in dem leeren Haus sein würde.« Carol-Anne zuckte die Achseln.

»Vorhin sagten Sie, das mit den zehn Dimensionen sei ja noch das Einfachste an der Sache.«

Sie schlüpfte wieder in ihre reich verzierten Hausschühchen, die oben mit Gold- und Silberstickerei und falschen Edelsteinen übersät waren. Bestimmt stammten sie aus Ali Babas Höhle in der Portobello Road. »Mir passiert es immer wieder, dass ich Sachen verliere, einen Ohrring zum Beispiel. Zum Telefonieren nehme ich ihn ab, und wenn ich ihn kurz darauf suche, ist er nirgends zu finden. Nirgends. Und taucht auch nie wieder auf. Er muss also irgendwohin sein, wenn ihm nicht kleine Füßchen gewachsen sind und er von selber davonmarschiert ist.«

»Er ist selbstverständlich in Ihrem Zimmer.«

»Dann gehen Sie rauf und finden Sie ihn. Super.« Sie stieß mit dem Finger mehrmals heftig in Richtung Zimmerdecke.

»Vermutlich steckt er bloß zwischen Kissen und Sessellehne.«

Während sie aufstand und sich zum Gehen rüstete, musterte Carol-Anne ihn von oben herab und stieß erneut den Finger in Richtung Decke. »Ich meine, es muss doch irgendwo ein Fundbüro geben, wo unsere verlorenen Sachen sind. Vielleicht betreibt der liebe Gott eine Pfandleihanstalt, wer weiß. Und alles ist in die zehnte Dimension gegangen. Na danke.«

Jury blieb sitzen und biss sich auf den Mundwinkel.

Fuchsteufelswild.

# 23

Am nächsten Morgen biss sich Jury immer noch auf dem Mundwinkel herum, während er an seinem Schreibtisch saß und Wiggins zusah, wie der Teebeutelchen in blauen Steingutbechern einweichte, einem Geschenk seiner Cousine in Manchester. Biss und überlegte, ob er Wiggins diese Stringtheorie auftischen sollte. Es wäre sozusagen ein Test, wenn die beiden am wenigsten theorieorientierten Menschen, die er kannte – nämlich Wiggins und Carol-Anne – sich darin einig wären, dass es sich bei Hugh Gaults Geschichte um ein einziges großes Lügengespinst handelte.

Er wusste natürlich, dass Wiggins' Antwort in jedem Fall auf einem ganzen Rattenschwanz von irrigen Schlussfolgerungen basieren würde. Er gebot sich, Wiggins *nicht* zu fragen. Die Versuchung war jedoch, wie immer, zu groß. »Wiggins, wissen Sie etwas über die Superstringtheorie? Das hat was mit Physik zu tun.«

Wiggins rührte seinen und Jurys Tee um und dachte darüber nach.

»Meine Güte, Wiggins, müssen Sie jetzt überlegen, ob Sie die Superstringtheorie *kennen* oder nicht?«

»Nun, könnte ja sein, dass ich sie kenne und dann vergessen habe.« Behutsam klopfte Wiggins mit dem Löffel gegen den Henkelbecher, in den er soeben Zucker gegeben hatte. Vier Stückchen in seinen, eines in den von Jury.

Mit einem heftigen Tritt knallte Jury die unterste Schublade zu, auf der er zuvor seine Füße abgestellt hatte. »Das war eine *rhetorische* Frage, Wiggins. Sie kennen sie natürlich nicht, denn um darüber Bescheid zu wissen, müsste man ja fast selbst Physiker sein.«

»Aber *Sie* wissen darüber Bescheid, ja?« Er stand mit Jurys Henkelbecher auf.

Jury biss sich auf die Zunge, als Wiggins ihm den Becher auf den Schreibtisch stellte. Zu seinem eigenen Stuhl zurückgekehrt, setzte Wiggins sich wieder hin und sagte: »Jedenfalls muss man nicht unbedingt Physiker sein, um etwas darüber zu wissen. Ich befinde mich ja zum Beispiel auch nicht im 87. Polizeidistrikt, weiß aber alles darüber.« Um Jurys Gedächtnis diesbezüglich auf die Sprünge zu helfen, hielt er seinen Roman von Ed McBain in die Höhe.

»*Niemand* befindet sich im 87. Polizeidistrikt, nicht Carrera, nicht Meyer Meyer, im 87. Polizeidistrikt befindet sich nicht einmal Ed McBain selber. Es ist eine *Fiktion*.«

»Ich wollte das bloß mal klarstellen.«

Was denn klarstellen? Dem Kerl musste man auch wirklich alles aus der Nase ziehen.

»Na, dann klären Sie mich doch auf«, sagte Wiggins mit selbstgefälligem Lächeln.

Wieso waren seine Mitmenschen eigentlich alle so verdammt herablassend?, fragte sich Jury. Man sollte meinen, sie würden sich andauernd mit irgendwelchen Theorien abgeben, als sei ihr Kopf eine mit eleganten Gleichungen vollgekritzelte Wandtafel. Jury sagte:

(Das wird dir noch leidtun, Kumpel!)

»Die Stringtheorie versöhnt die Relativität mit der Quantenmechanik.« Das klang irgendwie nicht richtig. »Die Stringtheorie besagt, es gibt zehn Dimensionen, neun räumliche und eine –«

Wiggins unterbrach ihn. »Ah, da sehen Sie doch, dass diese Theorie völlig falsch ist. Es gibt drei Dimensionen oder vier, wenn man die Zeit dazuzählt. Diese Theorie vertut sich also um sechs.« Höchst zufrieden mit sich selbst nippte er an seinem Tee.

(Na bitte!) Jury beugte sich so weit er konnte über seinen Schreibtisch. »Es ist eine *Theorie*, Menschenskind, so sind Theorien nämlich nun mal. Es ist eine Hypothese.«

»Eine Vermutung, meinen Sie.«

»Schon, aber das ist eine sehr grobe Definition von ›Hypothese‹. Eine Theorie ist etwas, das darauf wartet, bewiesen zu werden.«

Wiggins kicherte. »Da kann sie aber lange warten.«

Himmel noch mal, war denn plötzlich jedem außer ihm selbst ein Gehirn gewachsen?

Als sein Telefon klingelte, fuhr Jury hoch und griff danach wie nach einer rettenden Leine. Es war aber nur Fiona dran, die ihm mitteilte, Chief Superintendent Racer wolle ihn sprechen. »Er ist abwechslungsweise mal nicht schlecht gelaunt.«

»Das bedeutet bestimmt, er ist mit der beneidenswerten Aufgabe betraut worden, mich um meinen Dienstausweis zu erleichtern und mich mit einem Fußtritt auf die Straße zu befördern.«

Sie kicherte, ähnlich wie Wiggins vorhin. »*So gut* gelaunt ist er auch wieder nicht.«

Jury nahm sein Jackett von der Rückenlehne seines Drehstuhls. Endlich ein Geschöpf, für das Gehirn nie ein Thema war. Er warf Wiggins einen bösen Blick zu und verließ das Büro.

Es ging lediglich um einen Zwischenbericht über die Fortschritte bei den Ermittlungen, da im Hinblick auf Jurys Fall noch keine Entscheidung getroffen worden war. Nichtsdestotrotz nahm Racer die laufende Untersuchung zum Anlass, ihm erneut eine Lektion zu erteilen: wie man nach den Regeln spielte, im Team agierte und sich nicht selbst als Held aufspielte. Das Etikett »Held« hatte den ganzen Ärger überhaupt erst hervorgerufen, denn Jury und Detective Sergeant Cody Platt, der mit ihm zusammen in das Haus in der Hester Street gegangen war, wurden als Helden gefeiert, weil sie die zehn kleinen Mädchen gerettet hatten. Zumindest war das der allgemeine Tenor in den Medien.

Während Racer weiterquasselte (inzwischen war er aufgestanden und ging unruhig im Raum umher), grübelte Jury über die Stringtheorie nach. *Super*string. Wie konnte ein Physiker sein ganzes Hirnschmalz für ein Teilchen verwenden, das so klein war, dass man es als Milliarden und *Abermilliarden* Mal kleiner beschreiben musste als das ihm vorausgehende Ding auf der Liste – ein Atom vielleicht? *Milliarden*. Jury konnte es sich nicht einmal in Kategorien von hundert vorstellen. Wie konnte jemand wie Hugh Gault so leicht mit *Milliarden* herumjonglieren, als würde er Ton kneten? Irgendwie mutete es an wie diese kleinen russischen Puppen, wo beim Auseinandernehmen immer eine kleinere und noch kleinere herauskam, bis es schließlich mit einer so winzigen endete, dass man sie nicht einmal mehr sehen konnte. Er musste an Quarks denken. Charm-Quarks. Er sah Racer lächelnd an. Ob es auch uncharmante Quarks gab? Wieso eigentlich nicht?

»Jury! Warum, zum Teufel, kneifen Sie die Augen zusammen? An was denken Sie?«

»An Quarks – ich meine, an Quacksalber. Ich überlegte gerade, ob dieser Arzt, zu dem ich beordert wurde, nicht womöglich auch einer ist. Ein Quacksalber.« Er lächelte. Man hatte ihm einen Polizeipsychologen empfohlen, eine Empfehlung, die er nicht aufgegriffen hatte.

Racer genoss es immer, wenn von anderen Berufszweigen schlecht geredet wurde, solange es nicht sein eigener war. »Sie gehen hübsch weiter zu dem Doktor, Freundchen. Guten Eindruck machen!«

Man nahm an, die Sache in dem Haus in der Hester Street müsse eine traumatische Erfahrung gewesen sein. War sie aber gar nicht. Wenn überhaupt, so war sie befreiend gewesen.

»Jawohl, Sir.« Jurys Blick war inzwischen auf den Kater Cyril gerichtet, der in der flachen Krümmung der Deckenleiste geruht hatte, mit der die indirekte Beleuchtung kaschiert war, lauter kleine Lichter, die über die Decke wanderten. Cyril setzte sich auf, um sein Opfer, natürlich Chief Superintendent Racer, ins Visier zu nehmen, der im Zimmer auf und ab ging. In letzter Zeit hatte Cyril sich einen Spaß daraus gemacht, nicht direkt auf ihn loszustürzen, sondern glatt über Racers Kopf herabzusegeln. Der Kater nahm bereits Schwung, für die reibungslose Flucht müsste die Bürotür jedoch offen stehen. »Ist das alles? Sir?«

»Was? Ja, ja.« Racer winkte ab, Jury könne gehen.

Jury öffnete die Tür, und in einer erstaunlichen Aeronautikschau flog Cyril über Racer hinweg, landete und steuerte hurtig auf die Tür zu, um blitzschnell unter Fionas Schreibtisch zu schlüpfen, während ein wutschnaubender Racer ihm hinterher ins Vorzimmer trampelte.

»Wo ist er? Wo steckt das räudige Vieh? Ich bring ihn um!« Racers Blick fuhr wild im Raum umher, ohne jedoch die Schwanzspitze zu bemerken, die unter dem Schreibtisch hervorblitzte.

Cyril, fand Jury, wurde allmählich ein bisschen nachlässig. »Bestimmt ist er in die neunte Dimension entschwunden«, kicherte Jury, wie zuvor Wiggins und Fiona.

»Halten *Sie* sich an den Doktor, ob Quacksalber oder nicht.« Racer verschwand auf den Flur.

Der Kater Cyril sprang hervor auf Fionas Tisch, wo er anfing, sich zu putzen. Die befeuchtete Pfote erhoben, betrachtete er Jury, als interessierte er sich für weitere Dimensionen, in denen er operieren könnte –

»Was weißt du über Schrödingers Katze, Cyril?«

– sah dann jedoch davon ab und fuhr sich bloß gleichmütig mit der Pfote übers Gesicht.

Da Jury noch ein paar Stunden blieben, bevor er Harry Johnson im Old Wine Shades treffen sollte, nahm er ein Taxi und fuhr zu Boring's.

Als er den Klubraum betrat, waren der obligatorische Sherry

und Whiskey vor dem Essen bereits ausgeschenkt, Melrose saß mit Colonel Neame und Major Champs in denselben Sesseln wie zuvor, und alle sahen aus, als hätten sie sich nie von hier weggerührt und wären auch ganz zufrieden damit.

»Superintendent! Wie reizend, wir schauen gleich nach einem Kellner.«

Selten musste bei Boring's lange nach einem Kellner gesucht werden. Wie immer flitzte gerade einer vorbei und nahm nun Jurys Kaffeebestellung entgegen.

»Wir sind bei Ihrem kleinen Problem inzwischen ein Stück weitergekommen, Superintendent.«

Es gab so viele kleine Probleme, dass Jury sich fragte, welches sie denn meinten. Er hatte seinen Mantel über die Rückenlehne des Sofas geworfen und nahm Platz. »Und sind Sie auf irgendetwas gestoßen?«

Colonel Neame zog einen zusammengefalteten Papierbogen aus seiner Jackentasche. »Wir haben da eine Frage.«

»Schießen Sie los«, sagte Jury, während der Kellner den Kaffee auf dem Beistelltischchen neben dem Sofa deponierte. Jury wünschte, er hätte die Trost spendende Tasse vorhin in der Hand gehabt, als Racer ihm in den Ohren gelegen hatte.

Colonel Neame warf Major Champs einen Blick zu und erntete eine aufmunternde Geste. »Also, auf dieser Landkarte« – er entfaltete den Bogen und strich ihn mit der Hand glatt. Gekrönt war das Blatt von Boring's Siegelwappen – »liegt hier das Dorf. Lark Rise, so hieß es doch?« Es war durch eine Reihe von kleinen Quadraten markiert, die sich um ein größeres Quadrat gruppierten. Wahrscheinlich sollten die kleineren die Gebäude um den Platz herum kennzeichnen. »Etwa zehn Meilen weiter, sagten Sie, liegt das Cottage, wo diese Mrs. Gault Halt gemacht hatte – Lark Cottage. Die Maklerin bekam einen Anruf von der Gault, die meinte, das Haus sei ihr doch ein wenig zu puppenstubenhaft. Das zweite Haus lag eine halbe Meile weiter an der Straße, hier« – er hatte ein größeres Quadrat aufgezeichnet, dazu eine lange Zufahrt. »Diesbezüglich hörte die Maklerin aber nicht mehr von ihr. Wir nehmen an, dass sie hineinging –«

»Nein«, sagte Melrose. »Wir wissen, dass sie hineinging. Es gab eine Zeugin.«

»Gut, habe ich vergessen. Das Kind, das im Garten unten spielte. Na, und danach schaute sie im Swan vorbei.« Er hatte ein Quadrat aufgezeichnet, das mit einem Pubschild versehen war. Nach kurzer Pause fuhr er fort: »Und jetzt unsere Frage: Woher wissen wir, dass das die richtige Reihenfolge ist? Wieso hätte sie eigentlich nicht zuerst in den Swan gehen können? Sie hätte doch erst dort vorbeischauen können, bevor sie die Häuser besichtigte. Dann wäre sie erst zum Winterhaus gekommen und dann zum Lark Cottage. Die Maklerin nahm an, dass sich Mrs. Gaults Anruf auf Lark Cottage bezog. Das wäre naheliegend, denn so wäre die Reihenfolge auf dem Weg von Lark Rise dorthin.« Colonel Neame lehnte sich zurück.

Major Champs räusperte sich ein paarmal vernehmlich und rüstete sich, um an dem Punkt zu übernehmen, wo Colonel Neame abgebrochen hatte. »Nun, wir wissen, dass sie mit dem Jungen bei den Shoesmiths Tee getrunken hatte – seltsamer Name übrigens, klingt gar nicht richtig, äh, britisch.« Er hielt inne, sann offensichtlich über den Namen nach.

Melrose spann den Faden weiter. »Sie erinnern sich, wie erfreut die waren, als wir bei ihnen hereinschneiten«, sagte er an Jury gewandt. »Es könnte doch sein, dass die Shoesmiths die letzten waren, die Mrs. Gault und ihren Sohn lebend gesehen haben.«

Während diese etwas unheimliche Bemerkung in der Luft hing, musste Jury wieder an die unauffälligen, liebenswürdigen Besitzer von Lark Cottage denken und lächelte. Dass die Shoesmiths Glynnis Gault und ihren Sohn um die Ecke gebracht hätten, überstieg seine Vorstellungskraft doch um einiges.

Major Champs meinte: »Man fragt sich doch, ob dort womöglich etwas passiert ist. Was sind das für Leute, diese Shoesmiths?« Wieder umwölkte sich seine Stirn ob des Namens. »Kommt mir doch ein wenig merkwürdig vor.«

»Diese Bemerkung, die Glynnis der Maklerin gegenüber machte«, sagte Colonel Neame, »dass das Haus ein bisschen übertrieben wäre – kommt darauf an, was man unter ›übertrieben‹ versteht, meine ich.«

Melrose sagte: »Das Cottage liegt doch recht abgeschieden, besonders für ein älteres Ehepaar.«

»Worauf wollen Sie hinaus?«, fragte Jury. »Dass die Shoesmiths ihnen ein wenig Laudanum in den Tee taten und die beiden dann in den Wald hinausschleppten? Klingt ziemlich unwahrscheinlich. Ließe sich das nicht einfach klarstellen, indem man die verschiedenen Zeiten überprüfte, zu denen Glynnis Gault gesehen wurde? Im Lark Cottage und im Pub und dann noch bei Marjorie Bathous im Büro von Forester?«

Alle, Melrose inbegriffen, starrten ihn an wie ein ungezogenes Kind, das ihnen Stecknadeln in den Luftballon gepiekst hatte. Jury, der Spielverderber.

Melrose sagte: »Es ist eine andere Art, an die Sache heranzugehen.«

»Ja, da haben Sie Recht.« Jury machte einem der Kellner ein Zeichen und bat um ein Telefon.

»Haben Sie denn kein Mobiltelefon?«

»Doch, aber das ist nie richtig aufgeladen. Ich hasse Handys. Die sollten verboten sein, außer in Notfällen.«

»Sie sind aber doch *Polizist.* Sie haben doch *nur* mit Notfällen zu tun. Hätten Sie damals im Dezember eines dabeigehabt, es hätte sich als verdammt nützlich erwiesen.«

Jury nickte. »Da haben Sie sicher Recht.« Er hatte die Nummer eingegeben und sagte nun zu der Stimme am anderen Ende der Leitung: »Wiggins, Sie müssen was für mich erledigen. Ein Ehepaar namens Shoesmith in Surrey, Vornamen Maeve und Robert, in der Nähe des Dorfes Lark Rise. Tun Sie sich mal um und schauen Sie, was Sie herauskriegen können, ja? Danke.« Er machte Schluss.

Die drei machten hocherfreute Gesichter, weil Scotland Yard sie endlich ernst nahm.

Was natürlich nicht stimmte. Doch Jury fuhr fort: »Es gibt auch noch andere Möglichkeiten. Mrs. Gault und ihr Sohn hätten im Pub zu Mittag essen, dann zum Lark Cottage und erst ganz zum Schluss zum Winterhaus fahren können. Eine Frau hat sie übrigens vor dem Winterhaus gesehen, wie wir erfahren haben. Sie sah Glynnis Gault neben ihrem Wagen stehen, der Junge saß vermutlich drin. Wenn wir das zeitlich festlegen könnten, ließe sich auch bestimmen, wo sie zuletzt gesehen wurde. Und wann die beiden im Lark Cottage waren –«

»Und wie legen wir die Zeit fest, wenn die Shoesmiths *lügen*?«, wollte Melrose wissen.

»Sie meinen allen Ernstes, die führen etwas im Schilde?«

»Nein. Ich lasse nur die Möglichkeit offen.«

Was tat Plant hier eigentlich, schlug er sich etwa auf die Seite der beiden anderen? Sie waren natürlich höchst liebenswürdige Gestalten, und Colonel Neame war auch absolut nicht auf den Kopf gefallen. (Für Major Champs' Geistesgaben würde Jury allerdings nicht die Hand ins Feuer legen.) Es schien, als bildeten sie ein Trio mit den gleichen Ideen und Erkenntnissen. Melrose saß da, schmauchte eine von Champs' Zigarren und bedachte Jury mit dem gleichen stählernen Blick, mit dem Colonel Neame ihn musterte, wobei der einzige Unterschied in der Farbe bestand: Colonel Neame starrte stahlgrau, Plant stahlgrün.

»Nun gut, wir werden das definitiv in die Betrachtung mit einbeziehen.« Jury schüttelte den Kopf, stellte seine Kaffeetasse hin und lauschte Boring's dumpf dröhnendem Mittagsglockenschlag. Es klang, als riefe die Standuhr hier im Pestilenzraum alle Versammelten auf, ihre Toten herauszutragen. Beim Blick in die

Runde hatte er den Eindruck, dafür gäbe es vielleicht auch ein paar potentielle Kandidaten. Mit einem herzhaften Schlag auf seine Sessellehnen erhob er sich. »Meine Herrn, hat mich gefreut, besten Dank für den Kaffee. Ich würde ja gern bleiben, habe aber eine Verabredung zum Mittagessen.«

»Ein hochkarätiges Arbeitsessen?«, erkundigte sich Melrose.

»Nein. Ein Pubessen. Hochkarätiger wird es bei mir nie.«

Alle drei, fiel ihm auf, hatten die Augen zusammengekniffen und musterten ihn argwöhnisch. Plants Blick war noch verkniffener als der der beiden anderen. Dann lehnte Melrose sich Zigarre paffend zurück, die Augen immer noch fest zusammengekniffen. Bei seinem Anblick kam Jury kein stinkreicher, adliger Gutsbesitzer in den Sinn, sondern eher Humphrey Bogart in *Casablanca.*

»Gibt's da was zu lachen?«

»Nein, gar nichts«, sagte Jury.

# 24

An Trevors Platz war diesmal ein anderer, etwas älterer Barmann mit kehligem Nordlondoner Akzent, der sich das Gläsertuch lässig über die Schulter geworfen hatte. Jury fragte sich, wo Trevor wohl steckte; vielleicht hatte er seinen freien Tag. Außerdem überlegte er, ob sich dieser Kerl mit Wein ebenso gut auskannte wie Trevor. Er bezweifelte es. Nur wenige konnten da wohl mithalten.

Jury war früh dran für sein Treffen mit Harry und genehmigte sich einen Drink an der Bar. Dass er schon mittags etwas trank, beunruhigte ihn ein wenig. Das tat er selten, wenn auch nur aus dem Grund, dass ihm meist die Zeit dafür fehlte.

Mittags waren mehr Gäste im Lokal als am Abend – Aktienhändler, Finanzfachleute und Angestellte aus den umliegenden Büros. Irgendwo hatte er gelesen, dass dieses Pub als einziges den Großen Brand überlebt hatte und demnach bereits aus dem 17. Jahrhundert stammte. Das an sich war schon eine beachtliche Leistung. An den mit dunklem Holz getäfelten Wänden hingen Reklameschilder für diverse Weine und Stiche von Altlondoner Szenen. Er überlegte, ob einige der gerahmten Dokumente etwas mit der Geschichte des Pubs zu tun hatten.

Das Lokal war brechend voll. Rauch hing wie eine abgehängte Decke in der Luft, was Jury maßlos ärgerte, denn das Einatmen von anderer Leute Zigarettenrauch war im Grunde genauso ungesund, wie wenn man selbst rauchte. Es war zum Davonlaufen: Raucher hatten den Spaß, während diejenigen, die es sich unter Qualen abgewöhnt hatten (und, wenn er von sich selbst ausging, immer noch Qualen litten), es genauso gut hätten bleiben lassen können. Eine Weile spielte er mit dem Gedanken, der Versuchung nachzugeben.

Er verwarf diesen Gedanken und ließ sich das Gespräch bei Boring's noch einmal durch den Kopf gehen. Er sollte noch einmal mit der Maklerin sprechen. Vielleicht konnte sie sich in Bezug auf Glynnis Gaults Telefonanruf etwas präziser fassen. Allerdings war Jury sich ziemlich sicher, dass in diesem Fall die naheliegendste Erklärung auch die richtige war.

»Essen Sie gerade was zu Mittag?«

Jury wandte sich um und sah Harry Johnson, der einen anderen Mantel trug, diesmal aus Kamelhaar, aber offensichtlich ebenso teuer. »Nein, bloß das hier.« Er tippte an sein Glas.

»Oben gibt es übrigens auch ein sehr gutes Restaurant.«

Jury sah zu Boden. »Wo ist Mungo?«

Harry lachte. »Im Wagen draußen. Ich stehe im Parkverbot. Gehen wir, falls Sie fertig sind. Tut mir leid, kein Mittagessen.«

Jury nickte, ließ das halbvolle Glas stehen und kam zu dem beruhigenden Schluss, dass er doch kein Mittagstrinker war. Die Vorstellung, noch ein Laster ablegen zu müssen, wäre nämlich unerträglich.

Mungo setzte sich so hin, dass er den Kopf aus dem Fenster strecken konnte.

»Warum machen Hunde das eigentlich?«

»Keine Ahnung. Vielleicht mögen sie es einfach, wenn es windet und weht.«

*Windet und weht.* Jury musste wieder an die Ryders denken und an Pferderennen. Und an Nell. Ein Jammer, ach, ein furchtbarer Jammer, dachte er, während sie sich an einem BMW vorbeimanövrierten, der auf der Upper Thames Street zu einer gemächlichen Mittagsfahrt unterwegs war. Dann ging es in rasendem Tempo das Embankment entlang.

Die Stoddard-Klinik war im gotischen Stil erbaut und mit Toren verrammelt, auf deren grauen Steinpfeilern zu beiden Seiten steinerne Löwen saßen. Autofahrer mussten anhalten und die in einen der Pfeiler eingelassene Gegensprechanlage betätigen. Harry drückte auf den Knopf, und eine mit Rauschen vermischte Stimme erkundigte sich nach seinem Begehren.

»Ich möchte Mr. Gault besuchen. Mein Name ist Johnson.«

Schweigen, dazu das Gestotter der statischen Störung.

»Dann sind Sie Mr. Harry Johnson, Sir?«

»Der bin ich.«

Das Tor ging auf, und sie fuhren hinein. Das Gebäude hatte wie das Einfahrtstor etwas Bedrohliches an sich. Falls dies hier vornehmlich eine Klinik für gestresste Menschen war, die eben ein wenig zu viel um die Ohren hatten, dann trug man hier eindeutig zu dick auf. Recht mittelalterlich und finster mutete alles an, mit den steinernen Zinnen auf dem Dach und ohne Stühle auf der weiten Rasenfläche. Es saßen auch keine Leute draußen, obwohl es ein recht freundlicher Tag war. Alles in grauem Stein mit einem Glockenturm.

Während sie unter einer mächtigen Eiche parkten, meinte Jury: »Auf mich wirkt das hier wie eine ganz andere Art von Anstalt, Sie wissen schon, eine von denen, wo man es nicht gern sieht, wenn jemand sich selbst entlässt und nach Hause geht. Sie verstehen.«

»O ja. Aber ganz so einschüchternd, wie Sie denken, ist es nicht.«

Jury nickte beiläufig, während sie aus dem Wagen stiegen. Harry tätschelte Mungo und sagte, sie kämen bald wieder. Mungo gab ein paar kehlige Laute von sich, nicht, um ihnen zu verstehen zu geben, er würde sie vermissen, sondern bestimmt, weil er glaubte, nun *carte blanche* zu haben.

Sie gingen um einen kleinen weißen Bus herum, der seitlich aufgemalt den Namen STODDARD trug – nicht KLINIK –, möglicherweise ein Hinweis darauf, dass diese Einrichtung schon so lange existierte, dass sie nicht näher gekennzeichnet zu werden brauchte.

Harry sagte: »Ich hatte hier vor einiger Zeit auch noch eine andere Freundin, die nach erfolgreicher Therapie wieder wegging. Hugh ist ja kein Gefangener. Hören Sie: Manchmal will Hugh über das reden, was passiert ist, ein andermal nicht. Er bringt das Thema jedenfalls nicht immer zur Sprache. Ich überlasse es ihm, wie er es handhaben will. Sie können sich vorstellen ...«

Jury nickte, konnte es sich aber natürlich nicht vorstellen. Ebenso wenig wie er sich vorstellen konnte, damit zu leben, mit etwas, das einem nicht aus dem Kopf ging.

Von innen war Stoddard ebenso beeindruckend wie von außen. Innen besaß es im Gegensatz zu dem kalten Äußeren eine gewisse Wärme, die von den diversen Kaminfeuern, geblümten bronzebraunen Tapeten und blank polierten Mahagonigeländern herrührte. Links und rechts der geräumigen Eingangshalle befanden sich offenbar zwei Salons oder Empfangsräume, die als Wartezimmer dienten. Eine Frau und zwei Männer standen in der Mitte des Raumes zur Rechten und lachten. Jury fragte sich, ob wohl einer von ihnen hier Patient war, den die beiden anderen besuchen gekommen waren, und fand das Grüppchen etwas zu ausgelassen. Die Frau beugte sich hinunter, um einem irischen Wolfshund den Kopf zu streicheln. Diese Hunderasse hatte Jury schon immer etwas lächerlich gefunden, obwohl er nicht recht sagen konnte, warum eigentlich.

Bei ihrem Eintreten wurde Harry von einer Krankenschwester, die er beim Namen nannte – Mary oder Merle – herzlich begrüßt. Unter fröhlichem Schwatzen ging sie mit ihm zum Empfangsschalter hinüber, wo die elegant gekleidete Rezeptionistin mit dem schwarzen Bubikopf ebenso freundlich reagierte wie die Schwester. Harry hatte Hugh Gault wohl schon recht häufig besucht und kam mit dem Personal bestens zurecht.

Ein Mann war die breite Treppe heruntergekommen, stand nun in der Empfangshalle und blickte suchend zwischen den Räumen hin und her. Jury überlegte, ob es sich wohl um Hugh Gault handelte. Der arme Kerl schien etwas überfordert. Eine Pflegerin trat hinter dem Empfangsschalter hervor und geleitete ihn lächelnd in den anderen Raum, wo sich alle rührend um ihn bemühten, inklusive der Wolfshund, der ihn beinahe umstieß.

Demnach musste Hugh Gault *derjenige* sein, der in diesem Moment den anderen Salon betrat. Hochgewachsen und etwas dünn, sah er aber nicht so aus, als ob sein »Zustand« schuld an seiner Magerkeit wäre. Er begrüßte Harry, wurde mit Jury bekannt gemacht und ließ sich in einem der tiefen Sessel neben dem Kaminfeuer nieder. Harry und Jury nahmen in den zwei Sesseln ihm gegenüber Platz. Der Raum war angenehmerweise nur schwach beleuchtet. Jemand vom Pflegepersonal schwor anscheinend auf sanfte Raumbeleuchtung, und Jury fragte sich, warum. Weil es einen besseren Eindruck machte? Weil mildes Licht der sanften Pflege förderlicher war? Was auch der Grund war, die Wirkung war jedenfalls äußerst angenehm, ja, sogar gemütlich. Die im Kaminfeuer züngelnden Flammen verliehen dem Ambiente etwas Glamouröses, eher wie in einem teuren Landhotel. Vielleicht wurde eine solche Ausstattung hier als therapeutisch wertvoll erachtet. Jury mochte wetten, dass es eine Stange Geld kostete.

»Ein Detective *Superintendent*? Meine Güte!« Hugh Gault deutete mit einem kurzen Kopfnicken zu Harry Johnson hinüber. »Müssen wir uns jetzt gegenseitig ein Alibi verschaffen? Ich für meinen Teil bin seit acht Monaten hier drin. Dafür gibt es jede Menge Zeugen. Für Harry dagegen kann ich nicht die Hand ins Feuer legen. Der könnte hier oder da oder überall sein.«

»Wie ein Teilchen«, sagte Jury lächelnd. »Das nicht identifiziert werden kann, weil es sich nicht messen lässt.«

Hugh warf den Kopf in den Nacken und lachte. »Das ist eine der besten Beschreibungen für Harry, die ich bisher gehört habe. Sie interessieren sich für Quantentheorie?«

»Das bisschen, das *kleine* bisschen, das ich darüber weiß – ich würde schon sagen, ja.«

Harry fragte: »Wie kommt das Buch voran, Hugh?«

»So allmählich. Es wäre einfacher, wenn du mir meine verdammten Notizen zurückgeben würdest.« Er klang nicht verärgert oder gar ungehalten, eher gut gelaunt. Zu Jury sagte er: »Sagen Sie, Superintendent, wie weit sind Sie denn mit dem Beweis für unsere kriminelle Verschwörung schon gekommen?«

»Ich? Nicht sehr weit. Ich stecke bei Schrödingers Katze fest.«

»Ah! Gut für Sie!«

»Vielleicht. Ich bin mir nicht sicher, wie gut es für die Katze ist.«

Wieder musste Hugh lachen. »Sie besitzen ja eine rasche Auffassungsgabe, Superintendent.«

»Nein, von der Welt der Quanten begreife ich eigentlich gar nichts.«

»Denken Sie nur daran: Was das Verhalten in unserer Alltagserfahrung steuert und lenkt, ist in der Welt der Quanten völlig wirkungslos. Schrödingers Wellenfunktion war eine der revolutionärsten Erkenntnisse in der Quantenphysik. Die Wellenfunktion.«

Jury musste lächeln, wie Hugh Gault es sich im Mund zergehen ließ, wie eine köstliche Praline oder einen Schluck Single Malt. »Es ist eine mathematische Größe. Man muss dazu Schrödingers Gleichung lösen.«

»Schrödingers Katze. Die gleichzeitig tot und lebendig …«

Hugh wandte sich ab und verstummte. Dann sah er Jury wieder an. »Entschuldigen Sie. Ich habe Schweres durchgemacht, und es ist –« Er seufzte. »Ich vermisse meine Frau. Und meinen Sohn.«

Jury konnte nachvollziehen, dass die zwiespältige Lage der

Katze – nein, mehr noch als eine zwiespältige Lage – ihm in diesem Zusammenhang als Analogie erschien. Sie schwiegen eine Weile, dann schaltete Harry sich ein, um die peinliche Stille zu beenden. »Ich kann mir schon vorstellen, dass die Quantentheorie auf einen Detektiv eine gewisse Anziehungskraft ausübt. Während man die Dinge anblickt, verändern sie sich. Wie misst man also? Aus einem Ding werden zwei. Gleichzeitig tot und lebendig. Schrödinger hat jedenfalls deutlich auf einen der wesentlichen Punkte in der Überlagerungstheorie hingewiesen.«

»Überlagerung? Was ist das?«, fragte Jury.

Wieder ganz in seinem Element, meinte Hugh: »Nehmen Sie Folgendes: Sie haben doch schon mal Kieselsteine ins Wasser geworfen, ja? Das Resultat sind konzentrische Kreise, die sich nach und nach ausbreiten. Wenn Sie nicht weit vom ersten wieder einen Kieselstein hineinwerfen, passiert wieder das Gleiche: Kreise breiten sich aus. Doch jetzt entsteht durch die Überlappung dieser beiden Konfigurationen eine *dritte* Konfiguration. Und schon haben Sie einen Ausschnitt dieser Kreise, der zwei Dinge gleichzeitig ist und folglich ein *drittes* Muster bildet. Überlagerung. Sie sehen skeptisch aus, Superintendent.«

»Nein, eher dämlich.«

Beide lachten. Hugh sagte: »Schrödingers Katze. Die gleichzeitig lebendig ist und tot. Das ist Überlagerung. Sehen Sie, was auf mikroskopischer Ebene stimmt, befindet sich im Konflikt mit dem, was wir mit eigenen Augen sehen. Mit der makroskopischen Ebene. Der Katzenebene beispielsweise. Die Katze trifft auf den sich zersetzenden Nukleus, und wenn dies geschieht, wird das Gift freigegeben und die Katze stirbt sofort.« Hugh lächelte. »Denken Sie dran: Sobald Sie nachschauen, verändern Sie das Resultat. Ein Aspekt von Heisenbergs Unsicherheitsprinzip besteht darin, dass sich der Akt der Beobachtung im Endeffekt auf den beobachteten Gegenstand auswirkt.«

Jury nahm das Gesagte nicht zur Kenntnis. Er versuchte stattdessen, sich an etwas zu erinnern, was Harry im Pub gesagt hatte, kam aber irgendwie nicht darauf. *Schrödingers Katze*. Was Harry gesagt hatte, schien irgendwie nicht zu passen. Jury überlegte. Was war es?

»Die Unvollständigkeitstheorie.«

Jury schüttelte den Kopf, als wollte er den Gedanken vertreiben. »Entschuldigung. Was sagten Sie gerade?«

»Gödel. Seine Unvollständigkeitstheorie. Eine Behauptung kann sowohl wahr sein wie auch unbeweisbar.«

»Ach, das.«

Hugh lachte. »Keine Sorge. Die brillanten Mathematiker waren am Ende ihres Lateins. Immerhin stellt das die Vorstellung von der Mathematik als einem herrlich geschlossenen System, beweisbar innerhalb seiner eigenen Grenzen, völlig auf den Kopf. Das verstehen Sie aber doch: Wie kann eine Behauptung *wahr* sein und dabei doch *unbeweisbar*. Gödel hatte aber einen Beweis dafür aufgestellt.«

Mit tief besorgter Miene beugte Jury sich vor. »Sie sagen, dieser Gödel hat den Beweis für das Unbeweisbare erbracht.«

Hugh lächelte. »Ganz recht. Scheint wie eine Art doppelte Denkstrategie, nicht wahr? Gödel stützte seine Theorie und stieß sie gleichzeitig um. Eigentlich ein Kunstwerk, einfach genial. Seine Lösung lag in der Nummerierung. Gödels Nummerierung. Aber das lassen wir lieber.«

»Genau«, sagte Jury. »Und sprechen wir noch mal von Superstrings.«

Hughs Lächeln war offen und warm, ein Lächeln, das seine Mitmenschen ebenfalls zum Lächeln animieren konnte. »Gut.«

»Wie lässt sich denn mit etwas arbeiten, das *milliarden*fach kleiner ist als der Atomkern? Denn das ist doch die Größe von so einem String, nicht?«

»Ungefähr. Genauer gesagt, eine Milliarde Milliarden.« Hugh hielt zwei Finger in die Höhe.

»Es zeigt sich, wenn man wieder zu null zurückgeht, nicht wahr?«

Hugh lehnte sich zurück. *So wird er damit fertig,* dachte sich Jury, so wurde Hugh Gault mit dem Verschwinden seiner Frau und seines Sohnes fertig: Indem er sich in eine abstrakte Welt begab.

»Es gibt keine Null«, sagte Hugh. »Ein String ist der letzte Punkt. Und vergessen Sie nicht, wir sprechen hier von Energie. Von vibrierender Energie. Der String ist der absolut letzte Punkt. Das Ende der Fahnenstange.« Hugh entspannte sich, als könnte er sich das jetzt, wo er es erklärt hatte, getrost leisten.

»Wie denn das? Das begreife ich einfach nicht. Sie sprechen doch von etwas Unteilbarem.«

»Vorstellen kann man es sich natürlich nicht. Aber man kann es mit Hilfe der Logik ableiten.« Hugh musterte ihn etwas skeptisch. »Wieso interessieren Sie sich dafür eigentlich, Superintendent? Das wundert mich, weil es so abstrakt ist. Sie befassen sich doch mit konkreten Tatsachen, mit Beweisen. Sie mögen nicht einmal Indizien als Beweise, dabei sind diese Indizien doch wenigstens konkret. Wie Sie sagten – eine Milliarde Milliarden kleiner als ein Atomkern – wundert mich nicht, dass Sie das nicht nachvollziehen können.«

Hugh, fand Jury, war geistig vollkommen normal. Allerdings hatte dies ja nie in Frage gestanden. Er war hierher gekommen, weil er nicht damit fertig wurde, dass ihm der Teppich unter den Füßen weggezogen wurde. Jury fragte sich, ob er selbst mit all dieser Unsicherheit leben könnte. Wahrscheinlich nicht. Doch er spielte weiter mit und versuchte, seinen Standpunkt zu verteidigen. »Abstraktion muss den Tatsachen aber doch nicht zuwiderlaufen. Sagen wir zum Beispiel, A bezieht sich auf den Fingerabdruck auf einer Schusswaffe, B bezieht sich auf den Fingerabdruck eines Tatverdächtigen. Sind die Fingerabdrücke auf der Waffe die des Tatverdächtigen, so können wir in der Frage, wer der Schütze ist – C – folglich schließen, dass der Tatverdächtige der Schütze ist. Die Fingerabdrücke sind ja augenfällige Fakten. Um aber von A und B zu C zu gelangen, muss ich einen Sprung machen – keinen großen, aber doch einen Sprung. Und das ist eine Abstraktion, dieser Sprung.«

»Das ist aber nicht direkt das, worüber wir sprechen«, sagte Harry.

»Nein?« Jury sah ihn fragend an.

»Harry«, lachte Hugh, »findet, wir sprechen nie über das, worüber wir sprechen. Er hält es für Doppelsprech. Wir denken nicht das Gleiche, wissen Sie, über einige grundsätzliche Punkte sind wir durchaus verschiedener Meinung. Deshalb ist er auch mit meinen Notizen geflüchtet.« Hugh lächelte. »Um zu sehen, ob er sie versteht.«

Harry sah amüsiert drein. »Ich verstehe sie ja.«

Jury fragte sich, ob die beiden wohl miteinander konkurrierten und worin. Ihm war schon der Gedanke gekommen, es könnte dabei vielleicht um Glynnis Gault gehen. Es war offenkundig, dass Harry ihr sehr zugetan war, aber wie sehr?

»Nein, eigentlich widerspricht sich Harry hier selber. Seine Idole sind Bohr und Gödel. Gödel traute der Quantentheorie aber auch nicht mehr, als Einstein ihr traute.«

»Nun gut, aber welche Auswirkungen hat das alles denn eigentlich auf *Ihr* Leben? Wenn ich sage, Fingerabdruck A und Fingerabdruck B sind identisch, dann kann ich auch sagen, C ist der Schütze. Ich begreife trotzdem nicht, wie sich beispielsweise die Unvollständigkeitstheorie auf etwas übertragen lässt, mit dem Sie in Ihrem Leben konfrontiert sind.«

»Das meinte Harry wohl, als er sagte, Ihre Definition von Abstraktion sei nicht das, worüber wir gerade sprachen.«

»Wie viele Arten von Abstraktion gibt es denn dann?«

»Mathematik ist Abstraktion, Zahlen sind abstrakt, Fingerabdrücke nicht«, erwiderte Hugh.

Harry meinte: »Das ist eigentlich keine akkurate Beschreibung. Ich spreche jetzt von Gödel. Oder von *Hamlet.* Erinnern Sie sich an das Theaterstück im Theaterstück dieser Wandertheatertruppe? Die Schauspieler im ›Stück‹, das dort aufgeführt wurde, übernahmen die Rollen, setzten sich die Masken von Hamlets Familie auf. In ihrer Parodie vergifteten sie dann den König, so wie Claudius den König in Wirklichkeit vergiftet hatte, beziehungsweise im tatsächlichen Stück. Es bezog sich alles wieder zurück auf sich selbst, indem die Schauspieler die Handlungen ihrer ›echten‹ Pendants kommentierten.«

Jury musste an Harrys Geschichte denken, die mittlerweile zu einer Geschichte in einer Geschichte in einer Geschichte geworden war. Hatte er im Endeffekt so wenig über die »echten« Ereignisse erfahren, wie er über das Unsicherheitsprinzip oder die Unvollständigkeitstheorie wusste?

Unwillkürlich musste er lächeln, ohne recht zu wissen, worüber. Vermutlich über die verdammte Katze.

# 25

Es kam Jury höchst gelegen, dass er den Rest des Nachmittags frei hatte, um nach Surrey zu fahren und in inoffizieller Mission beim Swan vorbeizuschauen. Obwohl es offiziell nicht einmal einen Tatort gab, würden sich die Stammgäste im Swan sicher freuen, ihn zu sehen, nachdem er ihr Interesse an diesem Verbrechen geweckt hatte – vorausgesetzt, es gab überhaupt ein Verbrechen. Vermutlich hatten sie sich über ihn und Melrose Plant und ihr Auftauchen im Pub bereits ausgiebig unterhalten. Und dann war da noch die Frau, die Glynnis Gault gesehen hatte. Sie würde ihm bestimmt etwas erzählen können.

Bei der Fahrt durch Slough überkam ihn plötzlich eine unerklärliche Traurigkeit, und er wurde von diesem Gefühl dermaßen überwältigt, dass er gleich zweimal um den Kreisverkehr an einem Gewerbegebiet herumfuhr, von denen es hier mehrere gab. Slough war eine graue Stadt, voller Beton und Glas. War es tatsächlich vorstellbar, dass jemand in Erinnerungen über »das gute alte Slough« schwelgte?

Jury lächelte, bis sich sein Lächeln verlor, als er an einem Zebrastreifen anhielt, um eine ältere Frau mit einem Einkaufsnetz voller Lebensmittel hinüberzulassen. Er konnte die Weetabix und den halben Brotlaib aus der Tasche lugen sehen. Dass sie vom »guten alten Slough« sprach, konnte er sich sehr wohl vorstellen.

Schon fing hinter ihm ein anderer Autofahrer an zu hupen. Die Frau, offensichtlich unter Gicht leidend, war erst halb über der Straße, für den Fahrer hinter ihm reichte das aber schon. Jury wartete, bis sie den Randstein erreicht hatte, was den Wagen hinter ihm zu einem aufgeregten Hupkonzert veranlasste. Jury fuhr lächelnd weiter.

Er stellte sich auf einen der Parkplätze vor Forester & Flynn und betrat das Büro. Die beiden jungen Makler wollten gerade gehen, vermutlich um gemeinsam zu Mittag zu essen, so dass Marjorie Bathous allein die Stellung hielt.

Sie schrieb an dem Exposé eines neuen Immobilienobjekts und hob überrascht den Blick. »Das ist ja Inspector – Jury? Habe ich Recht?«

Immer hieß es ›Inspector!‹ »Fast richtig, Mrs. Bathous.« Er zeigte ihr erneut seinen Dienstausweis. »Ich dachte, ob ich vielleicht noch einmal einen Blick auf das Winterhaus werfen könnte.« Da fiel ihm ein, dass er den Nachbarn ebenfalls noch einmal einen Besuch abstatten könnte. »Und mit den Shoesmiths sprechen, falls sie verfügbar sind?«

Marjorie Bathous drehte bereits an ihrer Rotationskartei. »Das ist sicher kein Problem. Die waren letzthin ganz begeistert von Ihrem Besuch.« Sie lächelte ihn an, während sie wartete, dass sich am anderen Ende der Leitung jemand meldete. Nachdem sie mit einem der beiden Shoesmiths eine Uhrzeit vereinbart hatte, legte sie auf. »Sie freuen sich und erwarten Sie, wenn Sie hier fertig sind. Und jetzt zum Winterhaus.« Sie öffnete und schloss nacheinander mehrere Schubladen. »Bitte sehr.« Sie händigte ihm den Schlüssel aus. »Macht es Ihnen auch nichts aus, allein hinzufahren? Ich könnte Sie begleiten. Ich habe erst um sechs wieder einen Klienten –« Sie lächelte übers ganze Gesicht, so dass sich kleine Grübchen bildeten.

»Ganz und gar nicht, Mrs. Bathous –«

»Marj – so nennen mich hier alle.« Wieder die Grübchen. »Hm, und ermitteln Sie … ermittelt Scotland Yard denn jetzt in dieser alten Geschichte?« Dann fiel ihr anscheinend ein, dass das Thema Ernst und Feierlichkeit verlangte und keine Grübchen. »Eine merkwürdige Sache, nicht wahr?«

Jury erhob sich. »Ja, schon. Haben Sie vielen Dank.« Er hielt den Schlüssel hoch. »Den bringe ich Ihnen zurück.« Er sagte es mit einem vielsagenden Lächeln. Als er die Tür aufmachte, winkte sie ihm von ihrem Schreibtisch aus zu.

Zuerst würde er die Shoesmiths besuchen, um zu verhindern, dass sie sich mit dem Tee allzu viele Umstände machten. Maeve Shoesmith war eine Gastgeberin, die bestimmt das ganze Teestündchenprogramm auffahren wollte.

»Polente kommt, Maeve!«, trompetete Bob Shoesmith. »Schnell die Beute verstecken!« Er lachte herzlich über sein eigenes Witzchen.

Maeve eilte rasch herzu – vermutlich aus der Küche – und versetzte Bob einen scherzhaften Klaps auf den Arm. »Du bist schrecklich! Nur herein, nur herein, gehen Sie einfach durch ins hintere Wohnzimmer. Das ist Ihnen doch recht, oder? Mit dem elektrischen Heizöfchen ist es schön warm und gemütlich. Bitte sehr.«

Jury bedankte sich und ließ den Blick durch den Raum schweifen, der sich vom vorderen Wohnzimmer nicht nennenswert unterschied. Das Teegedeck wartete bereits: Kümmelkuchen und ein paar gesunde Kekse, das Tablett mit Kanne und Henkelbechern. Maeve Shoesmiths Zeitmanagement war direkt unheimlich.

»Ihren Freund haben Sie ja diesmal gar nicht dabei«, sagte sie, auf die offensichtliche Tatsache hinweisend, während sie Milch in die drei Henkelbecher einschenkte. Keine Tassen und Untertassen heute, man war ja locker und informell. »Hat er schon ein Haus gefunden, oder überlegt er noch?«

»Er überlegt noch. Danke«, sagte Jury, als sie ihm einen Becher reichte. »Er war von diesem hier eigentlich recht angetan und ist nach Hause gefahren, um seiner Tante zu berichten, was er gefunden hat.« Er wollte aber keine allzu großen Hoffnungen wecken.

»Allerdings ist es doch ziemlich weit bis zur nächsten Stadt. Ein älterer Mensch ist womöglich etwas besorgt, wenn kein Krankenhaus oder wenigstens eine Arztpraxis in der Nähe ist. Ich meine, wenn man ganz auf sich gestellt ist, was bei ihr der Fall ist. Sie ist sehr selbstständig.«

Bob nickte weise. »Ja, das muss man schon bedenken. Trotzdem, ein besseres Schnäppchen als Lark Cottage findet sich so leicht nicht wieder, würde ich mal sagen.« Dabei klopfte er an die getünchte Wand direkt neben seinem Sessel, als wäre die Tatsache, dass die Wand unter seinem Faustschlag nicht gleich zerbröselte, der Beweis, dass die Tante gut daran täte, sich das Cottage ganz schnell unter den Nagel zu reißen. »Felsenfest. Und auch nicht feucht. Knochentrocken –«

Jury hielt die drohende Flut von hausbezogenen Details und Allgemeinplätzen sogleich auf. »Ich habe mir Ihr Treffen mit Mrs. Gault noch mal durch den Kopf gehen lassen.«

»Ja, das war seltsam.« Bei der Erinnerung an die Seltsamkeit dieser Begegnung runzelte Maeve gewaltig die Stirn. »Wir haben nie erfahren, was da passiert ist, stimmt's, Bob?«

Jury trank seinen Tee, der für seinen Geschmack zu stark mit Zitrusfrucht aromatisiert war. (Selbst Wiggins, dem so gut wie jeder Tee schmeckte, hatte die Angewohnheit der Teeproduzenten, dem Tee blumige Stückchen, Früchte und Gewürze beizufügen, einmal folgendermaßen kommentiert: »Inzwischen ist es bei all dem ganzen koffeinfreien Kräuterzeugs schon fast so weit, dass man nach schwarzem Tee extra verlangen muss.«) »Hat Mrs. Gault denn tatsächlich gesagt, sie sei auf dem Weg zum Winterhaus? Wollte sie es anschließend besichtigen?«

Die beiden musterten einander stumm. Dann sagte Bob mit umwölkter Stirn: »Da muss ich jetzt mal scharf nachdenken. Also, sie sprach von dem Haus … Maeve?«

»Du meinst, ob sie hinwollte, um es sich anzuschauen, oder ob sie schon dort gewesen wäre? Das Haus ›ein Stück weiter‹, sagte sie. Wir waren wahrscheinlich zuerst dran, weil wir auf dem Weg zum Winterhaus liegen. Ich erinnere mich, dass sie sagte, es sei ziemlich groß, aber das hätte sie auch von der Beschreibung her wissen können, die sie einem über die Häuser geben, mit Foto und dem allem.«

»Und ihr Sohn blieb draußen?«

»Ja, der spielte mit dem Hund«, sagte Maeve.

»Ein ziemlich großes Tier.«

»Ich würde sagen, mittelgroß.«

Sie wollten ganz sichergehen, dass die Einzelheiten auch alle genau stimmten.

»Mit Schlappohren«, sagte sie. »Der Junge hat ihm Stöckchen geworfen.«

Jury sagte: »Ich hatte bisher angenommen, Mrs. Gault hielt hier als Erstes und fuhr dann zu dem großen Haus weiter und dann zum Swan. Wenn die Reihenfolge aber umgekehrt war, muss das Pub ihr erster Anlaufpunkt gewesen sein.«

Wieder umwölkte sich Bobs Stirn. »Ist das denn wichtig?«

»Für Sie? Das will ich meinen. Dann wären Sie die Letzten gewesen, die sie lebend gesehen haben.«

Bob wurde bleich und lehnte sich erschrocken zurück. »Ach, aber das kann doch nicht sein! Und war jemand bei ihr, als sie bei Nacht und Nebel verschwunden ist …?«

Maeves Nervosität, die Jury mit seiner Bemerkung hervorgerufen hatte, legte sich beim Einwand ihres Gatten wieder. Indem sie sich hin und her wiegte, fügte sie noch einen aufregenden Aspekt hinzu: »Ein anderer Mann war's. Mit dem ist sie wahrscheinlich durchgebrannt.«

Jury lächelte. »Durchaus möglich. Um welche Uhrzeit fuhr sie weg?«

Bob dachte angestrengt nach. Maeve sagte: »Es war nach zwei, eigentlich fast halb drei. Falls sie noch zu dem anderen Haus wollte, musste sie sich sputen. Wir haben hier nämlich keine Londoner Öffnungszeiten, und das ist auch gut so, sag ich immer. Bei den ganzen Verbrechen.«

Jury gefiel der Pauschalkommentar, es war sozusagen ein Rundumschlag. »Können Sie es auf etwa halb drei festmachen? Sie haben ja ein bemerkenswertes Gedächtnis«, sagte er, »wenn man bedenkt, dass es schon ein Jahr her ist.«

»Ich erinnere mich nur, weil sie etwas vom Swan sagte, und ich erwähnte, dass die in einer halben Stunde zumachen. Deshalb habe ich mir die Uhrzeit gemerkt.«

»Ich wünschte, es gäbe mehr Zeugen wie Sie.« Jury lächelte.

Sie genoss die Anerkennungsbezeugung. »Äh, na ja.« Sie kicherte.

»Das würde heißen, sie war zuerst hier.« Jury stellte seinen Henkelbecher hin. »Dann im Winterhaus, dann im Pub.«

»Freut mich, dass wir das klären konnten!«, sagte Bob. »Nein, wir wären nicht gern die Letzten gewesen, das können Sie mir glauben.« Er lachte.

»Worüber haben Sie denn geredet?«

Bob sagte: »Es ging irgendwie um die Schule, nicht?«

Maeve nickte. »Um die Sonderschule von Lark Rise. Das ist eine Schule speziell für Kinder mit Behinderungen, wie etwa, äh, wie heißt das gleich?«

»Autismus? Für autistische Kinder?«, sagte Jury.

»Genau. Lark Rise ist anscheinend auf solche Sachen spezialisiert. Ihr kleiner Junge« – Maeve beugte sich vor und dämpfte die Stimme, als könnte es dem Jungen Unglück bringen, wenn sie es laut sagte –, »der war nämlich autistisch. Ich brachte ihm einen Keks raus und eine Tasse Tee. Er hat gelächelt und genickt, aber gesagt hat er nichts.«

»Sie wollte ihn in dieser Schule unterbringen, war es nicht so?«

Maeve nickte. »Ich glaube nicht, dass das Haus als Wochenenddomizil gedacht war, was meinst du, Bob? Sie hatte wohl vor, dass sie während des Schuljahrs dort wohnten und vielleicht die Weihnachtsferien im Londoner Haus verbrachten. Das war mein Eindruck.«

Jury bedankte sich für den Tee. »Ich fürchte, ich muss tatsächlich noch einmal dorthin. Vielen Dank, Sie haben mir beide sehr geholfen.«

Während sie ihn an die Tür begleiteten, sagte Bob: »Sie hatten sich nach dem Hund erkundigt. Ich muss schon sagen, was ich so sehen konnte, war das ein schlauer alter Hund. Der sah aus, als wüsste er Sachen, von denen wir alle keine Ahnung haben.« Er lachte.

»Ich weiß genau, was Sie meinen, Mr. Shoesmith.« Sie schüttelten einander zum Abschied die Hände.

# 26

Jury stieg aus dem Wagen, die schlichte, ausdruckslose Fassade vom Winterhaus vor sich. Er schloss die Haustür mit dem riesigen Schlüssel auf, der eher zu einem Albtraum von Gewölben und Grabkammern passte, und trat ein.

Es schallte wider, als er vom großzügigen Eingangsbereich in den anderen Raum hinüberging – was war es wohl einmal gewesen? Musikzimmer? Speisezimmer? Morgenzimmer? Ja, möglicherweise Morgenzimmer. Obwohl sich Jury nach einiger Überlegung nicht sicher war, wozu ein derartiger Raum diente, war es mit den hohen Flügeltüren, die auf die Terrasse hinausführten, bestimmt sehr angenehm, hier zu sitzen und in den regnerischen Morgen hinauszuschauen. Er kam also zu dem Schluss, dass dies die Funktion des Raumes war.

Wieder rief es in ihm eine Träumerei wach, versetzte ihn in einen leicht hypnotischen Zustand, und er hatte plötzlich das Gefühl, sich nicht bewegen zu können, oder aber er wollte sich gar nicht bewegen. Er musste an Hugh Gault denken und fragte sich, ob diese Art von Stagnation ihm vielleicht Trost bot. Wahrscheinlich schon, dachte er. In Melrose schien dieses Winterhaus gar nichts wachgerufen zu haben, obwohl Jury gedacht hätte, er sei weitaus empfänglicher für diese Atmosphäre, sei von ihnen beiden der Fantasievollere, Einfallsreichere, leichter zu Beeindruckende. Er fand es paradox, dass er, Jury, der sonst mehr mit Fakten und Zahlen zu tun hatte als mit Zauber und Hexerei, am Ende weit empfänglicher dafür war. Er spürte, wie die Vergangenheit schwer auf ihm lastete, doch es war seine Vergangenheit, nicht die dieses Hauses. Er kam sich vor wie eine Kamera, die Bilder auf die leere Wandfläche warf, von denen einige real, die meisten aber der Fantasie entsprungen waren.

Etwas verstört von diesen Gedanken trat er weiter nach links, wo sich durch die Terrassentür ein unverstellter Ausblick bot. In einiger Entfernung schien sich etwas zu bewegen. Als Jury das kleine Mädchen sah, dem er und Plant schon einmal begegnet waren, trat er hinaus und ging über die Rasenfläche in Richtung Spielhaus.

Sie hatte zwei Puppen in den Händen, die eine hübsch, die andere ziemlich schlicht gekleidet. Als er näher trat, versetzte die schlicht Gekleidete der Hübschen gerade einen Faustschlag mitten ins Gesicht. »Ach, hallo«, sagte sie.

»Hallo.« Er setzte sich auf den breiten Baumstumpf, der Melrose damals als Stuhl gedient hatte. Jury nickte der Inuit-Puppe zu, derjenigen, die der anderen mit der Faust ins Gesicht geschlagen hatte. Wie hatte sie sie genannt? Nicht Ugly. »Oogli kann ja gut boxen. Wen vertrimmt sie denn da?«

»Caroline.« Sie drehte die im rosa Rüschenkleidchen so hin, dass er genau sehen konnte, was zwischen ihr und der zimperlichen Caroline los war.

»Ist Caroline denn jemand ganz Bestimmtes?«

»Meine Cousine. Mit der wohn ich zusammen. Leider. Und muss sogar in einem Zimmer mit ihr schlafen.«

»Uuh!«, sagte Jury und verzog das Gesicht.

Was sie ihm hoch anrechnete. »›Uuh!‹ Genau! Ich muss mit Caroline ins Bett und mit Caroline aufstehen und mit Caroline frühstücken. Überall ist Caroline.«

Das hörte sich eher nach Gott an als nach dem Mädchen Caroline.

»Drum hau ich manchmal ab und komm hierher. Wenn Caroline es rausfindet, muss ich sie wahrscheinlich umbringen.« Diese rosige Aussicht rief ein Lächeln hervor. »Tut sie aber nicht, es ist nämlich zu weit weg, und man muss durch den Wald, und dazu ist sie zu faul. Sie kriegt dauernd schicke Kleider« – das rosa Kleidchen wurde wieder in den Blickpunkt gerückt – »und ich die einfachen Sachen.« Sie hielt Jury die Puppe zur Begutachtung dicht vors Gesicht. Dann trat sie zurück, damit Jury einen besseren Blick auf ihre alten Hochwasserjeans werfen konnte, auf ihr weißes T-Shirt und die braune Strickjacke.

»Mädchen tragen aber doch gar keine solchen schicken Kleider mehr. Caroline ist völlig aus der Mode. Alle Mädchen kleiden sich so wie du.«

Verblüfft musterte sie sich von oben bis unten. »Wollen die *absichtlich* furchtbar aussehen?« Sie überlegte. »Vielleicht haben die auch alle eine Caroline zu Hause.«

Damit traf sie so ins Schwarze, dass Jury lachen musste. Gleich darauf lachte sie auch.

»Aber was ist mit deiner Mum?«

»Hab ich Ihnen doch schon gesagt. Das ist meine Tante. Tante Brenda. Hab ich Ihnen gesagt, als Sie mit Ihrem Freund hier waren.«

Das stimmte. »Und wo ist deine Mum?«

»Tot. Wo mein Dad ist, weiß ich nicht. Der ist nie gekommen und hat mich von hier weggeholt.«

Ihre Mundwinkel verzogen sich nach unten, und die schlichte Puppe gab der anderen wieder gehörig eins auf die Löffel.

Jury versuchte, das Gespräch von Dad wegzulotsen. »Und dann bist du zu deiner Tante gezogen?«

Sie nickte heftig. »Caroline darf auf Partys. Ich nicht. Sie hat Freundinnen, ich nicht, die darf sie auch zum Spielen nach Hause einladen.«

»Dann ist sie ja wenigstens eine Weile von dir abgelenkt.«

Sie verdrehte die Augen, als wollte sie sagen, er müsste es eigentlich besser wissen. »Nein, ist sie nicht! Dann ziehen die nämlich alle über mich her.«

»Das ist ja schrecklich, aber« – Jury versuchte, die Situation irgendwie zu retten – »wenn Caroline die meiste Zeit damit verbringt, dich niederzumachen, ist dir da nicht schon mal der Gedanke gekommen, dass sie vielleicht furchtbar eifersüchtig ist?«

Ihr überraschter Gesichtsausdruck verriet, dass der Gedanke ihr noch nie gekommen war. »Wie meinen Sie das?« Jetzt kam sie mit den beiden Puppen, um sich neben ihn auf den Baumstumpf zu setzen.

Es handelte sich definitiv um ein Thema, zu dem man sich hinsetzen musste.

»Ich meine, wenn jemand total gegen jemand anderes ist, so dass sie diejenige ständig heruntermachen muss, dann heißt das doch normalerweise, dass sie das, was die andere hat, für sich begehrt.«

»Begehrt?« Ihre Augenbrauen hatten sich vor Verblüffung gekräuselt.

»Na, dass sie es will, dass sie es besitzen will, so wie man vielleicht von jemandem den Schmuck will oder die Kleider oder das Haus.« Jury ließ den Blick über die eintönige Märzlandschaft schweifen, in der sich Weiß-, Grau- und Brauntöne fast kunstvoll zu einem gleichförmigen Hintergrund für dieses klassizistische Haus und das dazugehörige Wäldchen, dicht und reglos, vermischten.

»Erinnerst du dich noch an den Tag letztes Jahr, als die Frau und ihr kleiner Junge hier waren?«

Sie zog der Puppe das Kleid glatt und nickte.

»Der Junge – wie war der?«

»Der war nett. Wäre schön, wenn der mal wiederkäme. Aber dass die richtig hier wohnen, hätte ich nicht so gern. Weil ich dann nämlich selber nicht hierherkommen könnte, wann ich will.« Sie senkte die Stimme zu einem Flüstern. »Ich komm oft hierher. Darf ich aber eigentlich nicht.«

Jury senkte passend zur Feierlichkeit dieses Geständnisses

ebenfalls die Stimme. »Und hast du sonst schon mal jemanden hier gesehen? Ich meine, außer dem Jungen und seiner Mutter? Und dem Mann auf der Terrasse?«

Sie nickte. »Die Dame, die sich anscheinend um das Haus kümmert.«

Marjorie Bathous. »Die Maklerin?«

»Wahrscheinlich.« Sie zupfte an einem kaputten Knopf an Ooglis Mantel herum. »Die kommt her und stellt die Sachen auf dem Teetablett anders hin und wechselt manchmal die Bilder aus, und manchmal stellt sie einen Sessel woanders hin. Wieso, weiß ich auch nicht.«

Sie merkte nicht, dass sie damit zugab, viel Zeit im Haus zu verbringen. Jury lächelte. »Sie will wahrscheinlich bloß das Gefühl haben, dass hier Leute wohnen. Immobilienmakler tun manchmal so, als wären die von ihnen betreuten Objekte ihr eigenes Heim.« Er fragte sich, ob das stimmte; es schien jedenfalls nicht völlig abwegig zu sein. Dann sagte er: »Hältst du da drin denn manchmal ein Teestündchen?«

Sie zögerte. Vermutlich überlegte sie, ob er vertrauenswürdig war. »Na ja … manchmal schon.«

»Na, dann halte aber gut die Augen offen nach Leuten hier, ja? Ich brauche nämlich vielleicht noch mehr Informationen.«

Nun lächelte sie richtig. »Augen offen halten kann ich. Von da oben.« Sie deutete auf eine Ulme, deren wirres unteres Astwerk jedem, der hinaufklettern wollte, guten Halt bot. Auch verliehen die moosbewachsenen Äste und das dichte Blätterkleid reichlich Deckung. Der Baum überragte die meisten anderen, Ahornbäume und Eichen.

»Da klettere ich gern rauf«, sagte sie. Und dann: »Ich glaub, ich muss jetzt gehen.«

»Ich auch. War nett, sich mit dir zu unterhalten.« Jury fiel plötzlich ein, dass er ja gar nicht wusste, wie sie hieß. »Du hast uns deinen Namen gar nicht gesagt. Wie heißt du?«

»Tilda. Eigentlich Mathilda, aber man nennt mich Tilda.«

»Wie kommst du denn nach Hause, Tilda?«

Sie legte den Kopf schief. »Ich geh durch den Wald.«

*Es gab da einmal eine Straße durch den Wald.*

»Was ist los?«

»Was? Nichts. Ich musste nur gerade an eine Gedichtzeile denken.«

»Die ist traurig, glaub ich.«

Er nickte. »Das glaube ich auch.«

# 27

Die Stammgäste im Swan erinnerten sich noch an Jury. Er war ihre Unterhaltung, ihre kleine Varietenummer, die nun als Zugabe noch einmal erschienen war.

»Oho«, sagte einer von ihnen. »Jetzt wird's ernst, Kumpels. Clive, versteck schnell die Schiffsladung, die du aus Belfast gekriegt hast.«

»Ach, hör doch auf, Reggie«, erwiderte der Barmann. »Nächstens verpfeifst du mich noch wegen der Lieferung, die kürzlich für dich gekommen ist.«

Jury ließ den etwas gequälten Humor mit einem Lächeln über sich ergehen. »Ich bin gar nicht wegen Ihres Waffenschmuggels hier, Clive, sondern suche jemanden, der sich an diese Frau erinnert, über die Sie, offenbar zeitweilig alle erblindet, nicht das Geringste wissen.« Den Arm ausgestreckt, hielt Jury das Foto hoch, um es reihum zu zeigen. »Mit ihrem Sohn und ihrem Hund.«

Clive starrte auf das Foto, als wollte er tatsächlich behilflich sein. »Keine Ahnung, Kumpel«, meinte er schulterzuckend.

»Sie muss doch jemandem aufgefallen sein.«

Eine schon etwas ältere Frau stellte ihr leeres Glas auf die Theke und sagte: »Damit meinen Sie wohl mich.«

Clive sagte: »Myra –«

»Für dich immer noch Lady Easedale, du Whiskeypanscher.«

Als Jury sich umwandte, blickte er in zwei blassblaue Augen. Ihr Gesichtsausdruck war so, als wollte sie sich gleich für ihn überschlagen. Sie betrachtete das Foto in Jurys Hand, auf dem Glynnis Gault zu sehen war. »Die hab ich gesehen, wenigstens glaub ich, dass sie es war. Hatte ein Kind dabei, einen Jungen, glaub ich, und einen Hund.«

»Bestimmt Mrs. Gault. Was trinken Sie?« Er lächelte sie an.

Der Barmann warf sich das Geschirrtuch über die Schulter. »Fragen Sie sie lieber, was sie nich trinkt. Wenn man's einschenken kann, trinkt sie's. Von wegen Panscher, haha! Bei den Mengen, die du kippst, wär ich wahrscheinlich besser einer.« Allgemeines Kichern ringsum an der Theke, während Clive ein Glas unter einen der Zapfhähne stellte, wo es stramm stand wie ein guter Soldat.

»Kümmern Sie sich nicht um die. Na, kommen Sie, leisten Sie mir Gesellschaft an meinem Tisch.«

»Gut.« Für sich selbst bestellte er ein Foster's, dann folgte er Myra an einen Tisch in der Ecke. »Lady Easedale? Ihr Mann war also – was? Herzog? Viscount? Ehrenwerter Richter?«

»Herzog süßer Träume, Lord Schnuckiducki, ehrenwerte Nullnummer. Mein Mann ist nach Irland rüber und hat sich einen Titel gekauft. Das kann man hier auch, bloß hat man viel mehr Papierkram. Na, Sie kennen sich ja aus. Mit Titeln, mein ich.«

»Mit Papierkram auch.«

»So lasse ich mich aber nicht nennen; klingt so angeberisch, finden Sie nicht? Ich bin schlicht und einfach Myra Easedale.« Sie streckte ihm die Hand hin.

Jury ergriff sie. »Richard Jury, Detective Superintendent bei Scotland Yard. Freut mich, Sie kennenzulernen.«

»Also dann.« Sie hielt sich nicht lange mit großen Einführungen auf und reagierte recht nüchtern auf die Mitteilung, dass es sich bei ihrem Gegenüber um einen Polizisten handelte. Sie beugte sich näher zu ihm hin. »Diese Frau also … ich dachte eigentlich weiter nicht drüber nach, bis Sie letztens herkamen und nach ihr fragten. Sagte mir Clive jedenfalls. Die Leute hier sind übrigens nicht so unzuverlässig, wie man zunächst meinen könnte. Ich habe mir also so meine Gedanken gemacht.«

Clive stellte ihnen die Getränke hin. »Er sucht keine Vermissten, Myra, er is bei der Kripo. Mordkommission oder so ähnlich.«

»Ah ja, und mit ›oder so ähnlich‹ kennst du dich ja bestens aus.«

Clive kehrte achselzuckend zur Theke zurück.

»Idiot«, murmelte sie. »Ich hab die Geschichte von Marjorie Bathous gehört – das ist die Häusermaklerin. Die sagte, die Frau hätte den Schlüssel gar nicht zurückgebracht. Später versuchte sie es unter der Nummer, die die Frau ihr gegeben hatte, und niemand meldete sich. Ein paar Tage hat sie's versucht. Keine Antwort.«

»Hat Mrs. Bathous nicht die Polizei verständigt?«

»Soviel ich weiß, nein. Na ja, wenn's um Polizei geht, kriegen manche Leute echt Muffensausen. Marjorie Bathous dachte wohl, Mrs. Gault würde schon irgendwann wiederkommen. Wissen Sie, die Leute finden das Haus sowieso etwas merkwürdig. Manche haben sogar allen Ernstes behauptet, das Haus hätte sie und ihren Sohn verschluckt. Manche Leute sind richtig makaber, finden Sie nicht? Das Haus ist ja auch riesig, ziemlich abgelegen, steht leer. Seit einiger Zeit steht es schon leer. Vor ein paar Jahren war es mal vermietet gewesen, daran kann ich mich erinnern. Na ja, wer will hier hinterm Mond schon was mieten.«

»Um noch einmal darauf zurückzukommen, wann Sie Mrs. Gault gesehen haben –«

Sie gab sich etwas erschrocken. »Na, Sie lassen ja wirklich nicht locker!«

»Absolut.«

»Ich kam gerade aus Lark Rise, als ich sie sah. Ich hatte ein paar Einkäufe gemacht. Kurz bevor ich am Winterhaus vorbeikam, bemerkte ich ihren Wagen. Sie stand daneben und studierte eine Landkarte. Ich hielt an und fragte sie, ob ich ihr helfen könnte, aber sie sagte, nein, sie käme schon zurecht. Also fuhr ich weiter. Das Auto stand genau gegenüber der Einfahrt vom Winterhaus.«

»Welche Uhrzeit war das?« Jury hatte sein kleines ledernes Notizbuch gezückt.

»Hm… ich würde sagen, so etwa drei, irgendwann zwischen drei und vier jedenfalls. Ob sie vorhatte, das Haus zu besichtigen, oder ob sie es schon getan hatte und wegfahren wollte, könnte ich nicht mit Sicherheit sagen.« Myra nahm einen Schluck Whiskey und machte ein skeptisches Gesicht.

»Was ist?«

»Es ist doch komisch, dass sie dort anhält, um auf die Karte zu schauen. Das kam mir später recht seltsam vor. Aber so ein kleines Detail, ich hab's nicht weiter beachtet.«

»Und dann?«

»Also, die Auffahrt vorm Haus – von da aus, wo sie stand, war die nicht zu übersehen. Wenn sie einen Blick auf eine Karte werfen wollte, wieso hat sie es dann nicht in der Einfahrt getan? Wieso hielt sie auf der anderen Straßenseite an und stieg dort aus?« Sie tat es lässig ab, als wäre ihr die Trivialität ihrer eigenen Worte peinlich. »So was Nebensächliches.«

Jury hob lächelnd sein Glas, als wollte er ihr zuprosten. »Und genau solche Nebensächlichkeiten sind es, die zur Lösung eines Falls beitragen. Sie würden eine sagenhafte Zeugin abgeben.« So etwas Ähnliches hatte er auch zu Maeve Shoesmith gesagt.

Sie schien sich über das Kompliment zu freuen.

Jury fragte: »Und was dachten Sie darüber, dass sie dort anhielt?« Er bemerkte, dass ihr Glas beinahe leer war, und machte Clive ein Zeichen.

»Dass sie den Hund vielleicht rauslassen wollte – oder meinetwegen auch den Jungen –, damit er sich, äh, erleichtern konnte. Der Junge hatte vielleicht genau am Ende der Auffahrt gesagt, ›Mum, ich muss mal!‹ Obwohl, das ist recht unwahrscheinlich, oder? Wieso das gut abgeschirmte Grundstück verlassen – wo es ja so viele Bäume und Hecken gibt –, um etwas zu tun, bei dem man nicht gesehen werden will?« Wieder war es, als wollte sie ihre Worte achtlos beiseitewischen. »Wäre ich bloß neugieriger gewesen und ihr ein Stück nachgefahren – na ja, hinterher ist man immer schlauer. Meistens jedenfalls.« Sie sah zu Clive hoch, der mit dem Geschirrtuch über der Schulter dastand.

»Was soll's denn sein, Myra, altes Mädchen?« Er lächelte übers ganze Gesicht.

»Noch mal das Gleiche«, sagte Jury.

»Passen Sie auf sich auf, Inspector. Die wickelt Sie ein.« Pfeifend zog er mit den leeren Gläsern ab.

»Blödmann«, sagte Myra.

»Sagen Sie mir eins – wenn das Auto in der Auffahrt gestanden hätte, hätten Sie es dann gesehen?«

»Ganz flüchtig vielleicht. Es ist so, die Hecken und Bäume stehen dort ziemlich dicht, ich hätte sie also eher zufällig bemerkt, wenn überhaupt.« Sie lehnte sich zurück und sah Jury prüfend an. »Wollen Sie damit sagen, sie *legte es drauf an*, gesehen zu werden?«

»Sieht ganz danach aus.«

Myra musterte ihn stirnrunzelnd. »So wie sich das alles abspielte, könnte man fast meinen, sie *wollte* einen Zeugen.«

Jury nickte. »Aber wofür?«

Die Frau, die an die Tür kam, war etwas grobknochig, aber doch recht ansehnlich, wenn nicht diese gewisse säuerliche Miene gewesen wäre, mit der sie aussah, als rechnete sie ständig damit, mit unangenehmen Nachrichten konfrontiert zu werden.

»Mrs. Hastings? Brenda Hastings?« Jury zeigte ihr seinen Dienstausweis. »Mein Name ist Jury, von Scotland Yard, Abteilung für Verbrechensbekämpfung.«

Brenda Hastings' Miene wurde ängstlich. »Was? Was ist denn? Ist Caroline etwas passiert?«

»Nein, absolut nichts dergleichen.«

Sie stieß einen Seufzer der Erleichterung aus, und Jury wartete einen Moment, ob sie sich nun nach Mathilda erkundigen würde. Sie tat es nicht oder jedenfalls erst, als Jury nachhalf. »Sie haben eine Nichte namens Tilda?«

»Ja, ja, Mathilda. Wir nennen sie Tilda. Wieso? Hat sie was ausgefressen?«

Interessant, dachte Jury, während Caroline womöglich in Gefahr war, konnte Mathilda bloß etwas ausgefressen haben. Weiter ging ihre Sorge um das Mädchen nicht.

»Nein, aber sie ist vielleicht –« Jury verstummte. Warum sollte er das Geheimnis des kleinen Mädchens preisgeben? Beinahe wäre ihm herausgerutscht, sie sei vielleicht in Gefahr, weil sie ins Wäldchen gegangen war, gefährdet durch eine Person, die zum Winterhaus gekommen war. Gefährdet, weil man es an Aufsicht hatte mangeln lassen, an Interesse, an Liebe. Er fragte sich, was wohl mit ihren Eltern geschehen war. Wieso begegnete er ständig mutterlosen Kindern? Er wusste, wie es sich anfühlte, er wusste, dass es immer weiterging und nie aufhörte. Er wusste, dass es einen Einfluss darauf hatte, wie er mit seinen Mitmenschen umging. Hier schon wieder: Kaum war er in der Tür, überkam ihn bereits eine heftige Abneigung gegen Brenda Hastings. »Wegen der beiden Kinder bin ich gar nicht gekommen.«

Sie schob sich eine dicke gelbe Strähne aus dem Gesicht – ihr Haar war nicht blond, sondern gelb, grellgelb, und der Glanz, den es einmal gehabt hatte, war längst verblasst.

»Ich brauche eigentlich nur eine Auskunft.«

»Ach.«

Jury deutete zu dem wenig einladenden Wohnzimmer des vollgestopften Hauses hinüber. »Darf ich Platz nehmen?«

»Ja, gehen Sie einfach durch.« Sie bedachte ihn mit einem etwas verstörten Lächeln.

Jury setzte sich in einen Sessel, bedeckt mit einem billig aussehenden Stoff, der sich rau anfühlte und ein monströses Sonnenblumenmuster trug. Die Rüschenvorhänge an den beiden

Fenstern ihm gegenüber waren ebenfalls mit Sonnenblumen bedruckt.

Mathildas Tante setzte sich auf die Kante des in dunklem, deprimierendem Grau gehaltenen Sofas. »Na dann –«

»Kennen Sie das Winterhaus?«

»Das Riesenhaus drüben mit dem Haufen Bäumen? Drin war ich nie, aber ich weiß, welches Sie meinen. Da wohnt aber niemand. Ich glaube, die wollen es vermieten.«

»Sie sind die nächste Nachbarin, abgesehen von den Shoesmiths im Lark Cottage.«

»Ach, mit denen habe ich aber über die Jahre kaum ein paar Worte gewechselt.«

»Für die Shoesmiths interessiere ich mich gar nicht. Sondern für das Winterhaus.«

»Ach? Darüber weiß ich gar nichts. Die Familie, der es gehört hat oder vielleicht immer noch gehört, die hatte so einen italienischen Namen –«

»Della Torre. Italiener. Das heißt, der Vater des gegenwärtigen Besitzers ist Italiener. Seine Frau war allerdings Engländerin. Ich bin aber nicht wegen der Della Torres hier. Es geht darum, dass vor neun Monaten eine Frau verschwunden ist –«

»Verschwunden? Äh, darüber weiß ich aber nichts. Wieso? Was ist passiert?«

»Eine Frau namens Gault wurde in dieser Gegend zum letzten Mal gesehen. Das war vor etwa neun Monaten. Die Letzten, von denen wir wissen, dass sie sie gesehen haben, sind die Shoesmiths. Die Polizei war doch bestimmt da und hat Fragen gestellt –«

Sie richtete sich abrupt auf. »Bei mir war sie nicht. Ich weiß überhaupt nichts davon.«

So nachdrücklich beteuerte sie ihre Unwissenheit, dass Jury sich wunderte.

»Na, jedenfalls«, fuhr Brenda Hastings fort, »ist es schon lange her, seit das passiert ist, nicht?« Sie hob die Augenbrauen, als wunderte sie sich, weshalb Jury erst jetzt damit ankam.

»Es handelte sich vielleicht um eine Entführung, Mrs. Hastings, aber jegliche Information, die Sie vielleicht haben – Können Sie sich erinnern, damals jemanden gesehen zu haben? Sie hatte nämlich einen kleinen Jungen dabei und einen Hund.«

Sie schüttelte den Kopf, noch bevor er die Frage ganz ausgesprochen hatte. »Nein, habe ich nicht.« Mit diesen Worten gab sie ihm, ohne es recht angeschaut zu haben, das Foto zurück, das er hervorgezogen hatte.

Er nahm es und hörte, wie eine Tür geöffnet wurde und eine Stimme leise säuselte: »Mum-my!«

Das Haar der Kleinen war beinahe genauso gelb wie das ihrer Mutter, nur leuchtender und heller. Das Kind drängte sich an ihre Seite und musterte Jury aus großen blauen Augen. Voller Genugtuung. Caroline war gerüscht wie die Vorhänge. Selbst ihre Spielkleidung, die rosa Latzhose und das leuchtend rosa Blüschen, hatte Rüschen an Ärmeln und Hosenbeinen.

»Der Herr ist Polizeibeamter, Caroline, sei also hübsch artig.« Das Wort »artig« sprach sie fast tirilierend aus, worauf das Kind die Nase kraus zog und kicherte. Dann begann sie Jury kokette Blicke zuzuwerfen. Bei Kindern empfand er dies jedes Mal als äußerst unangenehm.

Als Erwiderung auf die Anordnung, nur hübsch artig zu sein, erkundigte sich Jury in freundlichem Ton: »Was machst du denn, wenn du unartig bist?«

Dies brachte Mutter und Tochter gleichermaßen aus dem Konzept. Brenda Hastings guckte argwöhnisch und Caroline ziemlich fies, als hätte Jury sie gerade voll auffliegen lassen. »*Bin* ich doch gar nicht!«

»Nein, natürlich nicht immer.«

Weil Caroline nicht wusste, wie sie das auffassen sollte, setzte sie wieder ihren koketten Blick auf. »Tilda schon, die ist unartig.« Dies sagte sie mit einer Leidenschaft, die Jury ziemlich überraschte.

»Ist Tilda deine Cousine?«

Statt dies zu bestätigen, stürzte sie sich eilfertig auf Tildas schlechtes Benehmen. »Die geht andauernd in den Wald« – dabei deutete sie in die Richtung –, »das darf sie aber gar nicht. Mummy hat gesagt, da darf sie nicht hingehen.«

Nun schaltete sich ihre Mutter ein. »Och, mein Schatz, das tut sie aber doch gar nicht mehr.«

»O doch, doch! Heute ist sie sogar dort hingegangen«, kam es ziemlich triumphierend.

»Woher weißt du das?«, fragte Jury.

»Was?«

»Woher weißt du das?« Es war für sie doppelt irritierend, dass er die Frage einfach wiederholte, statt sie zu erläutern.

Caroline machte sich von ihrer Mutter los. »Ich-ich-ich hab gewusst, dass sie es nicht darf, und da bin ich ihr hinterher!«

»Ist ja gut, Caroline«, sagte die Mutter mit einem nachsichtigen Lächeln, das sie sodann Jury zuwandte. Wie Kinder nun mal sind, nicht wahr?, besagte das Lächeln.

»Caroline«, sagte Jury, »kannst du dich erinnern, eine Frau gesehen zu haben, eine Fremde, letztes Jahr im Winterhaus?«

Caroline nahm die Herausforderung an. »Kann schon sein.« Mit einem albernen Lächeln stellte sie sich wieder neben Brenda Hastings.

»Jetzt pass aber schön auf, was du sagst, mein Kleines«, sagte ihre Mutter. »Kein Geflunker.« Das sagte sie jedoch so nachsichtig, dass Jury dachte, sie könnte sich wohl auf viele, viele Jahre Geflunker gefasst machen.

Caroline sagte gar nichts, sondern wickelte sich bloß eine gelbe Locke um den Finger.

Jury lachte. »Na, nun komm schon, Caroline. Du hast sie in Wirklichkeit gar nicht gesehen, oder?«

Die Arme über dem Latzteil ihrer Jeanshose verschränkt, das Kinn hoch erhoben und die Stirn gerunzelt, sah sie furchtbar altklug aus, bemerkte Jury betrübt.

»Du und Tilda, spielt ihr denn manchmal miteinander?«

Heftig schüttelte sie den Kopf. »Nein, die ist blöd.«

Ihre Mutter sagte: »Caroline! So sollst du aber nicht über deine Cousine reden.«

Der Tadel kam in einem leichten, trällernden Ton – Brenda sang ihn geradezu –, ohne jede Überzeugungskraft, ohne jeden Nachdruck. Wahrscheinlich bekam Caroline so viele widersprüchliche Signale, dass sie gar nicht wusste, was sie tun oder lassen sollte.

Caroline fuhr fort: »Die will bloß mit den blöden Puppen und dem Bär spielen, und immer allein.«

Jury sagte: »Vielleicht macht es Tilda gar nichts aus, allein zu sein.«

Sie war definitiv eifersüchtig auf etwas, was sie nicht nachvollziehen konnte.

»Einmal, als du Tilda nachgegangen bist«, sagte Jury (und mochte wetten, sie hatte es oft getan), »hast du da eine fremde Frau gesehen?«

Sie nickte und wirkte plötzlich unsicher.

»Und wenn schon«, sagte Brenda Hastings indigniert, »es war vermutlich jemand, der das Anwesen besichtigen wollte.«

Jury beachtete sie überhaupt nicht. »Hatte sie einen Jungen dabei?«

Caroline kam ein wenig näher, wie um etwas Vertrauliches mitzuteilen. »Da war ein Hund dabei. So einer mit *Schlappohren*. Der war bei dem Jungen. Der hat ihn aber gar nicht beachtet.«

»Der Junge?«

»Nein, der Hund. Der kam nicht, wenn man ihn gerufen hat oder so. Der musste an der Leine bleiben, sonst wäre er auf und davon gerannt.«

Was so viel hieß, dass Caroline ebenfalls an der Leine war und ein ähnliches Schicksal durchlitt. Er stellte sich vor, wie sie sich dort hinter einem Baum versteckte oder im Gehölz kniete und sich nicht hervortraute, denn damit würde sie ja zugeben, dass sie gern in Tildas Welt von einfacheren Kleidern, spärlicheren Wörtern und mehr Fantasie sein wollte.

»Na, jedenfalls wollte der nicht weg.«

»Nein?«

»Die mussten ihn praktisch hochheben und tragen. Der war nett.«

Ihr sonst so hitziges Vokabular hatte sich abgekühlt, während sie darüber nachdachte.

»Caroline«, sagte ihre Mutter, »du weißt, dass du dort nicht hinüber darfst! Alle beide dürft ihr nicht!«

Sowohl Jury als auch Caroline ignorierten Mum. Jury fragte: »Bist du schon mal in das Haus hineingegangen?«

Schweigen, dann ein unmerkliches Nicken, ohne Mum dabei in die Augen zu sehen.

»Was?« Brenda wäre beinahe aufgesprungen. »Ich habe dir doch gesagt, du sollst nie dort …«

Als Jury beschwichtigend die Hand hob, verstummte sie. »Und was machst du dort?«

Als Antwort zuckte sie nur die Schultern.

Brendas Mund klappte auf und zu, als Jury sie unverwandt musterte.

»Bist du Tilda ins Haus gefolgt?«

Wieder ein Nicken, diesmal etwas kräftiger. »Eine von den Glastüren, die nach draußen gehen, die schließt nicht richtig. Man konnte ganz leicht rein.«

»Und Tilda hatte zum Tee aufgedeckt, stimmt's?« Er musste unwillkürlich lächeln.

Dass er nichts dabei fand, ließ sie freimütiger Auskunft geben. »Sie hat die Sachen aus dem Schrank dort genommen, Teekanne und Tassen, und aus einer Schublade Löffel und Servietten.«

Jury wurde plötzlich traurig. Zwei Tassen waren es gewesen, zwei Löffel und zwei Tellerchen für Gebäck. Und zwei kleine Mädchen hätten Teevisite halten sollen. »Aber sie wollte dich beim Tee nicht dabeihaben, richtig?«

Caroline runzelte die Stirn. »Sie wusste gar nicht, dass ich da war.«

»Hast du dich versteckt? Draußen? Oder drinnen?«

»Hinter der Tür oder in dem Besenschränkchen. Das war ganz einfach. Na, und dann hat sie die blöde Puppe aufs Sofa gesetzt und eine Tasse getrunken.«

»Weißt du, bestimmt hätte Tilda lieber jemanden dabei, mit dem sie richtig spielen könnte.«

Wieder zuckte Caroline bloß die Schultern. »Keine Ahnung.«

»Sag mal: Mochtest du den kleinen Jungen? Der hieß übrigens Robbie.«

»Der war okay.« Nun ließ sie ein zusammengeknülltes Papierkügelchen auf der Handfläche auf und ab hüpfen. »Die Frau war aber sauer auf ihn, glaub ich. Sie hat ihn von der Terrasse aus immer wieder gerufen.«

»Wieso sollte sie denn sauer gewesen sein?«

»Weil er aus dem Haus ist, um zu gucken, was Tilda macht. Der hat bloß so getan, als ob er sie nicht hört.«

»Klingt ja so, als hätten der Junge und der Hund unter einer Decke gesteckt.«

Caroline musterte ihn verwundert. Ihr Lächeln war glücklich – und ehrlich. Es schimmerte regelrecht.

Unter dem niedlichen Getue war etwas Echtes.

# 28

»Sie schlagen also vor, dass jeder von uns eine Lösung für dieses kleine Rätsel unterbreitet«, sagte Marshall Trueblood, als sie alle im Jack and Hammer saßen und eine ordentliche Zeche auflaufen ließen. Keiner hatte Geld mitgebracht, jedenfalls kein Papiergeld, was aber in Anbetracht ihres jeweiligen Durchschnittseinkommens geradezu lachhaft war. Melrose Plant und Vivian Rivington hatten ihres ererbt. Diane Demorneys vier Scheidungen hatten sich als ausgesprochen ertragreich erwiesen. Marshall Trueblood (wohlsituierter Antiquitätenhändler) und Joanna Lewes (unschätzbar wohlsituierte Schriftstellerin) verdienten sich ihren Lebensunterhalt doch tatsächlich durch veritable Arbeit (»oder taten jedenfalls so«, gemäß Joannas Einschätzung). Dass Mrs. Withersby und Theo Wrenn Browne ebenfalls einer Arbeit nachgingen, mochte niemand bestreiten, in puncto Wohlstand war ihnen aber bisher kein Erfolg beschieden gewesen. (Theo wäre bestimmt nicht sehr erfreut, mit Mrs. Withersby in einen Topf geworfen zu werden.)

Melrose hatte einen Gutteil des Nachmittags hier drinnen damit verbracht, über Jurys neuesten Fall Bericht zu erstatten, und alle hatten fasziniert gelauscht. Sie hatten darauf bestanden, dass er dabei in die subtilsten Einzelheiten ging, und er hatte Folge geleistet. Joanna Lewes hatte ihn (in ihrer Eigenschaft als Schriftstellerin) bekniet, nur ja nichts auszulassen. Und so hatte sich Melrose mühsam durch Quantenmechanik, Stringtheorie und die Stoddard-Klinik durchgebissen und sogar alles, was er über den Mathematiker Gödel wusste, zum Besten gegeben. Er staunte nicht schlecht, wie begierig alle (insbesondere Marshall Trueblood) diese Dinge aufgesogen hatten, zusammen mit Bier, Whiskey oder Martini. Da Long Piddleton nicht gerade ein Dorf mit touristischer Anziehungskraft und einem malerischen, teuren Landhotel war, und auch kein sturmumtoster Küstenstrich, über den kreischende Möwen dahinjagten, da es auch nicht mehrere Restaurants besaß, die im edlen Wettstreit mit Les Quatre Saisons lagen (angefüllt mit einigen Kostproben aus Polly Praeds Gourmandise), und auch keineswegs über eine verwitterte Abtei oder einen Safaripark verfügte – nun, aus all diesen Gründen war es verständlich, dass das Verschwinden der Mrs. Gault und ihres Sohnes die hier Versammelten so in Bann schlug.

»Wie wär's mit einem Wettbewerb?«, rief Diane in die Runde. Sie war stets für jede Art von Amüsement zu haben. Selbst Erdbeben, Feuersbrünste, Flutwellen und Massenkarambolagen auf der Autobahn fand sie gelegentlich recht unterhaltsam.

»Es muss doch kein Wettbewerb sein –«, hob Joanna Lewes an.

»Teufel noch mal, *ich* bin dabei«, kreischte Mrs. Withersby, Scroggs Putzfrau, und schmiss eine Zehnpencemünze auf den Tisch, als wäre es ein Pokereinsatz. Keiner beachtete sie.

»Wieso sollte es kein Wettbewerb sein?«, erkundigte sich Theo Wrenn Browne, der Besitzer des Buchladens gegenüber, der sich erst dann an den gemeinsamen Tisch setzen durfte, wenn er eine Runde spendiert hatte. (Er behauptete, er habe ebenfalls kein Geld dabei, was gelogen war – er wollte bloß nicht auf der Zeche sitzen bleiben.)

Melrose konnte ihn nicht ausstehen. Keiner konnte ihn ausstehen. Theo hatte seinerzeit Himmel und Hölle in Bewegung gesetzt, um die Schließung der Bibliothek zu betreiben, damit er mit seiner Bücherausleihe mehr verdienen konnte. Und in der Nachttopfaffäre hatte er sich weiland auf die Seite der Beklagten, nämlich Melroses Tante, geschlagen. Kleinen Kindern bescherte er regelmäßig unendlichen Kummer, wenn sie ihre ausgeliehenen Leihbücher auch nur mit dem geringsten Daumenabdruck zurückbrachten. Nein, er gehörte nicht zu ihrer Clique, war nicht mit im Team. Er war der Auswechselspieler auf der Ersatzbank, den der Trainer bloß dann hereinschickte, wenn die anderen Spieler fix und fertig waren. Sein scheußliches Cordjackett mit den Lederflicken auf den Ellbogen sei von Hugo Boss, behauptete er. Angetan mit diesem tabakbraunen Jackett hätte er sich niemals neben Marshall Trueblood setzen dürfen, der immer aussah, als *sei* er der Hugo Boss oder Armani persönlich.

Joanna Lewes, Autorin von zwei Dutzend einschlägigen Romanen im Genre Krimi, Liebesroman, Horror oder jeder beliebigen Mischform derselben, sagte: »Wissen Sie, Leo –«

»*Theo!*«

Sie lächelte. »Sagte ich doch. Wer gewinnt, erfahren wir, wenn die Polizei den Fall gelöst hat.«

»Nicht unbedingt. Die Polizei hat sich auch schon geirrt. Sogar Superintendent Jury.« Dies sagte Theo so voller Genugtuung, dass man einfach nachhaken musste.

»Wann?«, wollte Trueblood wissen. »Wann hat er sich geirrt?«

Theo lief rot an. »Nun, ich kann nicht –«

»Genau. Sie können nicht.« Und Trueblood machte sich wieder daran, den ausgefransten Rand eines Fingernagels mit seinem kleinen goldenen Scherchen zu glätten.

Melrose sagte: »Es ist genau genommen gar keine polizeiliche Untersuchung. Jury befasst sich damit ganz unabhängig, pro bono sozusagen, weil ihn die Sache fasziniert.«

»Wir brauchen unbedingt Regeln!« Affektiert knallte Theo Wrenn Browne seine Faust auf den Tisch.

Diane ließ den Martini auf dem Weg zu ihrem Mund verharren (ein seltener Anblick). »Ach, halten Sie doch die Klappe, Theo.«

»Dürfen wir also einfach laut denken?«, fragte Vivian Rivington, wunderschön anzusehen im blauen Kaschmir und die Ruhe selbst, »oder gehen wir nach Hause und überlegen und kommen dann wieder?«

»Ich überlege hier, danke. Wenn ich nach Hause gehe, muss ich mir die Dinger selber mixen.« Diane hob ihr Glas.

Mrs. Withersby verkündete: »Mich kriegense nich, dass ich laut denke, während Sie alle hier rumhängen. Sonst klaunse mir noch meine Ideen direkt aus'm Kopf.«

»Withers, altes Haus, ich bezweifle doch sehr, dass sich jemand von uns in Ihrem Kopf zu schaffen machen will, nicht einmal für ein Urheberrecht.« Trueblood steckte sein Nagelscherchen in die Tasche.

»Mehr fällt Ihnen nich ein, Sie alter Wichser.«

»Richtig«, meinte Melrose. »Wer will eine Lösung unterbreiten?«

Dick Scroggs, der Wirt, war herübergekommen, um ihre leeren Gläser einzusammeln. »Und wenn einer von uns eine gute Idee hat«, sagte er, »wird er die denn dann auch verwenden? Ich meine, Mr. Jury?«

Melrose hatte in diesen vier Wänden schon so manche idiotische Frage vernommen, doch diese schrie zum Himmel. »Verwenden? Dick, wir sind hier nicht in einer von Ihren Fernseh-Quizshows. Wer will anfangen?«

Joanna hielt ihren Stift in die Luft. »Ich wette darauf, dass dieser Hugh Gault lügt. Er hat Frau und Sohn umgebracht und zieht seinen Freund Harry Johnson mit rein – wieso, weiß ich auch nicht, muss ich zugeben –, und in dieser Klinik ist er bloß, um alle auf eine falsche Fährte zu locken, indem er sagt, das Verschwinden seiner Familie hätte ihn in den Wahnsinn getrieben. Vielleicht hatte sie das Geld, und er hatte es darauf abgesehen. Die Vorstellung, dass jemand sein eigenes Kind umbringt, behagt mir zwar gar nicht, aber –« Achselzuckend begann sie, etwas niederzuschreiben. Sie hatte einmal tatsächlich behauptet, sie könne im

Jack and Hammer ganze Bücher schreiben, während alle redeten, sie selbst inbegriffen.

»Ich bin mir sicher«, sagte Diane, »dass Mrs. Browne die Idee schon mal im Kopf herumgegeistert ist.«

»Haha, sehr witzig!«, machte Theo Wrenn Browne.

Diane bedachte ihn mit einem gelangweilten Lächeln.

Vivian sagte: »Es muss eine Erklärung für Harry Johnsons Verbindung zu dieser Geschichte geben.«

Joanna überlegte einen Augenblick. »Kann es denn nicht sein, dass er aus purer Freundschaft handelt? Oder ihn Hugh vielleicht benutzt, um zu testen, wie viel von dieser merkwürdigen Geschichte ihm überhaupt jemand abnimmt?«

Melrose nickte. »Das ist gut, Joanna. Sonst noch was?«

»Vorerst nicht.«

Trueblood holte tief Luft. »Ich bin für die Superstringtheorie, die Parallelwelten. Dass die Frau und der Junge nämlich tatsächlich in eine andere Dimension eintraten.« Hochzufrieden mit seiner Lösung, steckte er sich eine Sobranie-Zigarette im gleichen Farbton wie sein schaumgrünes Hemd an.

Alles starrte ihn fassungslos oder wütend an.

»Das ist doch wohl nicht Ihr Ernst«, sagte Joanna.

Schniefendes Gelächter von Theo Wrenn Browne.

»Wie wär's mit einem Martini?« Diane schob Trueblood ihr Glas hin.

»Wichser.« Mrs. Withersby ließ ihren nassen Wischmopp vom Eimer auf den Fußboden platschen.

»Na, na, meine Herrschaften«, sagte Melrose. »Hugh Gault glaubt das offenbar, und der ist ein angesehener Physiker.«

»Also wirklich, Melrose! Dass Leute tatsächlich in eine andere Welt versinken oder darin verschwinden?«

»Warum nicht?«, sagte Marshall Trueblood. »Schauen Sie sich doch um.« Sein Blick schweifte im Raum umher. »Sie haben doch schon mal ein Déjà-vu-Erlebnis gehabt, oder nicht?«

»Das ist was anderes.«

»Wieso, ist die ganze Vergangenheit nicht Teil der Gegenwart?«

»Es ist trotzdem was anderes«, sagte Joanna. »Sie glauben also, die Frau und der Sohn irren irgendwo in einer gottverlassenen Welt herum –«

»Moment. Vielleicht ist ja *diese hier* die ›gottverlassene‹, und die beiden sind in der realen –«

Nun meldete sich Theo Wrenn Browne zu Wort: »Also, meine Theorie ist folgende: Hugh ist doch in dieser Klinik, nicht? Und statt dass er bloß so tut, als sei er bekloppt, ist er *tatsächlich* verrückt, und dieser ganze ausgeklügelte Plan ist das Resultat seines verwirrten Hirns.«

»Den Dings – wie heißt er gleich – hat er aber doch überzeugt?«

»Harry Johnson.«

»Der hat ihm die Geschichte abgenommen«, fuhr Joanna fort. »Und wie mir scheint, kann man diesen Harry nicht so leicht um den Finger wickeln. Der ist sehr intelligent und kennt Hugh gut. Wenn Hugh geistesgestört wäre, wüsste Harry sicher davon.«

»Erzählen Sie uns noch mal von diesem Besuch in der Klinik«, bat Diane.

Melrose gab Jurys Geschichte dieses Besuchs in allen Einzelheiten zum Besten, woraufhin Diane mit frisch erwachtem Interesse fragte: »Werden dort denn Drinks serviert?«

Melrose musterte sie mit zusammengekniffenen Augen. »Diane, wir sprechen von einer Klinik, nicht von einem Lokal. Die Hälfte der Patienten besteht wahrscheinlich aus Alkoholikern. Das wäre, wie wenn man bei einem Kirchendiener einen Rum Collins bestellt.«

Woraufhin Diane meinte: »Ich habe schon oft gedacht, es würde das Ambiente eines Krankenhauses doch sehr aufwerten, wenn es dort was zu trinken gäbe. Natürlich nicht für die Patienten, so verrückt bin ich auch nicht. Aber für die Besucher, wissen Sie, vielleicht gleich neben dem Geschenkladen. Ich meine, wie viele Leute haben Sie schon sagen hören, sie machten gern Besuche im Krankenhaus?«

Melrose sagte: »Ist das Ihre Theorie?«

»Nein, das ist meine Empfehlung.«

»Ich werde dafür sorgen, dass sie gebührendes Gehör im Unterhaus findet.«

»Meine Theorie ist, Hugh hat Harry die ganze Zeit einem Phantom hinterherjagen lassen, weil Harry nämlich in die Frau verliebt ist und vielleicht sogar ein Verhältnis mit ihr hatte.« Achselzuckend rückte Diane ihre Zigarettenspitze zurecht, in der eine von Truebloods knallrosa Sobranies steckte. »Stellen Sie sich vor, wie furchtbar, wenn die Geliebte einfach verschwindet.«

»Und wenn nicht – wo steckt sie dann?«

»Irgendwohin entschwunden, nach New York zum Beispiel oder nach Finnland.« Truebloods Stirn furchte sich. »Ich habe nie recht begriffen, was an Finnland so toll sein soll.«

»Also gut«, sagte Melrose. »Lassen Sie mich diese Lösungen noch mal zusammenfassen. Erstens: Hugh lügt; er hat Frau und Sohn umgebracht und schützt Wahnsinn vor, um von der Spur abzulenken.« Hier nickte er Joanna zu, die sein Nicken erwiderte.

»Zweitens: eine Parallelwelt, in die sie verschwunden sind. Die Stringtheorie.«

»Superstring«, korrigierte ihn Trueblood. Er besaß den schärfsten Verstand von allen und konnte Details in Windeseile aufnehmen.

»Drittens: Hugh ist tatsächlich geisteskrank, und die Geschichte ist ein Fantasiegebilde. Korrekt, Theo?«

Theo nickte.

»Viertens: Mit all dem rächt sich Hugh an Harry für dessen Affäre mit Hughs Frau.«

Diane blies einen Rauchstrahl aus und nickte zustimmend.

»Ich würde gern erfahren, was es mit dem Aufruhr im anderen Empfangszimmer auf sich hatte«, sagte Joanna.

Rauchkringel blasend, ließ sich Trueblood vernehmen: »Ein Ablenkungsmanöver.« Er blies einen kleinen Rauchkringel durch einen großen hindurch.

Alles starrte ihn entgeistert an. »Wovon zum Teufel reden Sie eigentlich?«, fragte Melrose. »Was für ein Ablenkungsmanöver?«

»Um die Aufmerksamkeit von den Leuten im vorderen Empfangszimmer abzulenken. Wo Superintendent Jury und Hugh Gault und Harry Wie-heißt-er-noch sich unterhielten.«

Melrose wedelte mit der Hand vor Truebloods Gesicht auf und ab wie ein Hypnotiseur, der sich versichern wollte, dass sein Patient auch tief genug in Trance war.

Unbeirrt blies Trueblood weiter seine Rauchkringel.

Diane steckte wieder eine Zigarette in ihrem schlanken schwarzen Halter fest. Sie wartete ab, bis Melrose über den Tisch reichte und ihr Feuer gab. Dann wandte sie sich zu Trueblood hinüber, der höchst zufrieden dasaß. »Was wir hier die ganze Zeit bereden, ist … keine … Geschichte.« Sie zog die drei Wörter in die Länge für den Fall, dass seine Geistesgegenwart oder sein Hörgerät (er trug überhaupt keines) nur auf Sparflamme funktionierten.

Er sagte: »Selbstverständlich ist es das.«

»Nein. Es ist *passiert*«, schaltete sich Joanna ein. »Es ist tatsächlich passiert!«

»Dann«, meinte Trueblood, »spielte sich das Ablenkungsmanöver tatsächlich ab.«

»*Herrgott*«, sagte Melrose, »das ist ja hier schlimmer als die Theorie mit dem Theaterstück im Theaterstück. Die Leute sind in einer Geschichte aufgetreten, die gar niemand geschrieben hatte.«

»Nein«, sagte Vivian. »Es ist noch *schlimmer:* Beim Theaterstück im Theaterstück sind die Personen im ursprünglichen Stück ja *immer noch* Schauspieler. Sie sind fiktiv. In diesem Fall gibt es keine Fiktion.«

»Wir sind in dieser Geschichte nicht drin«, sagte Trueblood und zupfte ein Fusselchen vom Ärmel seines seidenen Armani-Anzugs. »Es ist Fiktion.«

Melrose schnappte nach Luft. »Aber die Tatsache, dass wir nicht da drin sind, bedeutet doch nicht, dass *niemand* drin ist. Diese Geschichte handelt *über* sie. Über *sie leibhaftig*!«

Trueblood hob seine makellosen Augenbrauen. »Genau das sage ich ja die ganze Zeit.«

Melrose zuckte gequält zusammen und ließ die Faust auf den Tisch niedergehen. »Die Leute im anderen Empfangszimmer sind schlicht und einfach *die Leute im anderen Empfangszimmer.*«

Knappes Schulterzucken seitens von Trueblood. »Natürlich. Das ist die Sache mit dem Ablenkungsmanöver. Schauen Sie, wir sollen sie verdächtigen, wo es eigentlich gar nichts zu verdächtigen gibt. Richard Jury, Hugh Gault und Harry Johnson. Sehen Sie mal.« Er nahm seinen goldenen Schreibstift aus der Jackentasche und bat Joanna um ein Blatt aus ihrem Notizbuch.

»Sie können das ganze Ding haben. Da steht mein neuester Roman drin, der wohl sowieso am besten als Schmierpapier dient, fürchte ich.«

Ach, wenn Polly Praed doch die gleiche Einstellung hätte!, dachte Melrose.

»Danke.« Trueblood begann zu kritzeln. »Das Stück im Stück.« Er zeichnete zwei Quadrate, ein größeres und in dieses hinein ein viel kleineres. »Also, wenn die Wandertruppe, also die Schauspieler, aus ihren Rollen im inneren Stück – nennen wir es mal Stück Zwei – heraustreten und ins ursprüngliche Stück – Stück Eins – eintreten, dann sind sie wieder Schauspieler. Während Stück Zwei werden die Schauspieler zu Gertrude, Claudius und wer eben sonst noch bei Stück Zwei vorkommt. Genauso wie Richard Jury zu Richard Jury, Superintendent bei der Polizei, wird.«

»Moment, Moment, Moment, Moment, Moment«, sagte Melrose, atemlos protestierend. »Es ist *nicht* Jurys Geschichte!«

»Doch, er ist inzwischen Teil davon. Er ist Superintendent bei der Polizei geworden, der den Superintendenten bei der Polizei gibt und folglich das Endergebnis verändert. Jedenfalls kann er sich selbst als Superintendent bei der Polizei ja nicht kommentieren.«

Sie glotzten mit offenen Mündern. Theo Wrenn Browne, den seine totale Begriffsstutzigkeit in Bezug auf diese ganze Sache zum Stillschweigen gezwungen hatte, der jedoch merkte, wo all die Aufmerksamkeit hintrieb, sagte: »Wissen Sie was, ich denke, er hat Recht.«

Diane warf ihm einen vernichtenden Blick zu. »Sie denken überhaupt nichts, Theo.« Dann zu Trueblood: »Sie sind verrückt, Marshall. Ich meine, wenn einer schon diese ganze geistige Anstrengung unternimmt, also wirklich.«

Trueblood fuhr fort, dabei ab und zu auf seine Schemazeichnung tippend: »Dieser Mathematiker, von dem Sie sprachen –«

»Gödel?« Melrose kapierte von Gödel rein gar nichts.

»Genau der. Denken Sie dran, geistige Zurechnungsfähigkeit kann nicht über sich selbst im Sinn von geistig gesund oder geisteskrank urteilen, sondern das muss im Rahmen des Systems geschehen. Gödel sagt, *eine Bewertung unserer Vernunft kann nicht erreicht werden unter Zuhilfenahme unserer Vernunft.* Superintendent Jury hat also Pech. Er wird es nämlich nicht lösen. Kann er gar nicht.«

»Aber *selbstverständlich* wird er das!« Melrose knallte die Hand auf den Tisch.

Trueblood schnippte ein wenig Asche zu dem metallenen Aschenbecher hinüber. »Bloß wenn das Schicksal einschreitet und sich auf seine Seite schlägt.« Er lächelte.

Inzwischen wusste Melrose gar nicht mehr recht, worum es eigentlich noch ging. Er wandte sich daher an Vivian: »Von Ihnen haben wir noch gar nichts gehört.«

Vivian hatte sich zum Fensterplatz gewandt und blickte durch das Flügelfenster auf den von violettem Seidelbast gesäumten Gehweg hinaus. »Ich habe noch gar keine Theorie, sondern eine Frage.«

»Und die wäre?«, sagte Melrose.

Sie musterte ihn mit gerunzelter Stirn. »Warum haben sie Mungo nicht mitgenommen?«

# Warum haben sie Mungo nicht mitgenommen?

# 29

Wurde auch allmählich Zeit, dass jemand diese Frage stellte, dachte Mungo. Es war alles so offensichtlich, so unglaublich einfach, und wenn sie nicht darauf kamen, wieso war es dann seine Aufgabe, die Blinden zum Sehen zu bringen? Er seufzte und streckte sich, den Bauch in die Luft, auf dem grünen Sofa aus. Entspannung total.

Und da kam auch schon Schrödinger an, die Katze, donnergrau, die erst kürzlich eine ganze Armada von schimmernden Kleinen geworfen und sie in der untersten Schublade eines Queen-Anne-Schreibsekretärs aus Walnussholz untergebracht hatte. In dem goldbronzenen Gehäuse war die Schublade nah genug am Boden und daher bequem zugänglich. Dort hatte sie sie geworfen, und dort blieben sie auch. Die kleine Mrs. Tobias, Köchin und Zugehfrau, machte bloß eine wegwerfende Handbewegung in Richtung unterste Schublade und meinte, ach, es sei doch egal, der Herr und Meister komme ja sowieso kaum mal hier herein.

Mit »hier herein« meinte sie das Musikzimmer auf der anderen Seite des Flurs gegenüber vom Wohnzimmer. Es hieß eigentlich nur deshalb so, weil dort ein Konzertflügel stand, auf dessen Tasten Schrödinger gern herumspazierte, bis Mrs. Tobias sie wegscheuchte.

Mungo mochte die jungen Kätzchen. Es machte ihm Spaß, immer wieder eines aus der Schublade zu holen, um es im Zimmer herumzutragen und an den unterschiedlichsten Plätzen zu verstecken. Und einen Heidenspaß bereitete es ihm, Schrödinger bei der Suche nach den Kleinen zu beobachten.

Er trieb dieses Spiel einfach so zum Zeitvertreib. Auch nicht viel anders, als mit einem Schuh in der Schnauze in der Gegend herumzulaufen.

Mungo wälzte sich wieder herum und stellte fest, dass er in die gelben Augen von Schrödinger starrte. Du siehst aus wie eine Eule, ließ er sie wissen. Wo ist Elfchen?, gab sie zurück.

Wo soll wer sein?, tat er neugierig.

Tu doch nicht so, als wenn du's nicht wüsstest: Elfchen.

Ein Geschöpf, das sein Leben lang mit einem Namen wie Elfchen geschlagen war, hatte vermutlich sein Mitleid verdient. Das bekam das Kätzchen aber nicht. Höchst zufrieden mit sich, ließ er den Blick zum Kamin hinüberschweifen. Dort befand sich der Kohlenkasten, über dessen Rand sich ein klitzekleines Gesichtchen hob und unverhofft aus dem Dreck auftauchte.

Schrödinger folgte seinem Blick. Dann versetzte die Katze Mungo einen kräftigen Hieb mit den Krallen, und er jaulte gequält auf. Oh, wie zufrieden sie da guckte! Und die Nase in die Luft streckte, mit Elfchen im Maul.

Im hereinströmenden Sonnenlicht kam sie daherstolziert, und er überlegte, ob schon Essenszeit war. Dabei hoffte er, nicht schon wieder so eine rauchgeschwängerte, alkoholbeschmierte, weingetränkte Pinte über sich ergehen lassen zu müssen.

Sie saß direkt vor seiner feuchten Schnauze, das Würmchen wie einen Klumpen Kohle im Maul, und ließ das arme Ding dann einfach aufs Sofa plumpsen, wo es blind maunzend umherkroch. Warte nur, du knopfäugiges Katzenvieh, tat er Elfchen unmissverständlich kund und schubste das Tierchen vom Sofa hinunter.

Er begriff, ehrlich gestanden, gar nicht, wie sie es den lieben langen Tag miteinander aushielten, Stund um Stund. Ich hätte Dichter werden sollen, dachte er. Ich könnte immer so weitermachen in meiner schlichten, einfachen Art –

Schrödinger versetzte ihm einen gehörigen Nasenstüber, nahm

das wimmernde Kätzchen wieder zwischen die Zähne und zog in Richtung unterste Schublade ab.

Mungo stellte sich tot, streckte die Füße reglos in die Luft. Wenn die Katze so dumm war, die Kleinen wieder dorthin zu setzen, dann geschah es ihr ganz recht, wenn man sie ihr mopste. Passte der Ausdruck überhaupt? Oder verwendete man den nur bei Hunden? War er selbst eigentlich schon mal gemopst worden und erinnerte sich bloß nicht mehr daran? Was das hätte nützen sollen, konnte er sich auch nicht vorstellen.

Und die Spürnase von Scotland Yard war so nah dran gewesen! Bis der endlich alles ausklamüsert hatte, müsste Mungo weiter im Old Wine Shades unter Barhockern liegen und in die diversen Speiselokale mittrotten.

Wie, fragte sich Mungo, brachte man es eigentlich fertig, diese Geschichte den fünf Leuten im Pub in Northamptonshire zu erzählen, *ohne dass ein Einziger von denen sie kapierte?* Außer vielleicht diejenige, die die Frage gestellt hatte. Die war am nächsten dran.

Ich hab's schon mal gesagt, und ich sag's noch einmal: Es geht nicht um den verdammten Wald! Im Wald vergrabene Leichen, wie banal. Aber das Mädchen, das Mädchen war was ganz anderes. Die und diese schreckliche Caroline. Noch so ein Hinweis, den der Nette vielleicht mit der Zeit endlich kapierte. Und so was nennt sich Spürnase?

Vielleicht wollen die Leute ja an der Nase herumgeführt werden. Darum war es auch so leicht, sie an der Nase herumzuführen. Vielleicht war es eine Fluchtstrategie. Wir müssen ja alle mal flüchten, wieso also nicht in die Toskana flüchten und diesen Torre fragen, was los ist? Würde der es verraten? *Weiß* der denn was? Vielleicht nicht. Es wäre jedenfalls mal eine Abwechslung. San Gimignano – allein schon der Name! Und wie die Frau, die reihenweise Martinis gekippt hatte, den ausgesprochen hatte! San Gimmin*yaano*! Na, das war vielleicht ein Name!

Mit Fluchtstrategien kannte er sich aus. Statt sich weiter tot zu stellen, sprang er mit einem Satz vom Sofa herunter und ging zum Schreibsekretär und der untersten Schublade hinüber.

Ihre Frage ungeklärt in der Luft schweben lassend, verließ Vivian das Pub zu einer Verabredung, für die sie ebenfalls die Erklärung schuldig blieb.

Was zum Teufel hatte sie gemeint? »Warum haben sie Mungo nicht mitgenommen?«

Sie hatten einander bloß sprachlos angestarrt und waren stinksauer, dass Vivian sich ohne Erklärung davongemacht hatte.

Mit wem sie sich wohl traf? Wen hatte sie da in petto? Sie alle kannten ihre gegenseitigen Freunde, weil sie ja selbst ihre gegenseitigen Freunde *waren*. Ach Gott, dachte Melrose, doch nicht etwa wieder einen Grafen Dracula? Diese Verlobung hatte – wie lange? – fünf Jahre gehalten, fünf Jahre laut Trueblood, in denen sie sich Mittel und Wege überlegt hatten, wie dieser Liebesgeschichte der Garaus zu machen wäre.

Joanna Lewes meinte, ihr sei das jetzt alles zu viel, sie müsse nach Hause und ihre täglichen zwei Kapitel zu Ende schreiben. Man war sich allgemein einig, dass Vivians Bemerkung in der Tat etwas zu tiefgründig war, zu –

Mit Ausnahme von Theo Wrenn Browne, der behauptete, er habe so eine Ahnung, was sie damit gemeint hatte, aber natürlich nicht damit herausrücken wollte, denn es sei schließlich Vivians Idee. Dann hatte dieses verlogene kleine Wiesel von einem Buchhändler den Abgang gemacht, und sie waren nur noch zu dritt übrig geblieben, um sich darüber den Kopf zu zerbrechen. Man hatte beschlossen, zum Essen nach Sidbury zu fahren, obwohl Trueblood eigentlich spaßeshalber in den Blue Parrot hatte gehen wollen und Diane ohne großes Zögern für London optiert hatte. Sie sei noch nie in dem sagenhaften kleinen Restaurant gewesen, von dem Melrose erzählt hatte und das »Snipers« hieß, also

Heckenschützen, was sich, wie sie fand, anhörte, als sei es speziell für sie gemacht, denn hinterhältig waren sie allesamt.

Sie bestellten noch eine Runde. Inzwischen war es nach acht und zu spät für London, also stritten sie darüber, ob sie in den Blue Parrot gehen sollten, wo Trevor Sly das abscheulichste Essen in ganz Großbritannien servierte.

Doch dann meinte Trueblood: »Ben Torre. Der ist doch das unbeschriebene Blatt in dieser Geschichte, nicht wahr?«

»Die Geschichte ist voll von unbeschriebenen Blättern.«

Torres Geschichte stellte jedoch niemand in Frage, und die war an sich schon ein ganz schön bizarres Kabinettstück.

San Gimignano, hatte Diane wiederholt.

»Ist das nicht da, wo das Foltermuseum ist?«

»Marshall, Sie sind der einzige Mensch auf den ganzen Britischen Inseln, dem San Gimignano wegen seines Museums mit altertümlichen Folterwerkzeugen in Erinnerung geblieben ist.«

»Das war aber auch ein Spaß!«

Melrose musterte ihn nachdenklich. »Ich glaube, ich sollte mich ein bisschen mit Ben Torre unterhalten. Ich glaube, ich fahre nach San –« Er hielt zögernd inne.

»Gimignano«, sprach Diane es tadellos aus.

Trueblood richtete sich auf. »Ah, gut. Dann besorgen Sie mir ein paar Autohandschuhe.«

Ben Torre. Hast du also endlich kapiert, was klar wie Kloßbrühe ist. Gut für dich, dachte Mungo, während er auf den Schreibsekretär zusteuerte.

Solange Schrödinger in der Küche war, um sich Käse und andere Leckereien zu besorgen, stand Mungo vor der untersten Schublade und holte Elfchen heraus. Es würde Schrödinger ganz besonders ärgern, dachte er sich, wenn er immer wieder dasselbe Kätzchen an einem anderen Ort versteckte. Wahrscheinlich konnte *er* Elfchen sogar noch geschickter in der Schnauze tragen als Schrödinger selbst. Als er sich suchend umsah, fiel ihm eine große Jardinière neben dem Erkerfenster ins Auge, die ein stockartiges, ziemlich zerzaustes Bäumchen enthielt, eines von denen, die Japaner so schätzten. Er trottete hinüber und ließ Elfchen in den Spalt zwischen Topfbäumchen und Jardinière fallen. Dann rannte er zum Sofa zurück und stellte sich schlafend, als Schrödinger wieder hereinschlich und zur Schublade ging, um die Kätzchen zu zählen. Einen lauten, heiseren Kampfschrei ausstoßend, drehte sie sich um und lief wild im Zimmer umher, um nach Elfchen zu suchen.

Mungo beobachtete die jämmerliche Sucherei, das Herumgestöber in Bücherregalen, Suchen im Kohlenkasten (so ein Quatsch, würde ich denn zweimal dasselbe Versteck nehmen?), Herumgehopse auf Stühlen und Geschnupper unter Kissen.

Er sah ihr zu und dachte über Ben Torre nach und über die Frage, wieso alle eigentlich so lange brauchten (Spürnase inbegriffen, der sonst ganz in Ordnung war und ihm unter dem Tisch Leckerbissen zusteckte), bis sie endlich auf Ben Torre kamen.

Schrödinger hatte die Pfoten auf der Kante der Jardinière, bekam Elfchen aus dieser Position aber nicht heraus und schlüpfte deshalb selbst hinein. Ein Riesengezeter ertönte, Miauen und Zischen und andere Katzengeräusche. Allein würde Elfchen es nur schaffen, wenn es in den Behälter mit Erde krabbelte, in dem der Baum stand, und von dort auf den Rand der Jardinière und auf den Fußboden gelangte. Mungo war es leid, dauernd für andere mitdenken zu müssen.

»Ich *weiß* nicht, was sie meinte«, sagte Melrose zu Jury am anderen Ende der Leitung.

»›Warum haben sie Mungo nicht mitgenommen?‹ Nun, wenn Sie mal genau darüber nachdenken …«

»Würde ich lieber nicht.« Melrose hielt den Telefonhörer in der

Hand und zupfte an dem Samtstückchen herum, das sich vom Sessel in der Eingangshalle von Ardry End gelöst hatte. »Ich bin fertig mit Denken.«

»Wann haben Sie denn damit angefangen? Wenn Sie mal genau überlegen – falls Glynnis und Robbie tatsächlich entführt wurden, wäre es doch absurd anzunehmen, der Entführer hätte den Hund ebenfalls mitgenommen.«

Melrose sagte nichts und zupfte nur weiter an dem Samt herum. Er hatte Jury angerufen, um ihm mitzuteilen, dass er nach Florenz fuhr.

»Nach Florenz? Sie veranstalten ja einen ziemlichen Umstand.«

»Sie kennen mich doch. Ich bin der Umstand in Person.«

»Na, klar doch.«

»Sie brauchen jetzt nicht sarkastisch zu werden!«

»Brauche ich nicht, will ich aber.«

»Es kann natürlich sein, dass Ben Torre über das alles gar nicht mit mir redet.«

»Was spräche dagegen? Mit Harry Johnson hat er ja auch gesprochen. Und es ist ja kein Geheimnis.«

»Ja, vermutlich. Aber was soll ich sagen, wer ich bin?«

»Nun, Sie könnten es mit Melrose Plant oder Lord Ardry versuchen.«

»Sehr witzig! Aber womit soll ich mein Interesse für dieses Winterhaus begründen?«

»Sie wollen einem Freund helfen, also mir, Detective Superintendent Richard Jury.«

Melrose runzelte die Stirn. »Aber das ist doch die Wahrheit.«

»Lernen Sie, damit zu leben. Wann fahren Sie?«

Melrose warf einen Blick auf die Standuhr in der Eingangshalle. »Heute Abend ist es zu spät, also wahrscheinlich morgen früh.«

»Nach Florenz?«

»Ja, natürlich nach Florenz. Oder glauben Sie, San Gimignano hätte einen eigenen Flugplatz?«

»Sie wollen bloß wieder in den Handschuhladen.«

Melrose seufzte aus voller Brust. Das ärgerte ihn wirklich. Er fuhr extra nach Italien, in die Toskana, um bei der Lösung dieses Falls zu helfen, und Jury nahm ihn nicht ernst! Er sagte es ihm.

»Das tue ich sehr wohl. Außerdem wollen Sie in diese Kirche, um sich die Wandmalereien von Masaccio anzusehen. Und Masaccio ist schließlich ein ernst zu nehmender Künstler.«

»Darf ich Sie daran erinnern, dass Sie ohne Masaccios besonderen Hang zur Einsamkeit den Fall damals vielleicht nie gelöst hätten? Wenn auch unter Schmerzen.«

»Ich habe ihn nicht gelöst. Ich wurde bloß angeschossen. Sie haben ihn gelöst. Sie wurden nicht angeschossen.«

Irgendwo in dieser Bemerkung mochte sich ein Kompliment verstecken, dachte Melrose, obwohl er von der Gegenüberstellung ihrer jeweiligen Schicksale nicht besonders angetan war. »Jedenfalls müssen Sie mir noch Torres Adresse und Telefonnummer geben.«

»Adresse? Der Mann lebt seit Jahren in San Gimignano. Ich wette, jeder Sangimignanese könnte Ihnen auf Anhieb sagen, wo Ben Torre wohnt.«

»Jeder was?«

»Sangimignanese.«

Kurzes Schweigen. »Seit wann können Sie Italienisch?«

»Kann ich ja gar nicht. Ich habe hier nur gerade den Veranstaltungskalender von Florenz und Umgebung vor mir liegen. So eine Art Reiseführer, die hauptsächlich für Teenager auf der Suche nach der besten Disco geschrieben sind.«

»Na, dieses San-Dingsda haben Sie ja recht gut drauf. Würden Sie das für mich buchstabieren? Einen Stift habe ich zur Hand.«

Jury brummte ungehalten. »S-a-n-g-i-m-i-g-n-a-n-e-s-e. So

heißen die dortigen Bewohner, so wie man ›Florentiner‹ für die in Florenz sagen würde.«

»Ja, ›Florentiner‹ schaffe ich noch recht gut. Das da will ich Diane aber mal auftischen, deren Italienisch einfach brillant ist. Also, was soll ich über Ben Torre herausfinden?«

»Weiß *ich* doch nicht! Deshalb wollen *Sie* doch mit ihm reden. Da ich diese kuriose Geschichte über das Haus und seine Mutter von einer anderen Person erfahren habe, würde es mich nicht wundern, wenn dabei etwas ausgelassen oder verändert wurde.«

»Sangimignanoriner. Wie klingt das?«

»Jetzt hören Sie aber auf!« Jury schnaufte genervt. »Und vergessen Sie Ihr Mobiltelefon nicht.«

»Ich habe gar –« Aber Jury hatte bereits aufgelegt.

Mungo saß auf dem Sofa und sah zu, wie Schrödinger vom Sessel zum Tisch und zum Bücherregal sauste, um herauszufinden, woher das Miauen kam.

Der weiche Filzhut auf dem Tisch entging ihr allerdings. Mungo hatte mit der Schnauze die Krempe hochgehoben und Elfchen darunter geschoben, und jetzt bewegte er sich herum, der wandernde Filzhut. Mungo seufzte.

# 30

Melrose hatte wieder ein Zimmer in dem kleinen Hotel gebucht, in dem er und Trueblood während ihrer hektischen Florenzreise im Vorjahr übernachtet hatten. Er liebte dieses Hotel, das in den oberen Stockwerken eines alten Gebäudes untergebracht war und in das man über ein kühles, in Schatten getauchtes Marmortreppenhaus gelangte. Er hatte noch nicht feststellen können, wer oder was im Erdgeschoss residierte. Wahrscheinlich niemand. Das Ambiente war so ungestört wie damals.

Das Hotel war ein wahrhaftiges Refugium. Wenn sich hier etwas bewegte, so geschah dies in gedämpfter Stille. Er hatte den Eindruck, das Personal – Empfangsdame, Kellner, Geschäftsführer – ging in weichen Hausschlappen einher statt mit Schuhen. Der Fußboden war zwar aus Marmor, doch konnte man kein Absatzgeklapper hören. Er hatte sogar um dasselbe Zimmer gebeten, und die Geschäftsleitung erinnerte sich tatsächlich an ihn. Nun ja, immerhin war es erst ein paar Monate her, dass er hier gewesen war. Da Florentiner aber so viel im Kopf haben mussten – den David, den Duomo, das Gold, die Handschuhe –, war Melrose doch recht erstaunt, dass man sich an ihn erinnerte. Nein, wahrscheinlich war ihnen von damals wohl eher der verrückte Trueblood im Gedächtnis geblieben, der mit seinen Tafelbildern von Masaccio – den vermeintlichen jedenfalls – wie in Trance herummarschiert war.

Das kleine Hotel befand sich in einem Gässchen mit Kopfsteinpflaster, aber kopfsteingepflastert waren sie ja alle, sobald man das Zentrum und den Palazzo San Marco hinter sich ließ. Bis zum

Ponte Vecchio war es gar nicht weit, und darauf steuerte er nach Verlassen seines Hotels nun zu.

Der Arno floss mit seinen vom Sonnenlicht beschienenen Kräuselwellen so gemächlich dahin, dass er fast stillzustehen schien. Auf der Brücke reihten sich kleine Läden aneinander, hauptsächlich Juweliere und Goldschmiede. Ein wahrer Genuss, auf altem Stein zu wandeln, altes Gold zu betrachten, alte Luft zu atmen.

Das Handschuhgeschäft am anderen Ende der Brücke war wieder genauso voll wie beim letzten Mal, und man schaffte es kaum, sich bis an die Theke durchzuschlagen oder die Aufmerksamkeit einer Verkäuferin zu ergattern. Die Handschuhe hier waren aus solch weichem Leder, in so pastellfarbenen oder strahlenden Tönen gefertigt, dass es fast anmutete, als verkaufte der Laden Regenbögen und Sonnenuntergänge.

Die magere kleine Person, die Melrose mit dem Kopf gerade einmal bis an den Ellbogen reichte, hatte keinerlei Hemmungen, diesen (den Ellbogen) sowie den restlichen Melrose aus dem Weg zu schubsen, ein allerdings erfolgloses Unterfangen, das daraufhin einen italienischen Wortschwall auslöste, bei dem es sich nur um eine Aneinanderreihung von Schimpfwörtern handeln konnte.

Hunderte, ja Tausende von Handschuhpaaren lagen in ihren Plastikhüllen in kleinen Schubfächern, die einem riesigen Briefkasten gleich über die ganze Wand angebracht waren. Warme Farben, kalte Farben, blasse Farben, leuchtende Farben – Farben, die man außer im Meer oder einem Sonnenaufgang nie zu sehen bekam. Die Blautöne etwa spielten zwischen dem Blau der Ägäis und den Schatten eines verschneiten Wintertages.

Während er so dastand und diese Sintflut von quer über die Wand nach Farben und Größe sortierten Handschuhen betrachtete, hatte sich die Menge wie von Zauberhand gelichtet, und man bot ihm tatsächlich Hilfe an. Er ließ sich die rosa, pfauenblauen, meerblauen, winterblauen Exemplare zeigen. Dann erstand er zwölf Paare, deren Kosten etwa in der Höhe seiner Hotelrechnung angesiedelt waren, wobei er trotzdem fand, noch ein gutes Geschäft gemacht zu haben. Er sah zu, wie die Frau ihm die Handschuhe einpackte. Herrlich, wie Franzosen und Italiener das immer machten, so behutsam und zierlich, als wäre jeder Einkauf ein Geschenk.

Ein Paar ließ er sich uneingepackt geben, nicht um es gleich zu tragen, sondern nur um seine butterweiche Beschaffenheit zu befühlen. Dann verließ er den Laden.

Auf dem Rückweg über den Ponte Vecchio blieb Melrose ab und an stehen und betrachtete den Arno in seinem stillen Lauf. Und indem er sich die Handschuhe genießerisch an die Wange hielt, überkam ihn der eine oder andere tröstliche Gedanke an zu Hause.

# 31

Als wäre die toskanische Bergstadt eine Festung (was sie vermutlich früher einmal gewesen war), zeigte sich San Gimignano von mit Toren bewehrten Mauern umgeben und von Geschlechtertürmen gekrönt. Im zwölften und dreizehnten Jahrhundert hatte man die Tore wohl nachts geschlossen und bewacht und die Straßen mit Ketten abgesperrt, und für die Menschen hatte Ausgangssperre geherrscht. Wenigstens stellte Melrose es sich so vor. Feudalgeschlechter hatten diese Türme erbaut und sich vermutlich einen edlen Wettstreit darum geliefert, wer den höchsten Turm hatte. Er malte sich aus, wie die Türme an einem frühen Wintermorgen durch Rauch und Nebel ragten und das ganze Städtchen über dem Hügel schwebte, auf dem es erbaut war.

Melrose stellte sein winziges Auto auf dem Parkplatz ab und machte sich auf den Weg bergan ins Zentrum von San Gimignano, falls man hier überhaupt von einem Zentrum reden konnte. Sein Fußmarsch ließ sich leicht mit einem Duell im Morgengrauen vergleichen, wobei der Gewinner derjenige war, der zuerst oben ankam.

In einer kleinen Trattoria auf der Via Matteo kehrte er auf eine *acqua minerale* ein. Von dem Zeug trank er hier eine ganze Menge, da es das Einzige war, was er korrekt aussprechen konnte. »*Acqua minerale*« ging ihm recht gewandt über die Lippen, so dass er umgehend bedient wurde, ohne dass der Kellner ihn stirnrunzelnd bat, es zu wiederholen. Danach setzte er seinen Weg auf der kopfsteingepflasterten Straße in Richtung des sehenswürdigen Foltermuseums fort, ging daran vorbei und hielt dann Ausschau nach der Hausnummer, die ihm von den Kellnern in der Trattoria genannt worden war, nachdem dort ein kurzer Streit über Signor della Torres Wohnsitz entbrannt war.

Ben Torre sah wirklich sehr englisch aus. Ein Mann von mittlerer Größe, in Flanell, mit dunklem Haar, langer Nase und Augen im gleichen Ton wie das blaue Leinenhemd. Und dankenswerterweise hörte er sich auch noch englisch an. Sein Englisch war sozusagen tadellos. Nun, er *war* schließlich Engländer! Doch war man eben manchmal geneigt zu glauben, jemand, der lange im Ausland lebte, würde die dortigen Rede-, Kleidungs- und Verhaltensweisen annehmen.

»Mr. Plant –?«

Melrose nickte bejahend und folgte Ben Torre in ein Wohnzimmer oder die Bibliothek. Als ihm ein Drink angeboten wurde, antwortete Melrose automatisch mit *acqua minerale,* bevor ihm einfiel, dass Torre ja Engländer war, worauf er Wasser rasch in Whiskey umänderte.

Torre lachte. »Wissen Sie, ich glaube, ich kann einen Alkoholiker daran erkennen, dass er nach *acqua minerale* verlangt.«

»Nun, dieser hier tut es jedenfalls nicht.« Mit dem Stumpenglas in der Hand sah Melrose sich interessiert im Raum um: ein wahres Traumhaus für Bücherfreunde. Überall waren Bücher, auf den Regalen, auf dem Fußboden, in der Fensternische und auf dem Schreibtisch, wo ein paar aufgeschlagen übereinander lagen, als hätte Torre sie gerade noch konsultiert. Daneben stand ein Computer.

»Seltsamer Anblick an einem Ort wie San Gimignano«, meinte Ben Torre in Bezug auf den Computer. »Passt irgendwie nicht recht hierher, finde ich.«

»Wenn Sie ihn benutzen, schon.«

Ben Torre lächelte. »Sie wollten mich wegen des Hauses in Surrey sprechen?«

»Ich sagte Ihrer Maklerin bereits, dass ich es gern mieten würde.

Genauer gesagt, würde ich gern einen langfristigen Mietvertrag machen. Die Maklerin meinte nämlich, an einem Verkauf seien Sie nicht interessiert. Da ich sowieso in Florenz war, dachte ich mir, es könnte nicht schaden, vorbeizukommen und mit Ihnen zu sprechen.«

»Nun, da hat die Maklerin schon Recht. Ich könnte es Ihnen langfristig vermieten, vier bis fünf Jahre, aber verkaufen will ich nicht. Im Winterhaus habe ich meine Kinderzeit verbracht. Es ist seit fast einem Jahrhundert im Besitz meiner Familie, und ich könnte mich nicht davon trennen.« Er hielt inne und betrachtete sein gegen das spätmorgendliche Licht gehaltenes Whiskeyglas. »Wissen Sie denn etwas über das Haus?«

»Ich verstehe nicht ganz, was Sie meinen.«

»Es ist ein Ort voller Rätsel.« Ben Torres Lächeln war etwas schief, als wollte er es sich nachträglich verkneifen. »Dort geschehen so manche Dinge.«

Melrose lächelte. »Das tun Dinge meistens. Die Maklerin sagte mir, das Haus stünde schon seit einiger Zeit leer.«

»Es liegt ziemlich abgeschieden. Als Kind fand ich das Haus ganz schön unheimlich. All die dunklen Innenräume, der verwunschene Wald.«

»Verwunschen?«

»Na, Sie wissen doch, wie Kinder sind, bestimmte Orte besitzen für sie böse Eigenschaften. So ging es mir mit dem Wald um das Haus. Der eignet sich doch gut für Gruselgeschichten, finden Sie nicht? Ich hatte wohl einfach zu viel Fantasie.«

Hatte Ben Torre ihn etwa durchschaut? Immerhin nahmen Leute, die ein Haus mieten wollten, gewöhnlich keine Reise ins Ausland auf sich, um mit dem Besitzer persönlich zu sprechen.

Melrose wählte eine andere Taktik, um Torre die Geschichte zu entlocken, die dessen Mutter ihm erzählt hatte. »Lebt Ihre Familie in England?«

»Sie sind leider schon alle tot.«

»Mein Beileid.«

»Ja. Mein Vater und meine Mutter starben kurz nacheinander innerhalb von ein paar Monaten. Da waren sie allerdings schon geschieden.«

»Teilten sie denn Ihre Gefühle bezüglich des Hauses? Und dessen Rätselhaftigkeit?«

Ben Torre wurde nachdenklich. »Meine Mutter wahrscheinlich schon. Sie hatte ebenfalls eine blühende Fantasie.«

Und weiter? Erzählen Sie mir von der furchteinflößenden Gestalt auf dem Weg, die sie erschreckt hatte. Melrose merkte – er hatte so etwas wie eine kleine Erleuchtung, anders konnte man es nicht nennen –, dass er es nicht bloß deshalb hören wollte, um diesen seltsamen Fall zu lösen, sondern auch, weil es eine so verdammt gute Geschichte war. Er war fasziniert. »Einen Waldgeist haben Ihre Eltern also nicht gesehen? Keine bedrohlichen Erscheinungen?« Er überlegte, wie sehr er auf die Gestalt auf dem Weg noch anspielen konnte, ohne den wahren Beweggrund für seinen Besuch zu verraten.

»Ich habe von keinerlei Geistern oder Erscheinungen gehört. Meine Mutter hatte allerdings eine sehr lebhafte Fantasie.« Er lächelte, nahm einen Schluck Whiskey, sprach dann aber nicht weiter.

Melrose hätte ihn am liebsten geohrfeigt. »Und worin äußerte sich die?« Was für eine unbeholfene Frage!

Ben Torre schien sie nicht zu stören. »Sie wollte nicht, dass ich im Wald spielte, so viel weiß ich noch.« Er lachte leicht amüsiert.

*Um das Wäldchen geht's doch gar nicht. Es geht* nicht *um das Wäldchen!*

Melrose blickte sich überrascht um. Was hatte er da eben gehört?

»Sie sagte mir aber nicht, warum.«

Teufel auch! Erst brachte Torre seine übersinnliche Mutter aufs

Tapet und ließ dann das Thema einfach fallen. »Gab es denn dann eine Reihe von merkwürdigen Begebenheiten in dem Haus?«

»Wenn ja, habe ich jedenfalls nie davon erfahren. Aber so reden doch die Leute, nicht? Das abgelegene Haus, der verwilderte Garten, der dunkle Wald. Eines der Hauptmotive in der viktorianischen Literatur, nicht? Meine Mutter muss eine große Romantikerin gewesen sein.« Er erhob sein Glas. »Noch einen?«

Melrose nickte und wünschte, sein Gastgeber würde nicht ständig das Thema wechseln.

Torre wandte sich vom Getränketischchen herüber. »Höre ich hier heraus, dass Sie vielleicht einer sind, der gern glauben möchte, dass es in dem Haus spukt?«

Melrose rutschte ein wenig in seinem Sessel umher und lachte dann etwas gekünstelt. Ihm kam es darauf an, den Rest der Geschichte von der Mutter zu hören. »Ach Gott, das hoffe ich nicht. Wollte Ihre Mutter das denn?«

Torre reichte ihm seinen Drink und setzte sich wieder. Das Glas war wiederum nur einen knappen Fingerbreit eingeschenkt. Torre machte eigentlich nicht den Eindruck, ein knauseriger Mensch zu sein, vielleicht bevorzugte er kleine Portionen, um sich zu beweisen, dass er selbst kein großer Trinker war. Es war gerade einmal zwölf Uhr mittags vorbei. »Ich weiß ehrlich gesagt nicht, was meine Mutter wollte.«

In der Bemerkung lag ein gewisser Unterton, vielleicht eine Spur Enttäuschung? Oder Verärgerung? Doch natürlich unterbrach er sich gleich wieder und ließ das Thema fallen.

»Als ich das Haus besichtigte, war ein Kind draußen im Garten. Es spielte dort unten in einer Art Wendy-Haus, so heißt das bei ›Peter Pan‹ ja wohl.«

»Sie meinen bestimmt Tilda. Ja, sie wohnt in der Nähe. Als ich das letzte Mal dort war, habe ich sie gesehen. Ich bin sicher, sie steckt hinter dem Tee in den Tassen, der die Maklerin so verblüffte. Ich habe jedenfalls nichts verraten.«

Damit war eine der Fragen nach dem geisterhaften Treiben beantwortet. Allerdings wussten sie das bereits.

Melrose wünschte, Torre käme endlich auf die Geschichte mit der Gestalt auf dem Gartenweg zu sprechen, von der Harry Johnson erzählt hatte.

Einen Unterschied gab es jedoch zwischen Melrose Plant und Harry Johnson. Harry war mit einem Auftrag hier gewesen, nämlich so viel wie möglich über das Haus zu erfahren. Als ob die Geschichte die schreckliche Sache mit Glynnis Gaults Verschwinden erklären könnte. Er war in Vertretung des armen Hugh Gault hier gewesen, wogegen Melrose selbst lediglich fragen wollte, ob das Haus zum Verkauf stand. Er hatte den falschen Weg eingeschlagen, doch – wie hätte er es sonst anstellen sollen?

»Wie wär's mit Mittagessen?«, fragte Ben Torre. »Die Trattoria in der Via San Matteo ist recht gut. Sie sind vermutlich auf dem Weg den Berg herauf daran vorbeigekommen.«

Melrose war einverstanden, und sie machten sich auf den Weg.

»Ich habe einen Freund«, sagte Melrose, »der ganz versessen auf das Foltermuseum ist.« Melrose deutete mit einer Kopfbewegung hin, als sie daran vorbeikamen.

Ben Torre lachte. »Herrlich! Jemand, dessen Erinnerung an San Gimignano auf dieses Museum fixiert ist. Es ist ziemlich verrückt, oder vielleicht ist der, dem die Sammlung gehört, ja verrückt.«

»Wäre doch ein interessanter Schauplatz für einen Mord.«

Torre legte den Kopf schief und musterte Melrose. »Interessieren Sie sich für Morde?«

»Nicht über das, nun ja, allgemein übliche Maß hinaus.« Er dachte an den Gärtner und jenen William Cannon, der vor langer Zeit im Wald hinter dem Winterhaus gestorben war. »Gibt's welche in Ihrer?«

»In meiner was?«

»In Ihrer Vergangenheit.«

Sie betraten die Trattoria, wo Ben Torre so freudig begrüßt wurde, dass man meinen konnte, er würde jeden Tag dort zu Mittag essen. Tat er vielleicht auch. Er brauchte jedenfalls keine Speisekarte, sondern bestellte einfach die Calamari und schlug Melrose vor, sie ebenfalls zu nehmen. Der hatte das Gefühl, es wäre ungebührlich, etwas anderes zu bestellen. Ihm war klar, irgendwann im Leben wäre er einmal gezwungen, Calamari zu essen.

Als sie kamen, fand er sie jedoch recht schmackhaft. Zubereitet waren sie mit Korinthen oder etwas Ähnlichem, und der Knoblauch war so transparent, dass er aussah wie ganz fein gehobelt. Tomaten, Oliven und Couscous vervollständigten das Gericht.

»Ach, könnte ich doch meine Köchin dazu bringen, dieses Gericht zu kochen.« Hauptsächlich hatte Melrose dabei eines im Sinn, nämlich Agatha einen großen Teller davon hinzustellen – möglicherweise ausschließlich die Calamari –, wenn sie das nächste Mal zum Abendessen kam, was hoffentlich nicht allzu bald der Fall sein würde.

»Komisch, aber als ich vor ein paar Monaten schon einmal Besuch hatte, sprachen wir auch über das Haus. Über das Winterhaus. Ein flüchtiger Bekannter war es, ich glaube aber nicht, dass er daran interessiert war, es zu mieten …« Torres Stimme verlor sich, er trank einen Schluck Wein.

Harry Johnson. Weiter, weiter, weiter! Doch da dämmerte es Melrose plötzlich: Er war ein Narr, ein totaler Dummkopf war er! *Natürlich* würde Ben Torre ihm die Geschichte, die seine Mutter ihm erzählt hatte, *nicht* erzählen. Torre wollte das Haus ja schließlich vermieten und nicht die Leute vergraulen. Die merkwürdige Geschichte vom Winterhaus würde potentielle Interessenten alles andere als anziehen. Nun, da war jetzt nichts mehr zu machen. Sie speisten, tranken ihren Wein (der im Übrigen vorzüglich war) und unterhielten sich noch eine Stunde, bevor Melrose sich empfahl, mit vollem Magen und ziemlich leeren Händen.

Er besichtigte den Duomo, schlenderte in den Uffizien herum, ging in die Accademia beziehungsweise setzte sich auf die Piazza, wo er Michelangelos David beziehungsweise eine Kopie davon betrachtete. Den echten hatte man entfernt. Dabei fiel ihm ein Song von Lou Reed ein.

*Sie haben ihr die Kinder weggenommen*
*Sie sei keine gute Mutter, sagten sie …*

Er saß auf der Piazza, rührte unentwegt in seinem Tässchen Espresso und fragte sich, wieso er eigentlich rührte, schließlich hatte er gar nichts hineingetan. Er schmiss das Fitzelchen Zitronenschale hinein, rührte um, besah sich feierlich die Kopie des David und fragte sich, wie lange es wohl dauerte, so eine Skulptur aufzuarbeiten und zu reinigen. Währenddessen sang Lou Reed weiter von der unbedarften, mit Drogen vollgestopften Frau. Da war er wieder: sein hoch entwickelter Sinn für Ästhetik. Lou und Michelangelo!

Eine Figur wird nicht geschaffen, sondern entdeckt. Michelangelo war der Auffassung, er befreite die im Marmorbrocken gefangene Figur. Die Vorstellung gefiel Melrose.

Er rührte um, ging in Gedanken seine Liste durch und überlegte, ob er vielleicht jemanden vergessen hatte. Er hatte Handschuhe für Vivian, Joanna, Trueblood, Agatha …

Mrs. Withersby!

Er hatte Dicks Putzfrau vergessen. Nun, dann musste er eben noch einmal hin! Herrliche Aussichten!

Er hörte auf zu rühren und trank seinen Fingerhut Kaffee aus, dann erhob er sich und steuerte erneut über die Brücke auf den Handschuhladen zu.

»Nichts«, sagte Melrose am nächsten Morgen zu Jury, den Telefonhörer in der einen Hand, sein mit Marmelade beladenes Croissant in der anderen. Jemand vom Personal hatte ihm das Telefon in den kleinen Frühstücksraum gebracht. »Kein winziges bisschen mehr, als Harry Johnson Ihnen schon erzählt hat. Ehrlich gesagt, sogar eine ganze Menge weniger. Ich hatte auch den Eindruck, dass da noch viel mehr war, über das er aber nicht reden wollte. Vielleicht hatte ich aber auch einfach überzogene Vorstellungen!«

*Jawohl!*

Melrose blickte sich um. Was hatte er da gerade gehört? »Sagten Sie was?«

»Ich? Nein, ich genieße einfach die Stille eines transatlantischen Telefonanrufs.«

»Sehr witzig! ›Sie werden es nicht lösen, wissen Sie.‹ Ich zitiere hier Marshall Trueblood. ›Außer wenn das Schicksal einschreitet und sich auf Ihre Seite schlägt.‹«

»Ich bin sicher, er hat Recht. Vielleicht ist es selbst für das Einschreiten des Schicksals eine Hutnummer zu groß. Was für einen Eindruck hatten Sie denn von Ben Torre? Harry Johnson fand den Mann extrem aufgedreht, fast paranoid.«

»Nun, wie einer, der reif ist für die Stoddard-Klinik, kam er mir nicht vor. Er wirkte eigentlich recht ruhig. Andererseits ist es fast ein Jahr her, seit Johnson mit ihm gesprochen hat, oder?«

»Ja.«

»Ich reise heute am späten Nachmittag ab. Bin so gegen sieben oder acht wieder in London.«

»Und steigen Sie bei Boring's ab?«

»Ja.«

»Wenigstens war die Florenzreise keine Zeitverschwendung.«

»Wieso nicht? Ich habe schließlich nichts aus Ben Torre herausgekriegt.«

»Nein, aber die Handschuhe haben Sie besorgt.«

# 32

»Wieder den Gleichen, Mr. Johnson?«

Harry nickte. »Das werden Sie nicht erleben, Trev, dass ich mich auf unbekanntes Terrain begebe.«

Trevor lächelte und sah Jury fragend an. »Und Sie, Sir?«

»Geben Sie mir ein Glas von dem Roten. Vielleicht von dem, den ich schon mal hatte?«

Bei der Bezeichnung »ein Glas von dem Roten« verzog Trevor gequält das Gesicht. »Das war ein Pinot Noir, Sir. Ein 81er.«

»Ah, schön, der war recht gut.«

Trevor schüttelte den Kopf und ging ihn holen.

»Okay, erzählen Sie weiter«, sagte Jury. Ihm war, als schnüffelte Mungos warme Schnauze unter dem Hocker an seinem Fußknöchel.

Harry nickte. »Ich wusste nicht, was ich sonst noch hätte tun sollen. Nichts ergab einen Sinn. Was sagte Sherlock Holmes in solch einem Fall? Wenn man das Unmögliche ausgeschlossen hat, nimmt man, was übrig ist, ganz egal, wie unwahrscheinlich das auch sein mag. Es war aber nichts übrig.«

»Etwas schon. Es musste ja so sein. Sie – ich meine, alle beide – haben sich ja nicht einfach in Luft aufgelöst. Oder sind in eine andere Dimension verschwunden, wenn Hugh Gault das auch glauben möchte«, sagte Jury.

»Da haben Sie Recht. Sehen Sie, ich dachte wirklich, dieses Haus hätte etwas damit zu tun. Hört sich gruselig an, aber das dachte ich tatsächlich. Ich konnte keinen Beweis dafür finden, dass sie zuletzt dort gewesen war, offensichtlich war es aber der letzte

Ort, an dem sie gesehen wurde, und zwar von der Frau im Swan, die sie am Straßenrand stehen sah.«

Da kam Jury plötzlich die Sache mit dem Schlüssel in den Sinn. »Wenn ihr nichts zugestoßen wäre, hätte Glynnis dann nicht bei der Schlüsselrückgabe die Maklerin gesehen?«

»An der Tür des Maklerbüros gibt es seitlich eine Art Briefkasten, wo man den Schlüssel einwerfen kann. Das tat Glynnis vermutlich. Auf jeden Fall hatte Marjorie Bathous sie nicht gesehen. Und der Schlüssel wurde auch nicht zurückgegeben.«

»Ich komme immer wieder auf den Ausgangspunkt zurück«, sagte Jury. »Wenn sie aus eigenem Entschluss weggegangen wären – Glynnis und Robbie –, dann hätten sie Mungo mitgenommen. Wenn sie aber entführt wurden, ist es doch unwahrscheinlich, dass der Täter den Hund ebenfalls mitnahm, oder?« Wieder hörte er im Geiste Vivians Frage: *Warum haben sie Mungo nicht mitgenommen?*

Er erzählte Harry davon.

Harry sagte: »Sie haben ihn aber doch mitgenommen, oder? Und er kam zurück.«

Jury fühlte Mungo mit dem Schwanz schlagen und blickte unter seinen Barhocker. Mungo kam hervor und schaute Harry und Jury nacheinander erstaunt an. Hin und her ging sein Blick.

Harry lächelte. »Wie ergeben der guckt!«

Jury fand, es sah weniger nach Ergebenheit als vielmehr nach Fassungslosigkeit aus.

»Wenn du nur reden könntest, Junge«, sagte Harry und griff hinunter, um Mungo am Hals zu kraulen.

Mungo entzog sich, indem er unter Jurys Hocker glitt und sich die Pfote über die Augen hielt.

Als ihre zweite Runde kam, fuhr Harry fort: »Es klingt bestimmt absurd, aber nachdem ich alles versucht hatte, beschloss ich, mit jemandem, der sich mit dem Übersinnlichen befasste, nach Surrey zu fahren.«

»Mit einem Medium?« Jury stellte sein frisch gefülltes Glas ab. Er hatte einen Schluck nehmen wollen, sah aber nun, da sie sich mit ganz anderen Welten befassten, davon ab.

»Ein Medium, jemand mit übersinnlichen Fähigkeiten, wie sich das nennt. Ich war schon fast so weit, in ein Zirkuszelt zu einer Wahrsagerin zu gehen.«

»Und ging sie – oder er – in das Haus?«

»Ja. Es war eine gewisse Mrs. Chase aus Putney, das Inbild einer lieben, alten Tante. Nettes Gesicht, graues Haar, gut gepolsterte Figur. Ich dachte mir, wenn die in Sachen Okkultismus dilettiert, dann musste das Okkulte viel bodenständiger sein, als ich je für möglich gehalten hätte. Vor der Terrassentür blieb sie stehen und starrte hinaus. Ich fragte, ob dort draußen etwas oder jemand sei, doch sie sagte nichts. Ihr einziger Kommentar war: ›Es ist furchtbar kalt hier drinnen.‹

Dann gingen wir zurück in den möblierten Salon. Sie stellte sich mittendrin auf und sah umher. ›Das ist nicht Ihr Haus, Mr. Johnson, nicht wahr?‹

›Nein, es gehört einem Mann namens Torre.‹

›Von dem Sie schon gesprochen haben. Wo ist Mr. Torre?‹

›In Italien‹, sagte ich, ›in der Nähe von Florenz.‹

›Kennen Sie ihn?‹

›Ich habe mit ihm gesprochen, ja.‹

›Hat er Ihnen gesagt, weshalb er nicht mehr hier wohnt?‹

›Zu viele unglückliche Erinnerungen.‹

›Das sollte mich nicht wundern. Sie spüren es nicht, oder?‹

›Was?‹

›Die Atmosphäre.‹

Irgendwie verwandelte sie sich vom Typ gemütliche Kinderfrau in eine gemessene, ganz exakte Person. Wohl kaum das Medium, das wir im Fernsehen serviert bekommen. Ich rechnete nicht damit, dass Mrs. Chase von großen Gefühlswallungen erfasst wurde, und es geschah auch nicht.

Sie fragte mich: ›Also, warum bin ich hier? Ich meine, wonach soll ich suchen?‹

Erst dann erzählte ich ihr von Glynnis und Robbie. Sie ließ sich mit ihrer Antwort reichlich Zeit, dachte eine ganze Weile nach.

›Auf jeden Fall waren sie hier.‹

›Und dann?‹

Sie musterte mich eine Zeitlang, ohne ein Wort zu sagen. Dann sagte sie: ›Den Jungen sehe ich nicht so klar. Robbie? Ist das sein Name?‹

Ich nickte. Ich begriff nicht, worauf sie hinauswollte. ›Wollen Sie damit andeuten, dass sie dort jemandem begegneten?‹

›Nun, so könnte man es ausdrücken.‹

›Könnte –?‹ Ich traute meinen Ohren nicht. ›Mrs. Chase, das ergibt doch keinen Sinn.‹

Nun war sie diejenige, die mich fassungslos anstarrte. ›Mr. Johnson, Sie haben mich nicht engagiert, um dafür zu sorgen, dass etwas einen Sinn ergibt. Ganz im Gegenteil, glaube ich. Sie wurde in diesem Raum ermordet.‹ Mrs. Chases Blick fiel auf meine Füße. ›Genau da, wo Sie stehen, lag ihre Leiche.‹

Ich trat erschrocken zurück. Ich konnte es nicht fassen, es war einfach unbegreiflich.«

»Haben Sie ihr geglaubt?«, fragte Jury.

»Nachdem die blanke Angst vorüber war, nein. Ich glaubte, sie wollte sich bloß ihre fünfhundert Pfund verdienen.«

»Gott, ein gepfeffertes Sümmchen für eine Lustpartie auf dem Lande. Das Problem bei Leuten mit so genannten übersinnlichen Fähigkeiten ist, dass ihre dubiosen Visionen schwer zu widerlegen sind. Allerdings habe ich solche Leute nie kennengelernt.«

Harry lachte. »Was greifbare Beweise anbelangt, nun, falls Glynns Leiche tatsächlich gefunden werden sollte –«

Dies stieß er hastig hervor, als könnte jedes Stammeln oder Zögern das Gesagte in Tatsachen verwandeln.

»Sie haben es der Polizei also nicht gemeldet?«

Harry schnaubte verächtlich. »Verdammt noch mal, wie käme ich dazu? Hätte ich der Polizei sagen sollen, eine Parapsychologin hätte behauptet, Glynnis Gault sei ermordet worden?«

»Sie nahmen das Grundstück auch nicht selber in Augenschein?«

»Nun gut, das schon. Nach frisch umgegrabener Erde für ein Grab habe ich schon Ausschau gehalten. Ich war mir zu neunundneunzig Prozent sicher, dass sich diese Mrs. Chase das alles ausgedacht hatte.«

»Oder möglicherweise die Wahrheit sagte, sich aber irrte, was die näheren Umstände anging. Das könnte ja auch sein.«

Harry nickte. »Es gab noch dieses winzige eine Prozent, die geringe Chance, dass ... Dort allerdings nach einem Grab zu suchen wäre vermutlich sinnlos, weil der Mörder die Leiche bestimmt irgendwo anders vergraben hätte, meinen Sie nicht?«

»Schon möglich, ja.« Den Kopf in die Hand gestützt, lehnte Jury den Arm auf die Theke. »Im Übrigen scheinen Sie dieser Theorie von Mrs. Chase mehr als nur ein Prozent Glaubwürdigkeit zuzugestehen.«

»Ja. Damals glaubte ich ihr allerdings nicht. Aber als ich später darüber nachdachte, hielt ich es schon für möglich, dass jemand Glynn aus London gefolgt war oder zumindest wissen konnte, wohin sie ging.«

Jury lächelte. »Und damit kommen Marjorie Bathous und Forester & Flynn ins Spiel.«

»Das glaube ich nun allerdings *nicht*. Ich dachte eher an jemanden aus ihrer Vergangenheit, einen alten Feind, einen verflossenen Liebhaber, eine ehemalige Bekanntschaft – jemanden, für den sie eine Bedrohung darstellte, der auf Rache sann.«

»Diese Mrs. Chase hätte also tatsächlich dieses Bild heraufbeschwören können?«

»Verdammt, es wäre nicht das erste Mal, dass ein Medium eine derartige Entdeckung gemacht hätte. Dazu müsste ich natürlich akzeptieren, dass sie ein Medium ist«, sagte Harry.

»Entweder das, oder aber eine gute Schauspielerin.«

Harry, der die ganze Zeit auf sein Weinglas gestarrt hatte, sah Jury plötzlich fragend an.

»Sagen wir, entweder war sie selbst an dem Mord beteiligt, oder jemand bezahlte sie dafür, Ihnen das alles zu sagen.«

Harry runzelte nachdenklich die Stirn. »Ein ausgeklügelter Trick, muss ich schon sagen.«

Jury trank sein Glas aus und machte Trevor ein Zeichen. Der kam mit der in eine Serviette geschlagenen Flasche herüber. Jury nickte ihm auffordernd zu und wandte sich wieder an Harry. »Nicht unbedingt ausgeklügelt. Sagen wir, es war ein Auftrag, bei dem der Mörder vermeiden wollte, dass er mit London in Verbindung gebracht wurde. Er suchte sich dieses obskure Haus in Surrey aus, das sie besichtigen wollte. Und die Chase wird dafür bezahlt, Ihnen diese Geschichte zu verzapfen –«

»Aber Moment mal. Wie kann jemand sich sicher sein, dass ich diese Mrs. Chase kontaktieren würde? Ich kannte sie ja gar nicht.«

»Wie haben Sie sie gefunden?«

»Eine Frau, die jemanden kannte, der über die Sache mit Glynn und Robbie Bescheid wusste, schrieb Hugh einen Brief. Den zeigte er mir. Sie – die Briefschreiberin – behauptete, Mrs. Chase habe einst ihre vermisste Tochter wiedergefunden.«

»Dann konnte ja der Brief schon ein Schwindel gewesen sein. Den hätte leicht jemand anderes schreiben können.«

»Die Sache wird immer komplizierter. Aber warum hätte sich Hugh nicht darauf einlassen sollen? Was um alles in der Welt hatte er denn zu verlieren? Außer ein paar Pfund.«

»Da bin ich anderer Meinung. Hugh hatte sehr viel mehr zu verlieren als nur Geld. Seinen Seelenfrieden nämlich, seine Hoffnung. Aber selbst wenn es nicht darum ging, worum ging es *dann?* Was sollte damit bezweckt werden, ein Medium in diese schreckliche Geschichte mit hineinzuziehen? Falls Glynnis und Robbie – den Jungen hat sie übrigens überhaupt nicht gesehen – tatsächlich ermordet worden waren, wozu dann erneut Staub aufwirbeln? Inzwischen war ein Monat vergangen. Jeder würde doch denken, die Frau wäre auf und davon, weil sie von ihrem Gatten genug hatte oder weil sie mit Mr. Unbekannt zusammen war, ihrem Liebhaber. Wieso also erneut Aufhebens um eine Sache machen, die im Sande verlaufen war?« Jury machte eine Pause. »Außer –«

»Außer was?«

»Außer es *sollte* erst noch etwas passieren.«

»Ja?«

Jury dachte an das, was Melrose gesagt hatte. *Irgendein zukünftiges Ereignis.* »Nun … angenommen, jemand hatte Mrs. Gault tatsächlich ermordet, dann war er oder sie bis dahin ungeschoren geblieben. Es könnte sich aber in der Zukunft etwas ereignen, was die Aufmerksamkeit wieder darauf lenken würde. Nur ein Beispiel: Was wäre, wenn auf dem Grundstück Bauarbeiten stattfänden? Irgendwelche Grabungsarbeiten, im Zuge derer schließlich die Leiche ans Licht käme?«

»Was hätte der Mörder aber davon, Mrs. Chase ihre Enthüllung machen zu lassen? Eine Leiche würde man trotzdem finden.«

»Schon, aber in dem Fall muss man Mrs. Chase das Verdienst zuschreiben, die Entdeckung vorausgesagt zu haben. Wenn sie weiß, dass es eine Leiche gibt, weiß sie vielleicht auch, wo der Mörder steckt.«

»Sie meinen, sie könnte die Suche vom wahren Mörder ablenken? Das käme ihm sehr gelegen.«

»Stimmt. Aber denken Sie dran, dieses Gedankenspiel basiert auf der Vorgabe, dass ein zukünftiges Ereignis stattfindet. Wir haben keine Ahnung, worum es sich dabei handeln könnte oder ob es überhaupt *stattfindet*. Ich bezweifle, dass es sich dabei um die Ausgrabung von Glynnis Gaults Leiche handelt.« Unwillkürlich musste Jury an Carol-Annes Voraussage abends vor ein paar Tagen denken: »*Eine Leiche wird schon noch auftauchen. Das tut eine Leiche immer.*« Er sah auf seine Armbanduhr. »Ist es schon acht Uhr? Ich muss gehen. Abendessen mit unserer Gerichtspathologin.« Jury fuhr in seinen Mantelärmel.

»Klingt nach einem ganz besonderen Genuss. Und fachsimpeln Sie da beim Austernschlürfen?« Harry strich den Kragen seines schwarzen Kaschmirmantels glatt.

»Nur wenn es unbedingt sein muss«, erwiderte Jury und knöpfte den Mantel zu. »Wenn Trevor hier unter den Flaschen vergraben Ihre Leiche findet, dann war ich es, der Sie wegen dieses Kaschmirmantels umgebracht hat.«

Lachend band Harry die Hundeleine los, zog ein paarmal ruckartig daran und schnalzte mit der Zunge, um Mungo unter Jurys Barhocker hervorzulocken.

»Ah!«, sagte er, »eins habe ich vergessen, Ihnen zu sagen. Als Mrs. Chase das Winterhaus verließ, drehte sie sich noch einmal zu mir um und fragte: ›Und was ist mit dem Hund?‹ Ehrlich gesagt, da war ich ganz schön platt.«

# 33

Mungo lag an seinem Lieblingsplätzchen – unter dem Sofa im Musikzimmer, direkt gegenüber vom Wohnzimmer. Er wusste eigentlich nicht, wieso es ein Musikzimmer gab, denn es spielte niemand Klavier, unbenutzt stand es vor einem Erkerfenster. Er hatte es satt, Schrödinger – mit Spitznamen hieß sie Shoe – dabei zu beobachten, wie sie versuchte, einen Fisch zu erwischen, indem sie mit der Pfote an die Seite des Aquariums schlug.

Er wollte nachdenken. Er wollte über die Spürnase von Scotland Yard nachdenken, die sich allmählich als große Enttäuschung entpuppte. Aber bestimmt stellte er sich bloß dumm. Denn wenn er wirklich dumm war, wie konnte er dann seinen Job behalten?

Mungo rollte sich auf den Rücken und starrte auf die mit Musselin bezogene Unterseite des Sofas, was ihm aber bald sterbenslangweilig wurde. Also quetschte er sich mühsam darunter hervor und sah, dass die Katze offenbar die Schnauze voll hatte von den Fischen, die immer außerhalb ihrer Reichweite schwammen, denn jetzt glaubte er sie in der Küche herumstromern zu hören. Ach ja, und da fiel auch schon das Käsebrett auf die Bodenfliesen.

Er trottete zur untersten Schublade des Walnussholzsekretärs hinüber und sah die quer übereinander liegenden Kätzchen dort schlafen. Weil Elfchen ganz zuunterst lag, meinte er, dem Kätzchen einen Gefallen zu tun, wenn er die oberen wegschubste und Elfchen hervorzog. Natürlich zischten sie alle wie wild, weil sie so schön geschlafen hatten, bis er dahergekommen war.

Mungo trug Elfchen eine Weile in der Gegend herum und suchte ein geeignetes Versteck. Die Verstecke im Musikzimmer hatte er praktisch schon alle benutzt. Wieder ertönte ein dumpfer Knall aus der Küche, als etwas auf den Fußboden fiel. Ob Shoe sich wohl wieder in den Schränken zu schaffen machte? Er trug Elfchen ins Wohnzimmer hinüber.

Im oberen Teil des Schreibtischs befanden sich kleine Fächer, in denen Harry etliche Papiere aufbewahrte. Mungo fragte sich, ob eines der Fächer vielleicht groß genug für Elfchen war. Er kletterte in drei Schritten hinauf: erst auf einen Hocker, dann auf den Schreibtischsessel und von dort auf den Schreibtisch selbst. Suchend glitt sein Blick über die Oberfläche, die Fächer und die kleinen Schreibtischschubladen. Um genauer Maß nehmen zu können, setzte er Elfchen kurz ab. Das Kätzchen zitterte und miaute kläglich, aber Mungo scherte sich nicht darum, denn er hatte etwas gesehen, was sein Hirn in Habtachtstellung versetzte.

Ein Prospekt war es oder eine Broschüre – eigentlich waren es gleich mehrere – von der Anstalt, in die Harry und die Spürnase damals hineingegangen waren, als sie ihn draußen im Wagen zurückgelassen hatten. Fotos von der Vorderfront, den Seitengebäuden, dem ganzen Anstaltsgelände und den hinfälligen Alten waren zu sehen.

Er nahm ein Exemplar zwischen die Zähne und kletterte den gleichen Weg wieder hinunter, den er hinaufgelangt war. Dann kroch er, ohne sich weiter um Elfchen zu kümmern, zum Nachdenken unter ein kleines Sofa. Er war kaum darunter verschwunden, als er Shoe auch schon leise zurücktappen hörte. Sie hatte Elfchen auf dem Schreibtisch natürlich gesehen. Mit einem anmutigen Satz sprang die Katze hinauf, und dann hörte Mungo bloß noch ein großes, lautes *Miau*, in das sich ein winziges, zartes *Miau* mischte. Glücklich vereint, trug Shoe Elfchen sodann wieder zurück ins Musikzimmer und in die Schublade.

Den Prospekt zu haben und ihn nutzbringend zu verwenden war zweierlei. Mungo erinnerte sich, wie er im Wagen gesessen und sich fast totgekläfft hatte, nachdem Harry und die Spürnase ausgestiegen waren. Und rein gar nichts hatte das ganze Gebelle damals genützt. Nachdem er noch eine Weile unter dem Sofa liegen geblieben war, ohne dass ihm etwas eingefallen wäre, ging er zurück ins Musikzimmer, wo Elfchen es sich gerade wieder gemütlich machte. Das Kätzchen in der Gegend herumzutragen half Mungo manchmal beim Nachdenken. Schrödinger hatte sich in die Küche verzogen. Mungo deponierte Elfchen in einem recht guten Versteck und dachte weiter angestrengt über die Broschüre nach.

Wenn er versuchte, das Faltblatt ins Pub zu tragen, würde Harry es bloß für ein versabbertes Stück Papier halten, es ihm wegnehmen und in den Müll werfen. Mungo dachte: Lief da nicht einer von diesen Schwarzuniformierten draußen auf der Straße herum? Und traf der sich nicht manchmal auch mit … Moment mal! Die hatten doch diese Autos mit den blauen Lichtern, die blinkten, und dem langgezogenen Geheul, das ihn an Shoe und die Kätzchen erinnerte. War die Spürnase nicht eines Abends aus so einem Auto gestiegen? Die gehörten doch alle zum gleichen Verein. Die waren doch alle in einer Clique.

Die kannten einander! Die erzählten sich Sachen!

Und schon stürmte er, die Broschüre zwischen den Zähnen, in Richtung Küche und schob sich, während Shoe ihn wütend anfauchte, durch sein Hundetürchen. Draußen rannte er am Haus entlang Richtung Gehweg, wo er stehen blieb und suchend die Straße auf und ab schaute. Kein Uniformierter.

Wo waren die Uniformierten, wenn man sie mal brauchte?

Ah! Am anderen Ende der Straße bog gerade einer um die Ecke.

Mungo sauste den Gehweg entlang, die Broschüre fest in der Schnauze, um sie möglichst nicht vollzusabbern.

Es war der Freundliche, der ihn sogar beim Namen kannte.

»He, Mingo!«

Na ja, so ungefähr. Mungo überhörte den Fehler großzügig und ließ ihm den Prospekt vor die Füße fallen.

»Was haben wir denn da, Kumpel?«

Mungo gab sich einen Ruck und bellte los.

Der Uniformierte war in die Hocke gegangen und musterte Mungo eingehend, dessen Blick sich in den des Uniformierten bohrte. Der griff nach der Broschüre. »Stoddard-Klinik steht da. Was ist das?« Immer noch in der Hocke, schlug er den Prospekt auf, besah sich sämtliche Fotos der Klinik und zuckte ratlos die Achseln. »Ich werd nich schlau draus, Kumpel. Was soll da sein?«

O Mann! Wieso waren die Menschen bloß so *begriffsstutzig*, so *schwerfällig*? Wenn es verkehrte Welt wäre, säße *er* in einem von diesen Autos mit Blaulicht und würde um die Ecken rasen zum Pub und der Spürnase den Tipp geben.

Jetzt kam noch ein anderer Uniformierter dazu, vom ersten über die Straße hergewinkt, und dann verplemperten sie erst mal reichlich Zeit. (»Hallihallo, Kyle. Ah, Mac, wie geht's denn so? Was machen Greta und die Kleinen?« Blablabla.) Dann besah sich der zweite Uniformierte, Kyle, die Broschüre der Stoddard-Klinik, las sogar Teile daraus laut vor:

»Eine Oase der Ruhe mitten in Fulham ...!«

Was Gelächter und Kommentare hervorrief. »Eine Oase in *dem* Distrikt? Das is mir ja ganz neu, dir, Mac?«

*Ach, wie witzig*! Mungo gestattete sich einen wütenden Beller.

»Das is 'ne Klinik«, sagte der erste Uniformierte.

Mungo hätte sich am liebsten auf den Boden gelegt, die Pfoten über den Augen. Und *das* sind die Leute, von denen sich London beschützen lassen will? *Das is 'ne Klinik.*

Jetzt waren sie beide in die Hocke gegangen und stellten ihm Fragen. »Kennst du denn da jemand, Junge?«, fragte Kyle.

*Ja! Ja! Ja! Ja! Ja!*, versuchte Mungos Blick diesen beiden Männern wie mit einem Pressluftbohrer einzuhämmern.

»Weiß nich«, sagte Mac kopfschüttelnd.

*Das Pub das Pub das Pub das Pub.*

»Was meinst du? Soll'n wir da jemand besuchen gehen?«

Inzwischen vollführte Mungo fast ein Tänzchen.

*Spürnase Spürnase Spürnase.*

Mac sah hinter sich über die Straße. »Is vielleicht was bei Mingo zu Hause? Vielleicht gibt's da Ärger?«

»Schau'n wir doch mal nach.« Kyle sagte etwas in ein kleines schwarzes Ding, das er an seiner Schulter hatte. »Okay, Bruno.«

»Nein, der heißt Mingo«, sagte Mac.

»Okay, Mingo, geh du voraus.«

Nicht um alles in der Welt würde Mungo sich vom Fleck rühren.

»Der bleibt einfach sitzen«, sagte Kyle.

»Okay, Junge –« Mac streckte den Arm aus.

Da merkte Mungo, dass Mac sich doch tatsächlich anschickte, *ihn hochzuheben.* Kommt nicht in die Tüte! Er trottete aufs Haus zu.

Die drei stiegen die Marmortreppe hoch, und Kyle hob den Türklopfer in Delphingestalt.

Wer, glaubten sie denn, würde aufmachen?, fragte sich Mungo. Shoe etwa?

Doch die Tür ging auf. Ach, richtig! Er hatte Mrs. Tobias ganz vergessen! Sie war rundlich wie ein Apfel, und ihre Wangen leuchteten fast genauso rot.

»Mungo!«

Die Uniformierten zeigten ihre Dienstausweise und sagten, der Hund sei ihnen so aufgeregt vorgekommen, und ob alles in Ordnung sei? So wie es sein sollte?

»Na ja, ich bin gerade erst hereingekommen … aber sieht alles gut aus. Trotzdem, kommen Sie doch herein und schauen sich um.« Sie trat beiseite, und die Uniformierten marschierten durch die Tür.

Mungo folgte, weil er sonst eigentlich nichts Besseres zu tun hatte.

Die Uniformierten schauten sich im Musikzimmer um, als wären sie auf Einkaufstour, nahmen einen Gegenstand nach dem anderen in die Hand und stellten ihn wieder hin, während Mrs. Tobias vom Korridor aus zusah.

Mungo lag, den Kopf auf den Pfoten, im Korridor und döste vor sich hin.

Aus einer Ecke des Musikzimmers war Kyles Stimme zu vernehmen. »Äh, und was macht das Kätzchen da im Klavier?«

# 34

»Was wissen Sie über Menschen mit parapsychologischen Fähigkeiten?«

Dr. Phyllis Nancy legte ihr Buttermesserchen hin und sagte: »Nicht annähernd so viel, wie die über mich wissen.«

Jury lachte. Dann fügte er die Frage hinzu: »Würden Sie so jemandem denn Glauben schenken?«

»In welcher Hinsicht?«

»Ich meine: Könnten Sie so jemandem glauben?«

»Das ist die gleiche Frage. Wenigstens verlangt sie die gleiche Antwort: In welcher Hinsicht?«

Sie saßen an einem Tisch im Aubergine und warteten auf Steak (Phyllis) und Ente (Jury).

Sie war in blaue Seide gekleidet. Es war das blauste Blau, das Jury je gesehen hatte, ein geradezu aufrührerisches Blau. Es war so tief, dass man quasi darin schwimmen konnte. Jury ließ sich dieses Bild ein Weilchen durch den Kopf gehen.

»Was ist?«

»Nichts, ich denke bloß gerade über Ihr blaues Kleid nach. Es ist einfach hinreißend.«

»Danke.«

»Was ist, wenn jemand mit parapsychologischen Fähigkeiten behauptet, Sie hätten sich bei der Feststellung einer Todesursache geirrt?«

Sie aß ein Stück Knabbergebäck und dachte darüber nach. Jeder andere Gerichtspathologe würde sagen, er solle sich doch nicht lächerlich machen. Ein *Parapsychologe*, der meine Diagnose in Zweifel zieht?

Phyllis sagte: »Wissen Sie, das ist ein interessanter Gedanke.« Sie nahm noch einen Bissen von ihrem Knabbergebäck. »Ich überlege gerade, auf welchem Gebiet ich wohl am ehesten falsch liegen könnte. Bei Giften, giftigen Pflanzen? Irgendetwas mit Giften jedenfalls.«

»Sie hätten gegen einen Parapsychologen also nicht automatisch Vorbehalte?«

»Nein, natürlich nicht. In der Gerichtspathologie gibt es ja weiß Gott breiten Raum für Zweifel. Das ertrunkene Mädchen, das einen Monat lang im Fluss liegt; das Kind, das ermordet und in eine dunkle Gasse geschleppt wird – nein, da herrscht jede Menge Unklarheit. Worauf ich hinauswill, ist Folgendes: In der Pathologie sind Widersprüche nicht selten. Es sind so viele Theorien möglich, die einander anscheinend alle widersprechen, dass es absurd wäre, eine auf den ersten Blick unsinnige Erklärung gleich zu verwerfen. Das sollten Sie für alle Fälle wissen. Nehmen Sie einmal diese Situation: Da verschwindet eine Frau mit ihrem Sohn –«

Jury lächelte. »Ich korrigiere: und ihrem Hund. Mungo wird immer vergessen.«

Phyllis lächelte, während der Kellner ihnen das Essen servierte. »Glauben Sie mir, ich hatte Mungo nicht vergessen. Jedenfalls lösen sie sich bei der Hausbesichtigung in Luft auf. Glauben *Sie* zumindest. Sie hätten doch aber überall hingehen können, oder nicht? Wie ließe sich dieses Verschwinden schlüssig erklären? Hat die Frau sich mit Vorbedacht abgesetzt? Vielleicht war der Junge misshandelt worden, und sie wollte ihn schützen.«

»Aber was ist mit dem Hund? Warum sollte eine Frau, die alles hinter sich lässt, ausgerechnet den Hund mitnehmen? Und dann noch der Kontext: Sie besichtigt eine Immobilie. Wieso sollte sie das tun, wenn sie doch ihr altes Leben hinter sich lassen will?«

»Stimmt, das ergibt keinen Sinn. Die zweite Erklärung – sie wurden entführt, Mutter, Junge und Hund – leuchtet schon eher ein. Obwohl ich mich frage: Wieso hätten sie den Hund mitnehmen sollen?«

Jury dachte an Vivian. »Eine Freundin von mir fragt sich, warum sie den Hund *nicht* mitgenommen haben.«

Phyllis schnitt ein Stückchen von ihrem Steak ab. »Das ist merkwürdig. Welche Erklärung hatte sie dafür?«

»Gar keine.« Er machte sich mit der Gabel über seine gebratene Ente auf einer Fruchtsoße aus schwarzen Kirschen her. »Wenn das so gut schmeckt, wie es aussieht, lasse ich mir den Rest für den Hund einpacken.«

»Sie haben doch gar keinen Hund.«

»Doch. Nun ja, es ist nicht direkt mein Hund, er gehört dem Burschen über mir. Ein sehr, sehr, sehr berühmter Underground-Gitarrist. Stan Keeler. Schon mal von ihm gehört?«

»Ja. Wissen Sie nicht mehr, wie Sie mich einmal gerufen hatten zu dieser Schießerei im Odeon in Hammersmith, wo die Rockband spielte? Ich bin ja so eine sehr, *sehr* undergroundmäßige Gerichtsmedizinerin. Und das ist hier alles ein sehr erholsames Intermezzo für mich.« Sie deutete auf den ganzen Raum. »Mein Essen ist wirklich deliziös. Woher kommt dieses Wort eigentlich? Es klingt genauso wie das, was es beschreibt. Deliziös. Wissen Sie, genau in dem Punkt machen die Amerikaner einfach einen Fehler, wenn sie all diese Diätratgeber lesen. Und nicht mehrere Gänge in kleinen Portionen über einen Zeitraum von zwei Stunden verspeisen.«

»Vielleicht haben Sie Recht.«

»Aber der Hund –«

»Mungo.«

»Seltsam, dass der immer vergessen wird.«

»Von mir nicht. Was gibt's zum Nachtisch?« Jury nahm die kleine Dessertkarte zur Hand und legte sie gleich wieder weg. »Vorhin sagten Sie, ›sie hätten aber doch überall hingehen können‹. Dabei muss ich an Schrödingers Katze denken.«

»An was?« Sie hatte gerade einen Schluck Wein trinken wollen und hielt nun überrascht inne.

Jury lächelte. »Heißt das, ich habe Ihnen noch nie davon erzählt? Es ist eigentlich recht interessant.« Er erklärte die Analogie mit der Katze im Kasten. »Bloß ist es eben keine Analogie, sondern eine Theorie: Man kann erst wissen, ob die Katze tot ist oder lebendig, wenn man den Kasten öffnet. Ich glaube, es geht darum, dass die Katze, solange sie im Kasten ist und daher *nicht in einer Messgröße beschrieben,* keine Realität hat. Die Frage ›Ist die Katze tot oder lebendig?‹ ist nutzlos. Nein, nicht so sehr nutzlos als vielmehr sinnlos. Die Frage hat keinen Sinn.«

»Das ist ja ziemlich ungewöhnlich. ›Nicht in einer Messgröße beschrieben‹? Was meinen Sie damit?«

»Quantenmechanik.«

Phyllis musterte ihn ungläubig. »Sie wollen doch nicht im Ernst behaupten, dass diese Mrs. Gault, äh, *nirgends* ist, bis Sie sie finden?«

»Das drückt es ziemlich genau aus, Phyllis. Doch, das glaube ich eigentlich schon. Denn irgendetwas entgeht mir da.«

Jury wiederholte es: »Irgendetwas entgeht mir da.«

# 35

*Endlich!*

Wie ein Stromstoß war es vom Aubergine in South Kensington bis zum Sloane Square gefahren, hatte diesen mehrmals umrundet, um dann nach Pimlico weiterzusausen und von dort in einer Kehrtwendung zurück nach Belgravia.

Als er hörte, dass die Spürnase endlich auf der richtigen Spur war, ließ Mungo Elfchen vor lauter freudiger Aufregung fallen. Ganz allein irrte es danach herum, bis Shoe ins Zimmer kam und Elfchen eilends aufhob.

Aber wer war bloß die in Neonblau, die die Nachricht gefunkt hatte?

Von wegen *Parapsychologen*!

# 36

Als Jury am nächsten Morgen in sein Büro kam, überreichte ihm Wiggins eine Nachricht, die er gerade von seinem Zettelblock abgerissen hatte.

»Ich weiß nicht, ob ich den Namen richtig habe – die Frau hat eben angerufen. So ähnlich wie Bath, Balthazer – so was in der Art. Hier ist jedenfalls die Nummer, und weil sie Sie anscheinend kennt, nahm ich an, Sie könnten sich den Namen ja zusammenreimen.«

»Recht haben Sie, Wiggins. Zum Glück kenne ich eine gute Parapsychologin.«

Leicht verschnupft erkundigte sich Wiggins, ob er gern eine Tasse Tee hätte.

»Nein, im Augenblick nicht. Also, der Name dieser Frau – Sie hätten ihn sich ja auch buchstabieren lassen können.«

Wiggins seufzte. »Hätte ich auch gemacht, sie war bloß dermaßen aufgeregt, da wollte ich sie nicht länger aufhalten.«

»Da haben Sie aber Glück. Marjorie Bathous heißt die Dame. Hat sie eine Andeutung gemacht, weshalb sie so aufgeregt war?«

»Kein Sterbenswörtchen. Sie meinte bloß, es sei dringend.« Wiggins rührte in der zähen gelblichen Flüssigkeit in seinem Glas herum.

Den Telefonhörer in der Hand, gebot Jury sich, nicht danach zu fragen. »Was ist das?«

»Ein Früchtesmoothie.«

Allein der Begriff müsste genügen, jeden, der älter als anderthalb war, angewidert Abstand nehmen zu lassen. Jury gab die

Nummer ein. »Wieder einer von diesen Gesundheitsdrinks, die mehr Kalorien haben als ein Weihnachtspudd– Mrs. Bathous? Hier spricht Superintendent Jury.« Den Zettel mit der Nachricht hatte er zusammengeknüllt. Er zielte damit auf den Papierkorb und traf glatt daneben. Beim Zusammenknüllen eines Memos von Racer hielt er plötzlich schlagartig inne, als sie es ihm sagte.

»Man hat *mich* benachrichtigt, wegen des Firmenschilds von Forester & Flynn.«

Er sei auf der Stelle da, sicherte Jury ihr eilig zu, verabschiedete sich und legte auf.

Dann stand er auf, nahm sein Jackett von der Rückenlehne des Stuhles, schob die Arme in die Ärmel und sagte: »Ich bin dann in Surrey.« Er hielt sein Mobiltelefon in die Höhe. »Falls Sie mich brauchen.«

# 37

Sie trug das schwarze Kostüm, vermutlich das, von dem Harry Johnson gesagt hatte, sie habe es angehabt, als sie London fast auf den Tag genau vor einem Jahr verlassen hatte. Sie hatte auf dem cremefarbenen Sofa gelegen. Jury hatte sie sich angesehen, dann hatte man sie weggebracht.

»Traumatische Asphyxie, Tod durch Ersticken«, sagte Dr. O'Reilly. »Es war fast mit Sicherheit Mord.« Er war der Gerichtsmediziner der Polizei von Surrey, jedenfalls der hier zuständigen Abteilung.

»Sie meinen, sie wurde erstickt?«

Der Arzt runzelte gedankenvoll die Stirn. »Ja, aber nicht in dem Sinn, was wir normalerweise unter Ersticken verstehen. Ich meine, nicht mit dem Kissen auf dem Gesicht oder etwas in der Art. Ich spreche vom Zusammendrücken des Thorax, was daraufhin die Weiteratmung verhindert hat. Sie wissen schon, der so genannte Blasebalg-Effekt.« Er legte die Handgelenke aneinander und ahmte durch Öffnen und Schließen der Hände einen Blasebalg nach. »Weil im Mundbereich keine Blutergüsse vorhanden sind, tendiere ich gegen die Methode mit dem Kissen über dem Gesicht.« Er nahm ein seidenes Kissen vom Sofa, um den Vorgang zu veranschaulichen. Als ob Jury und der Chief Inspector an seiner Seite eine Lektion in dieser Spielart von Asphyxie nötig hätten. »Nein, hier geht es um den Thorax – ich meine, um den darauf ausgeübten Druck. Vermutlich wurde ein Knie darauf gesetzt und dann mit dem gesamten Körpergewicht heruntergedrückt. Das werden wir noch sehen. Beziehungsweise, *hoffen* wir zu sehen.« Dr. O'Reilly warf ihnen sein etwas verschrobenes Lächeln zu und griff nach seiner Tasche.

»Wenn es sich«, sagte Detective Chief Inspector Dryer, »tatsächlich um Asphyxie handelt, haben wir keine Tatwaffe.« Er seufzte. »Die Identität der Leiche haben wir uns von der Maklerin bestätigen lassen. Ich nahm an, weil sie hier drinnen lag, hatte sie sich vielleicht das Anwesen ansehen wollen, und man kannte sie bei Forester. Falls sie eine Handtasche dabeihatte … ist die verschwunden. Diese Mrs.« – der Inspector warf einen kurzen Blick auf seine Notizen – »Bathous sagte uns, Sie hätten sich nach ihr erkundigt. Ich habe diese Frau noch nie gesehen, Sie aber schon, nehme ich an?«

»Nein, ich auch nicht.« Jury dachte an die Tote, die auf dem Sofa gelegen hatte und die Dryer erst hatte wegbringen lassen, nachdem Jury sie in Augenschein genommen hatte: kurz geschnittenes braunes Haar, blasse, fast zarte Haut und ein Gesicht, das durch den Verlust seiner Lebendigkeit einiges von seinem hübschen Aussehen eingebüßt hatte. »Abgesehen von Mrs. Bathous gibt es aber noch einige Leute, die sie gesehen haben. Die Shoesmiths –« Jury machte eine Handbewegung in die betreffende Richtung. »Die wohnen etwa eine halbe Meile weiter die Straße runter. Sie hatten sie zum Tee bei sich. Diese Leute wollen verkaufen, haben ihr Haus auch beim Maklerbüro Forester & Flynn gelistet. Und dann ist da noch eine gewisse Myra Easedale, die Mrs. Gault am Straßenrand stehen sah.«

»Gut. Dann ist die Sache ja ziemlich klar. Angenommen, es handelt sich um diese Glynnis Gault, wissen Sie irgendetwas über ihre Familie?« DCI Tom Dryer hatte das kleine Notizbuch wieder an sich genommen, das er vorhin neben dem Tablett mit dem Teeservice abgelegt hatte. Die Tassen, die kleine Zuckerdose, all das mutete Jury so unendlich traurig an, als wäre für einen Gast zum Tee aufgedeckt worden, der dann kam und nun tot war.

»Ich kenne den Ehemann, Hugh Gault. Er hält sich momentan

in einer Klinik in London auf. Sie sagen, Mathilda Hastings hat sie gefunden?«

Dryer nickte. »Schrecklich für ein Kind, wenn es so eine schlimme Nachricht überbringen muss, aber so war es nun mal. Sie lief nach Hause und sagte es ihrer Mum« – er konsultierte seine Notizen – »nein, ihrer Tante, Brenda Hastings. Mrs. Hastings verständigte dann die Polizei. Mathilda sagte, sie sei ins Haus gegangen, um sich ein Glas Wasser zu holen.«

Jury mochte wetten, Tilda war hereingekommen, um Teestunde zu spielen.

»Wasser, Strom und so weiter sind immer noch angeschlossen, obwohl das Haus nicht bewohnt ist. Geldverschwendung, wenn Sie mich fragen. Aber da die Maklerin es vermieten will, macht es so wohl einen besseren Eindruck.« Er seufzte. »Offen gestanden, ich bin ratlos. Und was ist eigentlich aus dem Jungen geworden? Sie hatte doch ihren Sohn dabei, sagte die Maklerin.«

Jury schüttelte den Kopf. »Na, eines wissen wir wenigstens.«

»Was?«

»Was aus dem Hund geworden ist.« Jury klärte ihn auf.

Dies verschaffte DCI Dryer offensichtlich keinen sonderlichen Trost, sondern trug noch zusätzlich zu seiner Bestürzung bei.

Einer der Tatortspezialisten machte immer noch Fotos.

Dryer sagte: »Ich werde allen, die sie gesehen haben könnten, ihr Bild zeigen müssen, nicht nur der Maklerin und den Bewohnern von diesem Lake Cottage –«

»Lark«, korrigierte ihn Jury.

»Ah, ja. Jedenfalls haben wir ihre Identität festgestellt, zumindest schon mal informell. Ein Angehöriger wird sie natürlich noch offiziell identifizieren müssen. Wie gesagt, ich habe versucht, ihren Mann zu kontaktieren. Sie sagen, er ist in einer Art Klinik?«

Jury nickte. »In der Stoddard-Klinik. In Fulham.«

»Ja, von der habe ich schon gehört. Eine psychiatrische Einrichtung, nicht?«

Jury nickte.

Dryer fuhr sich mit dem Daumennagel über die Stirn und machte ein nachdenkliches Gesicht. Er sprach langsam und bewegte sich langsam. Jury würde allerdings nicht den Fehler begehen anzunehmen, er sei auch langsam im Denken. Dryers Blick war hart und unnachgiebig. »Diese Frau – mit Vornamen« – er blätterte in seinen Notizen – »Glynnis Gault. Vor etwa einem Jahr … nein, weniger – hatte diese Gault sich laut Aussage von Mrs. Bathous – hier in der Gegend irgendwelche Häuser angesehen, in Begleitung ihres Sohnes und –«

»Und ihres Hundes.«

Dryer lächelte unmerklich. »Mrs. Gault hatte den Schlüssel zu diesem Haus jedoch nicht zurückgebracht und sich auch nicht wieder gemeldet. Das kam Mrs. Bathous seltsam vor. Als sie Mrs. Gault in London anrief, meldete sich niemand. Sie versuchte es mehrmals, bekam aber nie eine Antwort. Dann kamen Sie hierher und sagten ihr, Mrs. Gault und ihr Sohn – ach ja, und ihr Hund – würden seither vermisst, und die Frau sei hier zum letzten Mal gesehen worden. Sie sagten ihr – der Maklerin, meine ich jetzt –, Glynnis Gault würde seit neun Monaten vermisst.« Dryer klappte sein Notizbuch zu und musterte Jury.

Jury war merkwürdig unwohl zumute, eine nervöse Unruhe bemächtigte sich seiner. »Ja, das stimmt.« Aber hatte nicht Marjorie Bathous das meiste davon *ihm* gesagt? Dies erwähnte er Dryer gegenüber jedoch nicht.

»Ich fragte Mrs. Bathous, ob ihr eigentlich der Gedanke gekommen sei, die Sache der Polizei zu melden, und sie sagte, nein, sie habe angenommen, Mrs. Gault hätte eben kein Interesse mehr gehabt und sei nach London zurückgefahren. Seltsam, unter diesen Umständen, dass niemand als vermisst gemeldet wurde, finden Sie nicht?«

»Wurde sie aber doch. Der Ehemann gab bei der Polizei in Surrey eine Vermisstenanzeige auf.« Jury runzelte die Stirn.

Dryer fuhr sich wieder mit dem Daumennagel über die Stirn. »Ich glaube nicht. Ich will es noch einmal nachprüfen, aber ich glaube, Sie irren sich. Es ist jedenfalls eine ganz merkwürdige Geschichte.«

Jury erwiderte nichts. Da war er wieder, dieser Anflug von Unruhe.

»Läge ich denn sehr daneben«, fragte Dryer, »wenn ich annehme, dass der Ehemann nicht ohne Grund in dieser Klinik ist, dass es mit dem allem etwas zu tun hat?«

»Da lägen Sie genau *richtig*. Es war Hugh Gaults eigener Entschluss, in die Stoddard-Klinik zu gehen, als ihm nach und nach alles über den Kopf wuchs und er in eine schwere Depression fiel.«

»Das würde aber doch jedem über den Kopf wachsen.«

»Mittlerweile geht es ihm aber erheblich besser, glaube ich. Es muss eine recht gute Klinik sein.«

»Dann haben Sie also mit ihm gesprochen.«

»Stimmt. Ich war mit einem guten Freund von Gault dort. Wie ich Ihnen schon sagte, die Geschichte hat mich fasziniert. Hugh Gault ist Physiker.«

Dryer schwieg eine Weile, vielleicht weil er nach einer Verbindung zwischen Fällen von mysteriösem Verschwinden und Physik suchte. Dann nickte er, als hätte er eine gefunden, und sagte: »Ich wäre Ihnen dankbar für Ihre Hilfe in diesem Fall. Sie wissen ja offensichtlich schon eine ganze Menge.«

Jury staunte nicht schlecht. Es kam selten vor, dass die ortsansässige Polizei sich von der Metropolitan Police helfen lassen wollte. Normalerweise wollte die ortsansässige Polizei, dass die Met schlicht und einfach Leine zog. Es hatte viel mit territorialem Besitzdenken zu tun. Die einzige Ausnahme (außer natürlich Brian Macalvie) war ein gewisser Bannen oben in Lincolnshire gewesen, einer der dienstältesten Detectives überhaupt. Er hatte sich genau so wenig quergestellt wie Dryer. Bannen war einer der besten Polizisten, mit denen Jury je zusammengearbeitet hatte. Auch Bannen hatte fast lethargisch im Denken gewirkt, sich gemächlich langsam bewegt. Deshalb hütete sich Jury, voreilig Schlüsse über Dryers Auffassungsgabe zu ziehen.

»Ich halse Ihnen so etwas ungern auf, aber vielleicht könnten Sie Mr. Gault das mit seiner Frau sagen. Da Sie ihn ja kennen.«

»Selbstverständlich. Dazu bräuchte ich allerdings noch ein paar genauere Angaben. Hugh Gault wird natürlich wissen wollen, was die Polizei weiß. Deshalb ist alles, was Sie haben –«

»Ohne Autopsie kann ich ihm auch nicht viel mehr sagen. Wir stehen erst am Anfang der Ermittlungen, wobei zunächst einmal der Frage nachgegangen werden muss, wieso um alles in der Welt sie überhaupt *hier* war?« Dryer blätterte seine Notizen durch. »Laut Maklerin gehört dieses Haus einem Mann namens Benjamin della Torre. Er lebt in Italien, in der Toskana, in einem Bergstädtchen mit unaussprechlichem Namen.«

»San Gimignano«, sagte Jury. Er konnte der Versuchung nicht widerstehen.

»Meine Güte, das wissen Sie also auch?«

Inzwischen wünschte Jury fast, er wüsste es nicht. »Diese Information stammt von Hugh Gaults Freund Harry Johnson.« Und von Melrose Plant, der die fehlenden Details geliefert hatte. »Torre will das Anwesen nicht verkaufen, sondern nur vermieten. Er hat dort seine Kindheit verbracht, fühlt sich dem Haus sehr verbunden. Es hat eine seltsame, ziemlich unheimliche Geschichte, eine sehr unglückliche jedenfalls – das habe ich übrigens aus zweiter Hand –«

»Von Mr. Gaults Freund.«

»Harry Johnson. Er ist sogar in die Toskana gereist –«

»Nach San Jimmy-Jimmy –?«

»Gimignano.«

»Aha.«

»Johnson war dort, um Torre über das Haus auszufragen. Im

Lauf der Jahre entstand so manche Geschichte über das Haus, wilde Fantasien schossen ins Kraut, möchte ich wetten. Jedenfalls dachte sich Harry Johnson, das Haus selbst hätte womöglich etwas mit dem Verschwinden von Glynnis Gault zu tun.«

»Glauben Sie das denn? Hört sich eher nach etwas aus dem Reich des Übersinnlichen an, meinen Sie nicht? Oder nach Paranoia.«

»Ja. Mir fiele es schwer zu glauben, hier sei irgendetwas am Werk –«

»Abgesehen von einem auf den Thorax gedrückten Knie vielleicht. Ich frage mich, ob es sich so abgespielt hat.«

»Nun, es lässt sich leicht *behaupten,* hier sei nichts Seltsames passiert, aber schließlich haben sich meine Frau und mein Sohn ja auch nicht in Luft aufgelöst.«

»Nein, da haben Sie wohl Recht«, sagte Dryer.

»Und bestimmt hat das Haus etwas mit dem Tod dieser Gault zu tun, sonst wäre sie nicht hier ermordet worden. Und auch nicht von hier verschwunden. Allerdings bringt uns das auch nicht viel weiter.«

»Bei der Leiche schon.« Dryer fuhr sich mit dem Daumennagel über die Stirn und wirkte tief verstört. »Wenn das stimmt, was ist dann aus dem Jungen geworden? Ich scheue mich vor dem Gedanken, dass er ebenfalls tot ist.« Er sah auf die Tatortmarkierungen hinunter. »Wissen Sie, es kommt mir alles so gestellt vor, so –«

»Inszeniert?«

Dryer runzelte die Stirn. »Ja, so sieht es doch aus. Ziemlich schwer zu glauben, dass das Opfer hierher zurückgekehrt ist, anstatt direkt nach London, nach Hause zu fahren. Dieses kleine Mädchen – Mathilda –, wenn die immer hierherkam, um in dem kleinen Häuschen zu spielen – ob sie vielleicht jemanden gesehen hat?«, überlegte Dryer.

»Hat sie. Sie sah Glynnis Gault von weitem und den Jungen aus nächster Nähe.«

»Ja, das hat sie mir erzählt.«

War das Dryers Methode?, fragte sich Jury. Er ließ einen im Glauben, er wüsste es nicht, und wusste es dabei doch? Das konnte einem ziemlich auf die Nerven gehen. Jury jedenfalls nervte es bereits.

»Was ist aber, wenn jemand *sie* gesehen hat? Ich finde, ihre Eltern täten gut daran, sie von dort fernzuhalten.«

»Eltern gibt es keine. Sie lebt bei ihrer Tante – einer gewissen Brenda Hastings –, aber das wissen Sie ja. Die Tante hat ihr bereits mehrmals eingeschärft, dort drüben nicht zu spielen. Geholfen hat es nicht viel. Das Mädchen kommt trotzdem immer wieder.«

Dryer lächelte. »Sie sprudeln ja vor wertvollen Informationen, Superintendent.«

Jury erwiderte das Lächeln. »Da sollten Sie mit Harry Johnson sprechen. Von dem habe ich das alles erfahren.«

»Das werde ich bestimmt tun.« Dryer warf einen Blick auf seine Uhr. »Es ist schon nach zwei. Können wir noch in den Swan, bevor sie dort zumachen?«

»Gute Idee.«

»Teils, um einen zu trinken, teils, um zu sehen, ob von den Gästen vielleicht jemand etwas weiß. Ach, eigentlich hauptsächlich, um einen zu trinken. Ich mache mir keine großen Hoffnungen, aus den Leuten da was herauszukriegen.«

Der Parkplatz beim Swan war ziemlich voll, wenn man bedachte, dass es Mittagszeit war.

Während sie über den Kies liefen, sagte Jury: »Wo kommen die Leute bloß alle her? Hier in der Gegend gibt es doch so gut wie keine Häuser, und der nächste Ort, Lark Rise, ist zehn Meilen entfernt und hat selbst zahlreiche Pubs.«

Tom Dryer lachte. »Ach, Mr. Jury, Sie kennen doch den alten Witz: Wenn man allein im Dschungel ist und nichts hat außer einer Flasche Gin und einer mit Vermouth, dann schnellen bestimmt ein Dutzend Köpfe aus dem Busch hoch, um einem zu sagen, wie man einen Martini mixt?«

Drinnen wurde Dryer vom Barmann höchst respektvoll begrüßt.

»Wie geht's denn so, Chief Inspector?«

»Danke, Clive. Ich nehme ein Pint von dem, was gerade im Ausschank ist. Guinness? Gut.«

Jury bat um ein Foster's. Clive schob zwei hohe Gläser unter die Zapfhähne und betätigte die Hebel. »Hab von dem Mord in dem großen Haus gehört. Böse Geschichte.«

»Schon? Ich habe ja selber erst vor ein paar Stunden davon erfahren.«

»Na ja, Sie wissen ja, wie's is.« Die kräftigen Arme in die Hüften gestemmt, stand Clive da und wartete, dass der Schaum sich setzte, dann füllte er nach. »Da sind alle die Polizeiautos vorm Haus, nich? Plus der Leichenwagen. Da kann man sich's doch denken.« Daraufhin stieß er ein keuchendes Lachen aus, wie ein Schwimmer, der Luft holt, und strich dabei den Schaum vom Guinness. Dann stellte er ihnen die beiden Gläser hin.

»Ganz Ihrer Meinung, eine böse Geschichte.«

»Schon komisch. Kann mich auch nich erinnern, dass wir hier schon mal einen Mord gehabt hätten.« Clives tief gerunzelte Stirn deutete darauf hin, dass er wirklich versuchte, sich an einen zu erinnern, statt DCI Dryer irgendwelche Informationen zu entlocken.

»Ich auch nicht«, sagte Dryer und lächelte, bevor er mit Jury an einen Tisch ging.

Dryer sagte: »Mrs. Gault und der Junge –«

»Und der Hund.«

»– ja, was ist denn jetzt das mit dem Hund?«

»Mungo heißt er. Er gehörte zu Glynnis Gault und ihrem Sohn. Und kam kürzlich zurück.«

»Kam zurück? Was soll das heißen? Kam zurück nach *London*? Ganz allein?«

»Ich kann mir denken, er *wurde* zurückgebracht.«

Tom Dryer schien völlig perplex. »Warum? Das ist doch genauso seltsam.«

»Ich habe keine Ahnung.«

»Das ergibt keinen Sinn.« Kopfschüttelnd trank Dryer sein Bier. »Jetzt ist sie tot, und der Junge wird immer noch vermisst. Und der Hund –« Er sah Jury prüfend an. »Sind Sie sich sicher, dass Sie sich nicht verhört haben?«

»Fragen Sie Harry Johnson.«

»Warum um alles in der Welt sollte jemand eine Frau fast ein Jahr lang festhalten, um sie dann umzubringen, noch dazu in dem Haus, aus dem sie angeblich entführt wurde? Ich erkenne hier, wie Wallace Stevens sagte, ›die Notwendigkeit einer These‹.«

Jury hätte sich beinahe an seinem Bier verschluckt. »Stevens, der Dichter? Die Polizei von Surrey zitiert Stevens?«

»Wieso nicht? Wallace Stevens ist hochinteressant.«

»Das ist Arabisch auch, ich kann's aber trotzdem nicht sprechen. Wallace Stevens ist *sehr schwierig*. Ich werde nicht schlau aus ihm.«

»Ach, hören Sie auf. ›Sie sang stärker als das Genie des Meers ... Wie ein Körper, ausschließlich Körper, der mit leeren Ärmeln flattert; und doch ergab seine stumme Bewegung –‹«

Jury unterbrach ihn. »Finden Sie das leicht zu verstehen? Ich erlaube mir, da anderer Meinung zu sein.«

Dryer sagte: »Na, wenn nicht, ist es jedenfalls wunderschön.«

Jury wandte seine Aufmerksamkeit Myra Easedale zu, die an einem Tisch saß, offenbar ihrem Stammplatz, und sich mit einer jungen, etwas abgehalftert wirkenden Frau mit schmutzig braunem Haar unterhielt. Er sagte: »Diese ältere Frau da drüben« – er deutete mit dem Kopf hinüber – »das ist Myra Easedale. Haben Sie mit der schon gesprochen?«

»Ja. Das heißt, einer meiner Leute hat sich mit einem halben Dutzend Gästen hier unterhalten. Sie war diejenige, die Mrs. Gault und ihren Sohn am Straßenrand gesehen hat. Das wäre somit das dritte Mal, dass diese Frau von Zeugen gesehen wurde. Erst von der Maklerin, dann von dem Ehepaar im Lark Cottage und von ihr.«

Dryer hatte das alles also schon gewusst. Jury hatte ihn gar nicht informieren müssen.

»Ich fand, sie – Myra Easedale – brachte ein sehr gutes Argument«, sagte Jury. »Sie meinte, sie könne nicht verstehen, wieso Mrs. Gault, die entweder bereits im Winterhaus gewesen war oder gerade dorthin fuhr, den Wagen direkt gegenüber der Auffahrt vom Winterhaus abstellte und ausstieg, um eine Karte zu konsultieren. Ich kann nur annehmen, dass sie gesehen werden wollte. Was uns wieder auf die These zurückbringt, das Ganze sei inszeniert worden.«

Dryer drehte sein Glas zwischen den Händen. »Möglicherweise haben Sie Recht.«

Jury überlegte. »Der Körper in dem Gedicht von Stevens –«

»Das Meer ist *wie* ein Körper, der Körper der Sängerin, ›der mit leeren Ärmeln flattert –‹«

»Die ›stumme Bewegung‹. Stumm. Hören Sie, ich weiß, es klingt ziemlich abwegig, aber so kommt mir diese ganze Sache vor. Alles erscheint bloß real, die Entführung und der Mord werden nur vorgegeben.«

Erstaunt musterte ihn Dryer. »Ich versichere Ihnen, die Frau ist ziemlich tot.«

»Tot ist sie, klar. Nur glaube ich nicht, dass sie wusste, was ihr blühte. Für sie verwandelte sich das Spiel in Realität.«

»Sie sagen, das Ganze war, nun, wir nannten es ›inszeniert‹. In der Tat. Von Anfang bis Ende? Aber bis zu *welchem* Ende?«

»Ich weiß es nicht.«

Eine Stunde später fuhr Jury nach London ab und wusste es immer noch nicht.

# 38

Verdattert musterte Melrose Plant seinen Ziegenbock Aghast, der gerade in aller Seelenruhe die Primeln verzehrte. Verdattert war Melrose aber nicht über Aghast, sondern über den Telefonanruf von Richard Jury.

Wenn Melrose aus der Sache schon nicht schlau geworden war, bevor Glynnis Gault tot aufgefunden worden war, so wurde er es danach erst recht nicht. Ihr Mord warf neue Probleme auf, von denen eines die Frage war: Was war mit dem Jungen geschehen? Wieso wurde er nicht ebenfalls tot aufgefunden? Oder wenigstens *gefunden*?

Melrose erteilte Aghast eine kurze Lektion über Ernährung. Aghast glotzte ihn bloß an und kaute gemächlich weiter. Dieser Ziegenbock kaute ständig, ob er nun etwas fraß oder nicht. Melrose griff nach der Leine und führte ihn in seinen Verschlag zurück.

Dann ging er ins Haus, setzte seine wollene Mütze auf und machte sich auf den Weg zum Jack and Hammer.

»Is 'n die Dame schon aufgetaucht?«, fragte Mrs. Withersby, während sie lässig auf ihren Besenstiel gelehnt dastand und eine von Truebloods Zigaretten paffte. Als sie Melrose Plant eintreten sah, nahm sie Aufstellung neben dem Fenstertisch.

»Wenn Sie die Gault meinen« – er setzte sich zwischen Trueblood und Joanna Lewes, die als Einzige schon am Tisch saßen –, »ja, ist sie. Tot.«

Mrs. Withersby konnte kaum an sich halten und patschte sich

auf den Schenkel, als wäre die Mitteilung ein Grund zum Feiern. »Hab's ja gesagt! Hab ich's Ihnen nich gesagt?«

»Nein«, sagte Trueblood, »haben Sie nicht, Sie alte Müllkippe.« An Melrose gewandt, fragte er: »Wo?«

»Details, Details«, sagte Joanna Lewes. »Lassen Sie hören!« Sie gehörte verständlicherweise zu denjenigen, die sich an einem guten Mord ergötzen konnten, wenn er kunstvoll ausgeführt war.

»Über die grundlegenden Fakten hinaus habe ich eigentlich gar nicht so viele Informationen. Die Leiche wurde in dem Haus in Surrey gefunden, von dem ich Ihnen erzählt habe.«

»In dem Haus, aus dem sie verschwunden ist? Jetzt nach all der Zeit? Hu, ist das *gruselig*«, sagte Joanna.

Dies sagte sie mit einem – bestimmt hätte sie es selbst so beschrieben, dachte Melrose – genüsslichen Schauder. Der sogar bis an ihren Mund reichte.

»Hab's ja gesagt«, ließ sich Mrs. Withersby wieder vernehmen.

»Ach, Withers, halten Sie doch die Klappe«, sagte Trueblood, griff in seine Tasche und holte sein Geldmäppchen hervor. »Da, holen Sie sich was zu trinken.« Er nahm einen Fünfpfundschein aus dem Mäppchen.

Sie schnappte ihn sich flink und sagte: »Ihr Flegel bedient euch ja auch nich selber, wieso soll ich dann?« Sie säuselte ihre Bestellung, einen Gin, in Dick Scroggs' Richtung hinüber, der sie aber nicht beachtete.

»Sie werden nicht bedient, Withers, weil Sie hier die Putzfrau sind.«

»Ha! Und Sie meinen, Sie sind was Besseres als ich?«

»Nein, mein ich nicht. Ich *weiß*, dass ich was Besseres *bin* als Sie.«

Mrs. Withersby warf Trueblood einen vernichtenden Blick zu und schlurfte davon, um sich ihren Gin zu holen und mit ihrem

Arbeitgeber herumzustreiten, der sich an der stillen Lektüre der Zeitung von Sidbury ergötzt hatte.

»Und sie war wo im Haus?«, fragte Joanna.

»Im Salon, dem einzigen Raum, in dem noch Möbel standen. Jedenfalls wurde Mrs. Gault dort gefunden, auf dem Boden liegend.«

»Blut?«, fragte Trueblood volltönend, als wäre er soeben aus Transsylvanien eingeritten.

»Nein. Sie war erstickt worden.«

»Wie?«, wollte Joanna wissen. »Mit einem Kissen?«

»Offenbar hatte ihr jemand den Brustkorb eingedrückt.«

»Wer hat sie gefunden?«, fragte Trueblood. »Die Polizei?«

»Nein. Ein kleines Mädchen, das in der Nähe wohnt und gern in dem alten Wendy-Haus auf dem Grundstück spielt. Sie wollte sich im Winterhaus ein Glas Wasser holen, ging in den Salon und fand die Leiche.«

Als wäre diese Mitteilung regelrecht schmerzhaft für sie, hielt Joanna sich die Hand an die Stirn. »Armes Würmchen«, sagte sie.

»So furchtbar würmchenhaft ist die gar nicht. Trotzdem war es bestimmt ganz schön schrecklich. Jedenfalls rannte sie gleich los, um es ihrer Tante zu sagen, und die rief dann die Polizei.«

»Inszeniert«, sagte Trueblood. »Also wirklich.« Er ließ ein glucksendes Gelächter ertönen.

»Was?«, fragte Melrose.

»Na, wie Sie ja bereits sagten beziehungsweise wie Superintendent Jury sagte: sieht aus und klingt wie inszeniert. Dass Mum, Junge und Hund verschwinden, ist ja schon mal sehr komisch. Aber dann fast ein Jahr später ermordet zu werden? Und auch noch ausgerechnet *dort*? Das ist doch bis aufs i-Tüpfelchen choreographiert, nicht?« Er nippte an seinem Drink.

Melrose biss sich auf die Lippe. »Schon möglich. Was wiederum die Frage aufwirft: Warum?«

»Gütiger Himmel, die ganze Sache ist doch ein einziges Warum. Schon von Anfang an. Und Richard Jury ist der Antwort immer noch nicht nähergekommen. Ganz im Gegenteil, würde ich sagen. Dieser Mord vernebelt die Sache doch nur. Aber, wie ich bereits sagte, er wird es nicht lösen. Er hat sich so tief in das System eingeklinkt, und Sie wissen ja, was dieser Gödel sagte.«

»Gödel litt unter Verfolgungswahn. Er glaubte, jemand wollte ihn vergiften, also hat er sich zu Tode gehungert.«

Joanna machte ein erschrockenes Gesicht. »Wie furchtbar. Das ist ja *unsäglich.*«

»Diese Theorie von ihm« – Trueblood schloss die Augen und wandte das Gesicht unmerklich zur Decke empor, während er versuchte, die Theorie zusammenzukriegen – »Unvollständigkeit! Das ist es: die Unvollständigkeitstheorie. Cleveres Konzept –«

*Ach, halten Sie die Klappe.* Es ärgerte Melrose maßlos, dass Trueblood hier in aller Ruhe die Unvollständigkeitstheorie zusammenstoppelte.

An Trueblood gewandt, meinte Joanna: »Er mag sich ja zu Tode gehungert haben. Aber Flüssiges nahm er doch noch zu sich, oder?« Sie hob ihr Glas, um sich einen stärkenden Schluck zuzuführen.

# 39

Jury blieb an einer Ampel vor der U-Bahn-Station South Kensington stehen, einem äußerst verwirrenden Zusammenfluss von Autostraßen, Ampeln, Fußgängerüberwegen und kleinen Verkehrsinseln, auf die man sich flüchten konnte, um einen Zusammenstoß mit ungeduldigen Fahrern zu vermeiden, die aus drei – oder waren es vier? – Richtungen auf einen zukamen.

Während er dort stand und überlegte, wie er Hugh Gault die Nachricht vom Tod seiner Frau übermitteln sollte, kam ihm Vivians Frage plötzlich wieder in den Sinn: *Warum haben sie Mungo nicht mitgenommen?* Was zum Teufel meinte sie damit?

Verdammt! Dass die Ampel auf Grün gesprungen war, merkte er erst, als sein Hintermann auf die Hupe drückte. Jury fuhr mit einem Ruck hoch und setzte seinen Weg entlang der Fulham Road fort. Er passierte die U-Bahn-Station Fulham/Broadway und noch so eine Todesmut heischende Kreuzung und fuhr weiter die Fulham Road hinauf. Es war eine pechschwarze Nacht, sternlos und kalt.

Als er an den Eisentoren von Fulham Palace vorbeikam, drosselte er das Tempo. Die Gartenanlage kam ihm wieder in den Sinn und was sich dort zugetragen hatte. Er sah jenen typischen *knot garden* mit den mittelalterlichen Kräutern vor sich, dazu die Tote, die widersinnigerweise in einem Lavendelbeet gelegen hatte. Beim Anblick der Anlage mit dem prächtigen Baumbestand – Silberlinden, Steineichen, Kastanien, Sequoien – fragte er sich, ob er je wieder einen Grund haben würde oder sich dazu durchringen könnte, zwischen diesen Bäumen und durch diese Gartenanlagen zu spazieren.

Wie schon beim letzten Mal strahlte die elegante Stoddard-Klinik jene angenehme, den Erfordernissen des gewöhnlichen Lebens entrückte Atmosphäre aus, worin sie übrigens Hughs zahlreichen Dimensionen und Wechselwelten ähnelte. Plötzlich musste Jury an seine verzögerte Reaktion auf die umspringende Ampel vor der U-Bahn South Kensington denken: Seine Intuition sagte ihm – und es war auch höchste Zeit, dass seine Intuition endlich in die Gänge kam –, dass Hugh Gaults Vorstellung von Zeit viel mehr Ähnlichkeit mit diesem komplizierten Arrangement von Ampeln und Kreuzungen hatte als mit parallel zueinander verlaufenden Gleisen.

Er hatte vorher angerufen und war aufgrund dieses Anrufs sowie seines Dienstausweises ohne Schwierigkeiten durch die Pforte gelangt. Nun stand er unter einer mächtigen Eiche auf dem Klinikparkplatz und versuchte nicht nachzudenken. Die ganze Angelegenheit zerfaserte wie ein verschlissener Mantel, und er wollte verhindern, dass sie sich allzu schnell auflöste. Er drehte und wendete den Umschlag mit den Tatortfotos, die Dryer ihm besorgt hatte, in den Händen hin und her. Dabei fühlte er sich irgendwie wie damals als Junge, wenn er gegen Ende der Geschichte das Buch zuschlug, obwohl es ein Buch war, das man ihm schon oft vorgelesen hatte. Er wollte nicht, dass die Wörter am Ende ausgesprochen wurden. Eine sehr merkwürdige Analogie, dachte er und fragte sich, was er wohl damit meinte. Sorgte er sich statt um die tote Glynnis Gault etwa um das Ende der Geschichte?

Er steckte den Schlüssel in die Tasche, stieg aus und blieb kurz stehen, um die komplizierte gotische Fassade der Klinik zu betrachten. Alles war kompliziert, dachte er. Alles. Er schmunzelte in sich hinein und dachte, nicht er – Jury, der Schwachkopf – würde den Fall am Ende lösen, sondern Wiggins, Carol-Anne und Vivian.

Und Mungo. Mungo vielleicht am ehesten von allen.

Jury durchquerte die Eingangshalle in Richtung Empfangstresen, wo er der elegant gekleideten Empfangsdame mit der schwarzen Helmfrisur sagte, er sei hier, um Hugh Gault zu besuchen. Das wusste sie natürlich, denn sie war von der Wache am Tor bereits informiert worden. Jawohl, er sei schon einmal hier gewesen. Als Jury ihr seinen Dienstausweis zeigte, strich sie mit der Hand über ihr glänzendes schwarzes Haar, als wäre der Ausweis eine Kamera. Sie wollte wissen, ob etwas passiert sei? Nein, gar nichts. Er benötige lediglich noch ein paar Auskünfte von Mr. Gault.

»Er kommt gleich sowieso herunter, wenn Sie bitte warten wollen?« Mit einem Stift deutete sie auf das Empfangszimmer, in dem er mit Harry schon einmal gewartet hatte.

»›Sowieso?‹«, fragte Jury bei der Empfangsdame nach.

»Pardon?«

»Sie sagten, Mr. Gault käme ›sowieso‹ herunter.«

»O ja, man hat ihm schon gesagt, dass er Besuch hat.«

Bei dem Besuch handelte es sich demnach entweder um die liebenswürdig aussehende Frau mit den etwas verbrauchten, aber immer noch attraktiven Zügen, die nun von ihrer Zeitschrift aufblickte und ihm ein flüchtiges Lächeln zuwarf, oder aber um den hageren jungen Mann mit der Lammfelljacke auf dem Schoß, der Jury musterte und die braunen Augen uninteressiert wieder abwandte.

Jury blieb keine Zeit, die Frage, wer nun wer war, weiterzuverfolgen, als Hugh Gault bereits eintrat und die Frau aufstand und die beiden sich umarmten. Nein, sie nahmen sich innig in die Arme, schienen geradezu gegenseitig voneinander Wärme aufzunehmen.

Dann ließ Hugh sie los und streckte Jury die Hand hin. »Sie sind Inspector … nein, Superintendent Jury. Freut mich, Sie wiederzusehen.« Er wandte sich wieder der Frau zu und stellte sie vor. »Meine Frau Glynnis.«

*Die Dinge ändern sich, während man sie ansieht. Aus einem Ding werden zwei.*

Er sah Glynnis Gault an.

*Er wird den Fall nicht lösen, wissen Sie … Nur wenn das Schicksal einschreitet und sich auf seine Seite schlägt.*

Das Schicksal war soeben eingeschritten.

# 40

Jury streckte Glynnis Gault die Hand hin. Sie hatte eine sanfte Stimme, und ihre Hand war warm. »Meine Güte, was hat Hugh denn angestellt? Ich war nämlich einige Zeit weg.«

Das waren Sie allerdings, wollte Jury sagen. Etwa neun Monate. Doch er war so überrascht, dass er sie bloß sprachlos anstarren konnte. Nach ein paar Sekunden sagte er dann: »Mr. Gault hat überhaupt nichts getan. Ich wollte nur, dass er sich ein paar Polizeifotos anschaut.« Er war erleichtert, dass der Grund, weswegen er die Fotos gebracht hatte, sich nun erübrigt hatte, und dass – was noch schlimmer gewesen wäre – er oder DCI Dryer die Nachricht, Glynnis sei ermordet aufgefunden worden, nicht überbracht hatten.

»Dann zeigen Sie mal her«, sagte Hugh und bedeutete den beiden, sich zu setzen.

Jury holte die beiden Fotos von der Toten hervor und wies vorsorglich darauf hin, dass die Abgebildete tot war, ermordet worden war.

Hugh und Glynnis gehörten zu der seltenen Sorte von Zeugen, die erst überlegten, bevor sie etwas sagten.

Hugh schüttelte den Kopf. »Nein, tut mir leid.«

Glynnis verneinte ebenfalls. »Wer ist sie?«

»Das ist ja das Problem. Wir wissen es nicht. Sie wurde erstickt in einem Haus in Surrey aufgefunden, das momentan unbewohnt ist. Offenbar war die Frau vor neun oder zehn Monaten verschwunden, zusammen mit ihrem Sohn und dem Hund der Familie.«

Glynnis lachte. »Entschuldigen Sie, aber … mit dem *Hund der Familie?*«

Jury nickte und beobachtete, wie sich die beiden bequem zurücklehnten, neugierig auf die Geschichte. Jury beschränkte sich auf die dürren Tatsachen und sparte vorerst die Information aus, dass die Tote sich als Glynnis Gault ausgegeben hatte. Und den Jungen als Robbie Gault. Und Mungo, nun ja, als Mungo. Diesen Teil – den in der Tat bedeutungsvollsten Teil – sparte er aus, weil die Geschichte an sich schon so unglaublich anmutete. Trotzdem hatte er sie geglaubt, hatte sie vollkommen geschluckt. »Sie sprudeln ja vor wertvollen Informationen, Superintendent.«

»Der Hund kam wieder zurück.« Im selben Moment noch wollte er das Gesagte wieder zurückrufen. Er merkte, wie seltsam sich das alles anhörte. Wie *äußerst* seltsam es sich aus seinem eigenen Munde anhörte, eines Beamten der Metropolitan Police. Eines *Detectives* von New Scotland Yard.

Sie musterten einander wortlos. Hugh wiederholte es: »Der Hund kam wieder zurück?«

»So wurde es mir von Harry Johnson berichtet.« Er wartete darauf, dass Hugh diese Mitteilung aufgriff. Was dieser auch tat.

»Harry? Soll das heißen, *Harry* hat Ihnen diese Geschichte erzählt?« Hugh lachte.

Seine Frau sah aus, als fände sie die Vorstellung einfach zu absurd.

»Ja, das hat er.«

Glynnis lachte. »Ich bitte Sie, Mr. Jury, das ist doch irgend so ein Polizeitrick, nicht wahr?«

Jury merkte, wie sein Mund ganz trocken wurde. »Nein.«

Hugh sagte: »Ich war damals doch ganz schön verblüfft, als er Sie mitbrachte –«

Jury unterbrach ihn. »Das war also *wirklich* Harry Johnson?«

»Ja, natürlich. Der Mann ist hochintelligent, wirklich. Schade nur, dass er es nicht in etwas Produktiveres umlenken kann statt in diese obsessive Beschäftigung mit Quantenmechanik und mit mir.«

»Er sagte, Sie beide arbeiteten zusammen an einem Buch über das Thema.«

Hugh legte den Kopf schräg, als könnte er auf diese Weise klarer in Jurys wirres Hirn sehen. Aber natürlich ging es nicht um Jurys, sondern um Harry Johnsons Hirn. »Dieses blöde Buch – redet er immer noch darüber? Harry schreibt gar kein Buch, obwohl er wahrscheinlich denkt, er tut es. Und ganz sicher schreiben *wir* kein Buch zusammen. Ich habe ihm meine Notizen geliehen, weil es darin um das Korrespondenzprinzip geht. Niels Bohr, Sie wissen schon – davon ist er ja unendlich fasziniert.«

Darauf schwiegen sie, Jury aus Verlegenheit, die Gaults vor Verwirrung.

Dann sagte Hugh: »Kann ich einen Vorschlag machen?«

»Natürlich.« Es hätte Jury nicht überrascht, wenn der andere gesagt hätte: *»Lassen Sie sich doch auch hier einweisen! Sie stehen wegen Ihrer Arbeit doch bestimmt unter entsetzlichem Druck.«*

»Die Tote. Sie hätte es doch auch im Alleingang machen können, nicht wahr? Ich meine, sie hätte zu der Immobilienmaklerin gehen können und einfach fragen, ob sie das Anwesen besichtigen könnte –«

Es war Jury höchst unangenehm, das Thema zur Sprache zu bringen, doch es ließ sich nicht vermeiden. »Entschuldigen Sie, dass ich es erwähne, aber Sie hatten doch einen Sohn –«

Glynnis versuchte, sachlich zu bleiben. »Das stimmt. Er ist ertrunken.«

»Die Frau auf diesen Fotos – sie hatte auch einen Sohn. Es ist so, Mrs. Gault – diese Frau hat Ihren Namen benutzt. Sie hat sich für Sie ausgegeben.«

»*Was?*« Die Augen in ihrem kalkweißen Gesicht weiteten sich erschrocken.

»Mit einem Sohn namens Robbie.«

Hugh sagte: »Robbie ist letztes Jahr gestorben. Deshalb –« Er sprach den Satz nicht zu Ende. »Es war ein Bootsunfall. Wir waren auf dem Segelboot eines Freundes, als es plötzlich stürmisch wurde und er über Bord gespült wurde.« Hugh wandte sich ab.

Jury wartete pietätvoll ab. Er wollte vermeiden, dass die Frage grausam leichtfertig klang. »Haben Sie einen Hund?«

»Nein. Hugh ist allergisch.«

Jury nickte. »Hat Harry Johnson einen Hund?«

Verwirrt musterte ihn Hugh.

Dann lächelte er. »Ja. Ich glaube, er heißt Mungo. Schlaues Tier. Die Klinik ist in der Hinsicht sehr liberal. Man darf Haustiere hierher mitbringen, vorausgesetzt, sie benehmen sich anständig.«

Jury starrte ihn fassungslos an. Dann begriff er. *Warum haben sie Mungo nicht mitgenommen?* Auf einmal wusste er die Antwort auf Vivians Frage. Sie hatte sich gewundert, nachdem andere Hunde – dieser irische Wolfshund etwa – in der Klinik erlaubt waren, wieso sie dann Mungo nicht mit hineinnahmen, als sie Hugh besuchen gingen? Mungo wäre beim Anblick von Hugh entzückt hochgesprungen. Ein treu ergebener Hund, der sein Herrchen nach langer Zeit endlich wiedersieht.

Mungo war nämlich gar nicht Hughs Hund. Mungo hätte den erwarteten Wirbel um sein Herrchen gar nicht gemacht. Mungo hätte überhaupt nichts gemacht. Und Harry wusste es.

An Glynnis gewandt, deren leibhaftige Gegenwart er noch immer nicht recht fassen konnte, sagte Jury: »Sie sind also gerade erst zurückgekommen –«

Sie nickte. »Ja, aus Südfrankreich. Ich war bei meinem Vater in Aix-en-Provence.« Sie zögerte, sah auf den Teppich hinunter. »Ich war einfach am Boden zerstört … ich war … Entschuldigen Sie.«

Jury hatte noch eine Menge Fragen, die er momentan aber wohl nicht stellen konnte. Lächelnd erhob er sich. »Vielen Dank für

Ihre Hilfe. Es tut mir wirklich sehr leid um Ihren Sohn.« Doch er war so erleichtert, dass Hugh Gault nicht noch einen weiteren Verlust verkraften musste, dass die Beileidsbekundung kaum überzeugend klang. »Dann gehe ich jetzt wohl besser.«

»Wenn wir Ihnen noch irgendwie helfen können, zögern Sie nicht, Superintendent, melden Sie sich«, sagte Hugh und stand ebenfalls auf. »Obwohl ich nicht glaube, dass Harry so schwachsinnig ist und tatsächlich etwas mit dieser Sache zu tun hat.«

Dies sagte er mit einer gewissen erhabenen Entschiedenheit.

O ja, Jury mochte bekloppt sein, aber Harry war es nicht.

Jury wollte ihnen gerade danken und sich verabschieden, als diese Bemerkung ihn stutzen ließ: »So schwachsinnig? Harry?«

»Nun«, meinte Hugh, »da er sich wie ich freiwillig hat einweisen lassen, stand es ihm natürlich auch frei zu gehen.«

Wie kann ich bloß so dumm sein? Wie kann ich nur so absolut hirnverbrannt dumm sein?

»Harry war Patient hier?«

Hugh zeigte sich überrascht. »Aber ja. Harry war etwas über ein Jahr hier. So habe ich ihn ja kennen gelernt.«

»Sie sind ihm also hier begegnet?«

»Ja. Wundert mich ja, dass er Ihnen das nicht erzählt hat.«

Mich nicht. Jury dankte ihm, dankte allen beiden und ging.

# 41

Carol-Anne trappelte gerade aus dem zweiten Stock herunter, als Jury in den ersten hinaufging. Diese entsetzlichen Schuhe! Was war das denn? War sie jetzt etwa zur Bruno-Magli-Fanatikerin geworden?

»Ich hab Ihren Schlüssel vergessen«, sagte sie.

Jury steckte seinen eigenen Schlüssel ins Türschloss. »Normalerweise heißt es: ›Ich habe *meinen* Schlüssel vergessen.‹«

»Hab ich aber nicht. Bloß Ihren.«

Gemeinsam betraten sie Jury Wohnzimmer oder, wie Carol-Anne es zweifellos ausdrücken würde: *ihr gemeinsames* Wohnzimmer.

»Und weshalb dieser Drang, in meine Wohnung zu gelangen?«, fragte er.

»Ich hab Ihr Telefon klingeln hören. Der Anrufbeantworter ist ja nicht besonders zuverlässig. Sie sehen aber fertig aus!« Sie ließ sich auf sein Sofa plumpsen.

»Ich *bin* auch fertig. Ich bin total fertig.« Jury schmiss seinen Mantel aufs Sofa und ging in die Küche, um sich ein Foster's aus dem Kühlschrank zu holen. Mit der Flasche kehrte er zurück ins Wohnzimmer.

Sie sagte: »Wenn Sie was trinken wollen, gehen wir doch in den Angel.«

Jury sank in seinen Sessel. »Mir ist nicht nach Pub zumute.«

»Och, kommen Sie schon, Super.« Sie warf ihm ein wahrhaft reizendes Lächeln zu. »Nach Pub ist doch jedem zumute.«

»Ich muss jemanden anrufen. Würden Sie mich entschuldigen?«

»Oh ...« Besorgt konstatierte sie seinen Rückzug ins Private, stand aber auf.

Beim Anblick ihres bekümmerten Gesichts konnte Jury nicht anders, als zu sagen: »Nicht weggehen! Aber auch nicht zuhören!«

Erleichtert ließ sie sich wieder auf dem Sofa nieder, nahm eine Zeitschrift zur Hand, wahrscheinlich eine letztjährige Ausgabe von *Time Out* und lächelte schon wieder.

Er schüttelte den Kopf. Wenn die Sterne doch ebenso hell leuchten würden!

Jury gab die Nummer der Polizei in Surrey ein, obwohl es vermutlich zu spät war, Dryer noch im Büro zu erreichen. Aber wie kam er eigentlich auf diese Idee? Als hielte man sich bei der Provinzpolizei an gewöhnliche Bürostunden, während man sich in London bis in die tiefe Nacht abrackerte.

Ein Polizist namens Delancy meldete sich mit dem typischen Akzent, und Jury verlangte nach DCI Dryer. »Falls er da ist. Hier spricht Superintendent Richard Jury von der Metropolitan Police. Wir hatten vorhin schon gesprochen.«

Jury spürte, wie der Kollege drüben in Surrey Habtachtstellung einnahm.

»Einen Moment, Sir.«

Jury hörte, wie Delancy quer durchs Wachzimmer zu einem anderen etwas hinüberbellte. Dann war er wieder am Apparat. »Ist nicht hier, Sir.«

»Könnten Sie ihn ausfindig machen und ihm sagen, er soll mich anrufen. Es ist dringend.« Jury gab ihm seine Privatnummer.

»Wird sofort gemacht, Sir.«

Jury legte auf und nahm wieder einen Schluck Bier. Inzwischen hatte sich Carol-Anne in voller Länge auf dem Sofa ausgestreckt, die ärgerlichen Holzpantinen abgestreift und auf den Fußboden gestellt. Er sagte: »Dringend ist es insofern, als dass die Polizei von Surrey dort in einem Haus eine Tote gefunden hat.«

»Wie bitte?«, fragte sie mit naivem Augenaufschlag.

»Na, na, Sie haben mich doch ›dringend‹ sagen hören.«

»Ich hab überhaupt nicht zugehört.« Fasziniert setzte sie sich auf. »Wer ist es? Wo?«

»Wer, ist nicht bekannt. Wo, in einem Haus namens Winterhaus.«

»Ach, da.«

»Ja, ach, da. Und jetzt kommt gleich ›Hab ich Ihnen aber gesagt‹, ja? Sie sagten, es würde eine Leiche auftauchen. ›Es gibt immer eine Leiche‹, sagten Sie. Aber jetzt kommt der Knüller: Die Frau war tatsächlich diejenige, die der Maklerin als Glynnis Gault bekannt war. Die Gleiche, die auch ein paar andere Leute als Mrs. Gault identifizierten. Nur dass sie es nicht ist. Als ich in die Klinik ging, um Hugh Gault zu besuchen, war seine Frau nämlich dort. Mrs.... Glynnis ... Gault.«

Carol-Anne war jetzt so interessiert, dass sie sogar aufhörte, mit ihrem Haar herumzuspielen. Sie strich es zurück und zwirbelte es, doch es fiel ihr wieder ins Gesicht. »Dann irrt er sich.«

Jury war verwirrt. »Wer irrt sich?«

»Hugh. Er irrt sich, was die zehn Dimensionen betrifft. Seine Frau ist gar nicht in eine andere Dimension eingegangen, wie wir dachten –«

Das »wir« fand Jury köstlich.

»– trotzdem ... meinen Ohrring hab ich immer noch nicht gefunden. Vielleicht irrt er sich also doch nicht. Sind Sie sicher, dass Sie nicht mit in den Angel wollen?«

Jury wunderte sich über ihre labyrinthisch verschlungenen Gedankengänge. Nein, er würde nicht mit in den Angel gehen. Sich abreagieren würde er allerdings gern.

# 42

Am nächsten Morgen waren Jury und Tom Dryer auf dem Weg nach Belgravia. Wiggins chauffierte sie gerade die King's Road entlang in Richtung Sloane Square. Dryer saß hinten, Jury auf dem Vordersitz hatte sich ihm zugewandt, den Arm über der Rückenlehne.

»Ich nehme an, Harry Johnson weiß Bescheid, dass ich weiß, dass die Tote nicht Glynnis Gault ist. Vorausgesetzt, er hat erfahren, dass die echte Glynnis aus der Provence zurück ist.«

Dryer hielt sich am Gurt fest, als fürchtete er, Wiggins würde wieder einmal vergessen, dass ein Zebrastreifen tatsächlich für Fußgänger gedacht war. »Kann ich mir denken, na ja, kommt darauf an.« Er unterbrach sich. »Sergeant, diese drei alten Damen kommen übrigens nicht auf Rollschuhen daher.« Er bezog sich auf Wiggins' Versuch, besagten Damen den Weg abzuschneiden. Dies spielte sich in der Nähe eines Supermarktes ab, und die alten Damen hatten große Taschen mit Lebensmitteleinkäufen dabei. Kaum hatten sie die Straße überquert, drückte Wiggins wieder aufs Gaspedal.

Jury sah Dryer forschend an. »Kommt darauf an? Worauf denn?«

Vor Peter Jones, dem eleganten Möbelgeschäft am Sloane Square, legte Wiggins getreu Dryers Erwartungen noch einen Zahn zu, wodurch er mehrere Einkaufskunden unsanft zurückdrängte, die sich unklugerweise auf den Überweg gewagt hatten.

»Vorsicht, Wiggins, um Gottes willen.«

Tom Dryer hatte sich am gestrigen Abend noch spät bei Jury

gemeldet und ihm für den Anruf gedankt, und Jury hatte erwidert: »Na ja, es ist schließlich *Ihr* Fall, Tom.« Dann fügte er hinzu, es wäre gut gewesen, wenn Dryer in die Klinik mitgekommen wäre. Er, Jury, habe jedoch angenommen, es handelte sich um nichts weiter als eine routinemäßige Identifizierung. Für Hugh Gault natürlich wohl kaum Routine, aber Hugh hätte nach einem einzigen Blick auf die Polizeifotos bestätigt, ja, es handele sich um Glynnis.

»Ich kann mit den Gaults reden, wenn ich in London bin«, sagte Dryer. »Kann ja nicht schaden.«

Im Grunde war Jury froh, dass Dryer nicht mit dabei gewesen war, denn er hatte sich angesichts der Reaktion der Gaults wie ein echter Idiot gefühlt. »Sie konnten sich nicht vorstellen, dass Harry das gemacht haben sollte.«

»Oh? Ach ja, das haben wir auch schon mal gehört. Obwohl die ganze Geschichte zugegebenermaßen etwas unglaubwürdig ist.«

Jury musterte ihn aufmerksam, Dryers Miene blieb jedoch ausdruckslos.

Wiggins umrundete den Platz und fuhr vor einem der schmucken Häuser aus rotem Backstein vor, dessen Treppenstufen ein paar steinerne Löwen zierten. »Hier ist es, Sir.«

»Sie bleiben im Wagen, Wiggins.«

Wiggins nickte. Jury stieg vorn aus, Dryer hinten. Zusammen gingen sie die Treppe hoch, vorbei an den grüblerisch dreinblickenden Löwen. Jury klingelte an der Haustür.

Die öffnete sich ein paar Augenblicke später, und Mungo saß so entschlossen da, dass es schien, als habe der Hund selbst aufgemacht und würde nun darüber entscheiden, wer eingelassen wurde und wer nicht. Doch dann tauchte eine kleine Frau am Türrahmen auf und spähte um die Ecke, als sei sie unsicher, ob sie sich diese Freiheit erlauben durfte. Haushälterin, Zimmermädchen, Köchin oder Putzfrau, nahm Jury an. Sie wirkte viel zaghafter als Mungo. Jury stellte sich und Dryer vor und streckte dann die

Hand aus, um Mungo am Hals zu kraulen. Sie folgten der kleinen Frau in einen Salon.

Er hätte Harry Johnson eine reinhauen können, der sich, nachdem er sich der Lesebrille, Zeitung und Kaffeetasse entledigt hatte, mit einem Lächeln erhob. »Freut mich, Sie zu sehen, Superintendent.« Er streckte Dryer die Hand hin, als Jury sie gegenseitig vorstellte.

»Chief Inspector.« Lächelnd ergriff er Dryers Hand. »Von der Polizei in Surrey? Was kann ich für Sie tun? Möchten Sie Kaffee?« Er streckte die Hand nach der silbernen Kanne aus, die nebst Sahnekännchen und Zuckerschale in schneeweißes Leinen eingeschlagen bereitstand.

Beide lehnten dankend ab.

Jury sagte: »Wir sind nicht zu unserem Vergnügen hier, Harry.«

Harry winkte sie in dunkle Lederklubsessel, hob fragend die Augenbrauen und nahm eine Zigarette aus einem silbernen Etui. Er bot Dryer das Etui an, der aber ablehnte.

Mungo saß da und hob ungeduldig erst einen, dann den anderen Fuß, als könnte er es kaum erwarten, irgendetwas hinterherzujagen.

»Vom Old Wine Shades bin ich zu Hugh Gault gefahren, Harry. Und seine Frau, die alles andere als tot ist, war bei ihm.«

»Ah! Dann ist sie also wieder da aus Aix. Sie war monatelang weg.«

Sein nüchterner Ton missfiel Jury.

»Sie hat nicht sehr viel Ähnlichkeit mit der Toten, besonders insofern als sie *lebt*, könnte man sagen.«

Harry steckte sich die Zigarette in den Mund und griff nach einem schweren Tischfeuerzeug.

»Chief Inspector Dryer würde Ihre Geschichte zu gern hören, Harry. Ich sagte ihm schon, es ist ein Knüller. Ich war zugegebenermaßen selbst hingerissen.«

Harry klickte die Flamme an, entzündete seine Zigarette, nahm einen tiefen Zug und sagte, während er den Rauch ausstieß: »Was denn für eine Geschichte?«

# 43

Jury starrte ihn ungläubig an. Seltsamerweise hatte er wieder dasselbe Gefühl wie damals an dem Abend im Old Wine Shades, als Harry Johnson mit seiner merkwürdigen Geschichte angefangen hatte.

Denn jetzt käme bestimmt gleich noch eine Geschichte.

»Ach, wissen Sie, Harry.« Eigentlich hasste Jury eine derartig schwache Erwiderung, ließ sich aber nicht entmutigen. »Angefangen mit dem angeblichen Verschwinden von Glynnis Gault und ihrem Sohn –«

Mungo blickte zu Jury hoch.

»– und ihrem Hund.«

*Oder einem zukünftigen Ereignis.*

Jury hätte ihm für das betrübte leichte Kopfschütteln am liebsten einen Faustschlag versetzt. Der Kerl hörte überhaupt nicht mehr auf zu lächeln. »Superintendent, Glynnis Gault weilt gesund und munter unter uns, wie Sie mir soeben selbst mitteilten.«

Jury ließ sich nicht beirren. »Hugh Gault, ein Mann, der alles verloren hatte – Frau, Sohn, sogar seinen Hund. ›Der Hund kam wieder zurück‹, so sagten Sie doch am Anfang.« Jury rückte den Fuß näher zu Mungo. »Dieser Hund, Harry.«

»Mungo ist mein Hund, ja, den habe ich schon immer. Sie sagen, ›der Hund kam wieder zurück‹?« Sein Lächeln wurde breiter, als fände er die Geschichte einfach köstlich. »Faszinierend. Ich muss zugeben, ein teuflisch guter Anfang für eine Geschichte. Bloß dass ich die nie erzählt habe.« Achselzuckend wandte Harry seine blauen Augen zu Tom Dryer hinüber.

Was Jury in dem Moment Sorgen bereitete, war die Tatsache, dass Tom Dryer nicht Harry, sondern *ihn* ansah. Er kam sich völlig lächerlich vor – »*Der Hund kam wieder zurück*« … es durfte doch nicht wahr sein! »Wollen Sie uns jetzt weismachen, Sie wären nie in Surrey in einem Haus namens Winterhaus gewesen?«

Mungo, der zu Jurys Füßen saß, ließ sich nun fallen, senkte die Schnauze und hielt den Kopf zwischen den Pfoten wie ein Mensch, der sich mit den Händen die Ohren zuhält, um bloß nicht hören zu müssen, was als Nächstes kam.

»Genau das *werde* ich Ihnen aber sagen, Superintendent. Sind Sie sicher, dass Sie keinen Kaffee möchten?« Einladend hielt er die silberlegierte Kanne in die Höhe.

Jurys Hand ballte sich unwillkürlich zur Faust. Er ignorierte das Kaffeeangebot. »Die Immobilienmaklerin, Marjorie Bathous –«

Als Harry ihn fragend ansah, fiel Jury ein, dass die Maklerin Harry Johnson ja überhaupt nie zu Gesicht bekommen hatte. Sie hatte lediglich die Frau gesehen, die sich Glynnis Gault nannte. Wenn man recht überlegte – wer *hatte* Harry Johnson denn eigentlich gesehen?

»Was ist mit Ben Torre?«, fragte Jury. *Das* war zumindest jemand, bei dem Harry nicht leugnen konnte, dass er ihn kannte. Obwohl Torre ihn laut Melrose Plant nicht direkt beim Namen genannt hatte, ließ sich dafür irgendwie eine Bestätigung beschaffen. Nein, Moment! Wieder versetzte es Jury einen leichten Schock. Ben Torre hatte Melrose Plant ja absolut *gar nichts* erzählt, womit sich diese verworrene Geschichte untermauern ließe. Er hatte Harry Johnson nur *flüchtig* gekannt. Wichtig war jedoch, dass er Harry gekannt hatte, bevor dieser nach Italien gefahren war.

»Ben? Ja, Ben habe ich besucht. Er lebt in San Gimignano. In der Nähe von Florenz«, fügte er hinzu, als vermutete er, Jury habe seine Hausaufgaben nicht gemacht, und wollte ihm hilfreich beispringen.

»Sie sahen ihn letztes Jahr. Rein zufällig machten Sie die ganze weite Reise nach Italien. Das war natürlich ein Riesenumstand.«

»Ist Italien denn jemals ein Umstand, Superintendent?« Harrys Mund zuckte, als müsste er sich bemühen, diesem paranoiden Polizeisuperintendenten nicht voll ins Gesicht zu lachen. »Ich bin mir allerdings nicht sicher, was Sie mit ›rein zufällig‹ meinen.«

Doch, das bist du! »Dass diese Reise nach Florenz zufällig zusammenfiel mit dem Besuch dieser Unbekannten im Winterhaus.«

»Ich weiß, dass Ben hier im Lande ein Haus hat, aber nicht genau wo. Wir haben wenig über dieses Haus gesprochen. Wir haben uns über Quantenmechanik unterhalten.« Harry hatte seine erste Zigarette ausgedrückt und zündete sich an dem schweren Tischfeuerzeug nun eine neue an.

»Sie haben mich auf einen Besuch bei Hugh Gault mitgenommen. Er behauptet, Sie wissen eine Menge über das Thema – über Quantentheorie und Niels Bohr und natürlich über Schrödingers Katze.«

Endlich sagte Dryer auch etwas. »Wessen Katze? Ich komme hier irgendwie nicht ganz mit.«

Harry lachte. »Eine Theorie, die besagt, da wir ein Resultat erst dann kennen können, wenn wir in den Kasten schauen und die Katze sehen, ist jede Spekulation müßig.«

Dryer warf ihm ein düsteres Lächeln zu. »Entschuldigen Sie meine Frage.«

Harry lächelte. »Ich weiß, es hört sich seltsam an.«

Mungo stand auf und trottete mit seinen auf den glatten Parkettdielen klickenden Krallen zum Sofa hinüber, um sich darunter zu verkriechen. Wieder wirkte er wie ein Mensch, der eine schlimme Nachricht abwehren wollte.

Tom Dryer räusperte sich und sagte: »Wir wollen doch das Opfer in diesem Fall nicht aus den Augen verlieren: eine Frau, die sich in der Tat Glynnis Gault nannte. Diese Frau« – er nahm die Polizeifotos aus dem mitgebrachten Umschlag und reichte sie Harry hinüber.

Harry nahm seine Brille vom Silbertablett und setzte sie auf. Eingehend betrachtete er die Fotos, bevor er sie Dryer zurückgab. »Nein, die kenne ich nicht.«

Dryer sagte: »Sie wurde von der Maklerin gesehen, von einem älteren Ehepaar in einem Cottage, das diese Mrs. Gault ebenfalls besichtigte, und von einem kleinen Mädchen, das alle drei gesehen hatte – Frau, Junge und Hund« – Dryer schaute zum Sofa hinüber –, »und die Beschreibung trifft auf Ihren Hund zu.«

»Was für ein kleines Mädchen?«

Er wirkte überrascht, dachte Jury. Es war das erste Mal, dass ihn etwas überrascht hatte.

»Ein Kind eben, das gern dort auf dem Grundstück spielt.«

»Ah. Nun, was den Hund betrifft, der ist halb Jagdhund, halb Bluthund, Chief Inspector. Die sehen alle sehr ähnlich aus, mögen sich allerdings in der Färbung unterscheiden. Sie könnten doch eine Gegenüberstellung veranstalten, dazu bringe ich Mungo gern mit.«

Als er das hörte, tauchte Mungo wieder auf, oder jedenfalls ein Teil von ihm.

Wieso hatte Harry Mungo eigentlich in seinen Plan eingebaut? Immerhin war es *verdammt* merkwürdig, dass ein Hund, der aussah wie Harrys Hund, mit der Frau, die sich für Glynnis Gault ausgab, gesehen werden sollte. Und dann begriff Jury plötzlich, warum: Um seine Geschichte auf eine so absurde Ebene zu heben, dass es schwer vorstellbar wäre, jemand würde ihr Glauben schenken. Wobei dieser Jemand in diesem Fall der anwesende Chief Inspector Dryer war.

Mungo war unter dem Sofa hervorgekrochen und lief nun

herum, hin und her und auf und ab, als hätte er von alldem die Schnauze voll.

*Ich hab versucht, es ihm zu sagen, soll keiner behaupten, ich hätte es nicht versucht.* Mungo rutschte auf dem spiegelglatten Buchenholzboden umher und wollte schon ins Musikzimmer hinüber, um dort zur Ruhe zu kommen. Bloß saß dort Shoe in der untersten Schublade des Schreibsekretärs und bewachte Elfchen und die anderen.

Tom Dryer sagte: »Ja, es wäre wahrscheinlich schon schwer, felsenfest zu behaupten, der Hund, den die Frau bei sich hatte, sei tatsächlich Ihr Hund gewesen. Es gibt aber natürlich immer noch DNA-Spuren, nicht?« Er bedachte Harry mit einem etwas verkniffenen Lächeln.

Doch Harry lächelte bloß zurück. »Ja, schon, wenn Sie die vom Tatort einsammeln können.« Dann deutete er mit einem Kopfnicken auf den Umschlag. »Lassen Sie mich die Fotos doch noch einmal sehen, ja?«

Dryer griff über den tiefdunklen Teppich hinweg nach dem Umschlag. Auf dem Fußboden lagen mehrere Teppiche in interessanten Farben und Mustern teilweise übereinander.

Harry nahm seine Lesebrille, klemmte sich die biegsamen Bügel um die Ohren und nahm die Polizeifotos von der Toten heraus.

Was führte er jetzt im Schilde?

Scheinbar nur mäßiges Interesse an der ganzen Sache bezeugend, sagte Dryer: »Ist das denn nicht auch ein Zufall?«

Harry musterte ihn fragend.

»Ich meine«, sagte Dryer, »hier bedient sich eine Dame des Namens von Glynnis Gault, jener Mrs. Gault, die Sie kennen. Ziemlich schwer zu glauben, dass die Frau auf diesen Fotos keinen von Ihnen kannte, dass sie nicht in irgendeiner Eigenschaft für die Gaults handelte – oder für Sie oder, anders ausgedrückt, dass sie zu keinem von Ihnen irgendeine Verbindung hatte. Ziemlich unwahrscheinlich, oder?«

»Ja, schon. Aber das muss nicht heißen, dass ich sie kenne. Aber Hugh …?«

»Können Sie sich irgendeinen Grund denken, weshalb Mr. Gault jemanden bitten sollte, als seine Ehefrau zu posieren? Spontan kann ich mir nur eins vorstellen – nur so als Beispiel: Er braucht ein Alibi oder muss nachweisen, dass seine Frau tatsächlich noch am Leben war, nachdem er sie bereits ermordet hatte. Das ergibt aber keinen Sinn, denn der Mord geschah später, lange nach der Verkleidungsnummer, nicht davor. Können Sie sich einen anderen Grund denken? Ich meine, wo wir nun schon mal verschiedene Möglichkeiten durchprobieren?« Dryer zupfte an seinem Ohrläppchen, ganz entspannt, ohne jede Eile.

Jury war heilfroh, Dryer das Feld überlassen zu können.

Mungo hatte sich zwischen Jury und Dryer gesetzt und schaute zwischen den beiden hin und her.

Ebenfalls ganz entspannt, rutschte Harry in seinem Sessel tiefer. Er lächelte unmerklich. »Bloß, wie kommen Sie darauf, dass Hugh oder seine Frau die Anstifter dieser Maskerade waren? Wieso nicht die Tote selbst?«

»Ohne dass Sie etwas davon wussten?«

»Ohne dass *irgendjemand* von uns etwas wusste.«

»Das ist natürlich möglich. Sie hat selbstständig gehandelt, meinen Sie. Eine Frau, die sich Glynnis Gault nennt, einen Jungen dabei hat, der sich Robbie nennt, und einen Hund namens Mungo, vereinbart mit einer Maklerin bei Forester in Lark Rise ein paar Termine für Hausbesichtigungen. Sie legt es darauf an, möglichst gesehen zu werden, die Leute wissen zu lassen, dass sie da ist. Und dann – *wusch!* –« Dryer machte mit der Hand Kreise in die Luft – »ist sie weg, verschwunden, samt Junge und Hund. Ist doch sehr interessant! Wieso sie will, dass man glaubt, sie sei verschwunden.«

»Faszinierend.«

»Hm.« Dryer hob den Blick und ließ ihn durch den Raum

schweifen, als wollte er einen umherirrenden Gedanken festnageln. »Vielleicht geht es einzig und allein darum – um die Faszination.«

Wieder lächelte Harry. Er schien sich prächtig zu amüsieren. »Ich bin mir nicht sicher, was Sie meinen.«

»Nun, es hat fast etwas von einer sexuellen Verlockung, nicht? Ein Mann, der von der Schönheit oder Sinnlichkeit einer Frau überwältigt ist, wird wohl kaum merken, dass sie dumm ist wie Bohnenstroh.« Dryer deutete ein Lächeln an, ließ es aber gleich wieder ersterben. »Mit anderen Worten, er wird nicht versuchen, aus ihr schlau zu werden, er wird nur versuchen, sie ins Bett zu kriegen.«

Harry strahlte. »Sehr gut, Chief Inspector.«

»Danke.« Dryer ließ wieder ein Lächeln aufflackern.

»Alles ziemlich verwirrend, nicht?«, sagte Harry.

»Außerordentlich, und doch … kommt sie Ihnen jetzt denn bekannt vor, Mr. Johnson?«, fragte Dryer. »Haben Sie es sich anders überlegt?«

Entweder fiel Harry der sarkastische Ton nicht auf, oder es war ihm egal. Er überlegte.

(Und noch eine Geschichte, dachte Jury.)

»Na schön. Sehen Sie«, begann Harry. »Ich will ja nicht leugnen, dass ich nicht hundertprozentig offen zu Ihnen war –«

Ach, *wirklich?*, dachte Jury, gleichzeitig wütend und fasziniert. Nachdem er seine Geschichte zu einem zufrieden stellenden Ende gebracht hatte, so schien es Jury jedenfalls, denn Harry saß da, einen Arm bequem über die Rückenlehne eines zweisitzigen Sofas gelegt, rauchte und lächelte vor sich hin, fragte sich Jury, was er sich nun als Nächstes einfallen lassen würde.

Harry ließ den Arm sinken, beugte sich vor und sagte ganz ernst und feierlich: »Doch, ich erkenne sie. Ich sagte, die Frau auf dem Foto sei nicht Glynnis, nun, das stimmt, aber dann sagte ich auch, ich hätte sie noch nie gesehen. Das ist nicht wahr. Allerdings sah die Frau in Venedig oberflächlich betrachtet recht anders aus – ihr Haar, die stark betonten Augen, die Kleidung, Wangenknochen und Nase waren denen auf Ihrem Foto aber recht ähnlich. Vermutlich dachte ich deswegen nicht an die Venezianerin, weil ein totes Gesicht selten aussieht wie ein lebendiges. Es fehlt ihm der belebende Ausdruck.«

Jury war klar, dass Harrys verlegenes Achselzucken und das burschikose Lächeln bloß Fassade waren.

Dryer sagte: »Dann kannten Sie sie also, Mr. Johnson?«

»Ja, doch. Ihr Name ist Rosa Paston. Eigentlich Pastoni, sie hat ihn aber abgekürzt. Sie wollte es lieber etwas weniger italienisch haben. Ihr Vater war Italiener, ihre Mutter Engländerin –«

»Klingt genau wie Ben Torre«, sagte Jury.

Harry ignorierte ihn und sprach weiter, während er aufstand und zu seinem Schreibtisch hinüberging. »Ich begegnete ihr in Venedig –«

»Sie waren noch nie dort gewesen, bevor Sie Ben Torre trafen«, sagte Jury.

»Wo?«

»In Italien.«

Harry schloss genervt die Augen vor dieser Begriffsstutzigkeit. »Nein, Superintendent. Als ich ›dort‹ sagte, meinte ich *Florenz*, nicht ganz Italien. Selbstverständlich war ich schon in Venedig gewesen. Da war doch jeder, nicht? Darf ich fortfahren?«

Jury nickte, unmerklich lächelnd. »Bitte.« Dann schüttelte er den Kopf und sah auf das Muster im Teppich hinunter – kompliziert, reich verziert, aber nicht annähernd in dem Maße wie Harry Johnson.

»Ich lernte sie, wie gesagt, in Venedig kennen.«

»Wann war das?«

»Vor einem Jahr. Letzten Sommer, Ende Juni muss es gewesen sein.«

»Also kurz bevor diese Paston nach England kam.«

»Ganz recht.« Harry lehnte sich gegen seinen Schreibtisch und schnippte die Asche von seiner Zigarette in einen silbernen Aschenbecher.

Dryer sagte: »Sie hatten etwas mit ihr, wollen Sie das damit sagen?«

»O nein. Ich war ihr vorher noch nie begegnet. Ich war dort – um zu verhandeln.«

Jury erinnerte sich an die Szene im Jack and Hammer, als sie alle über Henry James redeten … und dann der ältliche Betrüger auftauchte. »Wie Lambert Strether.«

»Was hat das damit –« Dryer war die Verärgerung über Jurys Unterbrechung anzumerken.

Harry legte bloß den Kopf schief und sagte: »Ah! Ein Polizist, der Henry James liest! Nein, nicht wie Strether. Der war ja ein Amerikaner, wie er im Buche steht.«

»Was denn verhandeln, Mr. Johnson?«, wollte Dryer wissen.

Harry betrachtete das verkohlte Ende seiner Zigarette, und sein Gesichtsausdruck spiegelte deutlich einen Mann wider, der zwischen zwei Dingen hin- und hergerissen war. Jury wartete darauf, dass Harry die Leerstellen füllte – Harry empfand es vermutlich ebenso sehr als Leerstellen wie seine Besucher: hin- und hergerissen zwischen nichts und wieder nichts. Harrys Seufzen klang resigniert, als müsse er, der einsame Hüter der Wahrheit, diese nun preisgeben.

Jury lechzte danach, dem Kerl einen Faustschlag zu versetzen.

»Verhandeln mit Rosa Paston. Für Hugh.«

Verdammter *Mist*!, dachte Jury. Er wusste, was jetzt kommen würde.

»Nicht ich, Chief Inspector, hatte etwas mit ihr. Sondern Hugh. Er hatte seit einiger Zeit ein Verhältnis mit ihr gehabt und wollte Schluss machen. Er hatte unglaubliche Schuldgefühle –«

»Quatsch«, sagte Jury.

Dryer hob die Hand, um die Unterbrechung abzuwehren. »Weiter.«

»Nun ja, ich versuchte, sie mit einer beträchtlichen Geldsumme abzufinden. Sie lachte nur.«

»Kann ich ihr nicht verdenken«, meinte Jury. Tom Dryer, der ihm einen wütenden Blick zuwarf, war zunehmend schlechter auf ihn zu sprechen.

»Sie sagte, sie wollte Hugh haben, kein Geld. Und sie wolle nach England ziehen. Sie sei schwanger.«

»Sie war eindeutig nicht schwanger, als sie starb«, sagte Dryer. »Das Baby wäre jetzt auf der Welt – *gerade mal*. Also, wo ist das Kind?«

Harry schüttelte den Kopf, lächelnd, als könnte er es nicht recht fassen, dass die Polizei diese Frage stellte. »Chief Inspector, das weiß *ich* doch nicht. Wahrscheinlich hat die Frau ja von vornherein gelogen.«

»Das erfahren wir bei der Autopsie, Harry. Ich bin sicher, das wissen Sie«, sagte Jury.

»Was? Dass sie gelogen hat?« Harrys Augenbrauen hoben sich unmerklich.

»Sie behauptete, das Kind sei von Mr. Gault?«, fragte Dryer.

»Ja. In dem Punkt war sie glasklar. Was sie damit bezweckte, sich für Glynnis Gault auszugeben, ist mir allerdings schleierhaft.«

»Es ist alles ein verdammtes Spiel, was, Harry?«, stieß Jury zwischen den Zähnen hervor.

Harry hatte sich gerade eine neue Zigarette angezündet und musterte Jury durch einen dünnen Rauchschleier. »Für Rosa Paston anscheinend schon.«

Jurys Verärgerung über Tom Dryer wuchs. Doch dann rief er sich wieder in Erinnerung, wie überzeugend Harry Johnson sich anhörte.

Dryer sprach weiter, als hätte der kurze Wortwechsel gar nicht stattgefunden. »Wieso sollte sie sich als Mrs. Gault auf Häusersuche begeben? Glaubte sie womöglich, Hugh Gault würde seine Frau verlassen und sich mit ihr zusammentun?«

»Das nehme ich an.« Harry zuckte die Achseln.

Als Jury aufstand, folgte ihm Mungo, um ihm deutlich zu verstehen zu geben, dass es ihm genauso missfiel wie Harry, für alles verantwortlich gemacht zu werden. Sie gingen zu einem der hohen Bücherregale hinüber, die zu beiden Seiten eines hohen Bogenfensters angebracht waren. Während Jury Harry Johnson zuhörte, ließ er den Blick über die Bücher gleiten. Eines mit dem Titel *Wiedersehen mit der Schwerkraft* zog er hervor. Die Hommage eines Physikers an E. M. Forster? Der Titel war in seiner Einfachheit und modischen Ausrichtung sicher trügerisch. Einer der drei Autoren war Hugh Gault, bei den beiden anderen handelte es sich um einen gewissen Charles Borman, einen Amerikaner, und den Schweden Sven Skagaared. Dies war aus dem knappen biographischen Abriss im Klappentext ersichtlich. Hugh musste ein ziemliches Kaliber in seinem Fachgebiet sein, denn seine Koautoren waren Nobelpreisträger. Dann gab es da noch ein Buch von Hugh als alleinigem Autor, eines von Skagaared und eine Sammlung von Artikeln über die Superstringtheorie, bei der Hugh als Herausgeber fungiert hatte.

Jury sagte: »Hugh hat ja ziemlich ausführlich über die Quantentheorie geschrieben.«

»Er ist *der* Superstringtheoretiker.«

»Komisch, aber als ich gestern mit ihm redete, meinte er, er würde gar kein Buch mit Ihnen schreiben, Harry.«

Harry machte eine kurze, unbekümmerte Pause. »Wahrscheinlich hat er es vergessen.«

»Was? Ein Mensch, der vergisst, dass er gerade ein Buch schreibt?«

»Bis zum Stadium des Schreibens ist es noch gar nicht gediehen, Superintendent. Wir hatten mit der Idee gespielt, Notizen gemacht, recherchiert und so weiter.«

»Verstehe. Hugh hat vergessen, dass er mit der Idee gespielt hat.«

Harry seufzte. »Ach, wissen Sie, Hugh hat eine ganze Menge vergessen. Nach dem Tod seines Sohnes hat Hugh eine extreme Verdrängungshaltung eingenommen, auch in Bezug auf seine Ehe. Die hielt dem Gewicht von Robbies Tod nicht stand. Vielleicht ist sie jetzt in Ordnung. Jedenfalls hatte er viel Wichtigeres im Kopf als das Buch, das er mit mir schreiben wollte.«

»Wenn wir diese Sache mit Rosa Paston noch mal aufgreifen könnten«, schaltete sich Dryer ein. »Warum haben Sie nicht einfach zugegeben, dass Sie wussten, wer sie war? Und unter welchen Umständen Sie sie kennen gelernt haben? Dachten Sie, die Polizei würde Sie verdächtigen?«

»Könnte schon sein, das war aber nicht der Grund.«

»Was dann?«, fragte Dryer.

»Wenn ich Ihnen davon erzählt hätte, wäre nicht ich Ihr Hauptverdächtiger in diesem Mordfall. Sondern Glynnis Gault. Ich habe versucht, Glynnis zu schützen, mehr nicht.« Harry strahlte.

Mungo kroch wieder unter das Sofa.

»Der Kerl lügt, Tom. Das ist doch ein krankhafter Lügner!« Sie gingen die Treppe hinunter und über den Gehweg zum Wagen.

»Trotzdem … sind Sie sicher, dass Sie ihn nicht falsch verstanden haben?«

Jury war entsetzt. »Sagen Sie bloß nicht, Sie *glauben* ihm.«

Dryer fixierte Jury mit einem amüsierten Blick. »Das haben Sie doch auch.«

# 44

»Mungo!« Melrose legte das Messer hin, mit dem er gerade sein Brötchen gebuttert hatte. »Menschenskind, heuern Sie den doch an!« Kopfschüttelnd griff er nach seiner Gabel. »Der könnte doch einer von Ihren Schnüfflern werden, oder wie man diese Hunde eben nennt.«

Jury lächelte. »Mungo schnüffelt nicht. Der denkt. Vivians Argument war folgendes: Wenn Tiere *tatsächlich* in die Klinik mitgebracht werden durften – siehe den Wolfshund –, wieso nahmen wir dann Mungo nicht mit hinein zu Hugh?«

»Kann ich Mungo haben, nachdem man Harry weggesperrt hat?«

»Nein. Ich bin mir auch überhaupt nicht sicher, ob wir Harry *tatsächlich* wegsperren.« Jury klang niedergeschlagen.

»Harrys eigene Maskerade ist jedenfalls vorbei.«

»Für mich schon. Für Chief Inspector Dryer kann ich nicht sprechen.«

Der junge Higgins servierte ihnen das Hauptgericht. »Fisch«, sagte Jury. »Ich gewinne wieder.«

»Und Harry streitet alles ab?«

»Alles.«

»Wie hat Ihr Polizist aus Surrey reagiert?«

»DCI Dryer fragt sich, ob ich vielleicht alles missverstanden habe.«

Melrose legte seine Gabel hin. »Sie machen Witze!«

»Er will diese Möglichkeit jedenfalls nicht ganz und gar verwerfen. Immerhin ist diese Geschichte ziemlich unglaubhaft, nicht? Das war aber natürlich Harrys Absicht. Und ich – emotional überstrapaziert, nervlich belastet, verunsichert. Dryer fragt sich, ob ich das, was Harry gesagt hat, nicht ›falsch verstanden‹ habe. ›Der Hund kam wieder zurück‹ – du meine Güte!«

»Harrys ganzes ausgeklügeltes System sollte diesen Eindruck vermitteln.«

Jury nickte. »Das ist ja der Witz dran: ausgeklügelt war es. Und er hatte seinen Spaß dran.« Jury spießte ein Stückchen Heilbutt auf und verspeiste es. »Sehen Sie, die Leute dort haben tatsächlich eine Frau mit einem Jungen gesehen, aber keiner von ihnen hatte etwas von deren Verschwinden gehört. Marjorie Bathous nicht, die Shoesmiths nicht und auch nicht Myra Easedale. Der eine oder andere hatte dann erfahren, dass ›Glynnis Gault‹ nicht zum Maklerbüro zurückgekehrt war und dass Mrs. Bathous ziemlich durcheinander war, weil sie sie nicht erreichen konnte. Aber kein Mensch hatte Harrys Geschichte gehört, *außer mir*. Und die Details habe ich anscheinend selbst geliefert.« Jury schüttelte den Kopf. »Herrlich, einfach herrlich.«

»Wieso lächeln Sie?«

»Ich lächle gar nicht.«

Melrose widersprach ihm nicht. »Glauben Sie, er hat sie ermordet?«

»Ich *weiß*, dass er sie ermordet hat. Dazu hat doch alles hingeführt. Erinnern Sie sich – Sie selbst kamen auf die Idee, es wäre vielleicht im Hinblick auf irgendein zukünftiges Ereignis geplant worden. Etwas in der Zukunft. Und mit dieser haarsträubenden Geschichte soll nun alles vom Tisch gefegt werden.« Jury spießte wieder etwas Heilbutt auf. »Ich behaupte zwar steif und fest, dass Harry diese Rosa Paston ermordet hat, aber wieso sollte mich denn jemand richtig ernst nehmen? Mich, mit meiner lebhaften Fantasie, mich, den nervlich Angespannten, der mit so einer verrückten Geschichte daherkommt? Denken Sie mal nach: Was hat Marjorie Bathous denn tatsächlich gesagt? Dass Glynnis den

Schlüssel nicht zurückgebracht hat. Und wie seltsam es war, dass sie, Marjorie, sie nicht erreichen konnte. Sie hatte nicht direkt das *gesagt*, von dem Harry behauptete, sie habe es gesagt. Von polizeilichen Ermittlungen erwähnte *sie* nichts und auch sonst niemand. Weil es nämlich gar keine gegeben hatte.«

»Wieso aber dieser ganze Zauber? Wieso die Paston nicht einfach erschießen, während sie gerade die Wäsche aufhängt, oder sie in einer düsteren Gasse meucheln oder in den Canal Grande werfen?«

»Das habe ich doch gerade *erklärt*«, sagte Jury nun etwas gereizt. »Vielleicht gibt es eine zu direkte Verbindung zwischen Harry und ihr. Wenn in der Sache Rosa Paston ermittelt wird, bin ich sicher, dass ein Liebhaber zum Vorschein kommt, möchte aber wetten, dass der nicht Harry Johnson heißt. Dazu ist der Kerl viel zu sehr auf der Hut. Vermutlich war sie seine Geliebte. Jedenfalls stand sie ihm nahe genug, um ihren Part zu spielen. Faszinierend finde ich, dass ein paar Komponenten der Geschichte korrekt waren: die Häusersuche, die Maklerin, die Shoesmiths, die Frau, die diese vermeintliche Glynnis neben ihrem Wagen stehen sah. Harry hatte sie bestimmt angewiesen, sich sehen zu lassen, denn er musste Glynnis Gault ja mit dem Winterhaus in Verbindung bringen. Und Ben Torre … den hat Harry tatsächlich besucht.«

»Ben Torre. Keine Ahnung, warum bei mir der Groschen nicht gefallen ist, als ich mit ihm redete: Es war das, was er ausließ, es war nicht das, was er *sagte*, sondern was er *nicht* sagte. Harry *konnte* Torre diese ausgeklügelte Geschichte gar nicht erzählen, denn wenn er es getan hätte, könnte Harry sie ja nicht ableugnen, oder? Harry legte es wirklich darauf an, Sie zu überzeugen. Und jetzt hat es den Anschein, als gäbe es noch eine Geschichte oder noch ein Kapitel: nämlich Hugh Gaults angebliche Geliebte. Dieser Bursche hat wirklich einen mächtigen Hang zu übertriebenen Geschichten.« Melrose betrachtete sinnierend sein Weinglas. »Um die Liste der Verdächtigen noch zu erweitern: Hugh könnte es nicht sein, da er in der Klinik festsitzt. Aber seine Frau? Die wäre nicht allzu erfreut gewesen, wenn sie das mit der Geliebten erfahren hätte.«

»Nein. Falls sie Harrys Geschichte überhaupt glaubte. Die beiden taten sich ja schon schwer, mir abzunehmen, dass Harry dahintersteckte. Alle beide, Glynnis und Hugh, fanden es lachhaft.«

»Diese Rosa Paston – die Idee für das Ganze kam Harry womöglich, als er ihr in Venedig begegnete.«

»Was war sein Motiv?« Jury überlegte einen Augenblick und spießte eine neue Kartoffel auf. »Ich bin mir nicht sicher, ob es eines gibt.«

»Sie meinen, Harry tat es einfach, weil er die Fähigkeit dazu hatte?«

»Schon möglich. Der verdammte Kerl ist so eitel, dass ich ihm glatt zutrauen würde, sich eine verrückte Geschichte für die Polizei auszudenken. Nur dass es am Ende eine Leiche gibt. Das ist keine Fiktion.«

»Und wenn er Hugh Gault schaden wollte?«

»Dafür hätte er aber schon die echte Glynnis entführen müssen, nicht ihr Double. Da es jedoch gar keine Entführung gegeben hat –«

»Er hatte diese Geschichte ein Jahr im Voraus ausgeheckt. Ich sehe aber nicht, wie das Glynnis hätte schaden können.«

»Wenn sie wegen Mordes angeklagt wird, ist das schon ganz schön schädlich, würde ich sagen.«

Eine Weile aßen sie schweigend.

»Außerdem«, sagte Melrose dann, »sind Sie auch noch da, vergessen Sie das nicht.«

»Ich?« Jury schob seinen Teller weg und sagte: »Was es wohl zum Nachtisch gibt?«

Melrose schaltete sofort um. »Stachelbeer-Sabayon.«

»Mein Tipp ist Früchte mit Eiercreme. Also, was ist mit mir?«

»Dass er sich Sie ausgesucht hat.«

Jury runzelte die Stirn, während der junge Higgins angeschlurft kam, um ihre Teller abzuräumen, und wieder davonschlurfte. »Er hatte aber doch keine Ahnung, wer ich war, und im Old Wine Shades war ich vorher noch nie gewesen. Er hätte kaum damit rechnen können, mich dort anzutreffen.«

»Sie glauben wirklich, es war Zufall?«

Jury sah, wie Melrose sein Zigarettenetui hervorholte. »Sie werden doch nicht etwa rauchen?«

»Das sagen Sie jedes Mal. Ich bezweifle, dass sich Boring's ein Rauchverbot auferlegt.« In Anbetracht all der Zigarren und Pfeifen draußen im Klubraum hatte Melrose ernsthafte Zweifel daran. Das würde Boring's nicht wagen.

»Können Sie sich vorstellen, diesen beiden dort drüben zu sagen« – er deutete auf einen Tisch nicht weit von ihnen, an dem zwei kauzige alte Herren eine riesige Qualmwolke in die Atmosphäre pafften – »oder sie vom jungen Higgins bitten zu lassen, sie sollten mit der Raucherei aufhören? Nein. Bei Boring's geht es immer noch zu wie in den vierziger und fünfziger Jahren, als mein Vater hier Mitglied war.« Er zündete seine Zigarette an, just in dem Moment, als der junge Higgins mit dem Dessert kam.

»Früchte mit Eiercreme«, frohlockte Jury.

Melrose drückte seine Zigarette aus und musterte die Nachspeise mit düsterer Miene. »Sie gewinnen schon wieder.«

»Harry Johnson hat mich ausgesucht? Woher wollte er wissen, dass ich mich in dem Pub aufhalten würde? Konnte er gar nicht. Woher wusste er überhaupt, wie ich aussah?«

»Wie? Ihr Gesicht war doch groß und breit in sämtlichen Zeitungen abgebildet, wegen der Kinderschänder-Razzia damals. Und was das Lokal betrifft – nun, er ist Ihnen vermutlich gefolgt.«

»In den Finanzdistrikt? Das ist ziemlich weit von der Victoria Street und Scotland Yard entfernt. Fragt sich, warum?«

Melroses Ton klang verärgert. »Nehmen Sie doch nicht alles so wörtlich. Damit meine ich ganz einfach, er richtete es irgendwie so ein, dass er da war, wo Sie waren. Und in der Frage nach dem ›Warum‹ rennen wir uns ja sowieso ständig die Köpfe ein. Sie sind Superintendent – noch dazu ein *verwundbarer* Superintendent, denken Sie doch nur an das ganze öffentliche Aufsehen und die potentielle Suspendierung. Sie sind die perfekte Zielscheibe.«

»Sie meinen, niemand würde mir diese verrückte Geschichte abnehmen? Er wollte den Ermittlungen zuvorkommen, die mit Sicherheit anlaufen würden, nachdem er Rosa Paston getötet hatte.« Jury lächelte gequält. »Er hat mich zum Narren gehalten.«

»Ja, stimmt, aber mit einem ernsthaften Hintergedanken. Harry wusste, wenn die falsche Glynnis gefunden würde, kämen Sie auf ihn zurück. Darauf war er vorbereitet. Denken Sie doch: eine Frau, ihr Sohn und ihr Hund verschwinden für ein Jahr. Und der Hund kommt zurück.« Melrose lachte. »Das ist doch ein Knüller. Er weiß, dass Sie es wissen, aber sonst weiß es niemand. Sie jedoch haben Halluzinationen, Superintendent. Sein Wort steht gegen Ihres –«

Jury brummte ungehalten. »Sein Wort! Davon kann bei Harry doch gar nicht die Rede sein. Das ist wie bei Mary McCarthy, die von Lillian Hellman behauptete: ›Jedes Wort, das sie schreibt, ist gelogen, inklusive die Wörtchen *und* und *das*.‹« Jury überlegte. »Was ist mit dem Jungen? Mit dem angeblichen Sohn, den Rosa Paston bei diesem Abenteuer dabeihatte? Die Polizei wird bestimmt mit ihm reden wollen. Wer war er? Wo hat sie ihn aufgetrieben? Um ihn mache ich mir Sorgen.«

»Warum?«

»Gesetzt den Fall, Harry hat Rosa Paston ermordet, was soll ihn denn davon abhalten, den Jungen umzubringen? Der Junge wusste, dass es um Vorspiegelung falscher Identitäten ging. Liegt er nun auf dem Grund einer Kiesgrube oder irgendwo ertrunken in einem Fluss?«

»Vielleicht war es gar nicht nötig, ihn umzubringen«, versetzte Melrose. »Vielleicht wusste er gar nicht so viel Bescheid wie Rosa.«

»Ich glaube schon. Er wusste von den falschen Identitäten an sich.« Jury aß sein Dessert auf und holte sich dann das von Melrose herüber. »Ich denke nicht, dass diese Frau bezahlt wurde. Ich denke, sie war Harrys Geliebte. Wenn es ihr um das Geld gegangen wäre, hätte sich die Sache so klären lassen. Dann hätte die Frau keine Bedrohung dargestellt, stimmt's?«

»Nein, falsch. Sie wäre immer eine Bedrohung, als Erpresserin, ein Damokles-Schwert über seinem Kopf – immer.«

Jury nickte und löffelte Eiercreme. »Er wusste, dass er sie am Ende ermorden würde. Das jagt einem doch kalte Schauer über den Rücken. Der Gedanke, dass sie bei dieser Scharade fröhlich herumalberte und zum Dank dafür getötet wurde. Dafür hat sie es getan, glaube ich – aus Liebe.«

»Eine gewagte Vermutung.«

»Im Endeffekt kommt es aber gar nicht darauf an, ob aus Liebe oder Habgier oder Unwissenheit – tot ist sie trotzdem.«

»Und der Junge … Übrigens, was ist mit Tilda?«

Jury fuhr von seiner Eiercreme hoch. »Tilda.« Harrys Frage fiel ihm ein. *Was für ein kleines Mädchen?*

»Na ja, sie geht in dem Haus ein und aus, da ist es doch möglich, dass sie etwas gesehen hat«, meinte Melrose.

»Schon, aber das hätte sie gesagt. Schließlich rannte sie nach Hause, als sie die Leiche gefunden hatte, um es ihrer Mutter zu sagen beziehungsweise ihrer Tante.«

»Was ist, wenn Harry noch dort war?«

»Falls sie etwas gesehen hat –« Jury überlegte kurz, dann holte er sein Mobiltelefon hervor. »Gelten bei Boring's für die Dinger auch Vorschriften?«

»Vermutlich. Die stören den allgemeinen Gemütlichkeitspegel, sind also mit Sicherheit untersagt. Also, wenn Sie dann mein Dessert vollends aufgegessen haben, nehmen wir den Kaffee im Klubraum ein.« Melrose warf schwungvoll seine Serviette auf den Tisch.

Jury ging in den Eingangsbereich hinüber, um seinen Anruf zu tätigen, während Melrose Kaffee und Brandy bestellte.

Jury kam zurück und teilte ihm mit, Tilda gehe es gut und sie habe strikte Anweisung, das Winterhaus-Grundstück nicht zu betreten.

»Ha! Was das für einen Wert hat, wissen Sie ja«, sagte Melrose. »Obwohl ich denke, wenn ein Kind eine Leiche findet, bleibt es dem besagten Ort wohlweislich fern.«

»Die Kleine ist allerdings hart im Nehmen. Sie war schon oft allein dort, und, ehrlich gesagt, mir ist das Haus ziemlich unheimlich.« Jury schwenkte seinen Brandy im Glas und freute sich, wie die Flammen vom Kaminfeuer sich darin widerspiegelten. Und freute sich über das Feuer.

»Was sind Sie für ein Hasenfuß.«

»Stimmt. Danke für den Brandy. Und fürs Abendessen.«

Melrose hob fragend die Augenbraue. »Das geht alles auf mich? Obwohl Sie bei sämtlichen Gängen gewonnen haben?«

»Ganz recht. Ach, hallo, Major Champs.«

»Dachte doch, wir hätten Sie drüben gesehen. Die Rückenlehnen an den Stühlen sind so hoch, dass man einen fast nicht erkennt.« Der Major lachte stillvergnügt in sich hinein.

»Wo steckt denn Colonel Neame?«, erkundigte sich Melrose.

»Im Anmarsch. Er ist noch kurz im Speisesaal, auf ein Wort mit dem jungen Higgins. Also, ich will ja nicht neugierig sein, aber wie kommen Sie denn in Ihrem Fall voran? Gewisse Entwicklungen –«, dabei holte er mit schwungvoller Geste die *Daily News* hervor, schlug sie auf und deutete auf eine Meldung, einen auf die Innenseiten verweisenden Nachtrag, bei dem es sich weniger um einen Nachtrag als vielmehr um das Wiederkäuen einer alten Meldung handelte. Das Fazit lautete, dass die Polizei immer noch nicht schlauer war. Man hatte mit dem Besitzer vom Winterhaus, Ben Torre, Kontakt aufgenommen.

»Ben Torre«, sagte Melrose. »Ben Torre haben wir ja gar nicht auf der Liste der Verdächtigen.«

»Na, wenn der sich aus Italien wegbewegt, wird die Polizei das ganz sicher erfahren.«

»San Gimignano.« Melrose seufzte. »Von dort würde ich mich nie wegbewegen.«

# 45

Er hatte es bei der Jardinière versucht, aber dort wäre Elfchen nur hineinzubekommen, wenn er es hineinstopfte, und das sollte er wohl lieber nicht tun, fand Mungo. Er blickte suchend im Wohnzimmer umher. Die meisten Plätzchen hatte er schon einmal benutzt… Aha! Die Sitzbank am Fenster war seltsamerweise aufgeklappt und mit ein paar Büchern festgeklemmt. Ob er bis dort hinaufreichte? Nein. Und womöglich würde jemand die Klappe herunterlassen, und dann bekäme er sie nicht wieder auf.

Da war noch dieses große Kupferding, in das früher die Leute gespuckt hatten. Es war zwar so niedrig, dass Shoe Elfchens Ohren sehen würde, könnte aber geeignet sein. Mungo war erschöpft. Dieses dünne, langgezogene *Miiiaaauuu* ging ihm allmählich auf die Nerven. Und nach der Geschichte mit dem Klinikprospekt und den Uniformierten war er sowieso mit den Nerven ein wenig herunter. Wenn er die Spürnase in die Klinik lotsen wollte, fiel ihm aber keine andere Methode ein. Er konnte dem guten Mann ja schlecht *sagen*, dass er nicht Hughs Hund war (leider). Na ja, insofern hatten es gewisse Kinder auch nicht gut getroffen. Der Junge, mit dem er damals vor einem Jahr den Nachmittag verbracht hatte –

Und was für einen Nachmittag! Er konnte sich nicht erinnern, jemals so einen herrlichen erlebt zu haben. Ballspielen, mit weit ausholenden Sätzen übers Gelände rennen, mit fliegenden Ohren und wehendem Schwanz beinahe selbst zu fliegen, während der Wind pfiff und die Bäume glitzerten, rennen bis zu der Stelle, wo das Mädchen stand, und wieder zurück und wieder nach vorn. Die Frau hatte ihm auch gefallen, Rosa, und jetzt war sie tot.

Manchmal spielte er mit dem Gedanken wegzulaufen. Aber wenn er sich davonmachte, wer würde sich dann um Elfchen und die anderen kümmern? Er ließ Elfchen in den Kupfertopf fallen und trat zurück, um sein Werk zu begutachten. Gut, man konnte bloß noch die Ohren sehen.

Selbst Hunde sollten einen Plan haben, statt einfach bloß sinn- und zwecklos in der Gegend herumzurennen. Jetzt hatte Mungo einen Plan. Und zwar einen besseren, als sich unverhofft oben an die Treppe zu stellen, in dem Moment wo Harry hinunterwollte. Zu primitiv. Nein, sein Plan hatte gerade heute Morgen Gestalt angenommen.

Auf dem Schreibtisch lagen die Notizen, die für Harry hoch und heilig waren. Ständig las er sie wieder durch, *redete* gar bei der Lektüre laut vor sich hin, als ob ihm die Notizen antworten könnten. Harry war clever, extrem clever, aber nicht ganz so clever wie Hugh. Allerdings war er viel erfindungsreicher. Wieso konnten die Leute eigentlich nicht mit dem zufrieden sein, was sie waren? Andauernd ging Harry zum Bücherregal hinüber, um das eine oder andere von Hughs Büchern herüberzuschleppen und darüber zu brüten, während die Schreibtischlampe einen kleinen Lichtkegel auf die Seiten warf.

Als Erstes musste Mungo den silbernen Briefbeschwerer herunterstoßen, der die Papiere daran hinderte, bei einem Windstoß wild auseinanderzuflattern. Er wischte die Notizen vom Schreibtisch und sah zu, wie sich die Seiten einzeln über dem ganzen Fußboden verstreuten. Dann bellte Mungo. Als Mrs. Tobias nicht kam, bellte er noch einmal.

Da kam sie. »Was bellst du denn? Was machst du denn da auf dem Schreibtisch?« Sie kam näher und blieb abrupt stehen, als sie die Seiten überall auf dem Boden liegen sah. »Oje, oje, oje, du ungezogener Hund. Au weia, da wird er aber wütend sein!« Sie beugte sich hinunter. »Die kriege ich nie wieder in der richtigen Reihenfolge zusammen, da sind ja gar keine Seitenzahlen drauf!«

*Richtig.*

»Das ist alles Mathematik, lauter Zeichen und Zahlen – weiß ich doch nicht, was was ist.«

*Richtig.*

Auf den Knien sammelte die arme Mrs. Tobias die Seiten wieder ein. Sie stand auf und versuchte, sie ordentlich zusammenzustellen, indem sie sie so auf dem Schreibtisch stapelte, dass alle Seiten schön auf Kante lagen. Dann legte sie den Stapel so hin, wie sie dachte, dass er vorher gelegen hatte.

*Der Briefbeschwerer, der Briefbeschwerer.* Mungo schob den Briefbeschwerer mit der Schnauze umher und starrte sie unverwandt an.

»Was denn jetzt? Ach ja.« Sie platzierte ihn auf dem Stapel. Dann trat sie zurück, um einen prüfenden Blick auf die Notizen zu werfen. »Sieht aus wie unberührt. Bloß dass alles durcheinander ist. Da wird er sich wundern.«

*Da wird er sich wundern,* dachte Mungo.

Am nächsten Morgen, als Mungo Elfchen gerade zum Kupferbecken transportierte, hörte er Mrs. Tobias aufschreien. Er setzte Elfchen mitten auf dem Teppich ab und sauste in die Küche.

»Ach, schau doch, schau doch, was ich getan hab!« Sie hielt ihre Hand fest, die heftig aus einer Schnittwunde am Daumen blutete. Mungo rannte umher und wollte helfen, wusste aber nicht, wie. In der Toilette im Erdgeschoss hatte er Verbandsmaterial gesehen. Er raste hin und entdeckte die Mullbinden auf einem kleinen Wandregal, das er aber nicht erreichen konnte. Also sprang er auf den Toilettensitz, schnappte sich das Ende des Klopapiers mit der Schnauze, sprang wieder hinunter und zog es hinter sich her in die Küche, wo er es ihr in den Schoß legte.

Seine eifrigen Bemühungen brachten Mrs. Tobias zum Lachen. »Braver Hund! Gut! Danke. Das wird vorerst reichen.« Sie wickelte es sich mehrmals um Daumen und Hand. »Das muss erst mal reichen. Ich glaube, es sieht schlimmer aus, als es ist. Ich rufe gleich Mr. Humphries an.« Mr. Humphries war Harrys Arzt. Mrs. Tobias ging hinaus zum Telefon.

Es gab ziemlich viel Blut, eine richtige Lache.

Die betrachtete Mungo. Dann stürmte er aus der Küche, raste nach oben und schnappte sich Harrys Hausschuh, einen leichten Lederschlappen. Und ging zurück in die Küche.

Mungo stellte den Schlappen in das Blut, schob die Sohle ein bisschen herum und rannte mit dem blutigen Schlappen wieder nach oben. Dann ließ er den Schlappen in Harrys Schlafzimmer auf den Fußboden fallen, drückte ihn mit der Pfote fest, nahm ihn wieder hoch, ließ ihn ein Stückchen weiter fallen, drückte ihn fest und so fort. Das Blut war überraschend ergiebig, für sechs Abdrücke reichte es.

Blutige Fußstapfen. Nicht schlecht. Die Abdrücke sahen genau so aus wie die Sohle an dem Hausschlappen. Er überlegte, ob er den zweiten Schlappen auch nehmen sollte.

Mungo blickte sich im Raum um und bemerkte die Wandleuchter im Art-Déco-Stil. Er seufzte. Ach, was gäbe er um Gaslaternen! Mungo liebte alte Filme.

Irgendwie kamen die Dinge schon immer in Ordnung, wenn man sich in Geduld fasste.

# 46

Hugh Gault hatte es sich im selben Sessel wie vor zwei Tagen bequem gemacht und betrachtete noch einmal dieselben Polizeifotos. Dann musterte er Jury. »Sie machen Witze.«

»Nein.«

»Meine Geliebte? Das hat Harry behauptet?«

Jury nickte. »Wohl eher seine eigene. Sie lebt – oder lebte – in Venedig. Er traf sich vermutlich in Florenz mit ihr, als er Ben Torre besuchte, den er offenbar kannte. Die dortige Polizei wird Torre befragen, um herauszufinden, was genau vor sich ging, doch ich habe keine Zweifel, dass es ziemlich genau mit dem übereinstimmt, was Harry Chief Inspector Dryer erzählte.«

Hugh gab ihm die Fotos zurück. »Und ich hielt Harry eigentlich für recht harmlos.«

»Das ist er nicht.«

»Aber diese ganze Geschichte, die er *Ihnen* erzählte –«

»Ach, die leugnet Harry natürlich rundweg ab. Nicht ganz allerdings, er achtete schon darauf, dass die diversen Leute, die er benannte, tatsächlich existieren. Ben Torre etwa. Und die Grundstücksmaklerin hatte wirklich mit der Frau verhandelt, die sich Glynnis Gault nannte und von der wir jetzt wissen, dass es Rosa Paston war. Die Echtheit seiner Geschichte musste ausreichend belegt werden, damit ich sie glaubte, aber nicht so sehr, dass jemand anderes mir abnahm, was ich erzählte. Die Polizei von Surrey etwa wurde gar nie eingeschaltet.«

»Aber warum? Warum tat er es?«

Jury lachte. »Eigentlich kennen Sie Harry wirklich nicht, Mr.

Gault. Harry hat ein massives Ego. Er wollte zumindest über einen Teil Ihres Lebens Kontrolle haben. Das, glaube ich, ist der Grund, dass er es tat. Ich frage mich, ob er Ihrer Frau gegenüber eine gewisse Abneigung verspürte –«

»Glynnis? Wieso?«

Jury zuckte die Achseln. »Ich weiß nicht. Vielleicht war sie ein Hindernis, stand ihm beim Zugang zu Ihnen im Wege.«

»Und deshalb ermordete er ihr Double? Das ist Wahnsinn.«

»Er hat Rosa Paston nicht wegen ihrer, sagen wir, symbolischen Rolle erstickt – er tötete sie, um sie loszuwerden. Dann sah er eine Möglichkeit, Ihre Frau in massive Schwierigkeiten zu bringen. Doch das war auch wiederum bloß – wie sollen wir sagen? – so ein ›Extrabonbon‹ bei dem ganzen Konstrukt. Meine Vermutung ist, Rosa Paston wurde umgebracht, weil sie Harry Ärger machte. Sie war ihm lästig, er wollte sie sich vom Hals schaffen. Wann er die ganze Aktion ausbrütete, weiß ich nicht. Vermutlich als sie anfing, ihm zu unbequem zu werden.«

Hugh schüttelte den Kopf. »Ich werde daraus einfach nicht schlau.«

»Da ist also eine Frau, die sich für die echte Glynnis Gault ausgibt. Wie lange dauerte es, bis DCI Dryer herkam, um Sie beide zu befragen? Nicht lange. Besonders natürlich Mrs. Gault, denn Sie selbst hatten für den fraglichen Nachmittag damals ja ein Alibi. Sie waren immer hier. Aber Ihre Frau hatte kein Alibi.«

»Moment. Wollen Sie damit sagen, Glynnis steht unter Verdacht?«

»Inzwischen nicht mehr. Aber für die Polizei von Surrey zählte sie womöglich durchaus zu den Verdächtigen. Und vergessen Sie nicht, Harry hat diese Frau nicht umgebracht, um Ihre Frau in Misskredit zu bringen. Das war bestimmt nicht der Hauptgrund. Vielleicht spielte das überhaupt keine Rolle.«

»Wie war noch mal ihr Name?«

»Rosa Paston. Vielleicht wollte sie, dass er sie heiratete. In jedem Fall machte sie ihm vermutlich gewaltigen Ärger. Und Ärger mag Harry nicht, er mag nichts, was seine trügerische Welt irgendwie bedrohen könnte. Oder vielleicht sollte ich sagen, seine ›wahnhafte‹ Welt«, überlegte Jury.

Hugh lachte. »So wie Sie es sagen, hört er sich nach einem total verrückten Vogel an, Mr. Jury.«

»Oh, das ist er auch. Sie sehen ziemlich skeptisch aus, Mr. Gault. Genauso, wie Harry Sie natürlich gern hätte.«

»Diese ganze Wahnsinnsaktion, nur um sich einer Frau zu entledigen – Verzeihung, das klingt jetzt schrecklich gefühllos, aber Sie wissen schon, was ich meine.«

»Ja. Harry ist ein unglaublich cleverer Bursche. In den paar Monaten, die Sie ihn hier kannten, machte er vermutlich einen recht vernünftigen Eindruck auf Sie. Trotz der Tatsache, dass er *hier drin* war.«

»Sie wissen aber ja, dass er aus freien Stücken in die Klinik gegangen ist, so wie ich auch.«

»So erzählte er es jedenfalls.« Jury zuckte die Achseln.

»Sein Arzt, Dr. Santiago, es ist übrigens auch meiner, der würde es wissen. Haben Sie schon mit ihm gesprochen?«

»Nein. Aber ich schaue gleich noch mal bei ihm vorbei.« Jury zögerte, sah hinunter auf das Teppichmuster. Kamele mit baldachinüberdachten Sattelsitzen, schlau dreinblickende Affen. »Mr. Gault, es tut mir leid, aber ich muss ein sicher sehr schmerzliches Thema zur Sprache bringen. Ihr Sohn Robert, wie alt war er – als sich der Bootsunfall ereignete?«

Als schmerzten sie im blendenden Licht, schirmte Hugh seine Augen mit der Hand ab. Bis auf das Licht aus den schwach erleuchteten Lampen mit den gerüschten Damastschirmen gab es keine Beleuchtung. Deshalb wirkte der Raum auch so friedlich. So klar war die Nacht durch die hohen Fenster zu sehen, dass man die Sterne zählen konnte. Im Kamin fiel funkensprühend ein Scheit, flammte in unwirklichen Blau- und Grüntönen auf.

»Robbie war neun. Er war unser einziges Kind. Nicht, dass sein Tod dadurch leichter zu ertragen gewesen wäre, wenn wir ein Dutzend Kinder gehabt hätten. Nach dem Unfall konnten Glynnis und ich uns kaum – das klingt jetzt schrecklich –, aber wir konnten die Gegenwart des anderen kaum ertragen. Dann ging Glynnis nach Frankreich. Ihr Vater lebt dort. Ich dachte, mit uns wäre es zu Ende, als Paar, meine ich, aber zum Glück war es nicht so –« Er zuckte die Achseln und lächelte dabei, als hätte er soeben einen Zaubertrick vorgeführt.

Jury rutschte an die Sesselkante vor, um den Abstand zwischen ihnen zu verringern. »Mr. Gault, letztes Jahr war auch ein Junge dabei, am Anfang, an dem Tag vor einem Jahr, als Rosa Paston die Häuser besichtigte. Der Junge wurde von denselben Zeugen gesehen, die auch die Frau gesehen hatten. Er spielte die Rolle Ihres Sohnes. Wahrscheinlich wollte Harry die ganze Sache dadurch noch überzeugender gestalten. Kannte er Robbie eigentlich?«

»O nein. Robbie starb vor über einem Jahr. Harry lernte ich erst kennen, als ich hierherkam, das war vor etwa neun Monaten. Was hat es mit diesem Jungen auf sich?«

»Wir wissen nicht, wer oder wo er ist. Damals wurde kein Kind als vermisst gemeldet, es ist also anzunehmen, dass er wieder in sein altes Leben zurückkehrte. Wir wissen aber nicht, was für ein Leben das war.«

»Wer könnte es sein?«

»Für Harry muss er wichtig gewesen sein, immerhin ist er jetzt ein weiterer Zeuge. Haben Sie mit Harry über Robbie gesprochen?«

Hugh nickte. »Ich glaube, ich habe mit *jedem* über Robbie gesprochen.«

»Harry hatte es bestimmt darauf angelegt, dass der Junge Ihrem Sohn so ähnlich wie möglich war. Hat Robbie irgendetwas an sich, das uns helfen könnte, diesen anderen Jungen zu finden?«

Hugh schwieg eine Weile und legte dann wieder die Hand über

die Augen. Er sah Jury traurig an. »Wussten Sie, dass Robbie autistisch war?«

Jury nickte. »Harry sagte es mir.«

»Robbie war ein ziemlich schwerer Fall. Er sprach sehr wenig. Aber er war sehr lieb. Er war bei mehreren ausgewiesenen Experten gewesen, doch es hat nicht viel geholfen.«

Jury überlegte. Wenn dieses Double *tatsächlich* autistisch war, dann war dieses Kind vermutlich noch am Leben. Irgendwo. Seine Kameraden konnte er nicht mit Geschichten über dieses tolle Abenteuer vollquatschen, für das er auch noch bezahlt worden war. Hatte Rosa Paston mit dem Jungen Kontakt aufgenommen? »*Hätte Robbie vielleicht Lust auf einen Ausflug, Mrs. Smith?*« oder Jones oder Brown. »*Es ist ja so ein schöner Tag, und wenn das Wetter hält … Es springen auch hundert Pfund dabei raus –*«

Nein, zu viel. Vielleicht wechselte auch überhaupt kein Geld den Besitzer. Man wollte schließlich nicht den Verdacht erwecken, Robbie würde in etwas Illegales verstrickt. »*Mein Freund bezahlt ein paar hundert Pfund, wenn Robbie für ein paar Bilder Modell steht.*« Nein. Es ließe sich auch anders bewerkstelligen, außerdem war es nicht so wichtig, wie er dazu verleitet worden war.

Jury stand auf und dankte Hugh für das Gespräch.

Nachdem Jury sich im Empfangszimmer von Hugh Gault verabschiedet hatte, rief er Tom Dryer an.

»Falls der Junge autistisch ist, stellt er für Harry Johnson womöglich gar keine Bedrohung dar«, sagte Dryer. »Das war wohl der Grund, weshalb er in dieses Abenteuer hineingezogen wurde.«

»Nicht nur deswegen. Wegen seiner Ähnlichkeit mit Robbie Gault, glaube ich.«

Schweigen. Ging Dryer der gleiche Gedanke durch den Kopf wie ihm? Nämlich:

»Aber Robbie Gault ist doch tot.«

»Ganz recht. Ein Unfalltod. Ein Bootsunglück. Die Tatsache, dass er *wirklich* tot ist, die macht mir zu schaffen.«

Tom Dryer atmete vernehmlich aus. »Dann mache ich mich jetzt am besten ganz schnell auf die Socken, ja?«

# 47

Es war weniger so, dass Dr. Santiago sein Büro belegte, als dass er es vielmehr mit seiner Anwesenheit beehrte. In seinem tadellos geschnittenen anthrazitgrauen Anzug wirkte er attraktiv, kühl und gesetzt – ein Image, das er zweifellos im Hinblick auf die Sensibilität seiner Patienten meisterhaft zu vermitteln wusste. Seine weiblichen Patienten, glaubte Jury, erfüllte es bestimmt gleichermaßen mit Hoffnung und Verzweiflung, dass er einerseits so zugänglich und dann doch wieder so absolut unerreichbar war. Das psychologische Phänomen der Übertragung musste die Patientinnen jedes Mal wie ein Hammerschlag treffen. Männliche Patienten ebenfalls, doch empfänden diese wohl eher Feindseligkeit – weil sie ihn hassten und aber auch, weil sie nicht sein konnten wie er.

Sein Name deutete auf einen mediterranen Hintergrund, möglicherweise hatte er spanische oder portugiesische Vorfahren. Vom Aussehen her besaß er jedoch etwas ausgesprochen Englisches mit seiner rosigen Haut, die besonders Engländerinnen so frisch und proper aussehen lässt, so hübsch von der Sonne beschienen.

Die Wand hinter dem Schreibtisch des Arztes war mit gerahmten Zeugnissen bedeckt. Seine akademischen Grade hatte er offenbar überall verliehen bekommen: in der Schweiz, in Sevilla, Oxford und anderswo.

Von seinem Platz hinter dem breiten Schreibtisch aus Rosenholz aus meinte Dr. Santiago: »Ich helfe Ihnen ja gern, so gut ich kann, Superintendent, über Harry Johnsons Sitzungen bei mir kann ich allerdings nicht sprechen.«

»Ich bitte Sie ja auch nicht um ein psychologisches Profil«, erwiderte Jury. »Wissen Sie, ich kenne den Mann. Wir hatten gesellschaftlich miteinander zu tun, haben uns mehrmals auf einen Drink getroffen und sind essen gegangen.«

»Harry ist ein sehr charmanter Mann, wie Sie zweifellos festgestellt haben.« Der Arzt setzte sein unvergleichliches, umwerfendes Lächeln auf.

»Harry ist ein Lügner und Manipulator, wie *Sie* zweifellos festgestellt haben. Er hat einen wahnsinnigen Narzissmus-Komplex. In allen Menschen, allen Gesichtern, die er sieht, scheint er nur sich selbst zu reflektieren.«

Dr. Santiago wirkte gleichermaßen überrascht und verstört. Er wurde todernst und lehnte sich, die Ellbogen auf den Schreibtisch gestützt, in seinem Drehstuhl vor. »Das beschreibt Harrys Zustand, als er hierherkam, eigentlich recht gut. Ich dachte aber, vieles von dem hätte sich inzwischen gelöst. Um ehrlich zu sein, ich fand, ich hätte bei ihm recht viel zuwege gebracht.«

»Haben Sie nicht.« Jury setzte nun seinerseits ein umwerfendes Lächeln auf, mit dem er die Bemerkung etwas entschärfen wollte. »Was aber bloß ein Beweis für Harrys unglaubliche Fähigkeit ist, alle hinters Licht zu führen.«

Der Arzt schüttelte den Kopf. »Ich meinte, ›recht viel‹ in relativer Hinsicht. Ganz bestimmt nicht im Sinne von ›geheilt‹. Wäre es nach mir gegangen, hätte ich ihn länger hier behalten. Eigentlich« – kopfschüttelnd rollte Dr. Santiago das untere Ende seiner Krawatte auf – »war Harry überhaupt nichts.«

Jury sah ihn fragend an. »Wie meinen Sie das?«

»Sie sagen, er ist ein Lügner und Manipulator –« Der Arzt zuckte unmerklich die Schultern und rückte seine Krawatte zurecht. »Ich glaube, das ist bloß Fassade.«

»Sie glauben, das ist *Fassade*?« Jury musste unwillkürlich lachen. »Sie meinen, tief innen könnte Harry keiner Fliege etwas zuleide tun?«

Dr. Santiago musterte Jury mit seinen feuchten braunen Augen. »Ich meine, was Harry betrifft, so gibt es gar kein ›tief innen‹.«

»Seltsam, so etwas von einem Psychiater zu hören. Kann es sein, dass es Leute gibt, die ganz aus Fassade bestehen? Das scheinen Sie damit andeuten zu wollen.«

»Schon möglich. Es ist bloß ein anderer Ausdruck für ›seicht‹, oder?«

Jury ließ sich das durch den Kopf gehen, dann sagte er: »Seicht oder nicht, jedenfalls ist Harry eine tickende Bombe, Doktor.«

»Das ist in gewissem Sinn richtig, nur …« Er ließ den Satz unvollendet.

»Wollen Sie mir jetzt erzählen, er hatte eine miserable Kindheit?«

Dr. Santiago lächelte. »Ach, eine miserable Kindheit hatte doch jeder. Ob es nun so war oder nicht, wir sind doch alle dazu bestimmt, das zu glauben. Bleibt nur die Frage, in welchem Ausmaß, nicht?«

Jury dachte an seine eigene und blieb die Antwort schuldig.

»Bitte, Superintendent, Sie gehören doch nicht etwa zu jenen Reaktionären, die glauben, Freud habe sich total geirrt, oder?«

Jury antwortete wieder nicht, sondern fragte stattdessen: »Wie lange war er hier, können Sie mir das sagen?«

»Ein bisschen mehr als ein Jahr.« Der Arzt wirkte perplex, lehnte sich zurück und rollte seine Seidenkrawatte wieder von unten her auf.

Jury lächelte. Die Geste mit der Krawatte war sehr vielsagend. »Und Hugh Gault. Wie lange?«

»Gut acht Monate.« Er ließ seine Krawatte fallen, strich sie glatt.

»Und sind sie … waren sie tatsächlich gut befreundet? Das behauptet Harry nämlich.«

Der Arzt schüttelte den Kopf. »Nein. Ich sollte das nicht sagen –«

»Es ist aber wichtig. Sehr wichtig. Ich weiß Ihre Schweigepflicht zu schätzen. Aber bedenken Sie die dringlichen Umstände. Wenn ein Patient für sich und andere eine Gefahr darstellt, hat das ja wohl Vorrang, nicht? Und glauben Sie mir, Harry stellt eine Gefahr dar.« Als der Arzt nicht reagierte, sagte Jury: »Ich könnte mir einen Durchsuchungsbefehl verschaffen, wissen Sie.« Nein, konnte er nicht.

Santiago nickte. »Harry war besessen von Hugh Gault.«

»Warum?«

Santiago runzelte die Stirn. »Woher es ursprünglich kam, weiß ich nicht. Möglicherweise liegt es daran, dass er so eine zerrüttete Kindheit hatte. Hin- und hergerissen zwischen Eltern, zwischen verschiedenen Verwandten. Einer der Gründe ist bestimmt, dass Hugh Gault eine herausragende Kapazität auf seinem Gebiet ist. Quantenmechanik, irgendein Spezialbereich davon.«

»Superstringtheorie.«

Der Arzt lächelte. »Sie scheinen sich damit ja ein wenig auszukennen.«

Jury schüttelte den Kopf. »Überhaupt nicht. Ich habe mich bloß oft mit Harry unterhalten, und da ist einiges hängen geblieben. Begreifen tue ich es nicht, glauben Sie mir. Aber Harrys Spezialgebiet war die Quantenmechanik, sagte er.«

Dr. Santiago lachte. »Harry hat kein Spezialgebiet. Soviel ich weiß, hat er nie gearbeitet. Er ist wohlhabend. Verfügt über Familienvermögen.«

»Und doch spricht er recht kenntnisreich darüber.«

»Dass er nicht clever wäre, habe ich nicht behauptet. Was Hugh Gault sagte, sog er begierig auf und stellte seine eigenen Recherchen an. Und natürlich las er Hughs Bücher. Harry ist ein sehr intelligenter Mann. Irren Sie sich da bloß nicht, es könnte Sie teuer zu stehen kommen.«

»Schon geschehen.« Jurys Ton klang säuerlich.

»Demnach gibt er sich also immer noch als Physiker aus?«

»Ja. Sagen Sie, wie stand Hugh Gault eigentlich zu dieser so genannten Freundschaft?«

Der Psychiater warf Jury einen langen, abwägenden Blick zu. »Hugh ist immer noch Patient hier.«

»Ich verlange ja nicht, dass Sie mir wiederholen, was Hugh Gault in seinen Sitzungen mit Ihnen gesagt hat. Bloß was von Ihrem Personal vielleicht beobachtet wurde.« Jury fiel wieder ein, wie freundlich die Krankenschwester und die Dame am Empfang zu Harry gewesen waren. Dabei war das wenig verwunderlich, schließlich kannten sie ihn.

Der Arzt nickte. »Hugh konnte sich offenbar auf Harrys Launen einstellen. Ich glaube, Harrys Fantasie von dem Buch, das sie zusammen schreiben würden –«

»Er wollte gemeinsam mit Hugh Gault ein Buch verfassen, sagte er.«

»Eine bis ins Letzte durchdachte Fantasie, Superintendent. Und sie würden zusammen den Nobelpreis gewinnen. Sein Idol – Harrys Idol – war Niels Bohr.«

»Der Physiker.«

Santiago nickte. »Quantenmechanik.« Er hielt Jury abwehrend die Handflächen entgegen, als wollte er Einwänden zuvorkommen, und meinte lächelnd: »Bevor Sie etwas sagen, möchte ich Ihnen versichern, dass ich keine Ahnung von Quantenmechanik habe. Ich musste mich erst ein wenig schlau machen, um mit Harry reden zu können. Das ist Teil von dem wenigen, was ich über das Thema weiß.« Er beugte sich wieder vor, als wollte er den Abstand zwischen ihnen überbrücken. »Besonders das Korrespondenzprinzip hatte es Harry angetan. Bohrs Theorie.«

Jury durchforstete sein Gedächtnis. »Man kann einen Teil von etwas sehen oder einen anderen, aber nicht beide gleichzeitig.«

»Genau. Wie das wohlbekannte Bild, das entweder eine Vase oder zwei Personen im Profil darstellt. Sie kennen es. Man könnte sagen, Bohr war Harrys Gott und Hugh eine Art dienstbarer Engel.« Der Psychiater grinste. Dabei wirkte sein Gesicht erstaunlich jungenhaft. »Auch war Harry fasziniert von der Theorie, dass man nicht darüber spekulieren kann, wo etwas sich befindet, bis man es messen kann. Das ist ganz ähnlich wie die Sache mit dem Baum im Wald. Oder die Existenz des Mondes. Wenn man nicht im Wald ist und es hört, dann ist auch kein Baum umgefallen. Wenn man den Mond nicht sehen kann, dann steht er auch nicht dort droben.«

Jury dachte nach. »Das trifft es aber nicht genau. Ist es nicht eher so, dass die Frage bedeutungslos ist, weil der Untersuchungsgegenstand nicht gemessen werden *kann*?«

»Sehr gut. Sie lernen ja schnell.«

»Nicht schnell genug, Doktor. Er hat mir etwas vorgemacht. Aber wenn Sie glauben, der Baum wäre nicht da, hätten Sie doch auch keine Schwierigkeiten, Zeit und Raum neu anzuordnen, richtig? Harry behauptete nämlich steif und fest, dass Hugh glaubte, seine Frau Glynnis sei in eine andere Zeit eingetreten, oder in Raumzeit, in eine andere Dimension – so etwas in der Art.«

Santiago lachte. »Hört sich ganz nach Harry an.« Er begann wieder, seine Krawatte aufzurollen, starrte darauf hinunter. »*Harry* glaubt diese Theorie, nicht Hugh. Dort verortet er auch Niels Bohr – auf oder in einer anderen Raumzeitebene.« Er ließ seine Krawatte wieder los, strich sie glatt und trommelte mit den Fingern auf die Schreibtischkante.

Wieder musste Jury über den Tick lächeln. Die Geste mit der Krawatte war wirklich vielsagend.

»Nach dem Tod seines Sohnes –«, begann Dr. Santiago.

»Robbie? Wie ich erfahren habe, war der Junge autistisch.«

»Ja, das war er. Ich glaube, Hugh und seine Frau waren unterschiedlicher Auffassung darüber, wie sie am besten damit umgehen sollten, zumindest was das Thema Schule betraf – nun, vielleicht sage ich jetzt schon zu viel. Aber Tatsache ist, dass Robbie bei einem Bootsunfall starb. Ein Segel schwang herüber und traf ihn so unglücklich, dass er seitlich über Bord fiel. Natürlich schrieben die Gaults sich selbst die Schuld zu, dass der Junge *überhaupt* auf dem Boot war. Er war so jung, kannte sich mit Booten nicht aus. Er ertrank. Hugh und Glynnis –« Er hielt inne, wohl wissend, dass er nun möglicherweise etwas Vertrauliches mitteilte. »Lassen Sie es mich so sagen: Hugh kam unter dem erdrückenden Gewicht dieses Todes hierher. Seine Frau Glynnis ging zu ihrem Vater, der meines Wissens in Südfrankreich lebt. Sie setzten sich mit der Tragödie getrennt auseinander. Es ist bedauerlich, wenn das geschieht, doch es kommt öfter vor, als man meinen sollte, öfter als dass ein Paar gegenseitig Halt aneinander findet«, meinte Dr. Santiago betrübt. »Das finde ich am traurigsten. Denn wozu ist die Ehe schließlich gut, wenn man so eine Tragödie nicht gemeinsam tragen kann?« Seufzend lehnte er sich zurück. »Wahrscheinlich ist man aber so überwältigt von dem Ereignis, dass man sich mit nichts anderem mehr beschäftigen kann.«

Einen Augenblick schwiegen sie.

Dann sagte Jury: »Und Mrs. Gault – ich nehme an, sie ist erst seit kurzem zurück?«

»Richtig. Erst seit ein paar Tagen. Ich bin froh, dass sie sich jetzt anscheinend gegenseitig trösten können.«

Jury nahm diese Mitteilung zur Kenntnis und sagte: »Für Harry hätte ihr Verschwinden durchaus bedeuten können, dass sie die Raumzeitgrenze überschritten hatte.«

»Ja, das ist möglich.«

»Für Harry eine sehr befriedigende Erklärung. Dann würde man sich der Beweise aber wohl entledigen wollen?« Jury stand auf.

Santiago erhob sich ebenfalls. »Ich kann Ihnen nicht ganz folgen.«

»Ich meine, wenn einer glaubt, nur wenn er präsent ist, würde der Baum umfallen und der Mond scheinen, wird er vielleicht alles und jeden loswerden, der beweist, dass er sich geirrt hat. Er würde sich all dessen entledigen, was seiner Realität eins auf die Mütze gegeben hat.«

»Niels Bohr hätte dem wohl zugestimmt.« Der Arzt lächelte. »Ich muss sagen, Superintendent, Sie haben eine rasche Auffassungsgabe. Zum Thema Quantentheorie haben Sie ja anscheinend eine Menge aufgeschnappt.«

»Aber nicht rasch genug, Dr. Santiago. Harry hat mich reingelegt.«

Dr. Santiago zuckte unmerklich die Schultern. »Da sind Sie nicht der Einzige.« Nachdenklich musterte er Jury. »Sind Sie deshalb so verärgert?«

»Verärgert? Ich bin doch nicht verärgert.« Jury runzelte die Stirn. Er spürte, wie sich sein Ärger fast wie beim Erröten ausbreitete und war maßlos sauer auf sich selbst.

»Doch, sind Sie, Superintendent.«

Jury schüttelte den Kopf. »Nein.«

Dr. Santiago ignorierte es. »Ich glaube, es liegt nicht daran, dass er Sie reingelegt hat, sondern weil Sie ihn irgendwie mögen. Und das, Superintendent, muss einen doch geradezu zur Weißglut treiben.«

# 48

Marshall Trueblood hielt eine Londoner Tageszeitung in die Höhe, eines von diesen Busen- und Revolverblättchen, aber das waren sie schließlich alle! »Das?«, fragte er, mit dem Finger auf eine der Meldungen tippend. »Meinen Sie das hier?«

»Ja, das ist es«, sagte Melrose.

»Rosa Paston«, sagte Trueblood. »So heißt sie. Steht jedenfalls hier. Na, das sind ja ganz neue Entwicklungen!

*Als Opfer wurde eine gewisse Miss Rosa Paston identifiziert, wohnhaft in London und Venedig (Italien). Sie besichtigte seinerzeit in der Gegend von Lark Rise in Surrey verschiedene Häuser und gab sich dabei als Mrs. Glynnis Gault aus.*

»Das ist ja interessant«, meinte Diane und drängte ihren Kopf Trueblood vor die Linse.

»Was?«

»Die Maklerin bei Forester – diese Marjorie Bathous – identifizierte sie als Mrs. Gault und meinte, es wäre das Kostüm, das sie bei ihrem Besuch im Maklerbüro getragen habe. Ein schwarzes Kostüm. Von Marks & Spencer. Hm.« Diane lehnte sich zurück, rauchte und dachte nach. »Also, diese Frau –«, sagte Diane Demorney –, »wie heißt sie gleich?«

»Rosa Paston«, antwortete Melrose, wobei er wieder einmal feststellte, dass Diane die Aufmerksamkeitsspanne eines Flohs besaß.

»Rosa Paston hätte die Geliebte des Mannes sein können.«

»Sie hätte eine ganze Menge sein können«, sagte Trueblood. »Obwohl ich mir schwer vorstellen kann, dass eine Frau so etwas aus Liebe tut. Für Geld, ja. Vermutlich hat er sie dafür bezahlt.«

»Vielleicht wollte sie es einfach spaßeshalber mal ausprobieren«, sagte Joanna Lewes, während sie eine ihrer Manuskriptseiten mit handschriftlichen Notizen versah. »Wo bleibt Ihr Sinn für Humor?«

»In der Toilettenschüssel«, erwiderte Diane. »Nein, ich bezweifle, dass es mit Spaß viel zu tun hatte, nicht in einem Kostüm von Marks & Sparks. Das deutet entweder auf Liebe oder auf Geld hin. Wenn vom einen oder anderen genug vorhanden ist, um eine Frau dazu zu bringen, so ein Kostüm zu tragen.«

»Sie haben ja eine verdammt merkwürdige Art der Wertbemessung«, lachte Joanna etwas abgehackt.

»Melrose, sehen Sie das Jackett, das Sie da anhaben?«, wollte Diane wissen.

Er streckte einen Arm aus, heftete den Blick auf die bräunlich grüne Wolle und nickte. »Ich sehe es in der Tat.«

»Das ist ein ganz hervorragender irischer Tweed. Der Schnitt stammt offensichtlich von dem spitzenmäßigen kleinen Schneider, der schon seit hundert Jahren für Ihre Familie arbeitet. Also, hätten Sie den Nerv, hier in einem Jackett aus dem Army Surplus aufzukreuzen?«

Melrose schielte an die Decke und tat so, als würde er scharf nachdenken. Dann sagte er: »Nein. Sie haben Recht. Würde ich nicht.«

»Natürlich nicht. Das wäre so, wie wenn ich in rosa Jeans daherkäme.«

»Könnte es vielleicht sein, dass Ihnen beiden hier das Wesentliche entgeht?« Trueblood raschelte mit der Zeitung, stupste mit dem Finger wie wild auf die Meldung.

Diane ließ sich vom Wesentlichen aber nicht aus der Fassung

bringen. »Natürlich könnte es sein, dass sie ihr Dolce & Gabbana-Outfit nicht verderben wollte. Das ist jetzt aber nicht mehr ihr Problem. Sie ist mausetot. Was ist mit dem Jungen, der sich als ihr Sohn ausgegeben hat? Was ist mit ihm passiert? Oder wird vielleicht noch mit ihm passieren?«

Joanna strich eine halbe Seite aus ihrem Manuskript und hob den Blick, um Diane scharf anzusehen. »Guter Gott, Diane. Hört sich ja fast so an, als würde es Ihnen am Herzen liegen.«

Nachdenklich schob Diane ihre seidigen Augenbrauen zusammen, als würde sie die Worte gewissenhaft abwägen. »Na, *am Herzen* nicht direkt, aber es geht einem doch gegen den Strich, so ein junges Geschöpf in Gefahr schweben zu sehen. Er gehörte dazu. Er hätte natürlich auch ein Freund des Mörders sein können. Ich meine, er gehörte zu der ganzen Verschwörung. Aber warum taten sie es? Ich muss zugeben, ein ganz faszinierendes Problemchen.« Sie nippte an ihrem Martini. »Hach, Superintendent Jury wird es schon aufklären.«

Den Blick immer noch auf die Zeitung geheftet, sagte Marshall Trueblood: »Aber nur, falls das Schicksal einschreitet. Hab ich Ihnen ja gesagt.«

»Das hat das Schicksal«, wandte Melrose ein, »aber offenbar schon getan.«

# 49

Der Junge hieß Timmy. Er hatte ihr Foto gesehen, das Foto von der toten Dame, in einer von den Zeitungen, die auf einem Tisch im Eingangsflur lagen, und hatte keine Ahnung, was er tun sollte oder ob er überhaupt etwas tun sollte. Natürlich erinnerte er sich an sie. Er war ja nicht dumm. Und taub war er auch nicht.

Timmy saß auf der Kante seines Klappbetts, nachdem er es ordentlich gemacht hatte, die grobe braune Decke straff gezogen und ringsum hineingestopft. Die meisten anderen konnten ihr Bett nicht machen, die konnten bloß dran herumzerren und reißen. In seinem Zimmer standen noch fünf andere Klappbetten. Alle sahen ungemacht oder zerwühlt aus. Seine Sachen befanden sich in einer kleinen Truhe am unteren Bettende. Sauber und ordentlich zu sein gab ihm das Gefühl von mehr Sicherheit.

Er schaute sich wieder das Bild von der Frau an. Als sie hierhergekommen war, um ihn mitzunehmen, hatte sie eine schicke Sonnenbrille aufgehabt, und ganz helles, schulterlanges Haar hatte sie gehabt. Aber dann hatte sie die Sonnenbrille weggetan und sich die Haare anders gemacht. Er wollte sie fragen, wieso sie es getan hatte, aber das konnte er natürlich nicht. Sie hatte gelächelt und gesagt, sie heiße Rose oder Rosa und das Ganze sei ein ganz toller Trick, ein Spiel, das sie zusammen spielten.

Und jetzt, nach all der Zeit, hatte jemand sie in dem Haus dort erstickt oder so ähnlich. Warum? Warum war sie wieder hingegangen? Warum war sie nicht hergekommen, um ihn mitzunehmen? Und wenn, wäre er dann jetzt auch tot?

Es war schrecklich, jetzt an den Tag damals zu denken, denn

jetzt gesellte sich auch noch die Angst dazu. Jetzt war es gefährlich. Es war so ein wunderbarer Tag gewesen. Besonders durch den verwahrlosten Garten dort hinter dem Haus zu rennen, hinunter, wo das Mädchen spielte. Und der Hund. Der Hund würde für ihn immer das Tollste daran bleiben. Selbst wenn er mal einen eigenen Hund bekommen sollte, nein, dieser Hund war der beste. Allerdings bestand keine große Hoffnung, dass er mal einen bekäme.

Er stand auf und machte sich mit der Zeitung unterm Arm auf die Suche nach Hilfe.

Große Hoffnungen, welche zu finden, machte er sich allerdings nicht.

»Ich sehe zwei Möglichkeiten«, sagte Tom Dryer. »Zum einen diese kleine Schule für autistische und taubstumme Kinder. Ich meine, Kinder mit Hör- und Sprachbehinderungen. Nicht einmal das darf man ja heute noch sagen – ›behindert‹ – jetzt muss es heißen ›mit besonderer Herausforderung‹.«

»Wir dürfen ja vieles nicht mehr sagen«, bemerkte Jury.

Dryer lachte. »Stimmt. Oder zum anderen diese Familie, die behinderte Kinder aufnimmt. Ich weiß, dass auch ein paar Autisten dabei waren, es kann also sein, dass der Junge von dort kam. Falls Sie sich nicht irren. Wenn Sie die Schule nehmen, dann nehme ich die Familie!« Er riss die Seite aus seinem Notizbuch, auf der er die Adresse notiert hatte, und gab sie Jury.

»Das ist die Sonderschule von Lark Rise, nicht wahr? Von der hat mir Harry Johnson erzählt. Einer der Gründe, weshalb Robbies Mutter dorthin ziehen wollte. Weshalb sie dort nach einem Haus suchte. Und zwar nicht bloß ein Wochenendhaus. Aber das ist jetzt auch egal«, fügte Jury bekümmert hinzu.

»Die Leiterin ist eine gewisse Mrs. Copley-Sutton.«

»Haben Sie schon mit ihr gesprochen?«

»Nein. Ich dachte, es wäre besser, einer von uns würde einfach unangemeldet dort auftauchen.«

»Sie glauben also, wenn jemand einfach so daherkäme – in dem Fall Harry Johnsons Freundin – und einen von den Jungs mitnehmen wollte, würde Mrs. Copley-Sutton es gestatten?«, sagte Jury.

»Wenn die Besucherin behauptet, sie sei eine Verwandte oder auch bloß eine Freundin der Familie. Ja, das glaube ich schon. Besonders wenn mit der Freundin der Familie eine ansehnliche Spende an die Schule einhergeht. Die Direktorin hat den Ruf, eine ziemlich gerissene Lady zu sein, um es mal so zu sagen. Nichts Schlimmes natürlich – zu den Kindern ist sie sehr nett, aber trotzdem –« Dryer zuckte die Schultern. »Haben Sie Ihr Handy dabei?«

Jury verneinte und hatte plötzlich das Gefühl, Verrat an der ganzen vernetzten, verdrahteten Welt zu begehen.

»Hier, nehmen Sie das.« Dryer zog eine Schublade auf, holte ein Mobiltelefon heraus und warf es Jury zu. »Ich hasse die verdammten Dinger. Wenn ich erst mal anfange, mich über das Thema ständige Verfügbarkeit auszulassen ... Handys, Internet, Computer. Ja, ja, ich weiß schon, man braucht eins für Notfälle, aber trotzdem ... irgendetwas ist uns verloren gegangen durch die Dinger. Die gewisse Spannung vielleicht.«

Jury lächelte. Spannung. Das gefiel ihm.

»Wir haben noch Zeit für ein Sandwich«, sagte Dryer. »Gehen wir ins Bird on the Wing. Das ist hier das Nächste, und man wird auch am schnellsten bedient. Aber was für ein läppischer Name für ein Pub. Mir wäre es lieber, sie hießen alle The George oder The Rose and Crown.«

Der Wartungsmonteur der Schule, Mr. Purdy – er selbst nannte sich »Hausmeister« –, war ebenfalls gerade bei der Zeitungslektüre. Diese Frau, die da ermordet worden war – irgendwie kam sie ihm bekannt vor, er konnte aber nicht genau sagen, inwiefern. Er saß da und dachte eine Weile nach, dann fuhr er mit seiner Arbeit fort.

Mr. Purdy war der Erste, an den Timmy sich wandte.

Der Hausmeister brachte gerade einen Wischmopp in seinen Wartungsraum zurück, sein kleines Reich. Dieser kleine Raum war Purdys ganzer Stolz, wie ein Büro war der, ein Ort, an den man sich flüchten konnte, wenn Mrs. Copley-Sutton mal wieder herumstrich und etwas suchte, worüber sie meckern konnte. Außerdem war es ein Plätzchen, wo man auch mal behaglich sitzen und einen zur Brust nehmen konnte. Er wandte sich um, als er spürte, wie ihn jemand am Ärmel zupfte.

»Ach, hallo, Timmy. Na, mein Junge, wie geht's?«

Purdy war eigentlich ziemlich überrascht, dass Timmy es über den ganzen langen Flur geschafft hatte. An der äußeren Wand war eine Reihe von Fenstern angebracht, vor denen Timmy sonst immer wieder stehen blieb und nach draußen schaute, vom einen zum anderen ging er und blieb wieder stehen, als hätte man von jedem einen anderen Ausblick. Und doch bot jedes die gleiche Aussicht auf den Parkplatz und auf die rechte Vorderseite der Schule. Es gab ein kleines überdachtes Eingangstor aus grauem Stein, das wie ein Baldachin vorstand. Es war ein hübsches Gebäude. Die Schule wäre schon in Ordnung, wenn es bloß mehr Sport für die Kinderchen gäbe, mehr Geräte und Ausstattung.

Timmy hielt die Zeitung in die Höhe und deutete auf das Foto.

»Ah, warte, Tim, ich setz mal meine Brille auf.« Purdy entnahm sie dem stabilen Etui, das beim Zuklappen wie ein Tier schnappte. »Ach ja, die Arme, hab ich auch gelesen. Mysteriöse Geschichte, das.«

Timmy deutete ein paar Mal abwechselnd auf die Zeitung und auf sich.

Mr. Purdy guckte verständnislos. »Irgendwas an ihr kommt mir bekannt vor. Ist das jemand, den du kennst?«

Der Junge, der normalerweise nicht so laut und leicht erregbar war wie die anderen, nickte heftig und hüpfte gleichzeitig von einem Fuß auf den anderen, als würde Mr. Purdy ihn besser verstehen, wenn er alle Hebel in Bewegung setzte.

»Okay, Timmy, und was machen wir jetzt?«

Der Junge war kurz davor, in Tränen auszubrechen, so sehr strengte er sich an, so wichtig hatte er es.

»Na komm, lass uns mit der Direktorin reden.« Mr. Purdy hatte für Mrs. Copley-Sutton zwar noch nie besonders viel übrig gehabt, wusste aber nicht, was er sonst für Timmy tun könnte, um ihm zu helfen. Er nahm den Jungen bei der Hand, und sie gingen den Gang hinunter.

Mrs. Copley-Sutton saß am Schreibtisch in der großen Halle, einem langen, blank polierten Tisch, der gegenüber vom Eingang aufgestellt war. Darauf stand ein Messingschild mit der Aufschrift EMPFANG. Sie war natürlich nicht einfach die Empfangsdame, saß jedoch von Zeit zu Zeit am Schalter, wohl darauf bedacht, in dem Fall ein weiteres Messingschild aufzustellen, eines mit ihrem Namen und in etwas kleineren Buchstaben, darunter DIREKTORIN. Sah alles irgendwie recht elegant aus, dachte Mr. Purdy, mit Ausnahme der Direktorin selbst.

»Was ist, Mr. Purdy? Warum bringen Sie denn Timmy her? Hallo, Timmy.« Sie lächelte.

»Es hat mit der Zeitung zu tun, Madam.«

»Na, und was gibt es da, Mr. Purdy?«

Er legte die Zeitung auf den Schreibtisch, und zwar so gefaltet, dass sie das Foto sehen konnte. »Es ist wegen der Frau. Timmy regt sich anscheinend wegen dem Bild da auf.«

»Wirklich? Nun, ich weiß gar nicht, wer das ist. Höchst bedauerlich für die Arme, aber ich verstehe nicht – ist es, weil jemand sie getötet hat, Timmy?«

Für Timmy war das eine unmögliche Frage. Wenn er bejahend nickte, würde sie denken, es machte ihm zu schaffen, dass die Frau getötet wurde. Wenn er verneinend den Kopf schüttelte, würde sie nicht kapieren, dass die Frau selbst das eigentliche Problem war.

Also deutete er keine von beiden Antworten an und hoffte, sie würde die Frage vielleicht anders stellen.

»Ich sehe da kein Problem, Mr. Purdy.« Sie lächelte Timmy erneut an und wünschte, sie könnte mit Kindern irgendwie mehr anfangen.

Dem Hausmeister war zumute wie bei Father Ryland, wenn der einen mit seinem Gehe-hin-und-sündige-fortan-nicht-mehr-Spruch abfertigte. Der war auch so ein Priester, auf den Gott gut verzichten könnte. »Ich dachte ja nur, Madam.«

»Mr. Purdy, bitte, kehren Sie wieder zurück zu Ihren Pflichten, und überlassen Sie das Denken mir.«

Purdy nickte, nahm Timmy bei der Hand und flüsterte ihm zu, sie würden sich was anderes überlegen. Timmy war sehr aufgewühlt, als sie die Halle durchquerten. »Weißt du was, geh doch ein bisschen raus! Brian und Peter sind da und ein paar andere auch noch – grade vorhin habe ich sie noch beim Bolzen gesehen.«

Timmy hatte keine Lust zum Bolzen und noch viel weniger, es mit Brian und Peter zu tun, dachte sich aber, es wäre nett, nach draußen zu gehen und sich an den Froschteich zu setzen. Also nickte er Mr. Purdy zu, ging zu einer Hintertür und trat hinaus auf den grünen Rasen.

Timmy mochte Brian und Peter und die meisten anderen nicht besonders gut leiden, die dort in der anderen Ecke des Gartens das taten, wovon Mr. Purdy gesprochen hatte, nämlich einen Fußball herumkicken. Die meisten hatten anscheinend Familien, die manchmal kamen und sie abholten – Vater oder Mutter oder Onkel –, die sie über die Weihnachtsfeiertage mitnahmen oder zu Pfingsten oder bloß für einen Tagesausflug. Aber dann fiel ihm wieder ein, wie diese Väter und Mütter gewesen waren, und er kam zu dem Schluss, dass er selber vielleicht gar nicht so schlecht dran war. Erwachsene benahmen sich Kindern wie ihm gegenüber so dumm, redeten entweder laut, als ob man taub wäre, oder aber herablassend, als ob man dumm wäre. Nein, manche von diesen

Verwandten, die er gesehen hatte, würde er nicht gern haben wollen.

Das war auch der Grund, weshalb ihm Rose oder Rosa so gefallen hatte, denn alle glaubten, sie sei mit ihm verwandt, und Peter und die anderen waren ganz neidisch gewesen, weil sie so hübsch war. Eine Tante, die gerade von einer Weltreise zurückgekommen war und in Italien lebte. Stellt euch das mal vor!

Alle drei (denn Timmy zählte den Hund Mungo als Dritten mit) waren sie in eine Eisdiele zwischen Schule und Dorf gegangen, wo er einen Jumbo-Himbeerbecher gegessen hatte und wo sie in die Damentoilette gegangen war und, als sie wieder herauskam, ganz anders ausgesehen hatte. Wie jemand ganz anderes. Ihr langes helles Haar war jetzt glänzend und kurz. Die Sonnenbrille hatte sie gegen eine schicke, schmale Brille mit Metallgestell ausgewechselt. Der knallrote Lippenstift war gegen einen weicheren, cremig-rosa Ton ausgetauscht worden.

Es sollte ein richtig toller Trick werden, sagte sie. Sie würden sich Grundstücke anschauen, ein paar Häuser, es würde bloß ein paar Stunden dauern. Und dann könnten sie noch irgendwo unterwegs zu Abend essen, bevor sie ihn wieder in die Schule zurückbrachte.

Sein Name, nur für diesen Tag, sollte Robbie sein und ihrer Glynnis. Robbie würde sie ihn in Gegenwart anderer Leute nennen, für den Fall, dass sie anderen Leuten begegneten und ihn jemand fragte. (Ihn zu fragen würde allerdings nicht viel nützen.) Sogar zehn Pfund hatte sie ihm geschenkt. Den Schein bewahrte er in seinem Schuh auf, mehr als Andenken als zur sicheren Verwahrung.

O ja, es war ein richtig toller Trick gewesen – obwohl er nie herausgefunden hatte, was der Trick dran sein sollte – und ein richtig toller Tag.

Timmy saß auf dem Steinbänkchen und dachte an sie und an den Tag damals. Er war so in Gedanken versunken, was er tun sollte, dass er kaum den Wagen bemerkte, der auf der anderen Seite der Mauer stand und dessen Kühlerhaube teilweise durch das Eisengitter des Zaunes zu sehen war. Es war eine schmale Nebenstraße, auf die sich normalerweise keine Autos verirrten. Neugierig geworden, stand er auf und ging auf das nahe gelegene Tor zu.

Und dann sah er den Hund, der plötzlich im Kreis herumlief und sich unter dem Tor durchzwängte und mit großen wehenden Ohren vorwärts- und wieder zurück- und wieder vorwärts- und wieder zurückrannte. Mungo!

Als Mungo an ihm hochsprang und ihn dabei fast umwarf, lachte Timmy.

Aber dann rannte Mungo in die andere Richtung, weg vom Tor, drehte sich um und wartete auf Timmy.

*Komm her, komm her, steig nicht in das Auto!*

Der Mann rief: »Timmy!«

Mungo bellte. *Lauf weg, lauf weg!*

Timmy spürte etwas. Er witterte etwas, wie so oft, denn Gerüche aufnehmen konnte er fast so gut wie ein Hund. Nur bildlich vorstellen konnte er es sich nicht.

»Timmy! Mungo!«

Timmy sah den Mann nicht, der zu der Stimme gehörte. Der war auf der anderen Seite der Mauer. Also ging Timmy durchs Tor. Mungo folgte widerstrebend.

Ihm blieben nur zwei Sekunden, sich zu fragen, wieso dieses große schwarze Auto hier neben der Schule geparkt stand, als ihm plötzlich jemand von hinten einen Arm um den Hals schlang und ihn zurückzerrte.

»Mach die Augen auf.«

Im Bird, einem schmucken Pub mit viel Chintz und behaglichen Fensternischenplätzen, verzehrten Jury und Dryer ihre Käse-Salat-Sandwiches.

»Was ist mit dem kleinen Mädchen«, sagte Dryer, seinen Kopfsalat kauend, »das die Leiche gefunden hat?«

»Tilda.« Wieder hörte Jury Harrys Stimme im Haus in Belgravia.

*Was für ein kleines Mädchen?*

Tilda sah den Wagen die Auffahrt heraufkommen. Sie war gerade im Salon und hielt Teestunde mit der Königin (die Rolle der Königin spielte Oogli, ihre Inuit-Puppe), als sie ein Auto hörte und ans Fenster lief.

Tilda rannte zurück, schnappte sich Oogli vom seidenen Sofa und raste aus dem Zimmer und aus dem Haus. Sie wusste nicht recht, wieso sie beim Rennen solche Angst hatte – aber die hatte sie. Also nahm sie an, es hätte schon einen guten Grund.

Timmy wollte nicht aussteigen.

Als er die Augen wieder aufmachte, konnte er nichts sehen. Blind war er nicht, nur war seine Sicht verschwommen, und ihm war, als sähe er alles wie durch Wasserringe.

Er wusste, es war wieder dieses Haus, auch wenn er es nicht deutlich sehen konnte, die Einzelheiten nicht ausmachen und die Umrisse nicht erkennen konnte. Es war das Haus, in das Rosa ihn mitgenommen hatte.

Er wollte nicht aussteigen, es blieb ihm aber gar nichts anderes übrig. Gleich würde er herausgezerrt von diesem Mann, diesem Fremden, den er nur als hochgewachsene, verschwommene Gestalt wahrnehmen konnte.

Mungo war aus dem Wagen gekrochen, als der Mann am Steuer ausstieg und die Türen verriegelte. Timmy konnte Mungo erkennen, als er durchs Wagenfenster schaute. Er saß draußen vor dem Haus auf dem Kiesweg. Als Timmy sein Gesicht gegen das Fenster drückte, machte Mungo ein paar Sprünge vorwärts und rückwärts –

Das verwirrte Timmy.

– und schoss dann wie der Blitz davon, rannte aufs Haus zu und wieder zurück.

Was wollte der Hund, was wollte er damit sagen? Er wollte, dass Timmy ausstieg.

Jetzt gleich!

Tilda sah ihn nicht, hörte ihn nicht und wusste nicht, dass er da war, bis er sie von hinten packte.

»Mach die Augen auf«, sagte er.

Der Arm wurde fester um ihren Hals geschlungen. Sie war versucht, die Augen zuzuklemmen, als würde das etwas nützen. Der Griff wurde noch fester, gleich würde er sie ersticken. Sie machte die Augen auf. Eine Flüssigkeit wurde ihr gewaltsam in die Augen geträufelt, in jedes ein paar Tropfen. Tilda zwinkerte, versuchte, das Zeug wegzuzwinkern, doch vergebens. Mit geschlossenen Augen schüttelte sie ein paarmal den Kopf.

Er tat ihr nicht weh, hielt sie nur fest an sich gepresst, als hinge sein Leben davon ab. Das kam Tilda fast witzig vor. Dass das Leben von jemand anderem von ihr abhing. Dass sie dermaßen wichtig war.

Es schien ihr wie eine Ewigkeit, dass er sie so hielt, aber wahrscheinlich waren es bloß ein paar Minuten. Sie standen fest ineinander verkrallt, bis sein Arm sich ein klein wenig lockerte.

Mit einer Kraft, einer Heftigkeit, von der sie gar nicht wusste, dass sie sie besaß, riss sie sich ruckartig los, als sein Arm etwas nachgab.

Er schrie auf. Sie *stürzte* los und lief in den Wald hinein. Falls er meinte, die Tropfen würden sie aufhalten, hatte er sich aber getäuscht. Dafür kannte sie sich hier zu gut aus. Sie würde sich auch fast blind zwischen diesen Bäumen zurechtfinden. Und sie wusste genau, welchen Baum sie suchte. Im Zickzack flitzte sie von einem zum anderen.

Erst hörte sie ihn noch, dann musste er wohl stehen geblieben sein.

Nachdem er die Knöpfe innen an der Wagentür auf der Fahrerseite nacheinander abgetastet hatte, gelang es Timmy schließlich, den richtigen herunterzudrücken. Er entriegelte die Tür, drückte den Griff nach unten und war draußen.

Timmy konnte Mungo als verschwommenen weißen Fleck erkennen, der auf das Haus zurannte.

Als Timmy zögerte – er wusste nicht recht, was er tun sollte –, rannte Mungo wie vorhin zurück und vorwärts und wieder zurück.

Timmy folgte ihm, erst langsam, dann schnell. Er konnte die Vorderseite des Hauses sehen und dann, mal mehr, mal weniger deutlich, Mungo, der nach hinten lief.

Er rannte, und Timmy rannte jetzt auch.

Der Mann schrie ihnen beiden etwas zu, etwas, was Timmy nicht hören konnte und Mungo gar nicht beachtete.

Tilda hörte sie kommen – den Hund und den Jungen. Die beiden lieferten sich ein Wettrennen, so viel konnte sie jedenfalls erkennen beim fast blinden Blinzeln.

Der Hund kam als Erster an – hatte die Frau, die an dem Tag damals hier gewesen war, ihn nicht Mungo genannt, als sie den beiden zugerufen hatte, sie sollten herkommen? Mungo rannte im Kreis um einen Baum herum. Tilda mochte ihn wirklich gern und hätte sogar gelacht, wenn ihr nicht alles solche Angst gemacht hätte.

»Kannst du sehen? Kannst du richtig sehen?«, fragte sie den Jungen.

Nichts. Keine Antwort. Sie merkte aber, dass er sich bemühte, es ihr mit Kopf und Händen zu verstehen zu geben.

Da fiel ihr wieder ein, dass er ja gar nicht redete, es gar nicht konnte. Er stieß einen leisen Klageton aus. Bestimmt hatte der Mann das, was er ihr in die Augen getan hatte, dem Jungen auch reingetan.

Tilda legte ihm die Hand auf die Schulter und fuhr ihm über den Arm, bis sie seine Hand fand. »Wenn du nicht sehen kannst, zwick mich in die Hand.« Das tat er, heftig.

Sie hörte jemanden rufen und schaute in Richtung Haus. Der Mann schien nicht in Eile zu sein, während er den weitläufigen Rasen überquerte. Dabei pfiff er.

Timmy konnte ihn sogar aus dieser Entfernung hören. Timmy hörte alles. Es war schlimm, wenn man alles hörte.

Der Hund packte Tildas Söckchen mit den Zähnen und zog. Gleichzeitig packte der Junge ihre Hand und zerrte heftig daran.

Die drei rannten tiefer in den Wald hinein. Zuerst dachte Tilda, sie könnten es vielleicht bis zu ihr nach Hause schaffen. Aber als sie durch die Bäume hindurch auf den weiten Rasen schaute, konnte sie erkennen, dass der Mann sich etwas schneller bewegte und ihnen keine Zeit bleiben würde.

Sie schaffte es bis zur großen Eiche. »Du kannst doch klettern, oder?«

Timmy (der noch nie im Leben auf einen Baum geklettert war) griff nach ihrer Hand und drückte sie heftig bejahend.

Tilda lobte den Baum und sich selbst dafür, dass sie jeden Ast in- und auswendig kannte. Selbst im Dunkeln würde sie hier hochfinden! Sie wusste, wie weit sie hinauf kam und auf welchem Ast man am besten sitzen konnte. Noch einer und noch einer. Sie schaute nach unten – der Junge kam hinterher. Er kletterte schnell herauf, wie ein Affe. Aber dann dachte sie, wenn so ein gefährlicher Kerl einen verfolgte, würde sich wohl jeder in einen Affen verwandeln.

Noch ein Ast, noch einer, dann machte sie Halt. Der Junge, fast völlig außer Atem, holte sie ein. Sie machte ihm ein Zeichen, sich auf den Ast direkt unter ihr zu setzen.

Und was war mit dem Hund Mungo? Der hatte wieder angefangen zu bellen, und einen Augenblick lang fürchtete sie schon, er stünde unten an ihrem Baum. Aber nein, er war woanders hingegangen.

Der Mann war in den Wald gekommen. Er rief nach dem Jungen. Dessen Name war Timmy. Tilda hatte seinen Namen vergessen. Und jetzt pfiff der Mann nach dem Hund Mungo.

Mungo hörte sich an, als sei er weiter entfernt als noch vor einer Minute. Der Mann war direkt unter ihrem Baum stehen geblieben, ging nun aber weiter in die Richtung, aus der das Gebell kam, das allmählich noch ein bisschen leiser wurde. Im Stillen lobte Tilda den Hund: Er lockte den Mann vom Baum weg.

Sie rechnete sich aus, dass fast fünf Minuten vergangen waren, seit er dem Hundegebell gefolgt war. Vielleicht würden sie es schaffen, zu ihr nach Hause zu laufen. Sie stellte einen Fuß auf Timmys Ast und flüsterte ihm zu, er solle hinunterklettern. Er rappelte sich auf und ließ sich auf einen anderen Ast hinunter.

Die Augen zusammenkneifen nützte nichts, sie waren immer noch trübe. Als verschleierte Regen ihr den Blick. Trotzdem hätte sie eine sich bewegende Gestalt ausmachen können, doch niemand rührte sich. Als sie den Erdboden erreichten, hörte sie Mungos Gebell näher kommen. Sie packte Timmy und flüsterte, er solle ihr folgen.

Timmy rührte sich nicht. Mungos Gebell wurde immer lauter, es klang fast hysterisch, fand sie (ihre Tante hörte sich manchmal so an).

Tilda zerrte an dem Jungen, doch der blieb wie angewurzelt stehen.

Da wusste sie, dass er auf Mungo wartete. Ohne den Hund würde er sich nicht von der Stelle rühren.

Ein paar Sekunden später brach Mungo durch die Bäume, vermutlich in einem letzten verzweifelten Versuch, die beiden von hier wegzukriegen.

Dafür war es natürlich zu spät, denn da kam er schon. Die hochgewachsene Gestalt ragte über ihnen auf und klang so zufrieden, als hätte er gerade einen Schatz entdeckt. Tilda griff nach Timmys Hand, und Mungo hörte schlagartig zu bellen auf.

»Na, Kinder, war das ein Spaß!«

Komisch, aber er hörte sich freundlich an, überhaupt nicht gefährlich.

Und so, da war Tilda sicher, hörten sich die ganz Gefährlichen an.

# 50

Zwanzig Minuten später saß Mrs. Copley-Sutton immer noch am Empfang und träumte von den Designermodewonnen an der Upper Sloane Street, um sich dann dem Gedanken an die bitter notwendigen Ausbesserungsarbeiten an der Sonderschule von Lark Rise zuzuwenden.

Plötzlich ging die Tür auf, und ein Mann, ein Fremder, kam herein und trat an ihren Schreibtisch.

Er zeigte ihr seinen Ausweis. New Scotland *Yard?* Was um alles in der Welt …?

»Superintendent Richard Jury. Sind Sie Mrs. Copley-Sutton?«

Sie strich sich mit der Hand übers Haar. »Ja, ich bin hier die Leiterin. Kann ich Ihnen helfen?«

Er deutete auf die Lokalzeitung mit der Meldung und dem Foto von Rosa Paston. »Kennen Sie diese Frau?«

Es ging schon wieder um diese tote Frau! Sie runzelte die Stirn, nahm die Zeitung, um sich das Foto näher anzusehen, wusste aber immer noch nicht, woher sie sie kannte. »Nein, die habe ich noch nie gesehen.«

»Gibt es vielleicht sonst jemanden, der sie gesehen haben könnte?«

In dem Moment tauchte Mr. Purdy auf. »Madam, was ganz Schlimmes, da stimmt was nicht –«

»Mr. Purdy, sehen Sie denn nicht, dass ich beschäftigt bin? Das hier ist die Polizei.«

Wurde auch allmählich Zeit, dachte Mr. Purdy. »Erinnern Sie sich noch an die Frau, die Timmy letztes Jahr abgeholt hat?«

Hermione Copley-Sutton wusste es, sie hatte es damals bereits geahnt, an jenem Tag letztes Jahr – *wusste*, dass diese Sache ihr noch einmal nachgehen würde. Ihr Mund mahlte in nervösem Schweigen. Sie zögerte. »Hm, lassen Sie mich mal überlegen …«

»Wir glauben, sie interessierte sich für eines der Kinder hier. Einen von den Jungen«, sagte Jury.

Mrs. Copley-Sutton guckte grimmig. Es gab eigentlich keinen Grund, die Wahrheit zu verschweigen. Sie hatte ja schließlich kein Verbrechen begangen. »Sie sah aber damals völlig *anders* aus. Ja, Sie haben ganz Recht – sie war hier, um einen der Jungs abzuholen. Ich glaube, sie war seine Tante …?« Nichts dergleichen glaubte sie! Es hatte eine Spende für die Schule gegeben. Einen Teil davon trug sie, das Sonia-Rykiel-Kleid nämlich, erstanden in einem dieser Geschäfte auf der Upper Sloane Street und auch nach einem Jahr immer noch chic. So war das eben mit wirklich guten Kleidern, die sahen einfach immer noch nach etwas aus.

»Wie hieß der Junge?«

»Ach. Timmy. Timmy Radcliffe.«

»Sie hat Timmy also mitgenommen?«

»Na ja. Er war fast den ganzen Tag unterwegs, glaube ich.«

»Entschuldigen Sie, Madam, aber als ich da grade aus dem Fenster geschaut habe … Timmy und der Hund, Sie wissen doch noch, dieser Hund –«

Den Hund hatte Timmy gemocht. Plötzlich schien der Polizist aufzuhorchen.

»Welcher Hund?«

»Na der, der schon mal hier war. Timmy ist mit ihm losgegangen.«

»Wo sind sie jetzt?«

Mr. Purdy schüttelte den Kopf. »Ich weiß bloß, Timmy hat mit dem Hund gespielt« – er deutete auf den rückwärtigen Teil des Gebäudes –, »und wie ich wieder hinsehe, waren sie verschwunden.«

»Wie lang ist das her?«

»Etwa zwanzig Minuten, würd ich sagen.«

Gerade eben! Jury war wütend, mehr auf sich selbst, weil er diese zwanzig Minuten im Pub verbracht hatte, als auf diese Frau, die es zuließ, dass man ihre Schützlinge wie Mäntel an der Garderobe abholte.

Weil ihm klar war, dass weitere Worte nur Zeitverschwendung wären, dankte er ihr und ging. Er stieg in den Wagen, knallte die Tür zu und ließ den Motor laufen. Wohin würde der Kerl den Jungen bringen? Zum Winterhaus? Nach London? Irgendwohin. Überallhin, wo es ihm verdammt noch mal passte.

Er manövrierte den Wagen über die Auffahrt, in der einen Hand das Mobiltelefon, das ihm Dryer gegeben hatte, zusammen mit dem Zettel mit den Telefonnummern des Polizeireviers und des Hauses, zu dem Dryer gerade unterwegs war. Er versuchte es auf dem Revier. Dryer war bereits zurück. Jury sagte ihm, was er erfahren hatte.

»Würde mich nicht wundern, wenn der sich nach London verdrückt hat«, meinte Dryer.

Jury sagte, er würde zuerst zum Winterhaus fahren.

»Hab hier noch was zu tun … rufen Sie mich an, wenn Sie sie in dem Haus finden.«

Jury versprach es und klappte das Handy zu.

Die Fahrt zum Winterhaus dauerte noch einmal zwanzig Minuten.

Das leere Haus erfüllte Jury mit einem unbestimmten Gefühl des Grauens. Für einen kurzen Moment erschien es ihm ganz verändert, traurig, als hätte man es plötzlich verlassen, als hätte es seine Bewohner ein letztes Mal gesehen.

Als er vor dem Haus kein Auto stehen sah, folgerte er, dass Harry wohl nach London gefahren war. War er hier gewesen und hatte gleich wieder das Weite gesucht? War er gerade eben noch hier?

Er trat auf die Terrasse und blickte über die Rasenfläche. Keine Spur von Tilda. Er ging zum Wendy-Haus hinunter. Auch nichts. Jury wusste, dass er vergebens nach einem Zeichen suchte, das ihm verraten würde, dass sie hier gewesen war. Wieso er damit wertvolle Minuten vergeudete, wusste er nicht.

Harry würde Tilda bestimmt in seine Aufräumaktion einbeziehen, denn Tilda hatte ihn vielleicht gesehen, war vielleicht sogar im Haus gewesen, als er mit Rosa Paston hier gewesen war. Und Tilda konnte, ganz im Gegensatz zu Timmy, reden wie ein Wasserfall.

*Was für ein kleines Mädchen?*

Das war der einzige Fehler gewesen, den Jury in Harry Johnsons Rechtfertigungen entdeckt hatte – wenn der glaubte, es bestünde auch nur die *geringste* Wahrscheinlichkeit, dass Tilda ihn gesehen hatte, dann …

Jury blätterte in seinem kleinen Notizbuch, fand Brenda Hastings' Nummer und rief sie an. Er lauschte dem Klingeln des Telefons in dem leeren Haus. Dann rief er noch einmal bei der Polizei von Surrey an und fragte Dryer, ob sich jemand bei Brenda Hastings erkundigen könnte, ob Tilda zu Hause war.

Jury stieg wieder ins Auto, fuhr eilig die Auffahrt hinunter und machte sich auf den Weg in Richtung London.

# 51

Drei Stunden später kam Harry an die Tür seines Hauses in Belgravia. Er lächelte, als er Jury davor stehen sah. »Richard! Oder sollte ich lieber ›Superintendent‹ sagen? Wir sind ja anscheinend in letzter Zeit etwas über Kreuz miteinander.«

Jury rang sich ein Lächeln ab. »Harry.«

»Treten Sie ein, treten Sie ein.«

Musste der Dreckskerl denn so überschwänglich tun? Jury trat ins Wohnzimmer und setzte sich in einen Sessel. »Wir haben den Jungen inzwischen ausfindig gemacht, der als Rosa Pastons Neffe fungierte. Timmy Radcliffe.«

»Ach?«

»Sie ja auch, Harry.«

»Was habe ich?«

»Ihn ausfindig gemacht.«

Harry musterte ihn verwirrt. »Wovon reden Sie?«

»Ich rede von der Sonderschule in Lark Rise, von dem Jungen, den Sie vor ein paar Stunden von dort mitgenommen haben.«

Harrys Augen blitzten auf, als ob ihm tatsächlich gerade ein Licht aufgegangen wäre. »Was für ein Junge?«

So deutlich klang darin Harrys frühere Frage *Was für eine Geschichte?* durch, dass es Jury schwerfiel, einfach sitzen zu bleiben. Äußerlich ruhig, brodelte er innerlich vor Wut.

»Wissen Sie, was Ihr Problem ist, Harry?«

»Nein, aber ich wette, Sie werden es mir verraten.« Harry grinste. Das Lausbubenlächeln hatte etwas Verschlagenes an sich, das es in ein Grinsen verwandelte. »Vielleicht einen Drink?« Er stand auf und ging zu dem Schränkchen hinüber, in dem er die Spirituosen aufbewahrte.

Jury seufzte. »Nein, keinen Drink, Harry. Wo sind Tim und Tilda?«

Harry griff nach Flasche und Glas. »Tilda? Wer zum Teufel ist Tilda? Wollen Sie mich jetzt etwa für jedes vermisste Kind in Surrey verantwortlich machen?«

Jury sah ihn scharf an. »Ich habe nichts von Kind gesagt, ich habe nichts von vermisst gesagt, ich habe nichts von Surrey gesagt.«

»*Wow!*« Harry drehte sich mit gespielter Verwunderung abrupt um. »Das war eine von diesen Fangfragen, die sie bei der Polizei gegenüber Tatverdächtigen loslassen! Richard, ich bitte Sie. Wenn diese Tilda in einem Atemzug mit Timmy genannt wird, treffen bestimmt alle drei Punkte auf sie zu.«

Harrys Logik war wie üblich gleichermaßen widerwärtig wie klar. Verdammt! Es war schwer vorstellbar, dass sich jemand, der so hellwach war wie er, gleichzeitig dermaßen verstellen konnte. Oder vielleicht war es alles Einbildung oder Wahnsinn.

Harry fuhr fort: »Sie enttäuschen mich, wenn Sie mich für jemanden halten, der auf so etwas hereinfällt. Wirklich nichts zu trinken?« Er hielt sein eigenes Stumpenglas mit den ein bis zwei Fingerbreit Whiskey hoch.

»Nein, wirklich nichts. Was dagegen, wenn ich mich umsehe?«

»In meinem Haus? Machen Sie sich nicht lächerlich. Selbstverständlich habe ich was dagegen.« Harry ließ sich in die tiefen Polster eines Sessels sinken.

»Ich kann mir einen Durchsuchungsbefehl besorgen.«

»Für das Haus? Das glaube ich nicht, sonst hätten Sie bereits einen dabei.«

»Was haben Sie denn zu verbergen?«

»Es hat nichts mit Verbergen zu tun. Aber eine ganze Menge mit meinen bürgerlichen Rechten.«

»O, verdammt. Die wollen wir natürlich schützen. Und zwei Kinder im Alter von acht und neun Jahren – was ist mit deren Rechten?« Jury war sich klar darüber, dass er dummes Zeug redete. Mit den Harry Johnsons dieser Welt stritt man sich nicht herum. Zu Psychopathen ging man nicht auf Konfrontationskurs. Man nahm sich entweder, was man brauchte, oder ließ die Hände davon. Sachkundige Tresorknacker waren im Übrigen ebenfalls dieser Ansicht.

»Wissen Sie, mir ist da wieder etwas eingefallen, was Sie in Bezug auf Mungo im Pub sagten. Etwas im Sinne von, er sei ›schon immer so gewesen‹. Er habe Ihre Katze schon immer gehasst. So eine Bemerkung würde niemand machen, außer dem Besitzer eines Tiers. Das hätte mir auffallen müssen.« Jury schüttelte den Kopf.

Mungo konnte nicht in den Keller hinuntergehen. Die Tür war abgeschlossen und verriegelt. Also legte er sich vor der Tür nieder und überdachte die Lage.

Sie konnten nicht um Hilfe schreien, weil ihre Münder mit Klebeband versiegelt waren. Mit ihren Händen konnten sie auch nichts machen, weil die hinter ihrem Rücken zusammengebunden waren.

Und nun waren sie also dort unten, während die Spürnase im Wohnzimmer saß, fast direkt *über* ihnen, und redete.

Das Leben war einfach ungerecht.

Diese Erkenntnis kam Mungo aber nicht zum ersten Mal.

Laut Aussage von Chief Inspector Dryer war bei der Polizei von Surrey niemand – weder eine noch mehrere Personen – in Begleitung eines Hundes als vermisst gemeldet worden. Letzteres war es, was die Polizei schmunzeln ließ und was eine Entführung eher unwahrscheinlich machte. »Sie haben eine Menge Teller in der Luft jongliert, was, Harry? Ich muss sagen, erstklassig.«

Harry trank seinen Whiskey. »Nein.«

»Na, na, Harry! Sie werden mir doch jetzt nicht weismachen, nichts von alledem sei passiert? Auch nicht die Geschichte, die Sie mir all die Abende im Old Wine Shades erzählt haben?«

Harry sah aus, als würde er sich die Geschichte wirklich durch den Kopf gehen lassen. »Na ja, einiges davon muss schon passiert sein, weil in dem Haus tatsächlich eine Frau ermordet wurde, aber mit mir hat das alles nichts zu tun.« Harry warf Jury ein strahlendes Lächeln zu.

»Rosa Paston. Sie kannten das Opfer also doch.«

»Natürlich. Ich will damit bloß sagen, ich habe keine Ahnung, was diese Frau in dem Haus verloren hatte. Oder wieso sie sich für Glynnis Gault ausgab.«

Jury erhob sich mit einiger Mühe. »Ich gehe dann jetzt.«

»Sie sind aber doch gerade erst gekommen. Ich freue mich über Ihre Gesellschaft.«

*Das sieht dir ähnlich, was?*

Harry sagte: »Ich gehe heute Abend ins Shades, falls Sie Lust haben, sich mir anzuschließen.« Harry lächelte. »So gegen neun. Sie wissen schon.« Er nahm einen kräftigen Schluck Whiskey.

Da saß er mit der großspurigsten Selbstsicherheit, die Jury je gesehen hatte. Dich haut wohl überhaupt nichts um, was, Harry? Er würde einfach nicht lockerlassen dürfen, dachte Jury. Harry würde zwar weiter bloß lächeln, womöglich rutschte ihm aber doch etwas heraus. »Vielleicht mache ich das sogar.«

Jury sah aufmerksam zu, wie Harry seinen Whiskey vollends austrank, und kam sich – obwohl er wusste, dass Harrys Benehmen nicht gegen ihn persönlich gerichtet war – seltsam betrogen vor.

»Also, bis dann, Harry.«

# 52

Jury verließ Belgravia und fuhr zu Johnny Blakeley im West End Central. Johnny, der dort das Kinderschänder-Dezernat leitete, verbrachte gut drei Viertel seiner Zeit im Büro. Einem engagierteren Polizisten war Jury nie begegnet, mit Ausnahme von Brian Macalvie in Devon. Johnny war bereits einmal vom Dienst suspendiert worden. Ein zweites Mal beinahe, als er sich gewaltsam Zutritt zu einem heruntergekommenen Haus in Earl's Court verschafft hatte, wo ein paar Kids im Teenageralter mit einem Camcorder schmutzige Filme drehten. Sie kannten es schließlich nicht anders! Ihre »Stars« waren drei kleine Kinder zwischen drei und sieben. Einen Durchsuchungsbefehl hatte Johnny nicht, auch in Bezug auf einen hinreichenden Tatverdacht nichts in der Hand. Er wusste, dass er mit einer Anklage nicht durchkommen würde, versuchte aber – wieso auch nicht? –, sie wegen Entführung und fahrlässiger Gefährdung zu belangen. Wenigstens die Kleinen konnte Johnny anschließend an einen Ort bringen, wo sie hoffentlich in Sicherheit waren.

Der Anwalt des ältesten Jungen, der den Camcorder bedient hatte, konnte über die Anklage wiederum bloß schallend lachen, zusammen mit seinem Mandanten.

Letzterem war später allerdings das Lachen vergangen, als Johnny ihm den Camcorder zertrümmert und angefangen hatte, den Kerl in Einzelteile zu zerlegen.

Johnny schaffte es, diesen Amateuren eine Höllenangst einzujagen. Den Profis ebenfalls, vorausgesetzt, er bekam sie in die Finger.

Nachdem Jury ihm die Geschichte erzählt hatte, musterte Johnny ihn nur mit einem müden Lächeln. »Was ich da täte? Rich, wenn's einen gibt, von dem Sie keine Ratschläge brauchen, dann mich. Aber Sie haben Recht: Für hinreichenden Tatverdacht reicht das nie und nimmer. Und in puncto Durchsuchungsbefehl sieht das hier sogar noch düsterer aus als die Geschichte in der Hester Street. Sie werden nämlich keinen kriegen.«

»Na, ein Versuch kann ja nicht schaden. Ich lasse es darauf ankommen.«

Johnny überlegte. Dann sagte er: »Können Sie diesen Johnson irgendwie aus dem Haus lotsen? Wenn der allein lebt –« Johnny zuckte vielsagend die Schultern.

»Oh, aus dem Haus lotsen kann ich ihn. Er geht heute Abend aus. Hat mich auf einen Drink eingeladen, und ich werde auch hingehen. Irgendwann wird er sich schon noch durch irgendwas verraten. Ich bleibe ihm einfach weiter auf den Fersen. Nein, das Problem ist, ihn vom Haus *fernzuhalten*, damit ich Zeit habe, mich umzusehen.«

»Wer soll davon schon erfahren? Wie will man denn beweisen, dass Sie dort waren?« Wieder zuckte Johnny die Schultern.

»Harry ist alles andere als dumm. So lange er mich im Pub bei sich hat, weiß er, wo ich stecke.«

»Und was sollte ihn davon abhalten, sich die Kinder jetzt in diesem Moment vom Hals zu schaffen?«

»Ich glaube nicht, dass er vorhat, sie zu töten. Das würde er wohl nicht tun. Wieso hätte er sie denn dann nach London gebracht? Hätte er das vorgehabt, dann hätte er sie auch gleich in Surrey umbringen können. Nein, ich glaube, er will ihnen Angst einjagen, damit sie den Mund halten. Hm, Timmy Radcliffe ist ja sowieso still. Er ist autistisch.«

»Wieso hat er ihn dann überhaupt entführt? Außer, der kleine Radcliffe hat vielleicht andere Möglichkeiten, sich mitzuteilen –«

»Ich habe vor dem Haus einen Wachpolizisten postiert.«

Johnny beugte sich vor und sagte in vertraulichem Ton: »Also, Sie lotsen ihn aus dem Haus, und ich –«

»Nein«, sagte Jury nachdrücklich. »Kommt gar nicht in Frage, Johnny. Lassen Sie die Finger davon.«

Johnny lehnte sich zurück.

»Trotzdem danke. Vielen Dank für das Angebot. Mir fällt schon noch was ein.« (Na, was denn?)

»Jetzt aber noch zu einem erfreulicheren Thema: Linda – sie ist beim Jugendamt – sagte mir, die beiden Kleinen, die Sie unbedingt beieinander lassen wollten, sind in derselben Familie untergekommen.«

»Rosie und Pansy?«

»Ja, die beiden, denke ich.« Johnny tauchte mit der Hand in die Schreibtischschublade und förderte eine Art Liste zutage. »Jawohl, dieselbe Adresse.«

»Wo?«

Johnny notierte die Information auf eine Seite seines Notizbuchs. »Sie wissen ja, dass ich diese Auskunft nicht erteilen darf.« Er riss die Seite mit der Anschrift heraus und reichte sie Jury. »Hier.«

Jury nahm sie lächelnd entgegen. »Danke, Johnny. Sie sind Gold wert.«

Johnny deutete mit einem Kopfnicken auf den Zettel. »Obwohl ... wenn Sie dort auftauchen, merken die, dass jemand nicht dichtgehalten hat und werden sich beschweren. Sie wissen ja, ich will es mir mit dem Jugendamt nicht verderben. Die räumen mir nämlich eine Menge Steine aus dem Weg, besonders Linda.«

»Nett von Ihnen und von Linda. Richten Sie ihr aus, ich weiß es zu schätzen.«

Johnny warf erneut einen Blick auf den Zettel. »Rosie geht sogar in die Vorschule.«

»Meine Güte, das ging aber schnell.«

»Na ja, es ist eine Privatschule, da ist man ein bisschen flexibler, was die Vorschriften betrifft.« Johnny nahm Jury den Zettel wieder weg und schrieb etwas darauf. »Ich glaube, Linda sagte, die sei ganz in der Nähe von dieser Familie, in Chelsea.«

Die U-Bahn-Stationen Piccadilly und Green Park waren von der Buchhandlung Hatchards und von Fortnum & Mason jeweils gleich weit entfernt. Er nahm die Jubilee Line bis Green Park. Das war zwar nur eine Station, doch hatte er keine Lust, zu Fuß zu gehen oder ein Taxi zu nehmen. Die Verkehrssituation in der Gegend um Piccadilly war schlichtweg frustrierend. In der Zeit, die man brauchte, um Piccadilly Circus in einem Wagen zu umrunden, konnte man bis zu den Äußeren Hebriden marschieren.

Jury hatte schon immer ein gewisses Faible für Fortnum's gehabt, obwohl er nicht recht sagen konnte, warum. Es gehörte nicht zu den Geschäften, in denen er normalerweise seine Einkäufe erledigte, denn für das Gehalt eines Kriminalbeamten war es einfach zu teuer. Doch wurde dort auf die Dekoration der Schaufenster mehr Fantasie verwandt, wurden Konserven, Früchte und Süßigkeiten kunstvoller in Szene gesetzt als in einem Theater im West End. Man musste sich nur diese Birnen und Pflaumen in der sündhaft teuren Obst- und Gemüseabteilung ansehen! Und dann auf der anderen Seite der Etage Fisch und Geflügel – der Räucherlachs so hauchdünn geschnitten, dass er wie der Rock eines rosafarbenen Seidenabendkleids in Falten fiel, und dazwischen steckten durchsichtige Gurkenscheibchen. Und die Patisserietheken: eine wahre Hölle für Leute, die Diät hielten! Dort konnte man kleine, mit hauchzartem Erdbeerschaum gefüllte Meringue-Schwäne oder eine teuflisch leckere, mit Kakao bestäubte und mit Rüschchen von noch mehr Schokolade verzierte Schokoladen-Mousse beäugen, bis einem der Speichel troff. Das alles reichte in seiner Üppigkeit für ein ganzes Menschenleben an Desserts aus. Da war ein Rumkuchen, von dem der Saft auf die Platte sickerte, ein Kokoskuchen, der mit dünn geraspelter weißer Schokolade dekoriert war, und eine Zitronentorte, die von innen heraus zu leuchten schien.

Noch nie im Leben hatte er Speisen gesehen, die einen derart in Verzückung geraten ließen. Jeden einzelnen Geschmack in diesen Glasvitrinen konnte er kosten. Bei einer zierlichen Verkäuferin erstand Jury einen der Meringue-Schwäne und einen etwas prosaischeren, kremgefüllten Donut.

Während er quer durch Fortnum's hindurch wieder auf die Straße ging, hegte er in Gedanken Zweifel, ob es in Wien oder Paris oder gar im Himmel eine bessere Patisserieabteilung geben konnte. Er blieb stehen, um seinen cremegefüllten Donut zu verspeisen und in Fortnum's Schaufenster zu blicken, wo die Mannequins wie elektrifiziert wirkten, entweder weil er sie betrachtete oder wegen ihrer attraktiven Garderobe. Die Designerkleider, in denen sie steckten, entschieden die Frage zu ihren Gunsten.

Anschließend ging er zu Hatchards, einer Buchhandlung, die geballtes Wissen und Gelehrsamkeit verströmte wie zuvor der Rumkuchen das Rumaroma. Ganz gleich, wie viele Kunden sich dort aufhielten, in dieser Buchhandlung herrschte immer eine Art andächtige Stille, als wäre die Luft mit Watte oder Wolken gepolstert. Er hielt diese Wolkenfantasie im Kopf fest, während er die Wendeltreppe hinunterstieg in die Kinderbuchabteilung. Dort hielt er nach den Büchern von Maurice Sendak Ausschau und nahm *Als Papa fort war* aus dem Regal sowie den Titel, auf den er es besonders abgesehen hatte: *Really Rosie*. Er blätterte es durch … las es gewissermaßen im Stehen durch. Dann klemmte er sich *Rosie* unter den Arm, um noch einmal die Stelle mit dem Eisbaby in *Als Papa fort war* zu lesen.

Gab es jemanden, der Kinder besser verstand als Maurice Sendak? Einen Psychologen, Lehrer, Sozialarbeiter? Er hatte ehrliche Zweifel.

Chelsea war von der Hester Street geistig etwa genauso weit entfernt wie geographisch. Statt Schäbigkeit und Freudlosigkeit begegnete einem hier Eloquenz, der Lobgesang auf die Wertvorstellungen der gehobenen Mittelschicht. Es herrschte auch ein gewisser Snobismus, allerdings glaubte Jury kaum, dass sich dieser auf Rosie oder Pansy sonderlich auswirken würde. Die beiden hatten schon so viel Scheußliches erlebt, dass sie sich von der Dünkelhaftigkeit dieser Gesellschaft nicht würden beeindrucken lassen.

An der Adresse, die Johnny ihm gegeben hatte, befand sich eines dieser typischen Remisenhäuschen, kunstvoll arrangierte kleine Domizile, wie sie Ausländern so gefielen, vor dem er nun in Betrachtung versunken stehen blieb. Ein ehemaliges Stallgebäude – eigentlich komisch, dass es heute als so prestigeträchtig galt, in einem Stall zu wohnen, der einst ein Pferd beherbergt hatte. Aber wunderbar, dass Rosie und Pansy nun in so einem Puppenhaus wohnten: mit Efeu, Kletterrosen und Töpfen voller Zinnien in leuchtenden Farben. Sämtliche Türen waren in Pastelltönen gestrichen.

Die Schule, hatte Johnny gesagt, sei ganz in der Nähe, und nach knapp fünf Minuten hatte er sie erreicht. Ein alter Backsteinbau mit einer breiten Marmortreppe, an deren Fuße sich zahlreiche Frauen versammelt hatten, vermutlich die Mütter. Andere entstiegen gerade ihren BMWs, Mercedes und schicken Kleinwagen. Er fragte sich, ob wohl Rosies Pflegemutter unter ihnen war. Die Frauen sahen alle gepflegt und elegant aus, ob sie nun duftige Leinenkleider oder alte Jeans trugen.

Er spähte durch den Zaun auf den kleinen Spielplatz, wo sich die Kinder nun in Zweierreihen aufgestellt hatten, bereit für den Abmarsch ins Schulgebäude und von dort hinaus zu ihren Müttern. Er versuchte, Rosie unter ihnen auszumachen, konnte sie aber nicht finden. Mit ihren blaugrauen Schuluniformen sahen sich die Kinder alle merkwürdig ähnlich. Ein paar hatten Äpfel dabei, und ein ganz kleines Mädchen hatte eine Birne, die es sich beim Versuch, sie zu essen, übers ganze Gesicht verschmierte.

»Sind Sie einer von den Vätern, Sir?«

Die junge Frau war unvermittelt auf der anderen Zaunseite vor ihm aufgetaucht. Eine Lehrerin. Sie musterte ihn skeptisch, wollte ihm jedoch nicht zu nahe treten, falls er tatsächlich einer war.

»Ich? Nein, bin ich nicht. Ich suche nur gerade –« Doch dann fiel ihm Johnnys Warnung ein, und er sagte nichts mehr.

Sie runzelte zwar die Stirn, lächelte aber immer noch, als hätte er etwas an sich, das sie davon abhielt, das Schlimmste anzunehmen.

Wofür er ihr dankbar war. Er schob die Bücher unterm Arm zurecht und dachte wieder daran, dass er nichts unternehmen durfte, wodurch die Pflegeeltern erführen, dass jemand Auskunft über sie erteilt hatte. Er sah, wie ihr Blick auf *Als Papa fort war* fiel, und hatte das Gefühl, dass das Buch ihn harmlos erscheinen ließ. Doch dann hörte er im Innenohr ein Knacken oder Splittern, und ihm fiel (eigentlich seltsam) der Abend ein, als Phyllis von ihrer Dessertglasur abgebissen hatte. Als würde das Eisbaby auseinander brechen.

»Vielleicht ist es die falsche Schule. Ja, bestimmt. Verzeihung.«

Er spürte ihren Blick auf sich ruhen, während er sich durch die versammelte Elternschar hindurchbewegte und die Glocke das Ende des Schultages verkündete.

# 53

Für Chief Superintendent Racer war es ein Geschenk des Himmels, die goldene Gelegenheit, seine Reaktion auf die Art von Frage vorführen zu können (in diesem Fall vorgetragen von Jury), die einem einmal im Leben begegnete, und wenn man da keinen Volltreffer landete, nun, dann war's das, Kumpel. Dann bot so eine Chance sich nie wieder.

Da Racer nun aber keinen Volltreffer landen konnte, blieb ihm nur eins, nämlich seine Antwort auf Jurys Bitte um einen Durchsuchungsbefehl mit möglichst viel Sarkasmus zu spicken. »Einen Durchsuchungsbefehl. Ah ja, einen *Durchsuchungsbefehl.*« Unter gekünsteltem Gelächter erhob Racer sich und schlenderte um seinen Schreibtisch herum, um sich mit verschränkten Armen davor zu postieren. Er sagte es noch einmal: »Einen Durchsuchungsbefehl, einen Durchsuchungsbefehl.«

Jury musste an den Abzählreim denken: »Eene, meene, Miene, Mehl.« Die nächste Zeile rutschte ihm unwillkürlich heraus, halblaut, aber doch deutlich vernehmlich: »Wenn ich meine Erbsen zähl' ...«

Racer starrte ihn wütend an. »Sie nehmen diese ganze Sache ja recht locker, was, Jury? Wenn man bedenkt, dass es dabei um drei Kinder geht.«

»Zwei.« Jury konnte der Versuchung nicht widerstehen, zwei Finger in die Höhe zu halten.

»Sie sagten, drei.«

»Nein. Das dritte ist ein Hund.«

»Ach, verstehe! Sie müssen einen *Hund* retten! Na, das ist ja was anderes, Jury! Wieso sagen Sie das denn nicht gleich?« Racer setzte ein säuerliches Lächeln auf, als könnte er allein durch die Bezeichnung einen Blumentopf im Ironiewettbewerb gewinnen. »Aber seit wann brauchen *Sie* denn einen Durchsuchungsbefehl, Jury? Seit wann scheren *Sie* sich denn um einen Durchsuchungsbefehl? Soweit ich mich erinnere, haben Sie es doch geschafft, einfach so in das Haus in der Hester Street reinzutrampeln, zusammen mit diesem Cowboy von einem Polizisten aus Devon. Und zwar ganz ohne die Segnungen eines Durchsuchungsbefehls. Na, und da werden Sie sich zu diesem Haus in Belgravia doch ebenfalls Zutritt verschaffen können, ohne einen *Durchsuchungsbefehl.*« Racer konnte das Wort gar nicht oft genug genüsslich wiederholen, als wäre es wesentlich verantwortlich für Jurys Ärger in letzter Zeit und für die Umstände, die beinahe zu seinem Hinausschmiss geführt hätten (um es einmal so krass auszudrücken).

Racer würde nicht lockerlassen, das war Jury klar. »Das Leben dieser beiden Kinder steht auf dem Spiel, Chef.« Diese Anrede benutzte er nur, wenn er etwas von Racer wollte, was selten vorkam. Jury hob den Blick zum Bücherregal, wo sich der Kater Cyril ganz oben gerade flach hinlegte. Und wartete.

»Ha, das hätte Ihnen aber eher einfallen sollen, und zwar bevor Sie das Haus in der Hester Street gestürmt haben«, entgegnete Racer mit der ihm eigenen üblichen Unlogik. »Beweise, Jury! Lassen Sie mich Beweise sehen, dass diese Kinder tatsächlich dort festgehalten werden. Lassen Sie den Beweis für hinreichenden Tatverdacht sehen, wenn das nicht zu viel verlangt ist.« Racer begab sich wieder hinter seinen Schreibtisch, die Arme ausgebreitet, die Hände flach auf die Tischfläche gestützt, so dass er Jury wütend anfunkeln konnte wie ein alter Zeitungsverleger, der gegenüber einem seiner Reporter Dampf ablässt.

»Die Schulleiterin kann auf jeden Fall bezeugen, dass Timmy vermisst wird. Und die Tante der kleinen Mathilda wird Ihnen sagen, dass ihre Nichte ebenfalls noch nicht nach Hause gekommen ist.« Keines von beidem würde als Beweis taugen, bevor nicht etwas Zeit verstrichen war, und selbst dann könnte man Harry Johnson nichts anhängen. Jury brachte es dennoch aufs Tapet. »Und dann noch der Hund. Der Hausmeister der Schule und vermutlich ein paar von den anderen Kindern, die dort draußen gespielt haben, können bezeugen, dass der Hund aufs Grundstück und zu Timmy gelaufen ist. Derselbe Hund ...« Jury seufzte, während er direkt in die Falle tappte.

Wie ein Werfer beim Baseball sich zum Wurf des Jahres in Hochspannung versetzt, setzte Racer nun eine übertrieben zornige Miene auf. Und weil er die passenden Worte kaum finden konnte, begnügte er sich mit einem einzigen. »Hund! Ein *Hund*. Sie verlangen einen Durchsuchungsbefehl und begründen das mit dem Treiben eines *Hundes*. Ach so« – und indem er so tat, als akzeptierte er das Ansinnen, breitete Racer die Arme aus – »na, in *dem* Fall sehen wir natürlich kein Problem für die Erteilung besagten Durchsuchungsbefehls.« Racer hielt sein Gesicht ganz dicht vor das von Jury. »Jetzt hören Sie mir mal gut zu, Freundchen. Wehe, Sie trauen sich auch nur auf hundert Meter an das Haus von diesem Harry Johnson heran.« Und natürlich kam er wieder mit polizeilicher Schikane daher. »Also, statt eines *Durchsuchungsbefehls* kriegen Sie *diesmal* bedeutend mehr verpasst als ein paar auf die Pfoten. Da nützt es auch nichts, auf Dringlichkeit zu plädieren, wie Ihre Kanone von einem Gerichtsanwalt damals, um Sie aus Ihrem selbstverschuldeten Schlamassel zu ziehen. Hier besteht nicht mal der Hauch von dringlichen Umständen, die Sie letztes Mal hingedeichselt hatten. Nein, damit können Sie nicht noch einmal landen!«

Bei diesem Stichwort rappelte Cyril sich auf und peilte.

Als der Kater heruntersprang, stand Jury auf. Im Sturzflug sauste Cyril in elegantem Bogen auf Racers Schreibtisch zu und vollführte eine Dreipunktlandung auf Racers Schulter. Ach, wie der Chef da aufschrie!

Fiona kam durch die Tür, aus der Cyril nach draußen flitzte.

Jury lächelte. Cyril würde man nicht dabei erwischen, dass er erst groß auf einen Durchsuchungsbefehl wartete.

Jury saß in seinem Büro, die Füße auf dem Schreibtisch, in seinen Drehstuhl zurückgelehnt und lauschte in sporadischen Gesprächsfetzen Wiggins' Ansichten über das Übel der Robotertechnik. Dies war ein Thema, das Jury »komischerweise« (wie er Wiggins sagte) überhaupt nicht als schreckliche Bedrohung betrachtete.

Er war über sich selbst verärgert, weil er Harry Johnson verraten hatte, er, Jury, sei überzeugt, dass Tim und Tilda sich irgendwo in dem Haus befanden. Das war unglaublich dumm von ihm gewesen und beschleunigte womöglich Harrys Entschluss, eher früher als später etwas zu unternehmen.

Wiggins hatte sich in seinen Einlassungen inzwischen aufs Klonen verlagert. »Die klonen jede Art von Tieren, nicht nur Schafe, auch Haustiere. Hunde und Katzen.«

Da Jury es in letzter Zeit mit Hunden hatte, drang Wiggins' Stimme zu ihm durch. Die Welt, dachte Jury, könnte einen weiteren Mungo gut gebrauchen. Viele, viele Mungos.

Wiggins redete weiter. »Da spielt sich nämlich Ähnliches ab wie bei dieser Geschichte mit dem Einfrierenlassen. Wenn die Medizin ein Heilmittel für das findet, was einen umgebracht hat, kann man wieder auferstehen. So dass niemand wirklich stirbt.«

»Kommt Ihnen das nicht gespenstisch vor, Wiggins? Dass DCI Racer wieder aufersteht, wenn wir meinen, wir wären ihn endlich los –« Jury verstummte schlagartig. Er ließ seinen Stuhl mit einem dumpfen Knall vorwärts kippen und saß eine Weile da und dachte nach, während sein Lächeln immer breiter wurde. Er sah auf seine Uhr. Es war gerade vier vorbei.

Wieso zum Teufel eigentlich nicht? Konnte doch sein, dass es funktionierte. Und wenn nicht, war ja nichts verloren. Er stand auf und nahm seinen Mantel vom Garderobenständer. »Wenn Sie mich brauchen, ich bin bei Boring's.«

»Aber hüten Sie sich, Sir, man kann nie …«

Wiggins' Stimme war noch bis auf den Gang zu hören. Wovor sollte er sich hüten? Vor dem Tag der Roboter oder der Nacht der Klone?

# 54

Jury schaute bei Foyles in der Charing Cross Road vorbei. Foyles lag zwar nicht auf seinem Weg, war jedoch die größte Buchhandlung in ganz London. Waterstone's mochte es flächenmäßig übertreffen, doch besaß Foyles das umfangreichste Sortiment. Er sagte der Verkäuferin (oder nannte man die heute auch anders?), was er suchte, und wurde in den zweiten Stock verwiesen.

Es war eine Buchhandlung, in der man sich buchstäblich verirren konnte, was, fand Jury, für das Etablissement sprach. Der kleine verstaubte Laden in einer Londoner Seitengasse kam ihm in den Sinn, der wie ein von Kinderhand errichteter Legostein-Bau immer größer und größer geworden war. Er fand das für seinen Zweck Geeignete, bezahlte und ging.

Mit seinem Buch in der Hand stand er draußen vor Foyles und ließ den Blick die Tottenham Court Road auf und ab schweifen, ohne jedoch zu entdecken, was er suchte. Ein 10er-Bus kam, und er glaubte, einen besseren und schnelleren Ausblick auf die Geschäfte zu haben, wenn er aus einem Busfenster schaute. Der Bus kam quietschend zum Halten, und er stieg ein. Keine drei Minuten später erspähte er einen kleinen Laden namens Pigtails (*Zöpfchen* – ein köstlicher Name, fand er!) in einer Seitenstraße und stieg an der nächsten Haltestelle aus.

*Pigtails.* Welcher verspielte Kopf sich das wohl ausgedacht hatte? Jury trat durch die Tür mit dem Klingelglöckchen und stand eine Weile unbehelligt da – die junge Dame am Empfang war gerade nicht auf ihrem Posten. Er konnte sich gut vorstellen, warum Frauen solche Läden liebten. Pigtails hatte etwas Beruhigendes, hier fand man Zuflucht, trotz der Haarefönerei und des animierten Geschnatters.

»Kann ich was für Sie tun?«, sagte die junge Dame am Empfang, ein rundliches Wesen mit einer Frisur, die Jury altmodisch anmutete, bei der das Haar in dunklen Ringellocken ums Gesicht herumwippte.

»O ja, das können Sie.« Als er seinen Dienstausweis hervorzog, bekam sie einen Heidenschreck. »Wir brauchen eine von Ihren Angestellten für einen wichtigen Auftrag.«

Sie sah ihn erstaunt an. »Welche denn?«

»Welche? Das ist mir egal. Der Auftrag nimmt nicht mehr als ein bis zwei Stunden in Anspruch. Und wir bezahlen natürlich das Doppelte des üblichen Tarifs.« Er lächelte. Was hatte Pigtails dabei zu verlieren?

Die junge Dame am Empfang blickte sich im Geschäft um. Jury fiel auf, dass es hier einen Einheitslook gab, nicht in Bezug auf Stil und Schnitt, sondern auf die Farbe: ein gewisser Kupferton, ein ganz bestimmtes Bräunlich-Rot. Das trugen sie alle in der einen oder anderen Aufmachung. Alles in allem gab es neun oder zehn Friseurinnen. »Lucy ist frei, glaub ich.« Sie hob die Hand und rief nach ihr.

Lucy legte ihre Zeitschrift hin und kam oder schwebte geradezu wie ein rostbraunes Blättergebilde zu ihnen herüber. Sie hatte rötlich goldenes, farblich zu ihrem Kleid passendes Haar, das sie schulterlang trug, dazu superblasse Haut und leuchtende hellbraune Augen. Ihre ganze Erscheinung wirkte, während sie gemächlich auf sie zukam, schwerelos, unwirklich, wie eine ins Ätherische verwandelte Carol-Anne. Lucy war wirklich ausnehmend schön.

Jury beschrieb ihnen, was zu tun war. Es handelte sich um eine wichtige polizeiliche Angelegenheit. Er wiederholte, er würde die Leistung mit dem Doppelten des üblichen Preises vergüten. Da die Umstände den Betreffenden jedoch daran hinderten, zu Pigtails zu kommen, würde Pigtails, nun ja, eben zu ihm kommen müssen. Ob sie dazu bereit sei?

Lucy und das Ringellöckchen vom Empfang wechselten Blicke. Ja, das wäre sie. Was er sich im Hinblick auf Farbe denn vorstellte? Als Jury erwiderte, ein ganz normales Braun, lächelte Lucy. Von einer Liste, die sie auswendig im Kopf hatte, zählte Lucy sämtliche Möglichkeiten an Brauntönen auf. Jury entschied sich für eine, woraufhin sie meinte, Momentchen, sie sei gleich wieder da. Dann schwebte sie davon.

Nach fünf Minuten war sie wieder da, das offene lange Haar unter den Mantelkragen gesteckt, eine Einkaufstasche in der Hand.

Jury hatte inzwischen ein Taxi besorgt, das nun mit leise tickendem Taxameter am Straßenrand wartete. Er nannte die Adresse, und sie segelten ab, falls »segeln« als eine Art Metapher für das Einfädeln eines Autos in den Londoner Verkehr gelten durfte. So fühlte es sich für den in dieser kleinen Fantasie gefangenen Jury jedenfalls an.

Lucy erwiderte sein Lächeln, als wäre sie in den Spaß bereits eingeweiht.

Obwohl er sich über das Schicksal der beiden Kleinen größte Sorgen machte, konnte er seinen Plan dennoch amüsant finden. Er fand ihn toll, ein Gefühl, das auch von der Gewissheit, dass Melrose Plant den Plan verabscheuen würde, nicht geschmälert wurde.

»Nein«, sagte Melrose, hielt sich gleich wieder seinen *Daily Telegraph* vors Gesicht und griff nach seinem Drink.

Melrose war just an jenem Nachmittag nach London gefahren und vor kaum einer Stunde eingetroffen, als Jury den Klubraum betrat. Dass Melrose bloß mit Zeitung und nachmittäglichem Drink entspannen wollte, war jedoch nicht der Grund für seine Weigerung. Er weigerte sich, weil es die dümmste Idee war, die er je gehört hatte, eine Meinung, die er Jury nur zu gern mitteilte.

»Hier ist was zur Lektüre«, sagte Jury und händigte Melrose das Buch aus, das er bei Foyles erstanden hatte. »Sie müssen natürlich nicht das ganze Ding lesen, picken Sie sich einfach ein paar prägnante Punkte heraus und machen Sie sich mit denen eingehend vertraut. Es sind auch Bilder drin.«

Die Zeitung gesenkt, stellte Melrose fest, dass Jury seinem Nein überhaupt keine Beachtung geschenkt hatte und dies auch nicht vorhatte. Jury war fest entschlossen, diesen hirnverbrannten Plan in die Tat umzusetzen. Melrose wies Jury darauf hin, dass von ihm ja auch nicht die Durchführung des Plans erwartet wurde, o nein. Wie üblich wäre dies wieder einmal Melroses Aufgabe. »Ich habe eine *Woche* gebraucht, um etwas über blühende Rasenplaggen und Cloisonnieren zu lernen, und dabei ging es bloß um *Gartenbau*. Wie zum Teufel können Sie von mir erwarten, das hier zu meistern« – Melrose wackelte mit dem Buch in der Luft herum –, »noch dazu an einem einzigen Nachmittag?« Mit der gleichen Geste hielt er sodann sein Glas in die Höhe, damit der junge Higgins ihm noch einen Drink brachte.

»Machen Sie's wie Diane Demorney. Dianes vermeintlich überragendes Können auf intellektuellem Gebiet beruht ja lediglich darauf, dass sie sich irgendeinen völlig unbekannten Aspekt eines Themas herauspickt und dann so viel wie möglich darüber in Erfahrung bringt. Sie erinnern sich an die Sache mit dem Stendhal-Syndrom. Über Stendhals Bücher weiß sie rein gar nichts, aber alles über die Tatsache, dass er beim Betrachten von Kunst regelmäßig in Ohnmacht fiel. Eine brillante Idee, dabei ist Diane selbst alles andere als brillant.«

»Ich hatte eigentlich vor, in ein paar Stunden zu Abend zu speisen.«

»Dafür haben Sie gar keine Zeit. Ich werde für Sie abendessen gehen und Ihnen etwas mitbringen.«

»Was für ein ausgezeichneter Plan! Wenn Sie denken, ich lasse für so etwas das Dinner sausen, dann sind Sie verrückter, als ich dachte. Und das war schon ziemlich verrückt.« Melrose seufzte. »Ihnen ist ja wohl klar, dass das nie funktionieren wird. Es ist vollkommen wahnsinnig.«

»Sie scheinen zu vergessen, dass Harry Johnson geistesgestört ist. Dadurch sind wir im Vorteil.«

»Wer ist dieses Geschöpf, das Sie da draußen im Foyer abgestellt haben? Was hat es mit der auf sich?«

»Das ist Lucy von Pigtails.«

Melrose schüttelte heftig den Kopf, als traute er seinen Ohren nicht. »Pigtails? *Pigtails?*«

»Richtig. Warten Sie hier. Ich hole sie.«

Warten Sie hier? Wohin zum Teufel dachte Jury denn, dass Melrose gehen könnte? Verdrossen wartete er und polierte seine Brille. Unbebrillt schaute er quer durch den Raum zu Jury hinüber, der nun mit einem Persönchen im Schlepptau ankam, das Melrose nur als *hauchzart* und *federleicht* bezeichnen konnte – mit dem luftigen Gewand, der durchscheinenden Haut, dem zarten Haarschleier. Gütiger Himmel! Er hoffte, es würde sich einiges davon zurechtrücken, wenn er seine Brille aufsetzte.

Was er eilends tat.

Nein, sie sah noch ziemlich genauso aus. Er erhob sich.

»Das ist Lucy von Pigtails.« Jury grinste.

Was Melrose betraf, hätte es auch Shirley von Sheepshorn oder Betty von Cowbell sein können.

»Hallo, Lucy. Wie lange wird es dauern?«

Als ob er sich einen Deut darum scherte.

# 55

Eines der schmalen Kellerfenster ließ sich nicht recht schließen. Durch dieses Fenster hatte Mungo Harry dabei beobachtet, wie er Timmy und Tilda in den Keller hinuntergestoßen hatte. Besser gesagt: Als Mungo gemerkt hatte, dass Harry sie in den Keller hinunterbrachte, war er in Windeseile aus der Hintertür quer durch den Garten an dieses Fenster gesaust. Er konnte nicht genau erkennen, was dort vor sich ging, weil das Fenster verdreckt war, wusste aber, dass es nichts Gutes verhieß. Es gab ein großes Geschiebe und Gescharre, als ob die Kinder versuchten, sich zu befreien. Schreien und rufen konnten sie aber nicht, denn ihre Münder waren zugeklebt.

Als alles wieder still war und Harry den Keller verlassen hatte, kehrte Mungo durch sein Hundetürchen in die Küche zurück und überlegte, wie er dort hineingelangen könnte. Er hatte lange neben der Kellertür ausgeharrt und ein Weilchen auch Harry und der Spürnase gelauscht, die sich im Wohnzimmer unterhielten. Vor einiger Zeit war die Spürnase aber wieder gegangen.

Inzwischen war es dunkel geworden, der Tag hatte sich in Nacht verwandelt. Mungo war wieder draußen. Er war noch nie besonders geschickt darin gewesen, etwa Türen, Truhen oder Schränke mit den Pfoten aufzumachen. Manchmal gelang es ihm, etwas mit der Schnauze aufzudrücken, weil dieses Fenster aber fast ebenerdig angebracht war, war es aussichtslos. Er lief im Kreis herum und winselte, was er sonst selten tat.

Als Shoe um die Hausecke bog, winselte er noch lauter und stupste ans Fenster, winselte und stieß erneut gegen das Fenster.

Shoe kam herüberstolziert. Sie traute Mungo zwar nicht, war aber neugierig. Sie kroch ans Fenster und spähte hinein. Im Keller war es so finster, dass sie die Kinder kaum erkennen konnte. Wäre sie nicht mit Katzenaugen gesegnet gewesen, hätte sie sie überhaupt nicht gesehen.

Shoe setzte sich abwartend hin und beobachtete Mungo, der winselnd im Kreis lief und immer wieder gegen das Fenster schlug. Sie gähnte voller Genugtuung, dass er etwas von ihr wollte, das sie ihm entweder gewähren oder abschlagen konnte. Sie begann sich eine Pfote zu lecken, was Mungo gehörig in Rage versetzte. Immer wieder hüpfte er gegen das Fenster.

Er wollte den Kindern dort unten helfen. Na, das war was anderes. Bäuchlings kroch sie dicht an das Fenster heran, als müsste sie sich unsichtbar machen, aber das war sie schon gewöhnt. Das Fenster war weit genug offen, dass sie die Pfote herumlegen und ziehen konnte.

Sie konnten nicht sprechen, weil ihre Münder mit Isolierband zugeklebt waren. Mit den Händen abziehen konnten sie es nicht, denn die waren ihnen im Rücken festgebunden. Er hatte sie auch dünne Latexhandschuhe anziehen lassen. Sich umherbewegen konnten sie aber, denn die Füße hatte Harry ihnen nicht gefesselt. Allerdings hatte er die beiden so aneinander gebunden, dass sich eines ohne das andere nicht rühren konnte.

Als sie hörten, was draußen für eine Aufregung herrschte, musterten sie sich gegenseitig. Die Augenbinden hatte er ihnen immerhin abgenommen. Kurz bevor sie hier angekommen waren, war er an den Straßenrand herangefahren und hatte ihnen noch mehr von dem Zeug in die Augen getan. Obwohl sie immer noch nur verschwommen sahen, hatte er ihnen diesmal auch noch die Augen verbunden. Tilda nahm an, damit wollte er sicherstellen, dass sie nicht sehen konnten, woran sie vorbeifuhren – Straßen, Gebäude, Lichter – und wo in der Stadt sie sich befanden.

In der Stadt waren sie aber ganz bestimmt. Um das zu wissen, brauchte man nicht aus dem Fenster zu schauen.

Hier unten im Dunkeln hatte er ihnen die Augenbinden dann abgenommen. Nach einiger Zeit hatte sich auch die Wirkung von dem Zeug, das er ihnen in die Augen getan hatte, endlich verflüchtigt. Jetzt konnten sie sehen und bewegten sich zusammen zum Fenster. Gerade als sie sich darunter aufstellten, sahen sie, wie draußen ein Zweig zwischen Fenster und Fensterbrett geschoben wurde.

Verblüfft sahen sie sich an und wären bestimmt in Jubel ausgebrochen oder hätten wenigstens ein Lächeln gewagt, wäre das Band nicht so fest über ihre Münder geklebt gewesen. Dort draußen war jemand und versuchte, ihnen zu helfen. Rufen konnten sie nicht, in die Hände klatschen auch nicht, aber auf und ab hüpfen konnten sie, vorausgesetzt, sie taten es gemeinsam. Immer wieder stießen sie gegeneinander, rappelten sich wieder hoch. Das Gefühl der Erleichterung gab ihnen aber so viel Auftrieb, dass sie es immer wieder versuchten. *Uh, uhh, uhhh,* ächzten und brummten sie beide, so laut sie konnten.

Etwas – eine Schnauze? – zwängte sich jetzt durch die Fensteröffnung. Mungo! Timmy und Tilda sprangen wieder hoch und fielen hin, sprangen und fielen hin.

Mungo schob erst den Kopf zwischen Fenster und Fensterbrett, dann den ganzen Körper. Er ließ sich fallen. Der Kellerboden lag ein klein wenig tiefer, als ihm lieb war, doch es tat nicht besonders weh, denn das, worauf er gefallen war, war wenigstens nicht so hart wie Zement. In Anbetracht des recht schwierigen Winkels zwischen Fenster und Fensterbrett fiel er sogar ziemlich elegant.

Shoe streckte den Kopf durchs Fenster und zog ihn gleich wieder zurück. Zu heldenhaften Taten war sie nicht bereit. Sie setzte sich hin und begann sich zu putzen.

Mungo umkreiste die Kinder. Er wusste, dass sie ihm nicht sagen konnten, was er tun sollte. Der Junge hätte es ihm selbst dann nicht sagen können, wenn er den Mund frei gehabt hätte. Mungo überlegte, ob die schwierige Lage, in der Timmy sich nun befand, nicht vielleicht ein paar Wörter in ihm lösen würde.

Jedenfalls war es nun an Mungo, eine Lösung zu finden, und zwar schnell. Er wollte, dass sie sich hinsetzten, konnte zum Zeichen aber bloß Tilda am Kleid zerren. Endlich setzten sie sich hin. Nun kam er an den Strick heran, der nicht besonders dick war, wie er erfreut feststellte. Er musste es nur schaffen, den Strick an einer Hand zu lockern, egal, an welcher. Er entschied sich für die von Tilda.

Mungo fing an zu nagen. Er nagte und nagte, lockerte mühsam ein Stück auf und nagte weiter. Den Knoten konnte er nicht durchnagen, was die Sache erheblich erleichtert hätte. Wo hatte Harry diesen Trick bloß gelernt? Während seiner langen Zeit in der Handelsmarine? Haha, dass ich nicht lache!

Weil ihm vor lauter Anstrengung der Kiefer wehtat, legte Mungo eine Verschnaufpause ein, um ein Weilchen darüber zu sinnieren, wie er eigentlich seinerzeit in Harrys Besitz gekommen war. Durch irgendein Missgeschick als Welpe? Was Harry in Wirklichkeit brauchte, war ein eleganter, seidiger Hund, mit dem er protzen konnte –

Wieder Stöhnen. *Uh! Uhh! Uhhh*!

Mungo hörte auf, vor sich hinzuträumen und fing schnell wieder an zu nagen. Diesmal gelang es ihm, die letzten Fadenstränge des Stricks um Tildas Handgelenk durchzunagen und eine ihrer Hände zu befreien. Vom anderen Handgelenk löste sich der Strick aber nicht. Sie riss sich das Klebeband vom Mund, kniff vor Schmerz dabei die Augen zusammen und ließ, nachdem sie den Mund frei bekommen hatte, den Rest hängen, wo er war. Die Handschuhe streifte sie nicht ab, falls es dem Mann plötzlich in den Sinn kam, nach ihnen zu sehen. Wenn das passierte, wollte sie ihren Mund schnell wieder zukleben und zumindest so tun, als wären ihre Hände noch gefesselt. Das Klebeband hing herunter, der Strick auch.

»Mungo!«, sagte sie und schlang die Arme um ihn, während Timmy immer noch ächzte und stöhnte. Schnell hatte sie es geschafft, den Strick um Timmys Hände zu lockern. Als er das Klebeband abzog, füllten sich seine Augen vor Schmerz mit Tränen wie vorhin bei ihr. Es ganz wegzureißen, tat zu weh, und es war ja sowieso egal, besonders bei Timmy. Er wollte schon die Handschuhe abstreifen.

Tilda sagte: »Lass es, Timmy! Wenn er wieder runterkommt, ist es besser, wir sind so wie vorher, sonst merkt er was.«

Timmy folgte brav.

Die Schritte über ihnen brachten Tilda aber zum Schweigen. Da war jemand in der Küche. Sie hielt den Atem an. Genau das hatte sie befürchtet. Schnell überklebte sie sich den Mund wieder und hielt Timmy den Mund zu (als ob der was verraten würde!). In dieser Haltung verharrte sie, bis die Schritte leiser wurden und sich aus der Küche entfernten.

Tilda seufzte erleichtert auf. »Wenn wir da hinaufreichen, können wir raus«, flüsterte sie und schaute zum Fenster hinauf.

Da schob Timmy schon eine Holzkiste herüber. Die Weinflaschen hatte man herausgenommen, doch sie war immer noch bis oben mit Verpackungsmaterial gefüllt. Tilda fand eine kleinere und stellte sie auf die Weinkiste. Sie flüsterte: »Mungo, du zuerst!«

*Zuerst?* Er zögerte. Natürlich würde er *nicht* zuerst gehen. Doch er wusste, dass er durch seine Hundeklappe wieder ins Haus musste, bevor Harry ausging.

»Mungo? Oh, okay. Timmy, dann du zuerst.«

Timmy kletterte erst auf die eine Weinkiste, dann auf die kleinere obendrauf. Von dort hatte er genug Halt, um das Fenster etwas weiter aufzudrücken. Er stieß es auf und schob sich durch. Dann hielt er es noch ein Stück weiter auf für Tilda, die hinaufkletterte und von draußen den Ast für Mungo so tief herunterhielt, wie sie konnte. Der konnte zwar nicht so gut klettern wie Shoe (die die Aktion interessiert beobachtete), schaffte es mit Hilfe des Asts jedoch in einem kurzen Satz zum Fenster hinauf.

Dann waren sie alle drei draußen. Sie hätten am liebsten vor Freude gejauchzt und gebrüllt, wenn es nicht so gefährlich gewesen wäre.

Shoe unterbrach für ein paar Sekunden ihre Katzenwäsche und sah zu, wie Timmy Mungo umarmte und Tilda es ihm gleichtat. Dass die diesen Hund umarmten! Shoe wandte sich wieder ihrer Fellpflege zu.

»Und was jetzt? Was jetzt?«, meinte Tilda plötzlich nüchtern. Sie hielt ihre Hände fest aneinandergepresst, als wären sie immer noch mit dem Strick zusammengebunden. Jetzt streifte sie die Handschuhe ab und blickte im Garten umher. In den Fenstern war kein Licht zu sehen.

»Vielleicht ist er irgendwohin gegangen.« Sie spähte durch die Dunkelheit, sah aber nur die Umrisse der Bäume, hörte nur ein Auto vorbeizischen und befürchtete, der Mann würde vor dem Ausgehen in den Keller hinuntergehen, um bei ihnen nachzusehen. »Timmy! Wir müssen hier weg!«

Timmy schaute sie an und wartete auf Anweisungen.

Geld! Manchmal vergaß Timmy, dass er ja noch den Geldschein im Schuh aufbewahrte! Er kniete sich hin, löste den Schnürsenkel und zog die Zehnpfundnote aus der Socke.

Tilda war völlig platt. Es war, wie wenn man einem Zauberer dabei zusah, wie er einem eine Geldmünze hinterm Ohr hervorholte. »Das reicht! Das ist genug Geld für den Bus, egal, wohin – und wenn's bloß ein anderer Stadtteil ist. Irgendwohin!«

Timmy freute sich, dass er das Geld anbieten konnte. Und »irgendwohin« hörte sich paradiesisch an.

Mungo sah sie auf die Vorderseite des Hauses zusteuern und lief voraus. Er rannte auf Timmy zu und zog ihn am Ärmel.

»Was ist?«, sagte Tilda.

Mungo rannte seitlich einen kleinen Abhang hinunter in Richtung Gehweg, dann wieder zurück. Sie sollten ihm folgen, gab er ihnen zu verstehen. Er fürchtete, wenn sie vors Haus gingen, käme Harry vielleicht an die Tür und könnte sie sehen.

Sie folgten ihm.

»Lieber Mungo, danke.« Noch einmal umarmte ihn Tilda.

Sie rannten in Richtung Sloane Street davon, und Mungo rannte ihnen ein Stückchen hinterher, dann wusste er, dass er nichts mehr für sie tun konnte, setzte sich auf den dunklen Gehweg und sah den beiden Kindern nach, bis sie wie die letzte Nummer in einer Zaubervorführung in der Londoner Nacht verschwunden waren.

# 56

Als Jury um Viertel nach neun das Old Wine Shades betrat, saß Harry an der Bar und unterhielt sich mit Trevor. Es ging um die mit einer Serviette umwickelte Flasche Wein, die Trevor in der Hand hielt. Servietten, das wusste Jury, wickelte Trevor nur um sehr edle Tropfen. Harry begrüßte Jury, als hätten sie sich gerade erst kennen gelernt und als gäbe es keinerlei Ärger zwischen ihnen. Oder zumindest so, als wäre alles, was passiert war, bereits vergeben und vergessen, und sie wären immer noch die besten Kumpels.

Wie zum Teufel, fragte sich Jury, bringt der das fertig? Als hätte er es nicht die ganze Zeit schon fertig gebracht. »Harry, Trevor – hallo.«

Mungo hatte unter dem leeren Barhocker neben Harry gesessen und rappelte sich nun hervor, um sich von Jury den Nacken kraulen zu lassen. Als Jury sich setzte, kehrte Mungo an seinen Platz unter dem Barhocker zurück.

»Heute Abend fährt Trevor ja wahre Schätze auf«, sagte Harry. »Sehen Sie sich diesen Hermitage an. Sehr rar, sehr edel. Kosten Sie mal«, sagte er, als wären sie zur Weinprobe hier.

Mit akrobatischem Schwung griff Trevor ein Glas von dem Regal hinter sich, drehte es um und stellte es auf die Theke. Dann schenkte er einen Fingerbreit ein und verharrte abwartend.

»Na los, schenken Sie voll, Trevor. Ich vertraue Ihnen.«

»Nur zu«, sagte Harry aufmunternd. »Probieren Sie.«

Jury lächelte, weil ihn die beiden mit einer Erwartungshaltung ansahen, die darauf hindeutete, dass sie auf sein Urteil mehr als gespannt waren. Jury hielt das Glas an die Nase, schwenkte herum, kostete. Der Wein war hervorragend, allerdings fand Jury alles gut, auch den gewöhnlichen Hauswein, der hier in Strömen floss.

Es machte ihn ganz fertig, dass die beiden so ernst guckten. Er fühlte sich hineingezogen in dieses wunderliche Geschehen, in diese Weinfabel aus unzähligen Regalen voller Flaschen, betört und verlockt von Harry Johnson, als wäre er zum ersten Male hier. Und so stark war dieses Gefühl, dass Jury meinte, alles nur geträumt zu haben, was sich im Verlauf der letzten Woche ereignet hatte.

»Wunderbar. Köstlich.«

Beide runzelten die Stirn und sahen dabei aus wie Zwillinge. Als wären sie erst einmal richtig enttäuscht, als müsste Jury eigentlich mehr sagen oder sich präziser äußern, als müsste seine Antwort auf kleinen Weinfüßchen daherkommen, vor lauter Wundersamkeit.

»Der beste Wein, den ich je getrunken habe.« Unwillkürlich musste er beim Anblick dieser beiden mit ihrem synchronen Stirnrunzeln schmunzeln.

Schließlich brach Harry den Bann, indem er Trevor sein Glas hinhielt. »Noch einen Schluck.«

Trevor schenkte Harry den Hermitage ins Glas, ignorierte Jury, den Banausen, nickte abschließend und ging mit der serviettenumwundenen Flasche ans andere Ende der Theke.

Harry rauchte eine aromatische Zigarre – oder vielleicht erschien Jury jeglicher Rauch aromatisch, eine wohlriechende Erinnerung an die Vergangenheit.

»Also, Harry, erzählen Sie mir mehr.«

»Mehr von was?«

»Von den zehn Dimensionen. Einer Freundin von mir ist nämlich ein Ohrring heruntergefallen, und seitdem ist er verschwunden.«

Harry lachte. »Sie wissen ja, dass es eine Weiterentwicklung der Stringtheorie gibt, die besagt, dass es elf sind: die so genannte M-Theorie.«

»Nein! Um Gottes willen, nicht noch so eine Dimension, mit der ich fertig werden muss. Ich will bloß wissen, wo die anderen sechs sind, diejenigen, die sich mir irgendwie entziehen.« Jury machte Trevor ein Zeichen. Er hatte allmählich das Gefühl, als gehörte ihm das Lokal. »Wo haben die sich versteckt?«

Harry lächelte hinter einer Rauchwolke. Trevor tauchte wieder auf und füllte Jurys Glas.

»Ah, dachten Sie etwa, ich meinte –?« Jurys Augenbrauen schnellten hoch. »Nein, *die* meine ich nicht. Ich meine die Dimensionen. Was nützt es denn eigentlich, wenn wir sie doch nicht sehen können?«

»Sie machen wohl Witze? Sie glauben doch nicht etwa, nur was man sehen kann, ist irgendwie relevant. Andere Dimensionen können womöglich das ganze Wesen des Universums erklären.«

»Harry, ich will bloß, dass die mir *mein* Wesen erklären. Oder noch besser: *Ihres*. Ich kann mir von den dreien, durch die wir Sterblichen uns tagtäglich schleppen, eine geistige Vorstellung machen. Vielleicht gerade auch noch von der vierten – der Zeit –, die anderen sechs packe ich einfach nicht.«

Harry seufzte. »Sie sind ganz schön arrogant, was?«

Jury fand den Vorwurf der Arroganz köstlich, besonders wenn man bedachte, von wem er kam. Er lachte.

»Sie sollen ja auch gar keine *geistige Vorstellung* von allem im Universum bekommen. Aber vielleicht hilft ja das hier.« Harry riss ein Stückchen von einer kleinen Serviette ab und zerknüllte es. Den kleinen Fetzen legte er hinter sein Glas. »Etwa so.« Das winzige Ding war vollkommen vom Boden des Glases verdeckt. »Eine andere Dimension. Eine Schleife vielleicht.«

»Schon möglich. Aber ist das bei Hugh nicht einfach Wunschdenken?«

Harry runzelte die Stirn. »Ich verstehe nicht ganz.«

»Ich spreche von Robbie. Hugh glaubt doch, dass wir in Anbetracht dieser Dimensionen vielleicht eine vollkommen falsche Vorstellung von Raumzeit haben und dass Robbie vielleicht zurückkommt, oder? Nur das meinte ich mit Wunschdenken.«

»Ach was. Hugh ist Wissenschaftler. Ein Verfechter der Stringtheorie, daher die anderen Dimensionen.«

»Und Sie?«

»Ich? Ich glaube, dass *alles* möglich ist.« Er hob sein Glas hoch, und Jury griff nach dem zerknüllten Papierfitzelchen. Er sah Harry in die Augen, vielleicht auf der Suche nach einem Zeichen, irgendeinem Hinweis auf Wahnsinn. Was er sah, war das pure, pralle Leben.

»Für Sie, Harry, ist vielleicht wirklich alles möglich. Einfallsreich sind Sie ja weiß Gott.«

Harry musterte ihn lächelnd. »Irre ich mich, oder höre ich da das Hornsignal zum Rückzug?«

Jury lachte. »Solange ich keinen Durchsuchungsbefehl habe, kann die Polizei überhaupt nichts unternehmen. Da kann ich genauso gut hier sitzen und diesen exzellenten Wein trinken.«

Als hätte er sein eigenes Hornsignal gehört, tauchte Trevor auf, in der Hand diesmal eine andere Flasche, einen 75er Haut-Brion, von einem Château, dessen Namen Jury nicht ausmachen konnte, ein sehr teurer Tropfen, aber »Mr. Johnson«, behauptete Trevor, könne ihn sich ja leisten und es sehe so aus, als hätten sie etwas zu feiern. Daraufhin mussten beide lachen, und Harry forderte ihn auf einzuschenken.

Was Trevor nach dem kleinen Schnupper- und Probierritus auch tat.

Jury schaute – schon seit geraumer Zeit – in den Barspiegel und wartete, dass die Tür des Pubs aufging. Just als Trevor einschenkte, war es so weit.

Melrose Plants Haar besaß einen recht attraktiven Braunton,

und seine grünen Augen waren hinter den leicht getönten Brillengläsern ziemlich gut versteckt. Er trug einen dreiteiligen Anzug, recht elegant, aber nicht übertrieben. Er trat an die Bar und setzte sich ohne großes Tamtam unaufgefordert neben Harry, der ihn natürlich neugierig musterte.

Sogar Mungo kam interessiert aus seinem Versteck unter dem Barhocker hervor.

Wenn sich über einen Hund sagen ließe, er gucke argwöhnisch, so beschrieb dies Mungos Blick, mit dem er an Melrose Plant hinaufsah. Der streckte Harry nun die Hand hin und sagte: »Sie sind Harry Johnson, nicht wahr?«

Harry musterte erst die Hand, dann sein Gegenüber und sagte: »Ja, der bin ich. Und Sie sind –?«

»Niels Bohr.«

Mungo kroch wieder unter den Hocker und hielt sich mit den Pfoten die Augen zu.

*Kommt ein Hund in ein Pub …*

# 57

Es war eine todsichere Sache.

Bis er feststellte, dass dem nicht so war.

Diesmal, hatte Jury gesagt, gebe es Augenzeugen, zwei sogar – bloß stellte sich dann heraus, dass es die doch nicht gab.

»Wir haben ihn gar nie gesehen«, sagte Tilda errötend und sah beiseite, irgendwohin, bloß nicht zu Jury hin, als hätte sie ihn auflaufen lassen, als wäre es eine unverzeihliche Nachlässigkeit von ihr, das Gesicht des Mannes nicht gesehen zu haben.

Timmy starrte Jury reglos an und nickte zu allem, was Tilda sagte. Auch er hatte eine Versagermiene aufgesetzt.

Sie seien sehr tapfer gewesen, sagte Jury zu ihnen, und hätten eine Menge Einfallsreichtum bewiesen, den er sich bei der Metropolitan Police auch wünschte. Und dann kam Jurys Frage, ob man ihnen die Augen verbunden hätte oder sonst etwas?

Tilda sagte: »In unsere Augen, da hat er erst irgendwas reingetan und alles war verschwommen. Nein, wehgetan hat es nicht, es war bloß alles so verschwommen, dass wir nicht richtig sehen konnten, wie sein Gesicht aussah. Und dann hat er uns die Augen verbunden, aber nicht lange.«

(»Dilatierende Tropfen«, hatte Phyllis Nancy gesagt, »wie sie von Augenärzten verwendet werden. Mit den Tropfen lässt sich die Pupille erweitern. Hatten Sie bestimmt auch schon mal, oder? Eine ganz einfache Sache, man muss bloß eine Weile warten, bis sie anfangen zu wirken.«)

»Er stand hinter uns, und wir durften uns nicht umdrehen, und dann hat er uns die Augen verbunden. Kurz danach hat er uns die

Augenbinden wieder abgemacht, aber wir konnten immer noch nichts sehen, stimmt's, Timmy?«

Irgendwann vor elf Uhr hatten Tilda und Timmy sich an dem Abend in der Nähe der U-Bahn-Station St. James's bei New Scotland Yard gemeldet und gesagt, sie müssten Mr. Jury sprechen, und gefragt, ob sie hier in Sicherheit seien? »Also, wenn wir hier sitzen und auf ihn warten?«

Man hatte ihnen versichert, sie seien in Sicherheit.

»Okay, dann komm, Timmy.« Und Tilda hatte ihn zu einer langen Sitzbank geführt.

Keine fünf Minuten später war Superintendent Jury aus dem Aufzug getreten.

Tilda war überrascht, als er zu ihr herüberkam und sie richtig *fest* umarmte. Es war, als hätte er sie beide wirklich vermisst.

Timmy umarmte er nicht, was wahrscheinlich richtig war, denn Jungs halten sich ja gern für erwachsen und meinen, sie hätten Umarmungen nicht nötig. Jury schüttelte Timmy die Hand und lobte ihn dafür, dass er so tapfer und erfinderisch gewesen war.

Das mit dem »erfinderisch« begriff Timmy zwar nicht so ganz, wusste aber, dass es ein Kompliment war. Um tapfer und erfinderisch zu sein, brauchte man nicht zu sprechen, das war das Gute dran.

Und wie hatten sie es bis zu New Scotland Yard geschafft?

»Wir sind eine Straße entlanggerannt, welche, weiß ich nicht. Als wir aus dem Keller raus waren, sind wir einfach losgerannt. Auf der Straße war viel Verkehr, und wir sind einfach in einen roten Bus gestiegen und haben uns oben hingesetzt. Timmy hatte ein bisschen Geld im Schuh aufbewahrt. Dann sind wir ausgestiegen und mit einem anderen weitergefahren, falls uns jemand gefolgt wäre, immer weiter. Das hat Spaß gemacht, was, Timmy?«

Timmy nickte nachdrücklich.

Wie kam es eigentlich, dass Kinder es schafften, ein haarsträubendes Erlebnis in Spaß zu verwandeln?

Jury war eine halbe Stunde vor Eintreffen der Kinder in sein Büro zurückgekommen. Sergeant Meek, der das Haus bewacht hatte, war mit Jury zusammen in das Haus gegangen, um nach ihnen zu suchen. Jury hatte ihn nicht darum gebeten, selbstverständlich nicht. Er hatte Meek darauf hingewiesen, es läge kein Durchsuchungsbefehl vor, und er würde sich womöglich eine Menge Ärger einhandeln.

»Aber die beiden Kleinen«, hatte Meek erwidert, »ich hab selber zwei Kinder, Chef. Wenn die in der Lage wären, da denk ich lieber nich dran, dass man sie hätte finden können, wenn nich irgendein Bulle auf 'nen Durchsuchungsbefehl gewartet hätte.«

Sehr wahrscheinlich waren die Kinder im Keller versteckt, zu dem die Tür von der Küchenseite her abgeschlossen und verriegelt war. Meek, dessen Onkel (wie er oft und gern erzählte) bis zu einer »unglückseligen Schlägerei« ein erstklassiger Tresorknacker gewesen war, hatte sein eigenes Spezialgerät für Türschlösser dabei. Das Schloss war im Übrigen kein besonders gutes. In ein paar Sekunden hatte der Sergeant es geöffnet.

Es war tatsächlich ein Weinkeller – Regalreihen über Regalreihen von Flaschen. Harry war also wirklich ein Weinkenner. Jury hatte angenommen, er würde sich vielleicht ein wenig mit Wein auskennen, aber nur ein wenig. Harry, war Jury inzwischen geneigt zu denken, hatte mit der Wahrheit nicht viel am Hut.

Nein. Harry war ein Schweinehund. Ein selbstherrlicher, eingebildeter, arglistiger – und nicht zu vergessen, gefährlicher – Dreckskerl. Ein sehr, sehr cleverer Dreckskerl.

Im Keller war nichts – keine Kinder, kein Hinweis darauf, dass sie dort gewesen waren.

Wohin hatte er sie gebracht? Denn Jury wusste, dass sie sich dort aufgehalten hatten.

»Schauen Sie mal hier, Chef«, sagte Meek.

Jury ließ die Weinregale sein und kam zu Meek herüber. Weinkisten, hochkant gestellt, aufeinander gestapelt.

»Das Fenster da steht offen«, sagte Meek. »Nich besonders groß, is aber auch nich nötig. Da haben wir's, was?«

Jury lachte. Da hatten sie es in der Tat.

Jurys Mobiltelefon ließ einen schauerlich süßen Klingelton vernehmen: leises Glockengebimmel. Er zog es hervor, meldete sich.

Es war Melrose, der ihm mitteilte, dass Harry soeben zur Tür hinausgegangen war. »Als er merkte, dass Sie weg waren, schnappte er sich Mungo und zog ab. Wirkte aber nicht unbedingt aufgeregt. Vermutlich fand er, das Treffen mit mir habe sich gelohnt. Falls Sie was über das Korrespondenzprinzip wissen wollen, bin ich Ihr Mann. Wunderbar unterhalten haben wir uns – ich, auferstanden von den Toten. Irgendwie hat er es aber wohl doch nicht so ganz geglaubt.«

Jury beendete den Anruf und sagte: »Diese Kisten, Sergeant, schnappen Sie sich davon mal die kleine, und dann gehen wir.«

Die kleinere der beiden Kisten war immer noch recht sperrig. Sergeant Meek schaffte es aber, lachte sogar. »Diese beiden Kleinen!«, sagte er. »Ganz schön coole Typen.«

Jury lächelte. »Cooler geht's nicht.«

Die Kiste ging direkt ins Gerichtslabor.

»Tut mir leid, Chef. Keine Fingerabdrücke.«

Jury sprach mit einem der Fingerabdruckspezialisten. »Es muss aber doch welche geben – ich meine, die Kinder haben die Kisten unters Fenster geschoben, sie haben sie auch aufgestapelt. Wie kann es sein, dass da keine Fingerabdrücke dran sind?«

»Zwei Dinge: Erstens, die Kiste ist aus unbehandeltem Holz. Darauf hält ja nichts. Zweitens, die Kinder trugen vielleicht Handschuhe.«

»Wieso sollten sie Handschuhe tragen?«

»Wurden vielleicht dazu gezwungen. Sie sagten, sie hätten die Kisten unters Fenster gestellt und seien so rausgekrochen. Aber dann hätten sie auf dem Fenster oder drum herum Abdrücke hinterlassen. Wäre schwer zu vermeiden gewesen.«

»Nicht, wenn sie Handschuhe trugen«, sagte Jury.

»Kommt darauf an, was für welche. Wenn der Handschuh dünn genug war, ging der Abdruck vielleicht durch. Haben Sie dort Latexhandschuhe rumliegen sehen?«

»Nein, die hätte ich ja mitgenommen, oder?«

»Entschuldigung, Chef. Jetzt schauen wir uns erst mal den Fensterrahmen an. Mal sehen, was dabei herauskommt.«

Die sofortige Suspendierung – für mich, Sergeant Meek und auch für Sie, falls Sie sich uns mit Ihrem Instrumentenkoffer anschließen möchten –, weil wir nämlich keinerlei Durchsuchungsbefehl haben. Dies sagte er aber nicht. Stattdessen sagte er: »Na ja, nichts zu machen. Danke.«

Demnach hatte Harry auch das bedacht. Weil er vermeiden wollte, dass sie irgendwo Abdrücke hinterließen, ließ er sie irgendeine Art Handschuh tragen. Dies sagte Jury am nächsten Morgen im Büro zu Wiggins. Aber im Wagen wären doch bestimmt Abdrücke zu finden. Jury bezweifelte, dass Harry ihnen im Auto die Hände gefesselt hatte, aus dem gleichen Grund, weshalb er die Augenbinden während der Fahrt entfernt hatte: Es hätte zu viel Aufsehen erregt.

»Gott, gibt es denn irgendwas«, sagte Wiggins, während er seinen Tee umrührte, »an das Harry *nicht* gedacht hat?« Wiggins, der dem anderen noch nie begegnet war, sprach trotzdem vertraulich per Vornamen über ihn.

»Ja.« Jury nahm sein Jackett von der Rückenlehne seines Stuhls. »Eins gibt es.«

»Was denn, Sir?«

»Das weiß ich nicht.« Jury stand in der Tür und klimperte mit dem Kleingeld in der Hosentasche. »Noch nicht.« Er ging hinaus.

# 58

Ihr Vater war aus Manchester gekommen, um die Leiche abzuholen.

Albert Blys Gesicht war durch ständigen Kummer gezeichnet, inzwischen, dachte Jury, vertieft durch den Tod seiner Tochter.

»Pastoni hieß sie, als sie verheiratet war. Hat dort einen italienischen Kerl getroffen, ihn geheiratet und sich wieder scheiden lassen. Rosie hatte nie großes Durchhaltevermögen gehabt.« Dies sagte er nicht in kritischem Ton, sondern lediglich als Mitteilung einer Information.

»Mein aufrichtiges Beileid, Mr. Bly.«

Albert Bly sah auf seine Tasse Tee hinunter. »Was kann man machen?« Er stieß einen tiefen Seufzer aus. Sie saßen in dem Café, in das Jury ihn geführt hatte, nachdem Bly die Leiche seiner Tochter identifiziert hatte.

Nach der Familie hatte man eine ganze Weile suchen müssen, da Rose Bly der Polizei nur als Rosa Paston bekannt war.

»Für meine Frau wird's wohl recht hart sein.«

*Recht hart*. Manchmal staunte Jury über die Fähigkeit seiner Landsleute zur Untertreibung. Ja, er konnte sich gut vorstellen, dass für sie der Tod ihrer Tochter »recht hart« wäre.

Albert Bly fuhr fort: »Obwohl Rosie uns ja gut ein Jahr schon nicht mehr besucht hat – nein, eher zwei. Sie wissen ja, wie das ist mit den Kindern.«

Rosa Paston – Rosie Bly – war nach ihrer Scheidung in Italien geblieben, in Venedig, und hatte sich einen Job gesucht.

»Hat ihr gefallen dort, wieso, weiß ich auch nicht. Lauter Kanäle, alles voll Wasser, nicht mal Auto fahren kann man dort. Mich würden Sie nicht reinkriegen in so ein Boot – wie heißen die gleich?«

»Gondeln.« Jury lächelte.

Mr. Bly verzog das Gesicht und trank seinen Tee. »Nett, das Café hier.« Nachdem er seine Tasse behutsam wieder auf das Untertellerchen gestellt hatte, sagte er: »Haben Sie den Kerl schon geschnappt?«

»Noch nicht. Wir haben aber einen Verdächtigen.«

Albert Blys Schultern schienen noch mehr zusammenzusacken.

»Mr. Bly, ist Rosie denn mit Ihnen in Kontakt geblieben? Ich meine, hat sie Ihnen und ihrer Mutter geschrieben? Hat sie je einen Mann erwähnt, den sie getroffen hatte? Einen, mit dem es ihr ernst war?«

Die Frau wüsste vielleicht mehr darüber, obwohl Jury es bezweifelte. Rosie schrieb nicht oft und hatte ihnen nie viel von dem erzählt, was in ihrem persönlichen Leben vor sich ging.

Einen Mann hatte es tatsächlich gegeben. Diese Information stammte von Rosas Mitbewohnerin. Sie hatte der Polizei gesagt, Rosa hätte »mit einem was gehabt«, und sie hätten vor zu heiraten. Mitte Juni habe sie Venedig verlassen, um nach London zu fahren. Letztes Jahr.

Und hatte Rosa ihrer Freundin gegenüber vielleicht angedeutet, wer dieser »Eine« gewesen war?

Nein. Aber gutaussehend und reich war er.

Waren sie das nicht alle?, dachte Jury bekümmert.

Venezianische Träume.

Sie würden natürlich mit der Mutter sprechen. Aber Jury war klar, dass er bereits mehr wusste als die beiden Eltern. Sie verließen schließlich das Café, und Jury begleitete Albert Bly in seine kleine Frühstückspension. Er notierte sich die Angaben, die man für die spätere Überführung von Rosa Pastons sterblichen Überresten brauchen würde.

»Wir kriegen ihn, Mr. Bly. Seien Sie sich da mal ganz sicher.«

Ein großer Trost war es nicht.

# Epilog

Es war halb acht, und Harry saß im Old Wine Shades an der Bar und unterhielt sich mit Trevor. Genauer gesagt, war es Trevor, der redete und dabei über die Theke gelehnt stand, als hätte er viele Geheimnisse zu enthüllen.

»Hallo, Harry«, sagte Jury und zog sich einen Hocker her. Da es sich um denjenigen handelte, unter dem Mungo sich platziert hatte, kam der Hund hervor und betrachtete ihn – (»nachdenklich oder verwirrt«, hätte Jury gesagt) – und verzog sich dann wieder.

»Richard! Sie habe ich ja fast zwei Wochen nicht mehr gesehen. Was haben Sie denn so getrieben? Hören Sie, den hier müssen Sie unbedingt probieren.« Harry tippte an sein Glas. »Ein Barolo Monprivato ist das.«

»Ihr Italienisch ist sehr gut.«

»Ach, Kunststück. Das war ja nicht schwer auszusprechen.«

»Ich wette, Sie haben auch kein Problem damit, den Namen dieses toskanischen Bergstädtchens auszusprechen – Sie wissen schon, das in der Nähe von Florenz liegt.«

»San Gimignano?«

»Perfekt.« Als Trevor ihm ein Glas hinstellte, sagte Jury: »Ich wette, Sie sprechen es auch. Italienisch, meine ich.«

»Nicht so furchtbar gut.«

»Gut genug, um Mädchen aufzugabeln und so weiter.«

»Wahrscheinlich.« Harry kicherte.

Trevor hatte eingeschenkt, Jury nahm einen Schluck.

Harry sagte: »Aber doch nicht einfach so hinunterschütten, um Gottes willen! Unser Trevor kriegt einen Anfall.«

Der stand gegen die Theke gelehnt, in freudiger Erwartung von Jurys Reaktion.

Es war, als erschöpfte sich ihr alleiniger Daseinszweck – und zwar von allen dreien – hier in diesem Old Wine Shades und in dieser Flasche Wein.

»Großartig«, sagte Jury. »Rund und voll, wie Trevor sagen würde.«

»Würde ich nicht sagen«, entgegnete Trevor. »Fruchtig, sinnlich. Es ist schließlich ein Château Latour.«

»Der verwandelt uns beide noch in Sommeliers«, sagte Harry.

*Uns*. Das war nett. »Sie sind doch schon einer, Harry. Ich wette, in Ihrem Keller haben Sie genug von dem Zeug, um selber ein Lokal aufzumachen.«

»In *meinem* Keller? Richard, haben Sie etwa herumgeschnüffelt?«

»Wow!«, rief Jury aus. »Das ist eine von diesen Fangfragen, die Verdächtige stellen, um einen dämlichen Polizisten in die Falle zu locken! Ich nehme doch an, wer Wein so gern mag, wird einen Weinkeller haben.«

Harry lachte. Er nahm die ganze Sache absolut froh gelaunt auf. Was Jury in Staunen versetzte: Er war sich offenbar gar keiner Gefahr bewusst. Immerhin waren die Kinder geflüchtet und konnten der Polizei alles Mögliche erzählen. Und reden wie ein Wasserfall. Und Harry identifizieren. »Ja, das ist der Kerl, der uns gefangen gehalten hat.« Und auf ein Foto deuten. »Stimmt, das ist er. Den würden wir nicht vergessen, den bestimmt nicht.«

Jurys Wunschtraum. Bloß dass es kein Foto gab, keine Identifizierung. Gehörte Harry zu den Menschen – die Jury selten begegnet waren –, die bis zum bitteren Ende alles abblockten, bis das Lügengebäude krachend zum Einsturz kam?

»Sie sind einfach verdammt clever, Harry.«

»Ich? *Ich* bin clever? Nein, ich würde sagen, der Lorbeerkranz der Cleverness geht definitiv an Sie. Und an Ihren Freund da.

Niels Bohr, du meine Güte! Niels *Bohr*. Eins muss ich Ihrem Freund lassen, eine Zeit lang hat er mich schon an der Nase herumgeführt. Das Korrespondenzprinzip hat er fast genauso gut begriffen wie Hugh. Ziemlich brillant, Ihr Freund. Wir haben hin und her diskutiert, bei einer ganzen Flasche Bordeaux« – Harry tippte erneut an sein Glas – »nicht dem hier, sondern einem ausgezeichneten Château Margaux, stimmt's, Trev?«

»Richtig. Der hat Sie eine Stange gekostet«, sagte Trevor mit einem breiten Lächeln. Trevor war fasziniert. Er stand hinter dem Tresen und polierte Gläser, die er dann gegen das Licht hielt, um sie auf Schlieren zu überprüfen.

»Na, jedenfalls«, fuhr Harry fort, »ging es hin und her, hin und her. Ein bisschen wie beim Schachspiel.« Bei der Erinnerung musste er schmunzeln.

»Und wer wurde schachmatt gesetzt?«

»Oh, wir kamen gar nicht bis zum Ende, nachdem ich gemerkt hatte, dass Sie sich davongestohlen hatten. Wo gingen Sie denn hin?«

»Ich hatte eine Verabredung.« Jury beugte sich näher zu ihm hin und senkte die Stimme. »Was wollten Sie ihnen antun, Harry?«

»Wem denn?«

»Timmy und Tilda.«

»Ach Gott, sind wir jetzt wieder bei *denen*?« Er warf einen Blick auf seine Uhr. »Abendessen?«

»Nein danke. Ich muss noch woanders hin.« Jury stand auf und trank sein Glas aus.

Harry ebenfalls. »Na, ich habe einen Bärenhunger. Dann sind es wohl bloß Mungo und ich.«

Mungo kam hervor. Er sah erschöpft aus, weltverdrossen (so hätte Jury es genannt, wenn das bei einem Hund überhaupt möglich war), todmüde und kaputt. Jury reichte hinunter und kraulte ihm den Kopf. Seinen Mantel hatte Jury gar nicht erst ausgezogen, musste ihn also auch nicht wieder anziehen.

Nachdem Harry in seinen schwarzen Kaschmirmantel geschlüpft war und eine enorme Geldsumme auf die Theke gelegt hatte, gingen sie hinaus. Draußen blieb Harry stehen, um sich eine Zigarette anzuzünden.

»Geben Sie mir auch eine, ja?«

»Was? Eine Zigarette? Sie haben doch mit Rauchen aufgehört.« Harry hielt ihm sein Zigarettenetui hin. »Ich möchte aber nicht schuld daran sein, dass Sie wieder anfangen.«

»Das glaube ich Ihnen gern, Harry. Ich werde Ihnen auf den Fersen bleiben, wie mit Hunden werde ich Sie hetzen.«

Mungo hob abrupt den Blick.

»Entschuldigung.«

»Schon gut.«

»Mit Ihnen habe ich gar nicht geredet, Harry.«

Harry lachte. »Gut, dann können wir uns ja regelmäßig hier treffen auf einen Bericht über die Fortschritte. Und jetzt habe ich einen Riesenhunger. Gute Nacht.« Er ging pfeifend davon und drehte sich um, um zu winken.

Mungo drehte sich ebenfalls um.

Jury war froh, dass er seinen Gesichtsausdruck nicht sehen konnte.

Er steckte sich die Zigarette in den Mund, klopfte seinen Mantel ab auf der Suche nach Streichhölzern, wohl wissend, dass er gar keine dabeihatte. Es erinnerte ihn jedoch angenehm an frühere Gewohnheiten.

Jury lächelte.

Aber nicht wegen des Glimmstängels.

Den schmiss er in den Rinnstein.